任务 REN WU

邵雪城

作品

活着再见 ①

C1S 湖南文艺出版社
HUNAN LITERATURE AND ART PUBLISHING HOUSE

博集天卷
CS-BOOKY

图书在版编目（CIP）数据

任务：活着再见.1 / 邵雪城著 .— 长沙：湖南文艺出版社，2015.2
ISBN 978-7-5404-7073-9

Ⅰ . ①任… Ⅱ . ①邵… Ⅲ . ①长篇小说—中国—当代 Ⅳ . ① I247.5

中国版本图书馆 CIP 数据核字（2015）第 025519 号

上架建议：畅销小说

任务：活着再见 . 1

作　　者：邵雪城
出 版 人：刘清华
责任编辑：薛　健　刘诗哲
监　　制：蔡明菲　潘　良
特约策划：邢越超
特约编辑：刘　筝
营销支持：李　群
封面设计：姚姚设计工作室
版式设计：李　洁
内文排版：百朗文化
出版发行：湖南文艺出版社
　　　　　（长沙市雨花区东二环一段 508 号　邮编：410014）
网　　址：www.hnwy.net
印　　刷：三河市鑫金马印装有限公司
经　　销：新华书店
开　　本：787mm×1092mm　1/16
字　　数：311 千字
印　　张：22
版　　次：2015 年 2 月第 1 版
印　　次：2015 年 2 月第 1 次印刷
书　　号：ISBN 978-7-5404-7073-9
定　　价：35.00 元

（若有质量问题，请致电质量监督电话：010-84409925）

任务 REN WU

目录
CONTENTS

活着再见
1

第一章
必须一枪毙命

1

1996 年初夏，我即将从军校毕业的前夕，学校来了一位神秘的领导。

因为临近毕业，几乎每晚我们都会偷偷聊到很晚。我还记得那晚卧谈会的主题是卫生队里新来的几个女护士，我们聊到夜里一点才陆续睡去。

刚睡着没多久，一阵尖厉的哨声骤然响起，我的意识还停在美梦里，身体却像触了电似的从床上弹起来。整个宿舍开锅一样嘈杂，窸窸窣窣穿衣服的声音、手忙脚乱扣武装带的声音、蹲在床上找东西的声音掺杂在一起。有人一边打着哈欠一边嘟囔着："这都快毕业了，怎么还来这套？"

这些年在军校里，这哨声简直成了我们的噩梦。甭管你是在刷牙还是洗澡，就算上厕所尿到一半，只要哨声响起，就必须在三分钟内武装完毕，打好背包站在楼下。以至于就算是放假回家，窗外有小孩吹哨，浑身都会立刻紧绷起来。

作为还有三个月就毕业的我们，已经很少有紧急集合的情况了，我们也都在夜里慢慢地放松了神经，没想到今天又来了这么一出。拜这些年所赐，我练出一个绝技：从听到哨声开始，起床，套上裤子一直到打背包，再到检查着装，最后飞速跑到楼下，全程不用睁眼一气呵成。

我和其他104名同学飞快地站到操场上，标准间距三步列队站好后，极不情愿地睁开眼，才注意到教官身边站着一位校领导，还有一位从来没见过的首长，凭借微弱的光线只能看到他肩上的大校军衔。

我隐约感觉到，这一天的紧急集合非比寻常。

党委书记和那位面生的首长低声交谈了几句后，首长微低着头背着手走进队列里，像是在小树林里散步似的，偶尔停下来好像在思考什么事，停不了几秒又继续在队列里穿行。

他从我面前一共路过了四次，每次我都加倍绷直背脊抬着下巴。

他中等身材，我斜眼偷偷瞥过去，只能看到他帽檐下露出的鼻梁。

出什么事了？难道有谁闯了祸，上面派人来彻查？那这得多大的过错啊。我心里七七八八地想着，天色一点点亮起来。

升旗的旗手护着国旗正步从我们队前经过，朝升旗台走去，起床的号声这才响了起来。

那首长走出了队列，打开手里的本子唰唰写了一通，撕下来递给校领导，他们相互行了个军礼就低着头离开了。书记看看手里的纸，抬眼看了看我们，大声说道："我点到的同学出列！一排第一、第四，二排第三、第六……"

我被点到了！

我顿时明白，首长是来挑人的。

站了一个多小时，腿已经有点儿发木，我正步出列走到队伍前面，跟其他19名同学站成一列。我扫了一眼与我一同被挑出来的同学，希望能找出我们的共同点，但很快就死心了。就成绩而言，我们这20人可谓遍布上中下三个级别：既有全能型的优等生，也有年年垫底的老末；既有成绩不高不低的中游"砥柱"，也有成绩毫无逻辑上蹿下跳让教官心脏不适的跳跃生。

　　大家一定都揣着很多疑问，有人已经忍不住互相交换疑惑的眼色。但条例明确规定，不该问的不问，不该说的不说。

　　我只能静等答案，也有可能，永远都不能得到答案。

　　接下来，我们被那位首长不知以什么标准又筛了四次。在这个过程中，文没有理论考试，武没有体能测试，只是挨个儿找我们聊天。后来我和其他同学聊起，发现他和每个人每次谈话的主题都各不相同，天南海北，甚至上一个问题跟下一个问题完全不挨着。

　　聊天过程中，他始终保持着一个表情，就是没有表情。因此根本无从判断什么是正确答案，所以在回答问题时，只能凭着自己的本能迅速地做出回答。以前比武练兵也好，理论考试也好，谁不服谁想较劲儿也有个明确的指标。这次想创先争优，却根本连分数线都不设。

　　一周后，我再次来到他在学院的临时办公室，屋里多了两个我的同学：一排的宁志和三排的郑勇。

　　这位神秘莫测的首长坐在办公桌后，手里拿着几个文件夹，言简意赅地对我们说："我奉命组建特案组，你们三人的各项条件均最符合或最接近我的选拔标准。你们每人有机会问我一个问题，没问题就准备就位。"他说话声音很低，但是很有力。

　　我心中一阵狂喜，几乎要笑了出来。我终于留到了最后！这几年，我们每个人最担心的就是毕业后会被分配到城市执勤，或是派到边疆派出所去。如今我显然将要提前告别这种担心，心情真是大好。

　　什么是特案组？有多少人？执行什么任务？……我脑中瞬间涌出无数个问题，可首长说得很明白，每人只能提一个问题。如果想知道这个特案组到底有多重要，最简单的办法就是看看它属谁管。我组织了一下语言，问道："特案组向谁负责？"

　　首长说："向我负责。"

　　一时间，我无法判断这个答案的分量。可惜每人只能问一个问题，我只能把希望寄托在宁志和郑勇的问题上了。

宁志的问题是："什么是特案？"

我用余光瞥了他一眼，我们不同班，没怎么打过交道。他的问题很棒，也是我最想知道的问题之一：我们不担心特案太特别，而是担心特案不够特。四年军校上到如今，每天按时出操以及教程上枯燥的训练模式早已满足不了我们，最大的乐趣就是听教官讲稀奇古怪的真实案例。

首长回答说："公安部门处理不了，军方又不便出面，严重危害国家和人民安全的案件。"

宁志的表情显然对这个答案也不够满意，继续追问又是不被允许的，他瞄了一眼郑勇，意思是让郑勇接着问。郑勇问的是："装备是什么级别？"

首长说："特级。"

郑勇一个立正："没问题了。"

我和宁志赶紧也跟着立正挺胸说："没问题了。"

首长递给我们一人一个文件夹，说："这是你们进入特案组前宣誓的誓言，你们仔细看清楚每一个字。如果做不到现在就放弃，绝对不能有一点儿勉强。"

我默念着纸上的一字一句，心里翻江倒海血脉偾张，我知道他俩跟我一样，恨不得立刻就能得到一个任务来证实我们有决心、有能力兑现这纸上的誓言——其实从进入这所院校穿上这身军装起，我们就已经做好了这种准备。

我们不约而同地立正敬礼，表示已经准备好了。

就这样，1996 年初夏的一个下午，我们站在学校小礼堂的主席台上，在校党委书记的见证下，面对着国旗、党旗宣誓："我是中国人民武装警察特案组警员。我宣誓，绝对服从中国共产党的领导；忠于祖国，忠于人民；服从命令、严守纪律、英勇战斗；不怕牺牲、忠于职守；坚决完成任务；在任何情况下，绝不背叛祖国，绝不叛离武警部队。"

首长静静地站在一旁，等我们宣誓完成，走过来站在我们面前，足足盯着我们看了有五分钟，看得我们浑身发毛后才缓缓说："从现在起，你们和我，既是同事，也是战友。我叫徐卫东，是你们的直接上级，你们可以叫我老徐，也可以直接叫我的名字。"

说完，他上前和我们挨个儿握手。我习惯性地想敬军礼，他狠狠地在我抬起的胳膊上打了一下："从这里出去以后，你们将脱下军装，我不允许你们身上再有明显的军姿出现。"

从礼堂出来后，徐卫东给我们下了第一个命令：不能和任何人打招呼，十五分钟内收拾好行装。

二十分钟后，我们坐上一辆挂着地方牌照很不起眼的轿车，离开了学院。我们三人不约而同地回头朝越来越远的学校大门眺望，直到车子转了一个弯，再也看不到了，我们才扭过头。

2

我们被直接拉到位于密云深山里的一个训练基地，除了吃饭睡觉，所有的时间都用来看幻灯片、录像和卷宗。内容大多是境外毒品、枪支走私和制售的情况资料，还有案件多发地，尤其是西北、西南几省的人文和地理。

开始一段时间还觉得新鲜，尤其是那些重大案件的图像资料，看得我们摩拳擦掌、跃跃欲试，恨不得立刻奔赴第一现场跟犯罪分子真刀真枪地大干一场，然后领功、受奖、鲜花、掌声……可日子一久，慢慢就觉得腻了。面对着四周巍巍的大山，一天天地数着日子，我们甚至开始怀疑领导是否已经忘了我们这档子事了。

郑勇像个泄了气的皮球，得空就对着我和宁志直呼上当。他是南方人，却长了个五大三粗的骨架，酷爱北方的一切吃食，尤其是羊肉和煎饼。午饭时候他又在一旁望着窗外唉声叹气，我只好安慰他说："这里伙食比学校好多了，有很正点的内蒙羊腿肉吃。哦，这里没煎饼馃子，回头咱去天津，吃最正宗的。"

郑勇把筷子一蹾，冲我翻白眼："合着我就是为吃干这个的？"

宁志哈哈一笑，正要说什么，突然撂下碗筷笔挺地站了起来。

徐卫东悄无声息地出现在了我们面前，我和郑勇还没来得及站起来，徐卫东照着宁志的腿上就踹了一脚，指着我们说："来之前我怎么跟你们说的？动不动就立正的毛病怎么还没改？再让我看到一次，就都给我滚回学校去。"他冷冷地瞪了我们一眼说，"跟我走。"

我们赶紧跟在他身后出门，上了他的车。徐卫东把车开得飞快，一路无话狂飙了三个小时，半夜时分到了内蒙古伊克昭盟（鄂尔多斯市的旧称），住进了当地支队的招待所待命。

郑勇兴奋异常，整晚喋喋不休，临睡前在被窝里枕着自己胳膊看着天花板，嘿嘿地乐着说："看到没？活儿来了！你们猜是什么类型的任务？"

宁志淡淡地说："我估计是演习。"

尽管我对这次任务也一无所知，但直觉告诉我，我等的这一天终于来了。肯定是很重要的任务等我们去完成。我也兴奋，更多的却是不安。

这是一种对于未知事物的惶恐，徐卫东两个月前从 105 个学员里选出我们三个来的时候，我就有过这样惶恐的感觉。我太知道自己的分量了，论体能、论谋略我排不到前三十，宁志和郑勇跟我是半斤对八两。我们到底有什么特别的地方让徐卫东把我们挑出来？我总想从徐卫东的一言一行里找出点儿逻辑来，但他除了走路带风、老皱着眉、说话声音特别低之外，本身也没什么特别之处。

郑勇和宁志还在漫无边际且毫无根据地猜测着任务，我不想参与，闭着眼又睡不着，不由得想起了两个月前的那个深夜。

那是我们第一次见到徐卫东。

也是在凌晨的这个点儿，他用紧急集合哨把我们集合在操场上，我、宁志和郑勇三人从此就走上了一条注定跟其他同学不一样的道路。

徐卫东敲门叫醒我们时，窗外还是黑漆漆的，我看了眼手表，凌晨四点。

三分钟内收拾利索后，徐卫东开车拉着我们出市区往西，奔了五十公里左右后车子下了公路，感觉是进了一片荒无人烟的沙地。

车停在一个三面都有沙坡的隘口上，徐卫东熄了灯，扔给我们一人一副大墨镜和一个防爆头盔，示意我们戴上。周遭本来就雾蒙蒙的，戴上墨镜和头盔后就更是什么都看不清楚了，我们摸索着下了车。徐卫东掀开后备厢，说："来，一人一支。"

后备厢里有一个枪架，上面赫然挺立着三支八一式自动步枪，在微弱的天光下泛着幽幽的蓝光。徐卫东说："上车检查枪支弹药，今天的任务是枪毙死刑犯。"

拿了枪正要抬脚上车的我一个趔趄差点儿绊倒。人形的靶子我打过，人形的人是真没打过。尽管我们都清楚这是早晚的事，训练时教官也一再提醒要把靶子当罪犯，每次我也会把准星后的靶子想象成一个有血有肉的大活人。真的听到要荷枪实弹击毙罪犯了，还是大吃一惊——在区区两个月前，我们还只是某指挥学院里的普通学员。现在，因为眼前这个叫徐卫东的人，我们就成了死刑执行人，要用手中的枪去结束别人的生命。

尽管那些都是罪大恶极的死刑犯。

但这毕竟是杀人。

一阵汽车引擎的轰鸣声把我拽回现实。我定了定神，见三辆依维柯囚车在八辆越野车的护送下已经到了现场。一个中尉军官跑步到徐卫东面前立正敬礼，递给他一个文件夹。徐卫东唰唰签完字，军官接过，转身朝囚车跑步过去。

徐卫东对我们说："必须一枪一个，而且要保证一枪毙命，否则开除。"

我们齐声应道："是！"

徐卫东一脚踹到我腿上："是什么是？"我忙改口说："收到。"徐卫东点点头，"嗯"了一声。

郑勇的肩膀微微地抖了几下，隔着头盔和墨镜，我看不到他的脸，但我知道他是在笑。我压低声音说："好笑吗！"跟了徐卫东之后，我们都不由得跟着他养成一个说话刻意压低声音的习惯，这样说话老让人有种错觉，总觉得附近有人在偷听你讲话。

郑勇的肩膀抖得更厉害了，还频频点头。

囚车和护卫车的号牌被迷彩布遮挡着，每辆依维柯上押下来三个犯人，一共九人，双手被反绑得结结实实。押运战士将头一批三个按着头快步拖到最大的那个沙坡前，之所以说"拖"，是因为每个犯人的腿都是软的，根本站不住，整个身体不停地朝下出溜，若不是押送的武警左右架着他们，他们一定会瘫在地上。

徐卫东用下巴指了指那个方向："利索点儿，一人一个，打完跑步回车里待命。"

郑勇第一个冲下车，边跑边拉枪栓，枪口朝下向犯人快步走去。看得出他的步伐有些凌乱，好几次鞋底都蹭到了地面上凸起的石块。我和宁志忙下车跟在郑勇身后跑步前进。

厚重的头盔将我与外面的世界隔绝开来，只听得见自己越来越急促的呼吸和怦怦的心跳声，渐渐地，觉得连气也喘不上来了。

三辆车雪亮的大灯正正地照在每一个死刑犯身上，几个武警战士手持着枪，面朝外呈半圆形处于警戒状态半包围着现场。

这方圆几百米像是被这世界暂时遗忘了似的，天地间只剩下黑白两种颜色。

郑勇第一个就位，在距离犯人一米的地方抬起枪对准犯人的后脑，没有丝毫迟疑就开了枪。"嗒"的一声枪响，犯人应声一头朝前栽去，抽搐了几下彻底没了动静。郑勇凑近一步低头确认犯人已死，转身返回。

我只觉得嗓子发干，想咽口口水，却发觉嘴里更干，硬着头皮走到犯人身后抬起枪对着那犯人的后脑，耳朵里开始轰鸣起来。我长舒一口气，死盯着准星，很快我的眼里除了准星和准星对准的目标外，什么也看不到了。我心一横，牙一咬扣动了扳机，身体在后坐力的作用下快速有力地晃了一下，恍惚中仿佛听到了子弹冲出枪膛、穿过犯人头颅打入沙石里的声音。

听着回荡在晨曦空旷野外的枪声，我勉强低头看了一眼栽倒的死刑犯，转过身咬着牙拼命甩了甩头，想晃醒阵阵发昏的大脑。往回走时两条腿像是踩在棉花堆里一样使不上劲，我大口地喘着气，连拖带挪地朝车的方向移动着双腿。没走出两步又听见"嗒"的一声，那是宁志开了枪。我的双脚在那声枪响之后更加发软，无论怎么用力都不听我使唤，好几次若不是在用枪撑着地，我几乎就要瘫倒在地上。

挣扎中一抬头，只见车门内伸出一只戴着白手套的手，正指着我。我知道那是徐卫东的手，他的身体隐没在车厢内的黑暗中，我看不清他的脸，但我知道他是在示意我，如果我真的瘫倒，那么就会立刻出局。

我拼命把注意力转移开，试着让自己去想学院里那些日复一日的枯燥训练。那不就是为了能够让我早一点丢掉菜鸟的标签去执行任务吗？现在任务来了，执行了一半，总不能因为结果了一个罪大恶极的死刑犯就掉了链子，那以后恐怕连去边境派出所都不够格了。

我一边咒骂着自己这两条不争气的腿，一边调整着呼吸，咬着牙一步步地往车里走去。好容易挪到车跟前，我腾出一只手抓紧车内的把手，生生把自己连人带枪提溜到车内。刚坐下，就听见赶到车边扶着门框的宁志的干呕声。

"吐出来你就给我走人。"徐卫东抬头看着车外说，"准备第二个。"

我顺着他的目光望去，见一个身着白大褂，戴着口罩墨镜的法医正在验尸，宁志见状扶着座椅靠背又是一阵干呕，全然没了昨晚的兴奋劲儿。倒是郑勇握着枪的手轻微地颤抖着，跃跃欲试地朝外张望，还不忘扭头挖苦宁志："你怀孕了？"尽管隔着墨镜我完全看不到他的脸，依然能感觉到那头盔后骇人的杀气。

第二拨犯人因为看到了之前的行刑过程，已然没了之前那一拨的淡定，几乎是被战士们强行拽到行刑点的。有一个哭得上气不接下气，老远就看到他的鼻涕拖出来老长，在微微的晨光下亮闪闪的。还有一个声嘶力竭地求着饶，那凄惨的声音让人汗毛一根根往起竖。徐卫东冷冷哼了一声说："早知今日，何必当初？这些人随便哪一个都够枪毙八回的。"

徐卫东刚一摆头，郑勇就又第一个冲了出去。这次宁志先我一步下了车，像是想要把刚才丢了的面子再挣回来，三步并两步竟然超过了郑勇，端起枪对准其中一个犯人的后脑"嗒"就是一枪，完事扭过头，头也不回地跑回车内。

因为是远距离射击，那犯人的脑袋愣是被轰掉了一半，脑浆混着黑红的血在地上溅开一大片。毙第一个的时候天色暗，我没有清楚地看到血。这时候天色已经麻麻亮起来，视线渐明的同时嗅觉也跟着灵敏起来，一股奇怪的味道冲进我的鼻腔，或许这就是传说中的血腥味吧。紧接着又是"嗒"的一声，一个犯人倒在了郑勇的枪下。

很显然，我落后了。

我赶了一步，将枪口顶住犯人的后脑，还能听见那人喉咙里绝望的呜咽声。我屏住呼吸扣动了扳机，在犯人栽倒之前，我就迅速转身一路跟跄着朝车奔去。

回到车里坐下后，我突然好想问问这批是些什么性质的死刑犯。如果仅仅因为好奇心而发问，那是违反纪律的事。我与宁志和郑勇无法眼神交流，但我知道他俩此时想提问的冲动不亚于我。

"最后三个。"徐卫东大概是闻出了我们的好奇，轻声又补了一句，"完事我告诉你们这些人为什么要死。"

当最后三人被押到行刑点时，我们在徐卫东下达命令后，几乎是争抢着往车下跑。并不是我们杀人杀上了瘾，而是只要被别人抢了先，那么死在前面的犯人的血和脑浆就会没遮没拦地糊满你的眼睛，刺鼻的血腥味会立刻弥漫在头盔里让你无法呼吸。而且根据刚才的经验，越往后被处死的犯人一旦近距离看见别人是怎么死的，尽管被堵住了嘴，那种挣扎着从喉咙里发出的声音会更加令人毛骨悚然。

郑勇眼看跑不到我们前面去，索性在七八米外就瞄准，一枪将一个犯人的头盖骨生生掀飞。头盖骨在空中飞快旋转着画了一道抛物线落在地上，在微寒的空气中，甚至能看清那上面冒出的热气。我一看这情形，说什么也不想靠近了，停下脚步举起枪在五米外瞄准了一个犯人，还没来得及扣动扳机，我瞄准的犯人却被宁志抢先开枪击毙。我转头狠狠地瞪了宁志一眼，余光瞟到囚车边站着的法医，此刻他也顾不上遮掩自己的脸了，掀起墨镜诧异地看着我们。大概是从没见过像我们这样不按章法行刑的吧。

最后那个犯人挣扎得格外厉害。徐卫东刚说了，必须一枪毙命，不然就滚蛋。为了保险起见，我只能硬起头皮凑到跟前，他剧烈的扭动使得我的枪口总是滑开。我心一横，一脚踩住他肩膀压在地上，枪口死死抵住他的后脑扣动了扳机。

这一次，为了在徐卫东面前挽回自己第一次软脚虾的形象，我保持着标准的节奏跑回车边，故作轻松地掀起头盔，一边在沙土上蹭着沾着血的鞋底，一边对徐卫东说："老徐，有烟吗？"

徐卫东上下打量了我一眼，没吭声。他这不明朗的态度让我有些尴尬，只好悻悻地爬到车内坐好。宁志掀起头盔说："我有。"摸出烟给大家散了一圈，递给徐卫东时，徐卫东伸手拒绝，宁志刚要收回，徐卫东又一把拦住宁志的手说："来根吧。"

我赶忙掏出打火机帮他点上。他斜扫了我一眼说："德行。"

法医验完尸后，远远地对着我们的车敬了一个军礼。徐卫东坐回驾驶位，说："任务结束，弹药离枪。"

车很快开出了刑场，驶上公路的时候，一轮红日正好跳出天际。郑勇指着火红的朝阳对宁志说："看那颜色，眼熟不？"

宁志眯着眼朝外看了一眼，胃里立刻发出翻滚的声音。我一看太阳那夺目的红色，也马上想起血，一胳膊肘朝郑勇砸过去，郑勇闪躲着仰起头哈哈笑起来。

我们没有回招待所，而是直接往北京方向返。途中，郑勇问徐卫东："头儿，刚才那几个人犯的是什么罪？"

徐卫东从后视镜里看了郑勇一眼，答得极快："不知道。"

郑勇愣了一下："那，你刚才说……"

徐卫东猛地一脚刹车把车停在路边，我们吓了一跳，被晃得东倒西歪却不敢出一点儿声。"我下命令让你们把他们击毙的，这个理由行吗？"徐卫东冷冷地说，"你们谁还有什么问题？"

我们连看都不敢看他，低着头小声说："没了。"

没什么理由比服从命令更充分了。

3

最终，我还是没找出自己和宁志以及郑勇之间的共同点，更别说什么特殊的优点。那为什么 105 个同级同学中单单选了我们？

这个问题恐怕要困扰我一段时间了。

晚上在电教室看资料，趁休息的时候，我又想起那个问题，不禁对着桌面发呆。郑勇点了根烟问我："你没事吧？两眼老发直。"

我想了想，把问题丢给了他。郑勇嗨了一声说："这还不简单？越是高尖端的任务，越是需要看似平常的人去执行，这样在人群中很容易隐蔽。为什么要在人群中隐蔽起来呢？那是因为任务已经脱离了简单的是非黑白、打打杀杀。"

我说："就你？枪毙死刑犯的时候就跟打了鸡血似的，数你动作夸张，你往那儿一站，身上的杀气就把你暴露得淋漓尽致，还谈什么隐蔽在人群中？"

郑勇瞪着我说："老子那是头一回，难免兴奋得过了头，往后别说枪毙死刑犯，就算让我杀你，我都能做到从容不迫。"

"我也是！"宁志站在我们身后幽幽地说。

我和郑勇双双打了个寒战。宁志自从执行完那次任务后就像是变了一个人，回来的路上一句话都没说，从那开始就浑身散发出一种骇人的阴沉劲儿。郑勇凑到我耳边说："小宁没事吧？你看他眼睛红的，我看着都瘆得慌。"宁志听清了郑勇的嘀咕，慢慢抬起眼皮，两手插在裤袋里，盯着郑勇，一步步地靠近。郑勇梗着脖子，喉头动了动，说："你要干吗？"

宁志一言不发，俯下身子看着座位上的郑勇，脸越凑越近，突然"咴"地大叫一声，吓得郑勇差点儿从椅子上出溜下来，说："你他妈疯了吧。"

宁志呵呵地笑了，坐在郑勇的椅子上说："我一直在想那几个死刑犯挨枪之前是什么心情，听到我们的脚步声时又在想些什么，我越想心越寒，越想越觉得害怕。"

我说："那你还想？"

宁志说："你们说，当时他们是希望我们走慢点儿，还是走快点儿赶紧打完了拉倒？"

郑勇说："要是我就希望赶紧挨完算了。"

宁志发了会儿呆，往桌子上一趴，头埋在两只胳膊里瓮声瓮气地说："我有心理阴影了。"

郑勇说："那些人都是罪有应得，我们也算为民除害。你这个人立场有问题，处决那种人还有什么心理阴影？"

我承认，我也时不时想起那些死刑犯垂死挣扎时绝望的呜呜声，但没敢深想，就是因为越想越害怕。经宁志这么一提，积蓄了几天的情绪瞬间就翻涌了上来。我抓着铅笔想在纸上乱画几笔，手指都特别无力。

这时徐卫东走了进来，坐到了我们对面。屋里特别静，只有他低缓的声音在说话："以后，你们要对付的罪犯可不会像这次一样背对着你们，乖乖跪在那里等你们开枪。你们会看着他们的眼睛。要么将他们制服，要么被他们打死。

或者，他们会从你们背后开枪，你们死都不会知道敌人是什么样，所以你们脑袋后面都要长眼睛。"

郑勇说："我明白，就是要机警果断。"他显然对自己在刑场上的表现很满意，热切地看着徐卫东，像是在等着徐卫东的夸赞。

徐卫东看着他，说："如果要你击毙的人是个女人呢？是个漂亮的女人，或者是个面目慈祥的老太太，又或者看上去像个女大学生，你还能做到吗？"

郑勇想了一下，哑了。

宁志还趴在桌上，头也没抬说："只要是任务、是命令，我管他是大姑娘还是小媳妇。"

徐卫东深深看了宁志一眼，点了点头，站起身说："需要的话我安排总队的心理医生给你们。"

我说："我不需要。"

宁志抬起头说："那心理医生是大姑娘还是小媳妇？"

郑勇说："还是给我们安排新任务吧。"

徐卫东头也不回地朝外走去，丢下三个字："待命吧。"

徐卫东没有对我们那次执行的任务做任何评述，既没有祝贺我们成功，也没有批评我们失败。可是这件事对我们而言，是有生以来第一大事了。面对着徐卫东没有半点儿表情的脸，我们谁也不敢多嘴去问，只能听从他的命令继续接受训练、待命。

周日的傍晚，我们三人正坐在操场的双杠上抽烟、聊天，徐卫东突然出现在我们面前。我和郑勇嗖地从双杠上跳了下来，整了整衣服。宁志像是没看到徐卫东一样，嘴里叼着烟哼着歌，一条腿挂在杠上来回晃悠。

徐卫东看都没看我和郑勇一眼，走过来站在两杠间，将手里的一沓资料丢到宁志怀里，双手按住双杠将身体撑起来轻轻一甩，与宁志坐在一起，眯着眼看着落日舒了口气说："挺会挑地方。"

　　我和郑勇这才意识到，刚才一着急，忘记了徐卫东一再强调的我们不能有明显军姿出现的事，彼此对视了一下，一时不知如何是好。

　　徐卫东对我们轻轻摆了摆头，示意我们坐上去。我和郑勇赶紧争着抢着往上跳，动作没轻没重，结果我们是坐了上去，却把徐卫东和宁志都晃了下来。我和郑勇看了看站在地上的徐卫东和宁志，僵直地坐在杠上面面相觑。

　　宁志打开文件夹，刚翻了第一页就惊讶地看着徐卫东："七大项目？"

　　我赶紧伸头去看，果然是"七大项目"的训练科目表。以前在学校，我们需要在学习保密条例后，才能在电教室里观摩"七大项目"的录像演示。按教官的话说就是：看看知道怎么回事，知道自己几斤几两就好。言下之意就是我们根本没有资格接触并实践那些训练科目。

　　郑勇挠挠头，说："这些科目，一个科目一个月，怎么也得七个月才能轮一遍吧？"

　　宁志盯着科目表轻轻地摇摇头说："这上面说下周一开始，现在距离下周一还有三天。我觉得这三天咱们想吃点儿啥就赶紧吃点儿啥，有啥未了的心愿都抓紧吧。"

　　对于我们三人而言，如果几秒后"嘎巴"一声就要死了，问我们有什么未了的心愿的话，那就是没有执行过一次正式的任务，没有跟敌人真刀真枪地干一场（处决人犯那次可不算）。

　　简单地说，我们唯一遗憾的是，还没有为自己曾经宣读的誓言流一滴血。

　　徐卫东从宁志手里拿回那沓资料，分成三份，往我们每人怀里丢了一份，说："在最短的时间内全部给我达标。"

　　郑勇说："全部？达标？我们还要在这儿再待两年吗？"

　　徐卫东说："明天起，一天一个项目，一周正好一轮，完不成就滚回去。"

　　我腿一软，从双杠上出溜到地上，不敢相信地看着徐卫东，又看看宁志。宁志撇撇嘴，一耸肩说："我早就说没那么简单。"

徐卫东说："怎么，有问题吗？"

我想，我们一定是没有达到徐卫东的选拔标准，所以他用这样的方式让我们知难而退——"七大项目"里的任何一个哪怕是最小的单元，都是在挑战人类的生理和心理极限。一天完成一套也许有可能。但连续每天都不间断，别说连着一周，就算是连着两天都不可能，因为那根本就不科学。与其这样，不如主动退出。

我一挺胸说："我有问题。"

徐卫东像是看穿了我的心思，冷冷地一笑，低沉地喝道："执行命令。"他扭头朝教学楼走去，头也不回地说，"去小会议室看你们手里的资料，我一小时后到。"

一直到会议室，我们三人彼此都没有说一句话，低着头心不在焉地翻看训练资料，越看越觉得不可思议：如果把项目简单比作铁人三项的话，那就是每天要来一次，而且每天的项目都不一样。要在徐卫东规定的时间里达标，简直是痴人说梦。最让人绝望的是，"七大项目"要比铁人三项更加严酷。

我又想起"我们三个被徐卫东选中的原因究竟是什么"这个老问题。我们从入校起的各项成绩都记录在案，光看分数就可以判断出我们的实力。换言之，我们三个根本不是玩"七大项目"的料儿。就算是，也不是连续一两个月不间断地玩。

我把封面盖着"保密"印戳的资料往桌上一摔说："这哪里是训练，根本就是自杀。"

宁志说："你得多恨你自己才用这种方式自杀？这叫虐杀。"

我们看向了一直没怎么说话的郑勇，他摇摇头说："打死我，我也做不到，就算勉强做到，也绝对不可能达标，老徐刚才是说不达标就滚蛋的吧？"

我和宁志一起点头。郑勇长长地叹口气，沮丧地瘫坐在椅子上，耷拉着脑袋不再言语。

徐卫东来的时候，我们连和他打招呼的心气也没有了。他冷冷地扫了一眼垂头丧气缩在椅子上的我们，找个位置坐了下来，问我们："都没有想说的？"

我们三个对视了一眼，又低下了头。

"其他几组都过了，是你们不行，还是我挑人的眼光不行？"徐卫东像是自言自语地点了根烟。

郑勇说："其他几组？"

"你们不会以为整个特案组就你们三个吧？"徐卫东把没抽几口的烟掐灭在烟缸里，起身就要收走我们放在桌上的文件夹。我们三人几乎同时跳起来，揽护住面前的资料。我问徐卫东："其他人全过了？有多少人？"

"恐怕你们已经没有资格问特案组的事了。"徐卫东伸手过来要拿走文件。我忙把手背到身后，挺起胸说："那我们也行。"说这话的时候我没有多想，在这之前，"七大项目"在我心里是一座不可逾越的高峰，我以为只是因为我们不合格，徐卫东用这种方式赶我们走而已。现在他这么说的话，证明到现在为止我们并没有不合格，只要按训练计划做到达标，我们就是名副其实的特案组探员了。

郑勇将资料夹在腋下，站得笔直说："对，他们行，我们为什么不行，都是两个肩膀扛一个脑袋。"徐卫东将目光落在宁志身上。宁志说："早就想试试这'七大项目'了。"

徐卫东嘴角微微一翘，说："其他小组也不是全都达标，你们三个能留下两个就算成功，没事早点儿休息，明天开始训练。"

看着徐卫东背着手走出会议室的背影，我心里清楚，这个训练项目才是真正的淘汰赛。这个传说中的训练科目除了考验个人体能外，更多的是考验战友间的配合、协作能力，否则以一人之力，是无论如何也不可能完成的。

宁志说："你在想什么？"

我说："我在想，不如我们三个全部达标，震他一下怎么样？"

郑勇咬着牙说："嗯，震死他。"

我伸出一只手说："要留都留下。"

宁志用力握在我的手上说："要走，就都走。"

郑勇把手放上来，憋了半天，说："话都让你们说了，反正我也就这个意思。"

那天，我们三人都有些激动，好像第二天要上的不是训练场，而是战场，彼此许下了同生共死的誓言。

四十天后，当我们挺着胸，瞪着眼，竖起耳朵，听到宣布我们"七大项目"全部达标的那一刻，三个人一下子瘫倒在了地上。

我们在一间病房里一口气睡了两天两夜，才被徐卫东挨个踹醒，命令我们三十分钟内洗漱着装，准备归队。

当天下午，在一个只有徐卫东和总队一位首长在场的授衔仪式上，我们三人被授予了中尉军衔。

我们很清楚地知道，这个军衔只记在我们的档案里，没有肩章，因为我们不再有军装了。

授衔仪式结束后，我们来不及庆祝，就又被徐卫东叫进办公室。他正式通知我们，我们三人被列为一个单独的行动组，叫特案第九组，简称特九组，主要负责枪支毒品的走私、制造和贩卖的相关案件。

我有些吃惊："我们之前有八个组都达标了'七大项目'？"

徐卫东整理着手中的文件，头也没抬地说："没有，你们是第一拨。"

我说："你说其他组都达标了。"

徐卫东破天荒地一咧嘴有点儿笑脸，"逗你们玩呢，其他组连人还没招齐。不过现在我知道了，全部达标是可以做到的。"他用手指了指我们说，"你们就是其他人的榜样。"

我扭头看郑勇，见他脸色发红，呼哧呼哧喘着粗气，狠狠地瞪着徐卫东。徐卫东走到郑勇面前，双手插在裤兜里，与郑勇保持着不到二十厘米的距离，盯着郑勇看，一直看到郑勇平息了呼吸，低下了头。

徐卫东把我们领到一间宿舍里，说："从今天起，你们一切的一切都要在一起，目标就是——不管你们谁一撅屁股，其他人必须知道你要放的是什么屁。"

听说还有很多像我们这样的行动组，有负责间谍案的，还有专门负责经济案的——当然，这些只是听说，我听宁志说，宁志听郑勇说，而郑勇是听我说的。

当然，这些不是我们应该问的事。

接下来的日子里，我们三人形影不离，一起吃，一起睡，一起训练，一起看资料，互相熟悉着彼此的一切。日子过得流水一样分外的平静又轻快，这让我们都有些含糊，一切好似又回到了起点，这跟在学院里的日子没什么太大区别啊。

终于有一天，我们被徐卫东叫到了档案室。老习惯，他足足看了我们有五分钟，才说："你们准备好了吗？"

我们齐刷刷地立正，昂首挺胸："准备好了。"

徐卫东抄起桌上的一大摞文件就往我们身上丢，声音低沉却差不多是在吼："你们他妈的给老子喊什么？老子耳朵不背，你当你们还是大头兵吗？那么喜欢立正就滚回学校去出操，要不到门口站岗去！"

"准备好了。"我和宁志赶紧小声说，郑勇马上学着我们的样跟着一句："准备好了。"我们低着头收拾散落一地的文件，集中到我手里后本想毕恭毕敬地放回桌上去。刚抬起头就见徐卫东正盯着我的手，好像在等着我犯错误似的，我赶紧装作随意地将文件放在了手边的柜子上。

徐卫东说："依我看你们还欠点儿火候，回去吧。"

郑勇转身就走，走出两步发现我和宁志没动。宁志说："您还是给我发活儿吧，再这么待下去就真废了。"

徐卫东说："搭档就要亲密无间，对方一个动作、一个眼神，甚至呼吸频率的改变，你们都要知道对方想要什么才行。"

我上前一左一右搭着宁志和郑勇的肩膀说："我们已经很亲密无间了，他们一撅尾巴，我就知道他们想拉什么、拉多少、是什么颜色。"

宁志也搭上我肩膀说："是啊是啊，再这么待下去，我们有人就要怀孕了，那时候怎么办？要请产假谁负责？"

徐卫东站起来说："少废话，都给我滚回去。"

我们灰溜溜地回了宿舍。宁志认为是郑勇没能和我俩保持统一步调，在徐卫东让我们回去的时候，只有郑勇转身就走，虽然立刻意识到错误，但为时已晚。所以我们应该从这里入手，首先要解决郑勇总是不在状态的问题。

但是郑勇认为，老徐说我们行就行，不行也行，说我们不行，就不行，行也不行。既然命令我们滚回来待命，我们只需服从命令就是，说其他的都是闲扯淡。

他们二人为此争执不下，希望我能表个态。我实在没心思跟他们斗嘴，有气无力地说："看这意思，无论你们谁说得对，我们都要在这儿继续熬一段日子了。"见他们眼神黯淡下来，我又补了一句，"既然他费那么大劲儿把我们招募到这儿来，一定比我们更着急要我们出去执行任务。"

宁志说："话虽这么说，可这什么时候是个头儿？"

郑勇一拍桌子站起身说："走，练格斗去，那个败火。"

第二章
尽量留活口

1

12月中旬的一天傍晚，我和郑勇、宁志正在射击场打靶，突然接到徐卫东的命令，让我们立即出发前往军用机场，搭夜里一点的飞机去甘肃，配合处理一起私造枪支案件。

有用的信息很少，只知道是在平凉地区一个没有人烟的山坳里，盘踞着一伙亡命徒，利用复杂的地形，躲在一个废弃的矿坑里制售枪支。当地武警中队要铲除这个窝点。

"你们的任务是抓一个人，这个人叫洪古，是个柬埔寨人，他是这些枪支制售团伙最大的买家。这个洪古基本上控制了我国境内贩卖枪支弹药的主要渠道，抓住他对打击这类犯罪非常重要。但对于他的情报，我们掌握得非常有限，除了我说的这些，其他一无所知。得靠你们自己去甄别并把人带回来，你们有没有问题？"

我说："只知道这人的名字？这个团伙有多少人？"

徐卫东说："二十多人，我再说一次，只知道他叫洪古，柬埔寨人，其他一无所知。"

我说："我没问题了。"

宁志说："二十几人？人数不确切，我怕有漏网的我们都不知道。"

徐卫东说："具体数字时刻在变化，因为当地武警也在行动，死伤在所难免。"

郑勇说："不知道他长什么样，子弹又没长眼睛，打死怎么办？"

"在能保障自己安全的情况下，尽量留活口。"徐卫东眼里闪着一种令我感到很陌生的光芒，他巡视了我们一圈，见我们没再提问题，抬手指着我说，"秦川，你负责指挥此次你们特九组的行动，直接向我负责。我没有别的特别要求，只有一点，你的这两个搭档，怎么从这里带走的，怎么给我带回来。"

闲了这么久，突然接到正式任务已经让我兴奋得有些不知所措，更没想到的是，居然让我负责指挥。看着徐卫东沉稳坚定的眼神，我意识到此次行动虽然有危险但不会太大，那为什么不派个经验丰富的老手带带我们？我有点儿不确定地问："就我们三个吗？"见徐卫东不说话，我只好继续说，"我的意思是，我们第一次执行任务，都没有经验……"

徐卫东哼了一声："你的意思是，还给你派个保姆跟上？"

我忙说："不是那意思，保证完成……不，你等我们的好消息吧。"

徐卫东丢给我一个档案袋说："资料你们在路上看吧，出发。"

出了办公室，郑勇说："看来我的判断是对的，上面选人永远都是选最普通的，不然无论如何也轮不到你来当这个负责人。"

我停下脚步说："要不我去跟老大说说，不做这个领导，让你来？"

郑勇说："刚才老大可交代了，你怎么把我们带出去的，怎么带回来。你最好对我客气点儿，不然我死给你看。"

我正想反驳，背后传来徐卫东的呵斥："郑勇，你刚嘀咕的什么？跑步回来再给我说一次。"我们转身见徐卫东披着外套，正站在办公室门外。

郑勇小跑过去，立正站好说："报告，我刚才开玩笑呢。"

　　徐卫东一言不发，冷冷地看着郑勇。时间一分一秒地过去，我几乎能听到徐卫东的目光像箭一样穿透郑勇身体的声音，走廊里死一般地沉寂，郑勇的身体开始微微颤抖起来。

　　"滚！"徐卫东突然大喝一声。

　　我们从来没听见过徐卫东发出这么大的动静，郑勇一个哆嗦，竟然被这声逼得退了一步，就连我和宁志都浑身一激灵。郑勇满脸通红，低着头经过我面前时，轻声说了声"对不起"。

　　我心里有些突突跳，徐卫东说让我把人安全无恙带回来的话，也许不是说说而已。不然，他不会对郑勇的玩笑话反应如此激烈，这让我感觉肩上的担子一下沉重起来。从下楼到上车，我们三人一句话都没说。

　　赶到南苑机场的军用停机坪前，我给警卫看了证件，警卫敬了个礼说："正等着你们呢。"

　　跑道上停着一架老式的俄制螺旋桨飞机，两个战士正往机舱里搬东西。我身后跟着郑勇和宁志，一路小跑到飞机跟前，我问其中一个战士："需要帮忙吗？"他戴着棉手套的手把盖住眼睛的棉军帽往上推了推，看了看我们，又看了看自己身后堆得像小山一样的箱子，喘着气说不出话来。我心想还是别假客气了，忙说："那好吧，需要帮忙别客气，我们先上去了。"

　　敞开的机舱门前堆了两个木箱子权当是舷梯，门边结着一层薄冰，没法下手抓，我们三人你扶我、我拽他地爬到飞机里。郑勇说："咱这是搭飞机吗？我怎么觉得是在搭老乡的骡车？"

　　两侧是大号铆钉固定在机身上的木头长椅，后舱门敞着，两个战士正往里堆放着箱子，一张尼龙网罩隔开就算货舱了。冷风一个劲儿地往里灌，我踅摸了一圈，也没找到一个能稍微舒服点儿的地方。我敲了敲驾驶舱门，门从里面"嘎吱"一声拉开，里面的两个飞行员扭过头看我。我问："什么时候飞？有点儿吗？"

其中一个说："带烟了吗？"

"带了，什么时候飞？"

飞行员起身走出驾驶舱说："快来根烟。"

我给宁志使了个眼色，宁志摸出烟给了他一根。他缩着脖子竖起衣领，摸出打火机啪啪地点不着火。我摸出自己的打火机刚想递给他，一眼看到挂在驾驶舱门上写有禁烟标志的铁牌，又看了眼他手中的烟，递打火机的手犹豫地悬在空中。他走过去把那块铁牌翻了过去，接过我手中的打火机将烟点着狠狠地抽了一口，嘴里喷着白气说："靠，真他妈冷。你们是搭便机那三个吧，什么时候起飞，得看什么时候把外面那些箱子装完。"

郑勇搓搓手说："要不我去帮他们？"

"首长明确指示，必须他的警卫员亲自搬，就是下面卖力气的那两位。"那飞行员走过去，脚蹬在机舱上双手拉住把手，用力一拽关上了后机舱门，总算把冷风挡在了外头。我看了看表，已经是夜里一点多钟了。

我们几个抽着烟有一搭没一搭地瞎聊，又等了约莫半个小时，那些箱子才装完，两个战士爬上飞机呼哧呼哧地喘个不停。飞行员检查了一遍机舱，说："坐好，安全带别绑太紧了，颠得太厉害的话，怕后面的箱子飞过来你们躲不及。"又拍拍宁志的肩膀，"谢谢你的烟啊，你们想抽烟随便，别乱扔烟头就行。"

飞行员"咣"的一声关了驾驶舱门，没有了空气的流通，机油味顿时浓烈起来。随着引擎的轰鸣声，飞机像是云霄飞车一样拔地而起。我咬着牙忍着忽然变换高度后心脏的不适感，只盼着快些到达目的地。

我实在不想在这里多待一分钟了。

2

这架飞机停在停机坪时，除了破旧我们没觉得有什么不妥。当飞行员吊儿郎当地出现在我们面前，带着我们在本来禁烟的机舱里抽烟的时候，除了觉得不靠谱之外，也没觉得有什么不妥。但当这看起来不靠谱的飞行员驾着这架破飞机冲上夜空的时候，我们三个紧张了。

郑勇斜靠在舷窗边，看着黑漆漆的窗外不停地看表。宁志没完没了地翻着出发前徐卫东给的那沓资料。我正在想该找个怎样的话题，来打破这种紧张带来的沉默，宁志用胳膊肘捣了捣我说：“这地方你去过没？”

他把手里的地图铺在我面前，我接过来一看，不禁有些头大。

那地方位于甘肃与宁夏的交界处，我们曾在档案室里见过，该地区有无数宗枪支制售的案例，从民国初年到现在就没消停过。尤其是地图上这个地方：新中国成立后政府开始收缴流落在民间的枪支，这个地方是一朵奇葩，年年缴枪都大丰收，而且年年增产。问题这丰收的不是小麦、高粱或者水稻，而是要人命的枪支弹药。

更夸张的是，新中国成立初收缴的，就是当年美国支援国民党军队的武器。收缴到现在，还是这些东西，连型号都没变过，就那么几样。鬼才知道新中国成立前盘踞于此的军阀马鸿逵到底藏了多少军火。当然，其中也有明显的仿制品出现，后来越仿越像，到现在就真假难辨了。

要知道，这批次型号的军火都是为了战争用的，普通的治安警察怎么会有能与之抗衡的武器？根本就不是一个量级。资料显示，贩售集团正打算把这些枪支通过售卖网销往内地，后果真是不堪设想。

我只觉得肩上的担子越来越重，心里有块石头压得越来越沉，一时有些心烦，把地图往宁志怀里一塞，说：“没去过。”

郑勇抢过地图看了一会儿说：“谁没事跑这种地方去？”

这是我们三个第一次去一个完全陌生的地方执行任务，本来都有些紧张。加上之前徐卫东的那一声狮吼，更让我们心有余悸，到现在都不敢轻易说点儿稍微轻松的玩笑话，只好默默地坐在自己的位置上，在震耳的引擎声中想着各自的心事。

我翻看着那个矿场的卫星地图，不停地在脑海中架构着地形，想象着可能会遇到的危机，越想越乱，越乱越拼命想。

郑勇烦躁地站起来，使劲儿拍着舱壁吼："真他妈慢，还要闷多久？"

刚才抽烟的飞行员打开舱门，探出头说："抓紧了，我们赶赶时间，不舒服就吐到椅子下面的桶里，一会儿到了地方，自己把自己吐的带走丢外面去。"没等我们细问，"咣"的一声关上了门。

飞机猛然提速，机身不规律地抖动起来。宁志就不行了，脸色煞白忍着胃里的翻腾。我说："你拿着你的桶找地儿吐去。"

宁志挣扎着从座位底下摸出一只套着塑料袋的小铁桶，扶着椅子在机舱尾部找了个角落，一头扎到桶里，再也没有出来。

飞机降落在平凉时已经是深夜。舱门刚打开，一个理着平头、扛着少校军衔的军官迎了上来。简单的寒暄之后，我和郑勇挽起宁志，随他上了一辆没挂牌照的越野车。

车窗上贴着深色车膜，一路朝北飞驰着。坐在副驾位上的少校军官扭头对我们说："三位首长，我就不客套了，我叫孙强，我们现在直接去那个矿场。"

我下意识地瞥了眼他的肩章，他叫我们首长，一定是向他下达命令的人特意强调了我们三人的重要性。我问："现在是什么情况？有多严重？"

"二十多号人，躲在一个废弃矿场的生活办公区里，我们还没惊动他们。"他大概看出我们的疑惑，自顾自点了支烟，抽了口说，"哦，说是生活办公区，就是一个将近300平米的院子，里面围着一圈房子。据可靠的情报，他们已经造出数量惊人的枪械，藏匿在某处，具体流向现在还不清楚。我们请示上级，上级说派专人来帮我们把把关，没想到……你们这么年轻。"

宁志说："我们不是首长，级别……和你差不多，对了，车里能抽烟吗？"

孙强忙给我们让烟，我摆摆手说："我不抽。"孙强帮宁志点了一支烟，接着说："这个团伙是最近几个月才由几个小团伙凑在一起的。以前是各玩各的，凑在一起后，他们整合的不仅是造枪的机器设备，也包括各种势力关系，比以前要难对付得多，不过也好，这样可以一网打尽。"

"这伙人你们交过手没有？有没有活口？"我一直惦记着那个柬埔寨人洪古，希望得到更多关于此人的情报。但在不确定孙强是否知道我们的任务核心前，我不能说太多。

孙强摇摇头说："没有，上面不让打草惊蛇，务必一勺烩。不过你们来之前，北京的一个首长指示我们尽量留活口，唉……这就麻烦了，这个命令一旦传下去，我们的战士手下就会留情，对那伙人留情，就是对自己残忍。"

我见徐卫东已经跟他提过留活口的事，那么不妨告诉他原因，于是说："因为这团伙里面有个很重要的人，如果拿下他，以后这样的案子会少很多，我们会少流血，少牺牲。"

孙强眼睛一亮，大概想问点儿什么，职业的敏感度使得他还是没有问出口，说："好，好，我们一定配合，我这就传命令下去，希望明年不会再有战斗减员。"

"那你们的计划呢？"我问。

"因为地势比较复杂，我们提前一天就设置了包围圈，等到晚上一网打尽。现在唯一担心的是外围还有人，一旦行动起来可能会有漏网之鱼。"

郑勇问："咱们多少人？"

孙强说："一个县中队，除了留守和执勤的，全都来了，一共三十人。"

郑勇说："算我们三个了吗？"

"没有。"孙强迟疑了一下说，"我直说吧，你们是上面派来的，我必须保证你们的安全，所以你们不能直接参加行动。"

郑勇跳起来一把揪住孙强的胳膊说："你什么意思？"

孙强看了一眼郑勇的手，由他揪着，说："请问哪位是秦川？"

我这才想起从见面到现在，都没有向他介绍过我们三人，忙说："我就是秦川。"我瞪了郑勇一眼，郑勇不服气地松开了孙强的袖子。

孙强整了整衣服说:"上面的确是让你们参加行动,但是得听我统一指挥。你们出了事,我担不起,所以请你理解。"

我说:"能出什么事?"

孙强抽了口烟说:"这一带枪支制售猖獗,打击任务一直由我们中队执行。我们中队编制五十人,每年都补满,每年都得补。这次就算加上你们三个,也只有四十七人。"

他一句话让我们陷入了沉默,按照他说的人数,他们今年到现在已经牺牲了六人。

一直以来,我最担心自己被分配到这种单位,觉得这种县级中队不过是和普通的治安警察差不多:节日期间巡巡逻,维护地方治安,处理几个喝醉闹事的小混混儿,最多也就是协助刑警追捕个逃犯而已。现在才知道,他们也要面对真正意义的暴徒,也要流血、牺牲。

郑勇有些不好意思,拍拍孙强的胳膊说:"刚才真不好意思,你别见怪。"

孙强笑笑没吭声。宁志靠在头枕上闭目养神,时而抽口烟,一言不发。我偷偷用胳膊捣了捣他,他眼都没睁地说:"你们聊你们的,我在听,顺便构地形图。"

两小时后,车子开始减速,关闭了大灯缓缓驶下公路,在几乎看不见路的夜色中又向前行驶了大概五六公里的样子停了下来。下车后发现这是一条年久失修的柏油路,路两旁是直刺夜空的钻天杨。刺骨的寒风一个劲儿地往脖领子里灌,我把衣领竖了起来,双手抱在胸前抵御着北风的侵袭。

孙强往手上哈着热气:"真他妈冷。"在原地蹦了几下说,"这条路是这个矿废弃前为了满足货物运输自己修的。"他冲司机摆摆手,车子无声无息地掉头,消失在夜色中。

郑勇像是被点了穴一般,耸着肩膀、缩着脖子一动不动地戳在地上。

我说:"你没事吧。"

"他一南方人，哪儿领教过这种天气。"宁志拍拍郑勇的后背说，"长见识吧？"

郑勇用颤抖的声音说："你别他妈动我，我适应一下就好了。"

我努力适应了一下黑暗，勉强看到脚下的路。宁志拿着夜视望远镜转圈看了一圈，说："黄土高坡在陕北吧？"

孙强说："这里地形差不多，地广人稀，深沟很多，很容易藏人藏物。三位跟紧我。"

我们跟着孙强走下公路，穿过一片不知名的灌木，猫着腰高一脚低一脚地走了二百多米后，前面浓墨一般的夜色中听到一个刻意压低的声音："操他妈。"

孙强压低声音对那个方向说："他妈死了没人埋。"

那边闻声稍稍嘈杂了起来，吸溜鼻涕和咳嗽声此起彼伏，很明显不止一个人。那个声音说："队长，接到北京来的首长了？"

我们又向前摸了几米，见到了埋伏在沟里的数十名荷枪实弹的武警战士。宁志自语道："操他妈，他妈死了没人埋。"频频点头赞许，"你们这口令真是性感啊，得把这经验带回去，这种口令有意思多了，还解压。"

郑勇扭头对身旁的宁志说："操他妈。"宁志马上接道："他妈死了没人埋。"他俩一本正经地握了握手，宁志说："同志，可找到你了。"

孙强笑着说："让你们见笑了，没办法，这地方的人贼着呢，要是听见有人说'口令'两个字，人家就明白这儿埋伏了人。"

我说："我们的武器呢？"

孙强丢给我们一人一件防弹衣："你们先穿。"然后对身边一个战士说："去把枪拿来给首长。"

郑勇赶忙接过去一件套上。我把防弹衣穿好说："你们最近一次大的行动是什么情况？"我想通过以前的作战经验，来判断孙强及其部下以及对手的特点。

孙强说："半年前在另一个地方，差不多一样的事，我们埋伏的战士发觉有人过来，在对口令的时候被发现，结果对方直接扔过来一颗自制手雷，当场炸死我们一个战士，残了一个。"

这时，一个战士过来递给我们一人一支八一式自动步枪和几个装满子弹的弹匣，轻声对孙强说："队长，五点了，没一点儿动静了。"

我问："他们几点熄的灯？"

那个战士说："夜里两点多，现在应该是睡得最沉的时候。"

"有没有哨？"

"据我们观察，没有。"

宁志拿着夜视望远镜看向那个方向："要是我，不可能不放几个哨。"宁志又看了一会儿说，"至少有两个地方可以设狙击手，要格外留意。"

"对，还是要提高警惕。"我对宁志说，"把图画出来，尤其是可能埋伏狙击手的地方要标出来，让每个战士都了解位置，千万不能麻痹大意。"

孙强搓着手看着宁志说："还是你们水平高，这都能构图。"他回头对战士们说："看到没有？北京来的首长牛逼不？"

几个战士惊喜地看着宁志，低声说："牛逼。"

宁志有些不好意思，干咳了两下收起望远镜，很快画了一张草图出来给大家讲解并传阅着。孙强见时间差不多，说："准备行动，我们计划是包围，能生擒就生擒，尽量避免火力冲突。"

我检查了下枪械和弹夹，分别与宁志、郑勇确定枪械没有问题后说："你下命令吧。"

3

孙强见我们的架势，知道终究拗不过我们，只得答应我们随队，但是必须要跟在队伍最后面，否则宁可放弃行动。我想真行动起来，谁还顾得上你在队伍的哪个位置，连连答应。孙强这才发出了"行动"的命令。

　　我们和其他战士一并，弓下腰尽量放慢速度朝目标靠近。我们三个大多时间都在城市里，即便是深夜也会有光亮。在这种空旷的野外，一时很难适应，前后绊倒了好几次，嘴里都是沙土，怕发出声音，都不敢用力吐，只能不停地用袖子擦着舌头。

　　北方隆冬的凌晨五点钟，是一天最冷的时候。北风呜呜地掠过地面，虽然风力不大，带来的寒冷却没有半点儿折扣，无情地吹透了我们的身体。这需要我们不停地活动手指，不然很快就会被冻僵。

　　在距离目标地只剩不到二百米的地方，孙强下令停止前进，派出三个狙击手提前到位，找好位置埋伏起来，着重监视宁志在草图上标出的可能会埋伏狙击手的地方。这样一来，如果宁志的判断是准确的，我们就不会处于被动挨打的地步。

　　当我们的包围圈缩小到把整个小院围得水泄不通时，孙强让狙击手利用风声掩护，先把院子里的四条狗全部击毙，而且要保证一枪毙命。

　　现在的射击环境非常恶劣，射击精度会受到风速、光线以及消音器的影响，孙强强调一枪击毙是非常有必要的：首先，不能让狗在挨完枪后还有命哼哼；其次，不能让子弹落到任何坚硬的东西上。这两点都是为了保证不发出声响，如果对方没有埋伏狙击手，那么我们继续前进就减少了很多被发现的风险。就算对方埋伏有狙击手，这样打草惊蛇对方狙击手必然会反击，可以避免直接往里冲时可能中埋伏的风险。

　　我不由得打心眼里佩服孙强丰富的战斗和指挥经验。

　　趴在地上注视着黑漆漆的前面，一直没有听到宁志和郑勇说话，我有些不习惯，轻声问："你们怎么这么安静？"

　　"没事。"宁志口齿非常含糊地说。

　　"你怎么了？"

　　"你烦不烦？我张开嘴让口水带着嘴里的土都流出去，这土咸点儿就算了，关键也太牙碜了。"

"管用吗？"郑勇问。

"嗯。"宁志应了声，继续低下头。

我见郑勇也张开嘴，低下了头……

其间孙强不住地提醒我：一定要注意安全，只准后方督战，不可冲锋在前。

大约二十分钟后，孙强示意大家安静，捂着耳机听了一会儿，一挥手，说："狗都解决了，院子里没有动静，我们上。"

我们由匍匐变为猫腰小跑前进。没了狗，这次比之前的速度要快多了。整个矿场在漆黑的夜色中感觉不到丝毫生气，杀气却浓重得让人透不过气来。我们知道，那些屋里酣睡的都是些亡命之徒，谁也不知道哪个窗口中会射出子弹。

北风还在呜呜地吹着，紧张已经使我忘记了寒冷。那种死寂和黑暗让人不由自主地眯起眼睛，生怕自己眼里的光亮会暴露自己的位置。我握紧手中的枪，慢慢地上膛。大家屏住呼吸，两人一组贴在每所房子的门口，只等孙强一声令下破门而入。

突然一声枪响，我正前方的一个战士应声朝前栽倒在地。刚才还有条不紊的状态立刻被打乱，所有人各自卧倒在原地举枪寻找着枪手的位置。孙强拽着我和宁志就地卧倒，低骂了一句："这帮牲口就没睡觉。"

瞬间枪声从四面八方响起，根本分不清敌我。

我们头顶的一盏大灯陡然亮了起来，把整个院子照得雪亮，我们几乎完全暴露在灯光下。每所屋子里都向外喷射着子弹，又有数名战士倒地。

郑勇骂了句娘，就地躺下，面朝上端起枪瞄准那盏死神之灯，一枪下去整个矿场立刻恢复了黑暗。黑暗第一次让我感觉到如此厚重的安全感。我的眼睛在这一黑一亮再一黑的交替下，什么也看不到了，只听到破门声和战士们呵斥的声音，时而还有枪声传出。孙强在我耳边说："你们不要动，你们不要动，你们出了事我们交代不了，求你们了。"

我压低声音喊："宁志。"

不远处传来宁志的声音："我在，郑勇可能中枪了，我找到那个狙击手的位置了。"

我心头猛然一惊，忙喊："郑勇！"

没有回应。

我的头皮一阵发麻，头发瞬间竖了起来。

尽管在这之前，我经过无数次实弹训练，也亲自击毙过死刑犯，但是当真正的枪声就在耳边响起，子弹就擦着身体飞过时，胆怯还是战胜了一切。我紧紧地贴在地面上，好似每一声枪响，子弹都是冲我飞来一样，每一块溅起的沙石崩到我身上时，我都觉得自己中了弹。时间变得格外地漫长，凌乱的枪声似是催命的鼓点，逼迫我屏住呼吸，生怕一不小心会吸引到子弹的注意。我闭着眼睛像是在等待，又不知道等待的是生的结束，还是死的开始。

"嗖"的一声，一颗子弹擦着我耳朵飞过，我顿时清醒了许多，好似看到徐卫东正对我说：你的两个搭档，怎么带走的，怎么带回来。

我猛然睁开眼睛，在暮色中仔细分辨着方向，寻找着战友的身影。眼前黑乎乎的什么也看不到，偶尔会从某个角落里传出一两声枪响，完全判断不出是敌是友。我喊了声宁志的名字，脚下很快传来宁志的回应，我一看，他正趴在我的脚底下。我说："郑勇在哪儿？"

宁志指着一个方向，"在那边，中弹了。"我刚要动，宁志一把拽住我的脚说，"那上面有个狙击手，郑勇是被那个狙击手打中的。"

我抬头朝宁志说的上面看去，黑乎乎的什么也看不到。我一脚蹬开宁志，匍匐着朝郑勇爬去，心中默默地祈祷着那不是郑勇。

宁志见拦我不成，只好端起枪朝有狙击手的方向点射掩护我。我爬到那个人跟前，凑近一看果然是郑勇。他的脖子上中了一枪，双手捂在伤口上，中枪后大量的血涌入了他的气管，让他无法呼吸。他张开的口和鼻中满是凝固的血，脖子上中枪的地方黑乎乎一片，血早已停止了流动，圆睁着眼睛望着漆黑的夜空，眸子上结着一层薄雾般的冰，一动也不动。

我伸手朝他的颈动脉探去，已经没有半点儿跳动了，看着他还睁着的眼睛，我不愿意相信他已经死去。我拍拍他的脸说："这会儿真刀真枪地干了，别他妈装死，赶紧给老子起来。"

可是郑勇没有丝毫动作，我知道已经骗不了自己了，必须得接受和承认郑勇已经牺牲的事实。我胸中的血轰地涌上了头顶，爬起来半蹲在地上握紧枪，猫着腰朝宁志说："掩护我。"向着狙击手的方向快速地"之"字形移动，很快前方被一堵墙拦住了去路。

我贴着墙朝上看，这是一间屋子的外墙，地面距离屋顶有两米五左右高，屋顶有两个并排的烟囱，还在冒着烟。我看了下整个矿场生活区房屋的布局，那上面的确是个中等的狙击点，尽管视野很好，但是容易暴露。

我贴着房屋的外墙，左右观察着希望能找到一个合适的地点干掉上面那个狙击手，否则我们实在太危险了。一个黑影蹿到我旁边，我定睛一看是宁志，他带着哭音低声说："我确定了，郑勇死了，送我上去。"他用力压我的肩膀，想让我托他上房顶。

我说："不行，你这么上去就是送死。"

"这么待着是等死，我们声东击西。"宁志从地上捡起一块砖头说，"我把这块砖头丢到那边吸引他注意，同时你托我上去。我刚才看到他开火了，知道他的具体位置，我上去之后能在他反应之前就把他干掉。"他见我还在犹豫，低声喝道，"你还琢磨什么？拖延会要了更多战士的命。"

我做了个深呼吸，迫使自己快速冷静下来。没的选了，我咬牙说："你要是死了，我非弄死你。"

我把枪背在身后，半蹲下身子，双手十指交叉做了一个台阶。他摸了摸我的手，确定了高度后，把手里的砖头朝屋顶另一侧的墙角砸去，在砖头砸到墙角的一瞬间，他一脚蹬上我的手，我借着他的力朝下一缓，猛然一用力将他送上房顶。

几乎就在同时，屋顶响起了两声枪响，全部打到刚才砖头砸到的地方。连续几声枪响后传来一阵扭打声。我背靠着外墙，用力向上一跳，双手正好反抠住屋檐，挂在上面稍微摆动了一下双腿，借力猛地收紧腹部腰部一甩，一个倒挂翻上屋顶。

不知谁丢了一颗闪光弹，夜空和地面顿时亮如白昼。我刚转身还没站稳，就被一人结结实实地撞到怀里，我脚下一空，被生生撞下屋顶。掉下去的那一刻，我看清了撞到我怀里的人是宁志。

就在那一瞬间，敌我都看清了彼此的位置，枪声大作。我重重地摔到了地上，觉得整个胸腔都要炸开似的，喘不上气来，眼前一阵阵发黑。

一个人将我扶起来，我听到孙强的声音："你怎么样？"

我实在上不来气，没法和他对话，只能伸手指指屋顶，两眼一黑，失去了知觉。

4

不知过了多久，我模糊地感到有人在拍我的脸，一下睁开了眼睛。现场明显已经被我方控制住了，每所屋子门口的战士都打开了照明设备。孙强守在我身边，见我睁开眼，长长地松了一口气。

我挣扎着站起身四面看，战斗明显是告一段落了，我忙问孙强："看到我的同事了吗？"

孙强脸色阴沉，说："有一个恐怕不行了。"宁志在身后说："我在这，我没事，不过被那个狙击手跑了。"

我说："跑了？不是设了包围圈吗？能往哪里跑？"

孙强说："这里到处都是深沟，矿井里更是跟迷宫一样，藏个人很容易，天又黑，更没法找了。"

我们正说着话，就听到不远处一间房子里发出几声枪响。我们急忙端着枪跑过去。进屋就见一个战士躺在屋子中央的血泊中，胸口中了好几枪。几个战士瞪圆了眼睛用枪紧紧顶着两个歹徒的头，那居然是两个女人。看上去应该就是当地人，皮肤又黑又红，大红大黄色的头巾包着头和脸。

看得出战士们是在极力克制着自己的冲动，我相信这是因为孙强命令过他们，尽量留活口，不然他们早就开枪了。

孙强伸出有点儿颤抖的手摸了下那战士的颈动脉，闭上眼骂了句："日你妈的。"站起身举枪对着歹徒，一字一顿地问："谁开的枪？"见没有人回应，他突然抬起手朝屋顶开了一枪，瞪着血红的眼睛怒喝道，"谁他妈开的枪？"

"我开的。"其中一个女人整了整头上的头巾，淡淡地说。她瞟了我和宁志一眼，冷漠中带着不屑。

这时一个战士跑到门口说："报告队长，报告队长，我方伤亡七人，其中一人重伤，三人……包括北京来的一位首长。"话没说完，眼泪已经滚落出来。

那女人听到这里呵呵地笑出了声。宁志上前用枪口指着她的额头，狰狞地说："你们枪法好啊。"

那女人被枪口顶得往后仰了一下，脸上还在笑着，说："那当然了，都是我们自己做的东西，反正都是个死，能赚一个算一个。"说完笑得更得意了。

宁志抢起枪，一枪托狠狠捣在她脸上，那女人闷哼了一声窝在了墙角，脸痛得变了形，额角的血滴答滴答地淌了下来。宁志说："来，再给我笑一个。"那女人狠狠地瞪着宁志，一言不发。宁志抬腿一脚蹬在她脸上，将她的头踩在地上，拉了下枪栓对准了她的头，牙齿咬得咯吱直响，食指在扳机处颤抖个不停。

郑勇的牺牲让宁志悲愤难当，我又何尝不想将这里所有的嫌犯活活打死？但我们是带着任务来的，我们不能这么做。我轻声唤他："宁志。"

宁志别过脸，用肩膀擦了擦眼泪，爆喝了一声："去你妈的。"枪口一抬，在那女人头顶开了一枪，子弹擦着她的头皮飞了过去。那女人顿时吓得瘫软了，裤裆里湿了一大片，眼神中再也找不到刚才的得意和不屑，充满了恐惧后的呆滞。这些亡命徒仗着我们不会开枪滥杀才这么嚣张，真面对死亡还是一样现出了本性。

另外一个女人猛地跳起来，将押着她的战士一头撞开，伸手到床下，摸出一个拳头大黑乎乎的东西。孙强一把将我和宁志揪住，喊了一声"卧倒"，话音未落，已经把我和宁志推出屋子。

一声巨响带着猛烈的气浪将我和宁志生生掀飞，我不确定到底在空中飞了多久才着的地，耳朵里只有嗡嗡的声音，我再次失去了知觉。那种嗡嗡声一直伴随着我，很久才消失不见。

我恢复了知觉好一会儿，才意识到现场有点儿乱，院子里的战士们明显有些慌了，叫嚷着，飞奔着。一时间，我忘了身在何处。当视听功能逐渐恢复后，就感到后背和手臂一阵刺痛。我慢慢地坐了起来，整个头颅像是要炸开一样疼痛。

到底发生了什么事？我一边揉着脑袋，一边努力回忆着。

一个年轻的小战士蹲在我身边，扒拉开埋在我身上的砖块，晃着我的肩膀喊着："首长、首长……"看着他冻得发紫的脸庞和急切的目光，我猛然清醒过来。我是在战斗中，而战斗还没有结束。

宁志呢？我四下疯狂地寻找着宁志，只看到两截被炸得血肉模糊的残腿，我忙扶着那个战士站起来，低头检查自己的身体，当看到自己的躯体完整才长长地舒了口气。

小战士用袖子抹着眼泪说："队长牺牲了，首长，怎么办……"

队长？牺牲？小战士的哭喊声让我又想起了宁志。

"宁志！"我一边喊一边四下张望，终于在离我不远的那两截残腿下面看到了躺着的宁志。刚才我被那两截残腿吸引了注意力，居然没有注意到残腿下的他。他睁大眼睛望着天空，对我的叫声毫无反应。我像是被一道冰柱一下击中头顶，跌入了无底冰渊似的，脚下一软，差点儿跌倒。

我甩开搀扶着我的战士扑上去，将压在宁志身上的两截残腿丢开，拍着他的脸叫："宁志、宁志！"我一边喊一边朝他的颈动脉摸去，我早已冻得僵硬的手指已经感受不到脉搏那点儿微弱的颤动了。

宁志的眼珠好像是动了一下。我屏住呼吸，目不转睛地盯着他问身边的战士："你看到他眼睛动了吧？"小战士什么也不敢说，只是蹲在一旁抽泣。我害怕是自己眼花，死盯着宁志的脸说："有本事你再动一下。"

但宁志的眼睛再也没动一下，我眼前一阵阵地发黑，几乎无法再支撑自己的身体。我丧失了去验证他是死是活的勇气，宁可像个疯子一样，无论如何都坚信他还活着。我冲身边的战士摆摆手说："你帮我扶他起来。"

小战士抹了把眼泪，一个立正说："是。"上前硬是将宁志扶了起来。

宁志僵硬的身体截在地上，晃了两下，终于靠自己站在那里了。

他，还活着。

我的眼泪顿时潮水般涌出，上前一把将他拥在怀中说："去你妈的，你给老子装死！"宁志一把推开我，跪在地上一个劲儿地干呕，伸出一只手指着不远处的那两截残肢，厌恶地摆了摆手。

"首长。"小战士给我敬了一个标准的军礼。这让我想起自己的使命和任务，我看宁志八成是被那两截压在身上的残肢吓到了，也没什么大事，放下心来，闭上眼平息了一下心绪和呼吸，转过身说："现在什么情况？"

"歹徒除七人被俘外，其他全部击毙，我方四人牺牲，其中包括孙队。"他又用袖口抹了把眼泪，说，"受伤人数还在统计。"

我来到孙强和郑勇的遗体前，抬着头控制着眼眶里的泪水，久久不忍低头。我怕别人看到再次流泪的我，更怕看到之前还生龙活虎的战友，此刻血肉模糊与我生死相隔。

如果不是郑勇果断地打掉那盏暴露我们的灯，伤亡的数字不知还要上升多少。

如果不是孙强在千钧一发之际将我和宁志推开，我怎会有命站在这里？

一时间，我陷入了极度的愧疚和悲哀中，不知所措，任由凛冽的北风冷彻我的胸膛。

那个女人引爆的是自制简易手雷，它将宁志右手的无名指第一截炸飞。我的背部也中了三处弹片，手臂多处受伤，所幸都是皮肉伤，并无大碍。但是孙强和屋里的两个战士遇难，另外一个战士的半边脸被弹片撕裂，毁了容。

宁志神情呆滞，在车上任由一个战士帮他包扎断指，他都没有半点儿反应。

我带领着其余的战士，在那个废弃的矿场里搜出六台精密车床、其他简易车床十余台。根据简单估算，如果没有外界干扰，原材料供应充足，认真生产，他们半年可以装备一个步兵师。他们仿制的半自动步枪射程达到 500 ~ 800 米，精度极高。他们仿制的手雷，因为不计危险，所以引爆时间、爆炸半径和爆炸威力完全根据制造者喜好和当日的心情而定。

我和宁志是幸运的，制造者在制造那颗手雷的时候，大概心情不太好，又或许他们喜欢细水长流，装药量比较少，让我和宁志捡了一条命。

而那屋里的战士和救我们的孙强失去了自己年轻的生命。

那个被毁容的战士参军不到两年，还没谈过女朋友。

宁志被定为重伤，第一时间被送回北京。走之前不论问他什么，他都呆呆地看着我，不说一个字，我只好按照上级的指示先让他返京疗伤。

我留在平凉，挨个儿审问那七个因为我们的战士手下留情才活下来的亡命徒。我只有一个问题，谁是洪古。

最后得到的答案让我半天没回过神来——那天屋顶上，那个我连正脸都没看到的狙击手就是来自柬埔寨的洪古。

活着被捕的这几个歹徒，基本上都是这个组织的喽啰，根本没有机会和洪古打交道。他们说，此人疑心极重，晚上从不在屋里睡觉，别人也不知道他睡在哪儿。

如此一来，找他们画像的想法就宣告破产了。眼下，唯一和这个洪古接触最多的恐怕只有宁志了，我只有赶紧回京和他沟通。

我要赶回北京复命，不能参加一周后孙强的追悼会了。看着那些和我年纪差不多、一直追随在孙强身边的战士，我的心里像是压了一块巨石。

我无法也不敢去回忆那晚如同噩梦一样的场景，却不能回避那些战士眼里的悲伤。他们执意要与我合影留念，我们在中队会议室书有"闪光利剑，忠诚卫士"八个大字的屏风前拍了一张照片。当一个战士把冲洗出来的照片递到我的手中时，我觉得羞愧难当。

他们眼巴巴地看着我，希望我能说点儿什么。我能说什么呢？难道要对他们说"对不起"或者"节哀顺变"吗？长长的沉默后，我说："我请你们喝酒吧。"

长这么大，我从没有主动想喝酒。那天不知为何，出奇地想。后来我回想，这么多年来我一直保留着经常去喝酒的习惯，就是从那天养成的。我从来没觉得酒好喝过，我只是留恋在半醉半醒之间那种在现实与虚境之间游离的感觉。

高兴了，喝点儿酒，会觉得快乐不会那么脆弱；难过了，喝点儿酒，会觉得痛苦不那么厚重。有人说，喝醉了就什么都不记得了。可惜的是我从来都喝不醉，就算是说不出一句完整的话，走不了一步像样的路，脑子依然保持着清醒。

这，是另一种煎熬。

尽管如此，每当在深夜带着醉意，独自在马路上漫无目的地游荡时，看到情侣或依偎在一起，或站在那里争吵；看到经营烤串的摊贩趁着城管下班可以悠然自得地为食客烤着肉串；看着趴活儿的出租车司机相互讲着荤段子等待乘客；看着喝醉的老哥俩相互搀扶着在墙角一边撒尿一边说着豪言壮语；看着张贴小广告的人在电话亭、公交车站贴下一张又一张"牛皮癣"；看着……看着这些，我就觉得所付出的一切都是值得的。

其实，这些就是正常的生活，我们不能让每个人升官发财、无病无灾，却能保证用他们看到或看不到的付出，用一切去捍卫他们能这样正常地生活。

我在心里对他们说：很多时候，我们只是特殊的工具，为了维系国家安宁，不惜折磨自己的肉体、忘记自己感受的工具。你可以用任何方式理解或者解构我们，哪怕是辱骂和唾弃。相比而言，我们更在乎的是，没有人能在这片国土上随便剥夺你拥有的这份安宁。

如果有，我们将为你出征。

那晚，我代那些不执勤的战士向中队领导请了假。领导只提了一个要求：穿便装。

他们带着我，一行七八个人到了一个烧烤摊。他们说他们喜欢这口，我知道他们是为了帮我省钱。

大把的肉串就着白酒，一口口地往肚子里送，谁也没有含糊，只要有人举杯就大口地喝。吐了，接着来，实在喝不下，就用啤酒送白酒。其他食客吓得躲我们远远的，纷纷结账走人。摊主满脸的迟疑，见我们人多势众，始终没敢说什么。

我站起身问他："老板，多少钱？"他说："一百……算了，你给一百吧。"

我摸出三百块钱塞到他手里说："少了你问我要，多了你留着，我们喝够了就走。"

等我再次坐下，坐空了，一屁股坐到了地上，四仰八叉的，上来两个战士扶我，没站稳，也全摔倒了。看着我们几个人狼狈的样子，大家哈哈大笑。我们三个也坐在地上一起笑，笑着笑着，眼泪就像泉水一般涌了出来，怎么也止不住。

笑着，喝着，喝着，哭着。就那么喝到半夜。我们起身要走时，中队的一名副队长不知什么时候出现在我们身后，眼里噙着泪水看着我们。他身后的路边停着两辆车。他说了句"上车吧"，抹了把眼泪钻进了车内，一直到中队也没有说一句话。

临行前，我去看望孙强的妻子。那是一个朴实的农村妇女。见到她时，她的发髻上别着一朵白色的花，把我和中队一名领导让到客厅沙发上，泡了茶，上了烟，然后就不停地在屋子擦家具，擦得很仔细，每个角落都不放过，一遍又一遍。

我说："嫂子，您坐会儿吧。"

她操着河南一带的口音说："我不能停下来，手头没事做就更难受，我得不停地干活，你们可千万别埋怨我啊。"说着她开始擦我们面前的茶几，觉得有些不妥，停下来说，"对不起，你们别多想，我不是赶客人。"又给我们让烟，并坚持要给我们点上。

我实在不忍再看下去，将那个装着我所有积蓄的大信封放在茶几上，说："这个您收下，我的命是孙强救的，以后我会常来看您。"

相对无言，我起身告辞，刚出门没走出多远，就听到孙强妻子的哭声。我抹了抹溢出眼眶的眼泪，大步朝前走去，将跟我一同来的中队领导远远地甩在了身后。

我想把这一切归咎于自己，却发现卑微的自己怎能承受得起如此厚重的责任。

我辜负了上级的期望，交给我的任务我一样也没有完成，还拖累了孙强，如果不是我，他怎会屈死在一颗劣质的手雷下，就连我身边的搭档我都没能保护周全。

我宁可那个死在洪古枪下的是我，哪怕替代宁志断掉一根手指也好，偏偏我全须全尾地回来了。我不知该如何面对自己的失败，并不是惧怕如何应对上级斥责，而是那浸满战友鲜血和生命的失败，我不知道耗尽我一生，能否把心中的内疚平息万分之一。

回北京的飞机上，望着舷窗外梦幻般的云海，我再一次泪流不止。空乘小姐递给我一包纸巾，柔声问道："先生，您需要帮助吗？"

　　我看着那张笑脸在投进舷窗的阳光照射下格外地灿烂和甜美，不禁心有感慨，也许这就是我们生命的意义所在——付出我们的一切，只为他们能在这阳光下灿烂地微笑。

　　我想，如果孙强和郑勇看到此情此景，也一定会赞同我的想法，那么我能做到的，就是用实际行动去诠释我们曾在国旗下宣读的誓词。只有这样，才能告慰九泉之下的战友，你们的牺牲将永远激励我用生命的全部去战斗！

第三章
退回社会你能干什么？

1

　　我准备了两套说辞来应对徐卫东，但当我走到他虚掩的办公室门口时，我犹豫了，或者说，是胆怯。不管我怎么说，都是多余，检讨只会让我显得虚伪，而照实陈述会显得我无能，无论哪一种结果对我而言都是不能承受的。

　　隔着一道虚掩的门，我能清晰地听到徐卫东翻阅纸张和掀开茶杯喝水的声音。我站在门外，大气也不敢出，积攒着敲门的勇气。

　　勇气还没有攒够，就听到他说："你就算是在外面补妆，也不用这么久吧。"

　　原来他早就知道我来了，而我还像个傻瓜一样在门外踟蹰不定。突然听到他的声音，我居然觉得有些委屈，我整了整手中写好的报告，抬手敲门。

　　他依旧声音低沉着说："进。"推开门，发现他并没有像往常一样坐在办公桌后，而是端着陶瓷茶杯，坐在会客区的沙发上，面前的茶几上放着厚厚的几摞文件。

我戳在门口，屏住呼吸等待着暴风骤雨的降临。来之前我已经做好了接受一切处分的心理准备，包括被他踢出特案组，甚至连重返学校都觉得是个奢望。

徐卫东快速上下打量了我一下，看上去有些吃惊地说："站那儿干吗？伤好利索了？"

我说："都是皮外伤，小意思，我是来复命的。"

他放下茶杯说："你确定是皮外伤？里边没事吗？"说着，他用大拇指指了指自己的胸口。

我刚要说没事，可转念一想，他这么问一定是另有所指，一时间我百感交集，呆在了那里。他用下巴指了指旁边的沙发说："坐。"然后拿起面前的一摞文件翻看起来。

我小心翼翼地走过去，刚坐下，他就将茶几上一包拆开的香烟丢给我，说："自己拿。"

我木讷地点了一支烟，机械地一口接一口抽着。他抬起眼皮说："这烟挺贵的，你好歹稍微品品可以吗？"

我"哦"了一声，才注意到他丢给我的是一包软中华。想仔细抽一口"品品"时，才发现因为刚才抽得又快又猛，烟已经着到了过滤嘴。

徐卫东有些不耐烦地叹了口气，啧了下嘴说："你要是来复命的，就开始吧。你要是来扯别的，就别浪费我的时间和烟。"

"我是来复命的。"我把手里的报告递给他。

他二话没说打开就看。此时，我像一个交了考卷等待成绩的孩子，屏住呼吸不停地用余光瞟他的脸色。显然，又是徒劳，我还是没有从他的脸色上，猜测出他心思的万分之一。

"嗯。"他认真地看完后，说，"你的报告比我了解的情况更加详尽。"见他如此冷静，没有丝毫我所预计的狂风暴雨的影子，我几乎不敢相信自己的眼睛和耳朵。

"我的总结是，你们在这次任务中勇敢、果断，不怕牺牲。尤其是郑勇，献出了自己的生命。"他沉默了一下，接着说，"这次你们吃亏吃在经验上，这也有我的责任在里面，对形势预估不够，希望你能在这次任务中总结经验教训，今后不要再吃同样的亏。"他低头想了想，问，"我的意见就这些了，你还有什么问题？"

我呆呆地看着眼前这个变得陌生的徐卫东，就像是第一次见到他。若不是他低沉的声音和眼神中的锐利，我会怀疑，眼前这人只是长得像徐卫东的另外一个人而已。他是不是话里有话？可仔细回味了一遍那番话之后，又找不到任何挖苦或讽刺我的痕迹。

他似乎看出我的疑惑，递给我一支烟，看着我点燃，语重心长地说："还有很多任务等着你去执行，没有任何一个人，尤其是那些和你并肩作战并牺牲的战友，会愿意看到你一跟头栽在这里，就再也起不来。你将要面对的敌人也会越来越凶险，但你最大的敌人永远是你自己，为此你可能会穷尽一生的勇气和智慧。"

我沉默了好久，说："我没有把我的搭档全部带回来，郑勇的牺牲我有很大的责任。"

徐卫东说："责任你有，但是仅靠你的内疚和自责是担不起的。要么你继续这么自责下去，要么总结战友牺牲的经验教训投入将来的任务中去战斗。郑勇的牺牲大家都很痛心，但是我们应该把它变成一种力量，而不是累赘，你应该明白这里面的道理，希望你还能做到。"

徐卫东的话几乎字字戳到我的心里。在这之前我的确真切地思考过，并得出这些结论。这些道理仅靠我自己想通是没用的，我需要别人来证实我的这些想法的正确，更需要上级的肯定和鼓励。现在他的一席话将我心里所有的顾虑全部消除，一股暖流从心里涌出，湿润了我的眼睛："我是不是给你丢脸了？是不是让你为难了？"

徐卫东说："我的任务就是在两难时做出决定，而你的任务是照我说的去做。不该考虑的问题，你不用想。"

我点点头，说："洪古跑了，只有宁志和他打过照面，我想继续一追到底。"

徐卫东说："这个任务已经结束，也是成功的，这次行动，对该团伙的打击是致命的。另外，洪古的线索太少，不值得耗费太多精力，特案组的人力应该用到更关键的任务上去。你回去待命，顺便抽空去看看宁志。"

次日，特案组内部专门为郑勇举行了追悼会。宁志还在医院，到场的人只有我和徐卫东，还有几个不认识的领导。

整个追悼会很简短，领导介绍完郑勇的生平后，全场默哀。从头到尾徐卫东都没有说过一句话，紧锁着眉头。末了，他朝郑勇的遗像敬了个很长的军礼，然后低着头离开了。

出了总部的大门，我漫无目的地走着，不知不觉走到了一条胡同里，狭窄的道路两边净是各种小店。想起郑勇特爱吃煎饼馃子，我们还说过什么时候休假一起去趟天津，去尝尝最正宗的。我走到一个煎饼摊前，要了一套煎饼，咬到嘴里的那一刻，再次泪流满面。

2

从徐卫东办公室复命出来的当天下午，我就去了医院看望宁志。他的气色明显好得多，不再像那晚那个废弃矿场中失魂落魄的样子。我本想向他询问有关洪古的事，但想起徐卫东说这个任务已经结束，况且我不确定宁志的"内伤"到底有多严重，就忍住了。

待命的这段时间，我有空就去医院陪宁志。我给宁志起了一个外号，叫作"九指琴魔"。原因有二：

一、他在平凉一战中牺牲了右手无名指，只剩下九个指头；

二、他从前没事喜欢摆弄吉他，少了一个指头，弹吉他的功夫居然一点儿没落下，不过风格完全变了，变得神神道道的。

休养的这些天，宁志添了些新的毛病。比如在冬日午后，让护士帮他泡一杯茶，坐在病房的床前怀抱着吉他，轻轻地抚弄琴弦。他拨弄得很轻，若不是凑近根本听不到声音，若不是仔细看他，根本不知道他每到此时都会闭着眼。意到浓时，他总会轻叹一声，睁开眼，目光透过窗户，望向辽远的天际。

我想了想，还是决定问问："你，没事吧？"

他看都懒得看我一眼，说："说了，你也不懂。"

起初我以为是他因心理有了创伤，所以变得这般多愁善感。他好像也明白我的困惑，再次弹完一首在我看来毫无旋律的曲子后，轻叹口气，才放下吉他，面对着我，目光悠远而深邃，又不乏真诚地对我说："小川，我知道你担心我，我真的没事，而且从来没有这么透彻过，反而你自己才更值得担心。"

我正要说话，一个护士推开门对宁志说："体温计给我。"

宁志从腋下摸出体温计递给护士，护士看了看说："烧完全退了，一会儿把药吃了。"将一个纸包放到床头柜上。

我问："他真的不烧？"

护士白了我一眼，把体温计甩了甩说："你别勾着他抽烟啊。"

宁志站起身："放心，不抽。"然后冲我摆摆手说："咱出去走走。"

护士问："你没吃药呢，干吗去？"

宁志说："出去抽根烟。"

我和宁志第一次出现了分歧。我认为需要激情和热血去迎接未来的挑战，宁志却认为要泰然处之。我终于没忍住，嘲笑他因为一次任务就变得消极。他并没有生气，冲我微微一笑。反倒让我不知说什么好。

第二天我来接宁志出院的时候，他的病房里多了一个人，正和他聊着什么，见到我进来，他们的谈话戛然而止，看上去极不自然。这让我对此人的第一印象很不好。或许我只是不太习惯一个陌生人和一个与我出生入死的战友聊一些不愿意我听到的话题吧。

宁志对他说："这就是秦川。"

他眼里明显亮了一下，站了起来，对着我立正站好说："你好，我叫齐林。"

我冲他点点头，朝宁志投去疑惑的一瞥。宁志清了清嗓子说："来不及了，边走边聊吧。"说着提起打好的包，对齐林说："你帮我拿着我的吉他。"

齐林中等身材，白白净净的脸，动作很利索，提起宁志的吉他就往外走，路过我的时候微笑着冲我点了点头。

我跟在他们后面出了住院部大楼。齐林小跑了两步，将停在住院部门口的一辆轿车后备厢打开，接过宁志的行李与吉他一并小心码放好，就坐到副驾上，车内等候的司机随后发动了车子。

我只当他是派来接宁志出院的，也没多问，拉开车门与宁志坐到后座上。

车子并没有朝总部方向走，而是一路向东上了机场高速。我问道："这是去哪儿？"

宁志说："不知道，人家手里有命令。"

我心中顿时有些不悦。大家都是平级，我没在的时候你们鬼鬼祟祟地谈话，见我来就不吭声，现在突然告诉我有新任务，搞得我像个外人。我看着副驾的齐林心想，老子和宁志出生入死的时候，你不知道在哪儿转筋，这会儿神秘兮兮地装什么孙子。

没等我再问，齐林将一张盖着红戳的纸竖在我的眼前说："紧急调动，去机场找个人，目标人物下午六点飞乌鲁木齐，找到后直接拿下。"说完又不由分说递过来一张照片。我一看照片，眼前豁然一亮，照片上是个女人，拍照的背景应该是某家酒店的大堂，她穿着职业套裙很优雅地坐在沙发上，很漂亮，看起来特别清纯，像个刚毕业的大学生，也就二十二三岁的样子。我说："这也太可惜了。"

"嗯，手上四条人命，全是边防武警。"齐林坐在副驾头也没回地说，"她叫刘亚男，32岁，籍贯杭州，学历高中，自幼父母离异，她判给了父亲。父女俩一直在中俄口岸做服装生意。去年，她父亲在俄罗斯死于车祸。她改行开始做棉花生意，在新疆产棉区收购棉花销售到内地。具体什么时候跟贩毒组织勾结上还不清楚。只知道她利用正当的棉花生意做掩饰，帮俄罗斯贩毒组织跟金三角一带的组织牵线搭桥。一旦这个毒品网络在内地架构成熟，中国将成为毒品重灾区。除此之外，她旗下的公司还帮境外一些非法组织洗钱。"

"三十二了？完全看不出来，确实牛逼。"我对齐林一副严阵以待的样子很是不屑，于是看着照片中刘亚男满不在乎地说。又看了眼宁志说，"这上面没老徐的命令啊？"

宁志说："他可能不知道这事，我接到的是总部另一个领导的命令。"

我心里更加不悦，潜意识里我已经默认自己是徐卫东的兵，只接受他一个人的调遣。我心甘情愿为徐卫东下达的任务指令拼命，这莫名其妙地来一个我还不知道见没见过的领导，就这么给我下命令，这在情理上也不合适。

我说："要不要跟老徐打声招呼？"

不等宁志说话，齐林抢着说："这次行动我们三个只向部里一位领导负责，对其他人全部保密，另外此次行动由宁志领导。"我看了一眼开车的司机。齐林忙说："我们的司机都是聋子、哑巴。"

我冷笑了一下，说："你刚说什么部？"我翻了下那纸命令，其实我早看清楚了那上面的红戳是公安部的，我故意问齐林，"公安部？你是公安部的？"

齐林"嗯"了一声算是回应。

我笑笑说："我不归你们管。"

齐林有些尴尬，回头看看我，见我没有丝毫好脸，于是说："你们上级知道，这次行动由宁志负责，一些问题，还是他给你解释比较好。"

我嘴角一抽，像看叛徒一样看着宁志说："首长吉祥。"

宁志没理我这茬儿，他异常严肃地看着我说："跪安。没什么好解释的，命令是咱们上级直接下达给我的，至于为什么不是老徐，我想这不是我们该问的。你还有问题吗？"他看了下手表，又看看我，像是在做什么决定，最后从口袋里摸出一部军线手机丢给我，"要不？你自己给老徐打个电话？"

看到那部手机，我傻了。这种军线手机只有领导级别的人才有，我见过徐卫东有一部，而此时宁志居然也配备了一部。我突然觉得自己像是一个置身于某件事之外的傻子，具体发生了什么，所有的人，包括邻居家的那条狗都明白，只有我还蒙在鼓里。

我拨通了徐卫东的内线电话，响了两声对方接通，是我熟悉的徐卫东低沉的声音："嗯，说。"

一时间我哑了，徐卫东的语气不耐烦起来："说话。"

我只好硬着头皮说："是我，秦川。"

徐卫东迟疑了一下，"嗯，这个案子你由宁志领导，有什么话回来再说。"他好像还想说些什么，沉默了一下又说，"先这样吧。"一下挂了机。

我收起电话，盯了宁志一会儿，说："我没问题了，您尽管吩咐。"说这话时，我的鼻子有点儿酸，我知道一定发生了什么事，而且远在我想象之外。我像是在特案组高速运转的离心力下被甩开的一根可有可无的螺丝钉一般，被抛弃在空中，不知道将要落向何方——这一切就发生在我热血澎湃地想要做出一番轰轰烈烈的事业之后。

这种从九天到深渊、从炽热到寒冷的转换像极了我孩提时代的一个噩梦，梦中我与母亲被陌生的人群冲散，我想大声哭泣，却怎么也发不出声，我看到好似熟悉的脸孔，可那些脸孔只是冷漠地看着我。

我觉得好冷、好饿，孤独如同一只猛兽在阴暗处觊觎着我的血肉。

宁志手搭上我的肩膀，叹了口气说："和以前的任务一样，面对的都是穷凶极恶之徒，我们的价值是铲除这些人。我不知道这次是害你还是帮你，无论如何，我只希望咱俩能并肩作战，至于谁领导并不重要。"

有件事我想我有点儿看明白了，就是不论我怎么安慰自己，不论徐卫东怎么为我开脱，在上一个任务中，我的确失败得很惨。既然失败，就一定要为此付出代价。

冷静地想想，此刻我就是一个配合公安部门围歼逃犯的普通战士。我只是接受不了因自己的无能，才从特案组探员到一个普通战士的变化。

我做了一个深呼吸，给宁志挤出一个微笑说："提要求吧。"

宁志说："活着。"

车内再没人说话，我觉得气氛被我内心的一些疙瘩搞得有点儿别扭，于是开玩笑地说："那我活着回来有什么好处？"

宁志冷冷看着我说："我升官呗。"说完转过头哈哈大笑起来，笑声分外刺耳。我没忍住，狠狠在他肚子上来了一拳，刺耳的笑声戛然而止。宁志忍着疼挺起腰，缓了缓说："别他妈闹，我说真的，上面说人员伤亡率不能超过一点五个。"

"一点五？"

这次车内彻底安静了。这句话的真正含义是说：这次行动，我们三个，有一个人回不来是正常的。

我们三个坐在行李传送台后巨大的监视屏前，守候着这个身上背着四条边防武警的命，估计还会再加上我们其中一条命的姑娘。身边蹲坐着我们的三个同行：三条个头不大、不知道是什么品种的警犬。

按照指令，警犬们开始挨个儿嗅着传送带上缓缓吐出的行李，摇头摆尾还伸着舌头，怎么看都觉得它们是在对你笑，这种工作态度让我觉得这很不靠谱。

一条警犬对着一个暗红色的小皮箱吱吱呜呜叫个不停，最后索性两只前爪全部扒了上去。牵着它的警察顿时紧张起来，将那个包拿了下来。看着倒是有点儿意思，我说："我倒要看看这狗能搜出什么来。"牵着狗的那个特年轻的小警察看了我一眼，表情很不满意。

宁志说："你猜是什么？"

我说："肯定不是易燃易爆的。"

宁志说："你怎么知道，你闻过了？"

"不是，因为那狗的制服跟你现在一样，上面写着'缉毒'呢。我看这狗岁数不小，搞不好是你师兄也不一定。"我有意无意地挖苦着宁志。

宁志笑着拉开架势说："你找练哪？"

齐林喷了下嘴说："咱先别逗了，咱是干吗来的？"

我对齐林一个立正说："是。"

齐林有点儿无奈地张了张嘴，又没说出什么来，只好向宁志投去求助的目光。宁志白了我一眼。我也觉得自己有些过分，曾几何时自己居然会酸溜溜地讽刺挖苦，怎么看都不像一个战士，倒像个怨妇。

不一会儿，警察带来一个二十一二岁的小姑娘，指着那个暗红色小箱子问她："箱子是你的吗？箱子里装的是什么？"

那小姑娘扭头看了我们几个一眼，又扫了一眼我们面前的屏幕，眼神再次落在我们身上。我和宁志不约而同地交换了一个眼神。按常理，遇到这种情况一般人都会紧张，可这个小姑娘异常镇静，眼神中没有丝毫慌乱，好像早就知道自己要来这里，而且是事先计划好的。

"问你呢，里面装的是什么？"警察追问着。

小姑娘收回目光，脸上出现了迟到的惊讶表情，说："是，是我的，里面没什么啊，是狗粮。"

缉毒犬还挣着绳子要往箱子上扑，带它的警察伸腿把缉毒犬拨开，掩饰着脸上的尴尬说："打开。"

箱子里的确都是还未拆包的狗粮。我觉得有些不对，但又说不出是哪里不对，见那警察要动手拆包，忙上前一步说："等等。"

小警察看了我一眼，想了想站了起来。我用脚把那个箱子踢到一边，一直看着那小姑娘的眼睛。她起初有些不服，跟我对视了几秒，低下头说："真的是狗粮，到底怎么了吗？不然，你们可以打开检查啊。"

经过训练的警犬不会对任何外来的食物感兴趣，这点儿常识我是有的。我眼睛没有离开那个小姑娘，对小警察说："你拆开拿几颗给我。"

小警察拆开包装抓了一把递到我手中，我伸到宁志嘴边说："来，尝尝。"

宁志二话没说拿过一颗闻了闻，又舔了一下，真丢进嘴里咂摸了几下，才说："应该是狗粮。"

"喂！"小警察突然喊了一嗓子，朝那个皮箱跑去。我余光看到在场的三条警犬都疯了似的埋头大吃特吃那些狗粮。我盯着的那个小姑娘嘴角居然露出一丝难以觉察的笑容，那个笑容我再熟悉不过，那是亡命徒得逞后的笑。我一把掐住她猛地一搂，在她失去重心的瞬间狠狠地将她摔在地上。

如果说从前我还有些怜香惜玉的话，那么自从平凉那件事以后，我已不会对任何可能会给我或我的战友造成伤害的人有丝毫手软，不论对方是耄耋之年的老人，还是如花似玉的姑娘。

宁志第一个扑过来，揪着那小姑娘的头发，在她后脑上顶了一膝盖，那小姑娘哼都没哼一声就晕了过去。我转身朝那个皮箱跑去，飞起一脚将正在吃狗粮的一条警犬踢飞。一个警察冲我喝道："干什么？"说着想上来拦我。宁志抬腿一脚把那警察踹得窝在地上一动不动，不等我再踢第二只警犬，那些警犬都冲我们龇起牙，瞪着血红的眼睛，喉咙里发着低低的吼声。

宁志说："狗粮有毒，狗吃了会疯。"

齐林抄着一把椅子冲了过来。缉毒犬通常比较温驯，没有攻击人时咬喉咙或手腕的功夫，但特殊的毒素使它们发了疯，有两条冲过来贴着地面就朝齐林的脚脖子咬去。齐林脚下没了退路，索性将手中的椅子往地上一蹾，挡住疯狗的来路，身体在两只手的支撑下腾空而起，躲过了第一次的袭击。我就势将撞在椅子腿上的另一条疯狗一脚踢飞。剩下一条朝宁志扑去，宁志摸出手铐当作铁鞭冲上去狠狠朝疯狗鼻子抽去，那狗甩了甩头，原地晃了晃倒在地上，鼻子里的血开始往外涌。之前被宁志踹了一脚的那个警察当时就哭出声了，捂着肚子，用膝盖当脚走了过来，抱着那只狗，哭得上不来气。

宁志说："行不行？三个人差点儿连三条狗都制不住。"

事情发生得太突然，另外两条警犬的主人才回过神来，疯了似的跑向自己的警犬，不停地叫着狗的名字，带着哭声越叫越凄惨。我想上前劝两句，又觉得实在多余，就站在那儿没动。宁志走到被他抽死的那条警犬的主人身边，拍了拍那年轻小警察的肩膀，想说点儿什么，喉头动了动，还是咽了回去。

终究还得做事，宁志对那警察说："麻烦你把人找个地方先控制起来，完事带回去。"然后又对齐林说："你在这儿盯监控，我和秦川去外面。"

齐林可能并不想窝在屋里看监控，看着宁志想说点儿什么，见我在一旁斜眼看他，不情愿地点了点头。

我正要出门，之前死了爱犬的一个警察猛地冲过来，一把揪住我的衣领，另一只手攥着拳头拉开了架势正对着我的面门。宁志正要上前阻拦，我伸手将他拦住。如果臭揍我一顿，能少许弥补他痛失爱犬的伤痛，就让他揍吧。他的眼里喷射着愤怒的火焰，似乎随时能将我化为一团灰烬，但转眼，那团火焰被他眼里的泪水熄灭。他嘴唇颤抖着半天没有说出一个字，也没有挥出早已对准了我半天的拳头，最终还是放开了我的衣领。宁志想了想说："这样吧，那个女的你来看，我自己去外面。"

我说："这还用我看？"

宁志凑近我耳朵低声说："我怕她被这几位给活撕了，这狗对他们来说，比媳妇亲。"

我向机场民警借了一间办公室，办公室里间有个库房，装着老式的防盗门。我用一杯水把那小姑娘泼醒，故意在防盗门上找了一根不高不低的横栏，将她反手铐住。她站也不是，蹲也不是，索性叉着腿，屁股抵在防盗门上，看起来十分不雅。

她随身的包里除了一张身份证和一张飞往上海的机票外，连包纸巾都没有。行李箱中除了那几包狗粮外，就是几件皱巴巴的旧衣服。我更加明确地判断她此行的目的不是飞上海，而是在机场用毒狗粮制造混乱。如果她的行动跟我们的目标人物刘亚男有关的话，八成就是刘亚男的侦察兵。

我想起她被带进监控室时打量我们时的神情，以及得逞后露出的那丝笑容，如果我的判断是正确的，那么刘亚男应该已经得到风声跑了。我正想是不是有必要提醒宁志这一点时，宁志推开门与齐林一起走了进来。

宁志翻看着桌上那姑娘的物件，正要问点儿什么，被齐林用胳膊肘悄悄捣了捣。他的这个动作很小，却没能逃过我的眼睛。我假装没看到，等着宁志说话。齐林的小动作让宁志愣了一下，看似把嘴边的话又咽了回去，拿着那姑娘的身份证有些心不在焉，突然将那证件往桌上一丢，嘴里骂了句"靠"，扭头走到门口对我使了个眼色，我起身随他出去。他关门的时候对齐林说："你审吧。"

3

我跟在宁志身后出了候机楼，他在一个僻静的地方停了下来，摸出烟丢给我一支。我们各自点着烟，我见他还是一副欲言又止的样子，想起今天他的种种表现，料定他必然有些话想对我说，不知是什么话如此难以启齿。刚才应该是下定了决心，可现在看到我，他又有些犹豫。

我说："有什么话直说吧，咱俩要是也这样，就没劲了。"

宁志狠狠地抽了几口烟，冲我晃了晃他的断指说："平凉那趟，后来的一些事你应该不知道。"

我看着他，示意他继续。

宁志说："洪古漏网，任务就是失败的，而失败就意味着所有的牺牲都是白费，这是现实。"

我强按住心里的慌乱，说："我懂，也服，你说事。"宁志这么说已经算给我留足了脸面，郑勇和孙强的牺牲就是我的责任。想到这里我心里刀割似的疼，只能咬着牙忍着不让自己情绪失控。

"老徐因为这件事肯定受了牵连，我们自然也不会没事……嗯……"他说到这儿开始吞吞吐吐。我继续压抑着自己悲伤外加委屈的情绪，抽了口烟说："你直说吧，再这样我真跟你急了。"我隐约意识到些什么，此时我宁愿自己揣测也不愿从他口中听到。事情到了这一步，我只想早点儿接到判决，死也死个踏踏实实。

他像是横下了心一般，将抽剩的半支烟往地上一摔说："老徐那边具体背了什么，我不知道。但我已被特案组甩了，现在配合他们干这个。"他用下巴指了指候机楼的出口。我知道他指的"他们"就是齐林。

"缉毒警？"我替他补充。

他极不情愿地点点头。我明白了，这是降级留用。看宁志的这份不乐意，那我肯定比他不堪得多。该来的总要来，我说："现在该说我了。"

"我听说……上面是要把你退回去。"他咬着嘴唇，话说一句停一下，一边低着头两只手在身上几个口袋外乱摸，"也许……退回学校，也许……退回社会。"

我摸出烟递给他。他接了过去。我帮他点烟时，拿着打火机的手背上一热。是一滴水，准确地说，是宁志的眼泪。他也看到了自己的那滴眼泪，慌乱中想用他颤抖的手擦拭我的手背，手里的烟头却碰到了我的手。他对着我的手背又拍又吹，像一个做错了事后拼命想弥补的孩子，看起来是那么无助。

"宁志，我没事。"我扬起头，不让眼泪落下。

"我……我求老徐，想再和你一起执行一次任务，什么任务都行。"宁志哭了出来，始终不愿抬起头让我看到他的脸，"本来……本来老徐今天就要你去，和你谈……谈，我说……"他终于再也说不出一句完整的话了。

见他这个样子，我明白自己的未来正在向我最不愿意的方向发展。我收起泪水，说："不管我以后去了哪里，咱不都是好兄弟吗？你好好的，没任务的时候，来找我喝喝酒。"我拍着他的肩膀又说："我看我在这里你们也不方便，你也为难，我懂你的意思，你还有正事，先去忙你的，我先走。"

宁志点了点头，依然低着头说："这次任务回去后，我一定在报告里把你写得漂漂亮亮的，我不会放弃任何一个机会和你一起执行任务，我一定尽我的全力。如果这次不行，我就等，总有我上去的一天，不论你那时候在干什么，我都一定会把你揪回来。"

我说："嗯，你就想祸害我，见不得我过点儿太平日子。"

宁志破涕而笑，终于抬起头，抹了把满脸的泪水说："嗯，都是一起出来的，我太平不了，你也甭想。"

我在他的胸口狠狠地捶了一拳。他龇着牙回了我一拳。

"我走了，你自己小心。"我深深地看了他一眼，转身出了机场，一直到上了出租车，我都不敢再回一次头。

在离总部大楼还有两三公里的时候，我叫司机停了车。下了车，坐在马路边围着草坪的铁栏杆上，看着路上熙熙攘攘的人流和车流发呆。巨大的失落和茫然笼罩着我，我像是一个一直匆忙赶路的苦行僧，突然失去了继续前行的力量；又像是一个被世界抛弃的孤儿，无依无靠。我苦笑着告诉自己，我自由了，从此不再背负比旁人更多的责任，也不再那么单纯、黑白分明地生活了。只是，这自由来得太过生硬，快得让我手足无措。

"起来起来，这是坐人的地方吗？你瞧那小栏杆细的，能撑得住你这大小伙子吗？人人都这么没素质，这北京还叫首都吗？"我有点发蒙，抬头才看见一个戴着红袖箍的老太太居高临下地正在冲我训话。她身后还站着一个戴着红袖标的保安，正斜眼看着我。

我四下看了看，忙站起身来说："不好意思。"

老太太不依不饶地指着地上的几个烟头嚷嚷："地上的烟头是你扔的吧？"

"啊？"我看着地上，想不起自己刚才是不是抽过烟，说，"我不记得了。"

"跟这儿臭贫什么啊？"老太太身后站着的保安忍不住发话了，斜瞪着我说，"是不是你扔的你不知道？这么大个子这点儿事敢做不敢认？"

　　我像是被打开了身体里的什么开关，一下绷紧了后背，迅速收拢涣散的目光，死死盯向那个保安的眼睛。那保安眼中露出一丝胆怯，退了一步的同时手向腰间摸去。要不是我及时发现他腰间只别着一根橡胶警棍的话，我差点儿就出手将他制住。这是无数次对抗训练的结果。

　　正在这时，不远处有汽车在鸣笛。幸好这么一声让我惊醒，我陡然回过神意识到自己的失态，忙松开紧握的双拳，对那保安摊开双手以证明自己没有敌意。我从口袋里摸出自己的烟，又从地上捡起一个烟头对比了一下，发现并不是一个牌子，于是拿到他们面前说："你看，和我的烟不一样，不是我抽的。"

　　那保安也有点儿泄气又不甘似的，正色地说："身份证。"

　　"我没有。"

　　保安又说："暂住证。"

　　我说："我什么证件也没带。"

　　保安拽着老太太退到一边，拿出对讲机不知低声说着什么。就听见刚才那汽车笛声又响了两声，我这才注意到马路边不知何时停了一辆黑色的车，车窗已经降下，徐卫东坐在后座看着我。保安看了眼徐卫东的车，一边往那里走一边用手比画着说："这是停车的地儿吗？这是长安街！"徐卫东车上的警报器猛然响了两声，那保安一愣，站在了那里。

　　徐卫东在车内冲我甩了下头。我起身跨过隔离带打开车门，徐卫东朝里挪了挪，我低头钻进车内。我本以为他会呵斥我几句，不料他上下打量了我一下，扑哧一声乐了，笑得前所未有的夸张。我一时摸不着头脑，只能眼巴巴地看着他。等他笑够了，又板起脸来，对着我叹了口气，摇摇头，那样子像是对我失望至极。

　　怎能不让他失望呢？我在社会上就像一个弱智，这样一件简单的事，我竟然什么都没做就搞得那保安如临大敌。

　　我跟着徐卫东进了他的办公室，他脱了外套挂在衣架上，搓了搓脸问道：

"看这样子，都知道了？"

"嗯。"为了确定宁志的传达没有误，我又补充，"退回社会呗。"

徐卫东坐到会客区的沙发上，对我说："坐吧。"

我站在那儿没动，看着他，我觉得特别愧疚。我小声说："给你添的麻烦很大吧。"

他一边泡茶一边说："那和你没关系，你呢？什么想法？"

我忍住内心的憋屈，低头说："服从组织分配。"

"屁话！"徐卫东停下手中的事瞪着我说，"就你这样的到社会上，不就是社会的负担吗？你告诉我你能干什么？连个巡逻的保安和老太太你都应付不了。"

"那当初还不是你把我选出来的。"我低声嘟囔着。

"放屁！"徐卫东喝了一声，站起身指着我的鼻子说，"我选你出来是干吗的？是我眼瞎还是你心瞎？我他妈是选你出来当尿包的吗？天塌下来了吗？服从组织分配，组织让你去吃屎，你去不去？"

我被他爆发的样子搞得有点蒙，随口说："组织怎么可能让我去吃屎？"

徐卫东牙齿咬得咯吱直响，狠狠地瞪了我半天说："你怎么知道……"用手指点着我，想说什么又像是生生憋了回去似的，忍了忍气，"别说我，连宁志都想方设法地为你扭转局势，当大家都为你努力的时候，你自己却先放弃了。还服从组织分配，你在我这儿唱什么高调？"他调节了一下情绪，许久，才恢复了过去那种低沉的语气说，"我看跟你说也是白搭，我最后问你一次，你什么想法？"

我硬着头皮说："我想留下来。"

徐卫东说："任何岗位吗？"

我着实愣住了。我真没仔细想过这个可能，再说我如果答应，是不是会被调去某个单位当警卫，每天执勤站岗？

徐卫东说："你有什么问题就直接问。"

　　我本想问问任何岗位的概念是什么，话到嘴边就知道这个问题有些过分。一个饥肠辘辘的乞丐，有什么资格点菜？于是问了一个困惑了我很久的问题："当时为什么选中我们？我们并不是最优秀的。"

　　徐卫东端起茶杯吹了吹浮在水面的茶叶，嗫了两口茶，说："因为，你们简单。"

　　我本以为他会说些"我有我的考虑"或者长篇大论一番，没想到只是这么简单的一句。我不确定这个答案我是不是满意，因为我意识到现在的我根本难以将其参透。用句现在时髦的话说就是：虽然不太明白是什么意思，还是觉得好厉害啊。

　　我无言以对。过了好一会儿，只听他说："让你退伍，你干不干？"

　　犹如当头一棒，打得我耳朵里嗡的一声。好半天，我喃喃地问："都退伍了，还干什么？"

　　徐卫东说："能干的更多。"

　　我似乎隐约感觉到了什么，又不敢确定，只好小心地说："我不太明白。"

　　他看着手里的烟头，缓缓地说："之前你们只是脱下了军装，现在我要连你的档案都销掉，你还愿不愿意干？"

　　"愿意！"这次我好像闻到了一丝蕴藏在自己灵魂深处的某种气味，这种气味竟然让我莫名地兴奋起来。

　　徐卫东终于抬起眼皮，看了我一眼。

　　最后他让我回去待命。听到这个熟悉的词，我简直是心花怒放——既然是待命，那就是说一定会有新的任务给我，那就是证明我并没有被抛弃。可当我走到他的办公室门口时，他又叫住我说，不是待命，是回去等我消息。一个"待命"，一个"等消息"，对此时的我而言，犹如亲历一次冰火九重天。

　　1996年在我复杂的心情中就要过去了。大街上张灯结彩，到处是庆祝新年的人们高兴的笑脸。而我像是一个高考完等待发榜分数的学生，又像是产房门口等待妻子生产的丈夫，在焦急、等待、猜测的各种不安情绪中煎熬着。

新年到来的前一天清晨，我接到了徐卫东要求我火速赶往他的办公室的命令。

我知道，决定我命运的时刻来了。

徐卫东一进办公室，从桌上拿起一沓文件丢给我说："给你找了个接收单位，待遇不错，你签个字，过两天就能去报到了。"

我打开文件翻了翻，那是一家国有大型企业。我忐忑地问："你说的，所谓退了伍能干的更多，就是这个？"

徐卫东把头从茶缸子里抬起来说："不好吗？多少人削尖了脑袋都进不去。"

我说："我不需要，就算去了能干什么？跟人谈买卖还是坐在办公室里做企划案？"

徐卫东说："不会可以慢慢学。"

"我学了！我学的是怎么闭着眼把一堆零件几秒内组装成枪然后对着靶子把弹夹里的子弹全部射中靶心；我学了全副武装翻山蹚河连着一天一夜连吃饭喝水都不歇脚；我学了没吃没喝只身一人在丛林里活下去；我还学了怎么赤手空拳把围攻的三五个敌人放倒；我学了怎么连着枪毙三个死刑犯还能没事人一样抽烟聊天；我甚至学了怎么用一双空手就把敌人杀死；我也学会了怎么在失去战友后从无止境的痛苦中摆脱出来……"我抹了把脸上的泪水说，"现在，你让我西装领带地坐在空调房里喝着咖啡考虑怎么为公司多赚点儿钱？"

徐卫东静静地看着我，我没有避开他的眼神，与他对视着，办公室里静得出奇。不知过去了多长时间，他拿起那沓文件，当着我的面撕了，将碎片丢进垃圾桶说："跟我来。"

第四章
杀人？不是说抢劫吗？

1

在总部的多功能厅里，我看着幻灯片，听徐卫东介绍情况："这是一个活跃在缅甸、泰国和老挝三国交界处的贩毒组织，也就是传说中的金三角地区。"

我若有所思地点点头说："金三角？电影里见过，是一回事吗？"

"以前，咱们国家的毒品犯罪基本为零，在全球都是最干净的。"他顿了顿说，继续说，"我是说新中国成立后，改革开放之前，你再借他们几个胆子，他们也不敢惦记内地。改革开放以后，这些贩毒组织都坐不住了，毕竟，咱们内地可是有十多亿人口，这在他们眼里是全球最大的市场。他们曾先后通过云南边境多次偷运海洛因试水，大部分被咱们边防武警截获，但也有部分漏了网。目前，广东、河南、陕西、甘肃等地区都出现了大量毒品贩卖和吸食案件。经过一系列侦破，现在我们已经确定这些内地的毒品正是来自金三角。"

我看着幻灯片上那一张张被毒品摧残得人不像

人、鬼不像鬼的吸毒者的照片，头皮一阵阵地发麻。徐卫东说："这还不是最严重的。毒品的利润与军火的利润一直不相上下，在这种巨大利益的驱使下，必然会有更多的非法组织和个人加入这个网络中来分一杯羹。如今这个网络已经覆盖到内蒙古之类的地区，内蒙古地广人稀，他们通过这条线把毒品贩卖的网络延伸到了东三省。"说着，他用手在屏幕上的中国地图里将内蒙古东部和整个东三省画了一个圈，在黑龙江和俄罗斯接壤处用力点了点，"有证据表明，这个贩毒网络已经在中俄边境与俄罗斯贩毒组织接洽了，一旦他们达成一致，那么中国必将成为毒品的重灾区，后果将不堪设想。"

我说："这怎么还有老毛子的事？"

徐卫东很不高兴我打断他，不耐烦地说："咱们哪件坏事能少得了他们？"

我打了下自己的嘴，表示不再插嘴。

"想要摧毁这个网络，光靠咱们境内的缉毒力量是远远不够的，太被动，所以上面的意思是，在金三角内部截获他们的运毒路线和计划，然后见机行事。"他说到这儿，"嗵"的一拳捣在地图下方的金三角地区。

我欠起身，伸着脖子尽量凑近地图看他拳下的"金三角"地区。徐卫东说："你的桌子上有详细地图，一会儿仔细看。咱们曾先后派遣过几次特勤人员前往这一地区寻找机会，毕竟是在异国他乡，各方面支援都非常有限。而且为了避免打草惊蛇，所有行动都是在秘密的情况下进行，还要顾及邻国的面子，不敢有大的动作，这些因素更增加了难度，降低了效率，以至于这么多年来都没有取得任何实质性的进展。"

徐卫东说到这里停了下来，看着早已被幻灯片和简报惊得目瞪口呆的我。我茫然地看着他，若不是他开口说话，我真担心自己会脱口而出：这跟我有什么关系啊？！

徐卫东说："你有问题可以随时发问。"

我咽了口唾沫说："你是要派我去捣毁金三角的贩毒组织吗？"我已经想好了，如果他的回答是肯定的，那我就告诉他，不如直接派我维护世界和平更合适。

徐卫东微微皱起眉，说："要你配合你的新搭档，去接近贩毒集团里的一个人。"

我坐直身子，前后左右看了一圈，这屋里没有其他人啊。我问："什么新搭档？宁志呢？"我知道，宁志已经去配合公安部做缉毒的工作了，现在有这样一个机会，为什么不让我和他搭档？毕竟我们彼此更熟悉。

徐卫东没有回答关于宁志的问题，手里一按换了一张幻灯片："你的新搭档叫程建邦。"荧屏上显示出一个男人的照片，年龄在二十到三十岁之间，很难分辨出具体的年龄，又瘦又高，留着平头。徐卫东指着照片，说，"他已经为这个任务在泰国北部美塞镇独自工作了两个月，实际相貌应该会和照片中有一点儿差异。"

说话间又换了一张幻灯片，是金三角地区的地图，上面重点标注了美塞镇。这个镇子位于泰国和缅甸交界处，非常接近所谓的金三角，看上去也是泰国北部重要的交通要道，更是前往缅甸的必经之路。

我不甘心地接着问："宁志呢？"

徐卫东说："宁志另有任务。你这次先飞曼谷，会有我们使馆的工作人员接应你，然后送你到美塞镇。你的任务是协助程建邦，接近一个叫周亚迪的毒枭，让周亚迪信任他，然后为我们在国内部署的缉毒警力提供情报。"

我走到幻灯机前，放回程建邦的照片仔细端详着，心中有些五味杂陈。上一次，是跟自己熟悉的战友去执行一个陌生的任务，这一次是去一个陌生的国家，和一个陌生的搭档，执行一个更加陌生的任务。"程建邦。"我看着照片默念着他的名字，心中七上八下起来，这是一个怎样的人？我一边琢磨着，一边翻那堆幻灯片，问："周亚迪的照片呢？"

徐卫东说："没有。"

我想起了洪古，当初也是没有任何资料。现在一听这种没有详细资料的，心里就不由得咯噔一下。

徐卫东说："程建邦的工作经验非常丰富，到了那里，他就是你的上级，你要做的就是配合好他，你听明白了吗？"

我点头说："我懂，就是给他打下手。"

徐卫东说："这个任务比较特殊，也是最近才由我们部门接手，具体情况程建邦要比我了解得多。你要快速地与陌生的搭档形成默契，尽快进入状态。"

经过平凉一役，我有了自知之明。就算这次的任务并不危险或者难度不大，我也只配做个副手了，更不要提这次的行动难度，简直不是我可以想象的。不管怎么说，这是我的一次机会，哪怕从曾经的任务小组领导人变成现在的别人的助手，也无所谓。我甚至觉得这个程建邦可能根本不需要搭档，或者说不需要我这样的搭档，一定是徐卫东为我争取来的这个机会。

我轻声说："谢谢。"

徐卫东收拾着幻灯片，好像没听见似的。

我问："什么时候出发？"

徐卫东抬腕看了一眼表说："差不多了，一会儿有车送你去机场，你有什么问题尽快问。"

我没时间也没理由去问徐卫东，为什么每次都不尊重别人的时间。因为这只是一句牢骚而已，在这种时间和场合发牢骚，只会连自己都觉得可笑。

等我详细询问并再三确定了到达泰国与使馆人员，以及和程建邦的接头方式之后，徐卫东坐在我身旁，递给我一支烟，说："有没有觉得不爽？别人都在过新年，而你呢，连属于自己的时间也没有。"

其实，我本来是这么想的，奇怪的是当他主动说出来后，我却一点儿也不那么认为了。我摇摇头说："不觉得。我想，你也好不到哪里去。"

徐卫东难得地笑了，居然破天荒地拍拍我的肩膀说："有一天你会觉得，这非常值得。"

我看到他笑，觉得好别扭，说："你还是别笑了。"

徐卫东看了一眼手表，站起身一本正经地说："时间差不多了。"

我跟着他站了起来，他伸出手要与我握手，我愣了一下后，与他握了握。

"我不送你了，注意安全。"他说完这句话，突然一个立正，朝我敬了一个军礼。我再次愣住，我记得他一再反对我们有任何军姿出现。不等我回礼，他收起手说："楼下有车等你。"就转身独自走上讲台收拾文件，雪白的屏幕上，他身形的剪影格外高大，在昏暗的多功能厅里十分醒目。

我默默走到门口，心想还没有给他回礼，转过身一个立正，给他敬了一个标准的军礼。

正在埋头收拾东西的徐卫东停了一下，他没有抬头，只是那么停顿了两三秒，接着继续忙碌起来。

走出多功能厅时，不觉眼中有些模糊，我也说不清是为什么。

2

客机降落在曼谷廊曼机场，等待开舱门的时候，机上的旅客纷纷脱去厚重的大衣，而我身上还穿着应对北京严寒的厚冬装。我走出机舱就感觉一股热带气息扑面而来，没走两步，就已经大汗淋漓了。

我一边出关，一边脱去外套。到达 VIP 通道出口时，不等我寻觅接我的使馆工作人员，一个四十多岁的中年男子就迎了上来，伸出手说："秦川吧，我是来接你的老刘。"

老刘穿着短袖衬衣和西裤，和蔼可亲，看上去就像个邻家的大叔。我随他走出机场大厅，路边停着一辆挂着普通牌照的灰色轿车。老刘打开后座车门说："上车再聊。"

我低头上车，见后座放着一个装得鼓鼓囊囊的背包。老刘坐在副驾上示意司机开车，车子启动后，他说："包里的衣服是按照你的尺码准备的，换上吧。"

包里是几件 T 恤和休闲裤，我随便选出两件在车内换好。"换下来的衣服就放车里吧。"老刘递给我一个牛皮纸袋，"这里是一些现金，包现金的纸上有几个地址和电话号码。上面有说明，你记在脑子里。"他又递过来一瓶矿泉水说，"来，喝点儿水。"

我将现金装在口袋里，一边看那张纸上的资料，一边喝了口水说："谢谢，路有多远？"

老刘说："不用客气，路不远，但是曼谷城内堵车很严重，所以我们稍微绕一下，大概需要三个小时。我负责送你上船，然后船会送你到达目的地，水路可能需要一个小时。"

我扫了一眼车上的电子钟，估计到地方得下午五六点了。想起刚才还穿着棉衣，在北京与徐卫东在多功能厅里告别，眼下却一身夏装，身处异国他乡，不觉有些恍惚。

我问老刘："你会泰语吗？"

老刘笑着说："别担心，你去的地方基本上都是华人在那里做生意，游客也大部分是华人，当地人一般都懂汉语，不会存在什么语言问题的。"

在来之前，我听徐卫东也是这么讲，可徐卫东本身也从来没来过这里，我不知该怎么理解他所谓的没有语言问题的定义。现在听到在这里工作的老刘也这么说，我稍微放了点儿心下来。

"第一次来泰国？"老刘看我放松了一些，笑着问我。不等我回答，他忙一摆手说，"不好意思，我不该问。"他转过头对司机说，"尽量快一点儿，他需要在天黑前赶到目的地。"

我见扶手箱上放着一包烟，于是说："能抽根烟吗？"

"当然，没问题。"老刘将烟递给我，并帮我点上，说，"刚才那张纸上有我的两个号码，需要的时候，可以随时打给我。我们会尽最大努力，动用一切可以动用的资源为你提供最大帮助。"他说这话时收起笑容，非常严肃地看着我，直到我点点头说"谢谢"他才恢复了之前的微笑。

我能看得出，一路上他很想跟我聊聊天，但每次转过头都欲言又止的样子，最终只是冲我笑笑。我想，他并不知道我的情况，就像我也不知道他在使馆的具体职务和身份一样。我们默契地按照纪律保持着彼此间的距离，在车上有一句没一句地抱怨这里又潮又闷的天气和糟糕的路况，一直驶到一条河边停了下来。

老刘指着那条河说："这就是美塞河，岸边那条船会送你去美塞镇，船夫是本地人，我们都已经安排好了。只是到了那边，一切就都靠你自己了。"

我点点头，打开车门正要下车，看到自己换下来的衣服还堆在后座上。老刘说："我会帮你送去干洗，保存好，最后交还给你的。"

我冲他笑笑，说："谢谢。"下了车，关上车门朝那条船走去。

刚走出两步，听到老刘说："等一下。"

我站住转过身，见老刘坐在副驾上，四下看了看，表情慢慢凝重起来，举起手给我敬了一个标准的军礼。

我心头一热，但在这里我不能给他回礼，看着他的眼睛，用力点了点头。

我背起背包，跨过河边的几个泥坑，上了那条破旧的机动船。船夫拿出一块塑料布裹着的垫子递给我，指了指船头示意我找地方坐。见我坐下，船夫拿起摇把发动起船尾的柴油机，几声老人咳嗽一般的声音后，那台浑身颤抖的柴油机冒着黑烟启动了，推动着笨重的船身朝河中心驶去。

远远朝岸上望去，老刘还坐在车里看着我，见船开动了，才掉转车头，三拐两拐消失在树林中。

船夫坐在船尾掌着舵，嘴里哼唱着些难听的曲调，而我则一直盯着那台颤颤巍巍的柴油机，生怕它一口气上不来熄了火。河上各式各样的船渐渐多起来，偶尔有一艘拉着西方游客的私人游船驶过，船上的游客隔着十几米的水面冲我挥手，兴奋地喊着："Hello（你好）！"我一一报以微笑，我现在的样子可不就十足像个游客吗？

发绿的水面上漂浮的垃圾和死鱼越来越多，潮闷的空气中弥漫着一股难闻的腥臭味，船渐渐减了速，朝岸边一个小码头靠去。岸上胡乱地搭着各种颜色的遮阳棚，小贩们用熟练的中文或英文向旅客兜售着手中的货物，偶尔会有一两个当地的小孩嬉闹着跑过……

这混乱的场景让我有些烦躁，我想尽快找到素未谋面的程建邦，而且最好是在他认出我之前认出他来。如果我站在岸上像个傻子似的左顾右盼，最后被不知从哪儿钻出来的他拍下我的肩膀，那么第一面，我就输了。

虽然我是他的助手，但我不想一开始就被他看不起，那会让我平等地与他相处变得更加困难。

可是当船靠了岸，我告别船夫下了船，还是没找到他。

我佯装游客一边在那些摊位前转悠，一边继续在人群中搜索着程建邦。突然感觉有人把手伸进了我的口袋，我一把按住那只手，只觉得像是抓住了一只涂满油的鸡爪子，又瘦又小滑腻腻地抓不住。我转过身，一个十来岁的小男孩泥鳅一样在人群中钻来钻去，很快就不见了。

我赶紧检查口袋，老刘给的那沓现金和字条还在，我松了一口气的同时也紧张起来，堂堂特案组探员被小偷给掏了包，再让我的那位新搭档知道，恐怕我这辈子都抬不起头来了。

我正暗自庆幸，只觉后脑一阵风，我来不及躲闪，肩膀就被重重地拍了一下。我扭头定睛一看，果然是程建邦。

他比照片中黑了许多，笑起来显得牙齿白得刺眼，穿着件廉价的T恤和牛仔短裤，脚上趿着一双橡胶人字拖，嘴角叼着半支烟咧嘴冲我笑着，张开双臂做拥抱状大声说："靠，你怎么才来，怎么着？差点儿被偷了吧，哈哈哈。"

不知为何，他的笑声在我听来有些刺耳，连他雪白的牙齿都让我觉得扎眼，这明摆着是在嘲笑我是个菜鸟。但我还是马上装作一副老相识的样子，张开双臂与他拥抱，说："偷我哪儿那么容易？对了，你怎么都黑得没样了？我都不敢认了，是不是混不下去了？"

我们相互拍打着后背，我压低声音在他耳边说："我是秦川，幸会。"

他低声说："我，就是传说中的程建邦。"

3

当初徐卫东跟我说程建邦经验丰富的时候，我已经猜测到这个人多少会有些难缠，或者会有些怪癖。我想，做这行做久了多少都会有些不正常的地方，我只执行过一次任务，身边的两个搭档就没了一个半，那半个是宁志，到现在我都不知道他怎么样了。

而眼前这个程建邦，不知执行过多少次任务，更不晓得都经历过什么，单单是上级能将他独自委派到这里，就足以证明他得到的信任绝非一般探员所能得到的。而且，我怀疑，他原先的搭档可能已经牺牲或者受伤，不然为什么会派另外一个人——也就是我，来充当他的搭档呢？

这些问题在我的脑海里徘徊不停，但我并不是特别想知道。我现在唯一希望的就是埋头干活，竭尽全力伺候这位不可一世的、传说中的程建邦，让他赶紧接近那个周亚迪，我好早些完成我的任务，尽早离开这个鬼地方。

我突然十分想念宁志和郑勇，还有徐卫东。

我背着背包一言不发，跟着他穿过了这个叫作美塞镇的几条巷子。这里的确没什么身在异国的感觉，道路狭窄，路边的店铺贴着白瓷砖，全是"正宗广西米粉""黄金珠宝""温州皮鞋"之类的中文字招牌，跟国内同等规模大小的城镇一样一样的。程建邦在前头走着，絮絮叨叨地抱怨着糟糕的天气和食物，一直走到一家小旅馆前。这家旅馆十分破旧，木质的楼梯已经朽烂，踩在上面咯吱直响，到处散发着一股霉味。走到二楼一个房间门口，他摸出钥匙打开门，一股更加浓烈的霉味扑面而来，我下意识地揉了揉鼻子。

程建邦把门一关，指着一张空床说："你睡那儿。"

"谢谢。"我强挤出一个笑脸给他。

刚才还絮絮叨叨的他像是变了个人似的，冷冷地扫了我一眼，鼻子哼了一声："这老徐没事吧，这是给我添帮手还是给我添乱啊，不帮忙就算了，居然……"他完全不理会我的感受，自顾自地嘟囔着，将自己重重地扔在床上，伸出手在烟缸里摸到一根相对较长的烟头叼在嘴上，眯着一只眼睛点着，深深地抽了一口，徐徐地将烟雾喷向油腻腻的天花板。

见他并不打算搭理我，我也没理会他，将背包放在床上，起身打量起房间来。这间屋子很简陋，两张床，一张桌子，两把椅子，还有一个衣橱。我打开卫生间里的喷头，流了半天也不见出热水，心想反正这地方热，也不需要什么热水了。所有的家具、卧具虽然简陋，倒是很整洁，当然，除了他的床和他方圆几米的地方。

我推开临街的窗户，看了看外面的环境后回过头，见他躺在那里把那半支烟抽完，又伸手从床头的破柜子上，摸到少半瓶不知什么时候打开的啤酒，晃了晃，扬起脖子将瓶中的残酒一股脑儿倒进嘴里。然后像是做出了什么决定似的，猛地坐起来看着我说："就这么着吧，也没别的办法了，就你了，秦……川，是吧？"

我坐了下来，说："对，秦川。"

"我不管你是秦川还是秦腔，休息好了就准备跟我去抢劫。"他走到桌子前坐下，从抽屉里拿出一张纸和一支笔，背对着我说，"我画一张地图，比你之前看到的更容易懂，一会儿你一边看我一边跟你说。"

"抢劫？"我失声喊道。

他有点儿惊讶似的瞥了我一眼，眼神中有着很明显的鄙夷，低下头"嗯"了一声，又埋头画图。我走过去，他抬起头说："楼下有家便利店，买几包烟和啤酒上来。"

我心想，也许抢劫是什么暗语吧，不过他还真把我当成打下手的了。我忍着气，问："要什么牌子的？"

他回过头轻蔑地打量了我一番说："哦对不起，我在这种鬼地方待久了，已经不会认牌子了，烟冒烟就成，啤酒冒泡就成。"

我说："还要别的吗？"

他头也没回地说："我刚才说的不够明确吗？"

要知道这么久以来，除了徐卫东和那天在长安街上训我话的老太太，就没人和我这么说过话。我强压住心里隐隐燃起的怒火，跑下楼买了几包烟和几瓶啤酒。回来时他已经将地图画完，看了眼我买来的东西，说："你可真会选，那么多烟你选了个最难抽的，还有这种啤酒是最淡的，一点儿味儿都没有。"

我没理他，看着他手中的地图冷冷地说："说吧，怎么抢？抢哪里？"

他明显愣了一下，很快又恢复了常态，说："我抢，你在这儿待着。"

我脑中滑过一个念头：是否有人冒充了程建邦？虽然这个念头稍纵即逝，可眼下这种情况，我不能盲目地听从，他的安排，至少我得知道为什么，我得独立判断正确与否，甚至在必要的时候我得联系徐卫东确认此次任务才行。想到这儿，我侧身一条腿坐在桌上，打开瓶啤酒喝了一口说："为什么？你什么计划？这跟周亚迪有什么关系？"

程建邦冷笑一下，说："你来跟我碰头的事，老徐是怎么和你交代的？"

我说："一切行动听你指挥。"

"那你哪儿那么多为什么？"他大概发觉我的脸色已经很不好看了，脸上挂了一点笑拍拍他对面的椅子，示意我坐过去，说，"目标人物周亚迪，在你来的四天前，因为杀人被关进了监狱。"

"啊？"这个消息不亚于一声晴天霹雳，我站起身说，"那得被关多久？会不会被判死刑？上级有没有更新任务内容？"周亚迪是我此行任务的目标人物，我的任务就是要配合程建邦接近他，取得他的信任。如今目标人物周亚迪竟然被抓进了监狱，一切的一切仿佛回到了一个奇怪的起点。

程建邦说："死刑不至于，但一时半会儿肯定出不来了。"

我说："那还是向上级报告请求新的指示吧。"

程建邦本来正给我递一支烟，听到我这话，冷冷地瞥了我一眼，自己点上烟，说："给你的任务有没有附录说目标人物不会在监狱？"

我说："没有，可是……"

程建邦打断我说："那你还可是什么？我们的任务是接近周亚迪，既然他进了监狱，那么我就要去监狱里接近他，那里的环境应该更适合这项任务。"

我的脑子一时没跟上这一连串的信息爆炸，像是一个电压不稳状态下的电灯泡，忽明忽暗。冷静一下，我才说："他是因为杀人进去的，就算不死，在里面蹲个几十年也没什么稀奇，任务是接近他没错，可你在里面陪他坐牢算怎么回事？你死脑筋吗？接近他的目的……"说到这儿，我意识到自己的声音有些大，压低了音量说，"接近他的目的是为了获取情报，不是让你跟他交朋友，那样就算得到再多的情报又有什么用？"

程建邦一拍桌子站起身说："你他妈说谁死脑筋？我进去不能获取情报吗？难道你是死人？你如果连传递情报这点儿事都做不了，趁早滚回去，老子自己也办得到。"

听到这儿，我实在忍不下去了，老资格摆一摆，意思意思得了，这程建邦自打见了面就开始阴阳怪气的，这他妈算哪门子搭档，这种态度还过什么命？我一巴掌差点儿把桌子拍散，站在他对面瞪着他说："你他妈有话好好说，还没完没了？我来这里不是来看你脸色、听你耍嘴皮子的，有能耐咱就在事儿上真刀真枪地比画，不见得谁比谁尿。什么搭档，狗屁不如，你瞧不上我，你当我把你当回事了吗？不满意现在就去跟上面汇报，随你怎么说我都认了，回去背处分也比在这儿看你这张脸强。"

我气冲冲地拿过他手里的烟，抽出一支叼在嘴里，一把从他嘴上将烟头揪下来，对着火，又塞回他嘴里。他的嘴唇和烟粘在了一起，被我猛然揪了下来，疼得他一个劲儿地吸凉气。我的骤然爆发让程建邦好半天没回过神来，直到他的眼睛被烟熏着才回过神来。他急忙把嘴里的烟头吐到地上，揉了半天眼睛，擦了擦被烟熏出的眼泪，"你看你，还真急了。"他呵呵笑起来，"老子，哦不对，是我，我在这破地方都他妈待了俩月了，裤裆里都快发霉长绿毛了，好不容易见到自己人能敞开了说话，你让我发发牢骚怎么了？"他居然满眼委屈地看了我一眼，又说："我知道你，秦川嘛，西北最大枪械制售那案子就是你办的，还捡了一条命回来。"

他拍拍我的肩膀，满脸敬意地说："说起来，你也算是我心目中的传奇人物。"

看着他在短短几分钟内转变得如此之快，我不禁有些佩服，更深刻地明白了徐卫东说他经验丰富的含义。我想，刚才他说的那些关于我的事，也一定是徐卫东告诉他的，我不由得有些感激徐卫东，他这么跟程建邦说，无非是为了避免我在一个老探员面前太过卑微。至少现在，我与程建邦之间似乎有了正常而相对平等的位置，接下来我只需要用自己的实力维系住这种平衡就好。

我见外面天色已经昏暗。"别废话了，你什么计划？"我说着坐了下来。

程建邦收起笑脸，也坐了下来，拿起一瓶啤酒跟我碰了一下，说："我打算混进监狱，那种环境反而更容易接近目标，搞不好就能事半功倍。你在外面负责接应我，帮我传递消息，就算他出不来，至少也可以帮我引见其他的大毒贩。所谓条条大道通罗马，只要掌握了足够的情报，再找一个合适的时机，我再出来，就算做个毒枭恐怕也不是什么难事了。"

听到他这番不切实际的话，我觉得很不可思议，在我听来这就像是一个讲了一半的故事，我接着他的故事说："嗯，对，然后你我联手，不出三年就能称霸金三角，然后带着全部毒品和兄弟回国一自首，这案子就算结了，从此世界上最大的毒品生产基地就不复存在了，对不对？"我不顾他满脸惊讶，语气一转说："这他妈是泰国，你当监狱是你家开的，想进就进，想出就出？泰国国王是你大爷？"

程建邦看了我好一会儿，"你这个想法很有想象力，但是实施起来变数太大，不可取。"他诡异地一笑，说，"至于进出监狱，这事其实很简单，用不着麻烦泰国国王，需要出来的时候，你给送你来的那个老刘说一声就行。"

老刘在送我来的车上说过，只要有需要就联系他，就会尽最大努力动用一切可以动用的资源提供最大的帮助。如此看来，他随时出狱这个问题应该是可行的，之前我也想过一些可能出现的会用到老刘的状况，最多就是可能会在和泰国警方发生误会时需要他的协助，却从没往这方面想过。我说："你跟他确定过吗？确定来去自如？如果他能帮忙，为什么非要……抢劫？"

程建邦说："这是个小镇，当地的警察跟周亚迪这样的人多少会有些瓜葛，我担心万一泄了密或者引起周亚迪的怀疑，反而搞砸了，所以一定要自然。"

我说："那你出来的时候不怕泄密打草惊蛇吗？"

程建邦说："这当然不一样，那时候我已经得到了我想要的，换句话说，我的任务已经完成，谁还在乎蛇惊不惊呢？实在不行就在里面把他干掉。"说着，他做了个抹脖子的动作。

我不禁在心底对程建邦由衷地敬佩，能在周亚迪入狱的短短几天内想出如此胆大的计划，果然有勇气。我接着问："所以你打算抢劫？你确定你就一定会和周亚迪关进同一座监狱？"

程建邦说："这个地方只有两座监狱，一个关刚才差点儿摸走你钱的那种小角色，另外一座专门关重刑犯。杀人放火的事我不能干，咱单抢劫总没问题吧？"

我想了想说："抢劫多少还是危险了点儿，万一你被警察击毙怎么办？不如强奸吧！"

程建邦脸色一变，骂道："滚蛋！"

我忍着笑说："怎么？你怕强奸完发现是个人妖？泰国不是盛产这个吗？"我看着他的脸，再也没忍住，笑了出来。

程建邦本来板着的脸也笑了。

那晚我们开始喝酒以后就没有说一句正事了，天南海北、荤素搭配地聊到很晚。我们知道，这样的机会在将来很长一段时间都可能不会有了。

因为不久后，我们这对仅仅相识不到一天的搭档，即将展开一个计划，而这个计划的成功与否，将影响着几十公里外那片中外驰名的金三角的存亡。

窗外那看似安详的夜色，无法让我们真正地忘记将可能面临的危险。好在在这一切发生之前，还有这样一个夜晚。

4

我和程建邦一致认为，既然是为了获得重罪，就一定要抢泰国本地人的买卖，也省得外国人看华人的笑话。他的目标是镇子最繁华街道中心的一家大珠宝行，那里以售卖缅甸上等玉石为主，兼营些黄金和钻石制品。

还有个重要原因，那家店铺对面就是警察局，便于被逮捕。免得太入戏，一不小心跑过的话，难免被警察敞开了追缉，那会是很危险的事。搞不好还得回来主动投案自首，万一落个宽大处理，就真是偷鸡不成蚀把米了。

我的意思是等我稍微熟悉一下情况他再行动，可程建邦认为事不宜迟，今天晚上处理完手头一件事，第二天中午就动手。我问是什么事，他笑而不答。我说，既然那么着急，为何是中午而不是早上动手。他说，太早怕警察没上班。

我对程建邦说，我对这里的情况还不熟悉，尤其是当地人文，况且我对整个计划还没有完全吃透，不想贸然开始，那样不仅是对任务的不负责，更是对他的不负责，所以希望再给我几天时间。

程建邦考虑了一会儿，决定最多再延迟一天。看着他坚定的目光，我知道，这是他的极限了，只好答应。

上午我俩出去随便吃了点儿东西，在镇子里瞎转了一圈，然后爬上镇子最北边的一座小山顶。他在一棵树下解开裤子，一边撒尿一边腾出一只手指着北边郁郁葱葱、云雾笼罩的群山说："金三角就在那边。"

我顺着他手指的方向望去，云山雾罩的也看不出那边有何不同。潮闷的空气让人浑身黏黏的难受，我抹了抹脸上的汗水，揪起领口的衣服扇着凉说："看不出，这个镇离金三角这么近，居然还这么太平。"

程建邦放完水打了个冷战说："太平？这种地方，周亚迪这号人物杀个人不算新闻，但是他居然被抓，而且还被判入狱，这就是新闻了。发生这样不寻常的事，一定是这个集团内部出了问题。"

我想起之前接触到的关于这边毒枭与政界、军界错综复杂的关系的资料，经程建邦如此一说感觉的确不寻常。因为在这种三不管的地方，一个有钱有势的毒枭怎么会亲手去杀人？就算杀了人，也有无数手下排着队要替他顶罪。周亚迪既然是我们的重点目标人物，那么手中的势力自然非比寻常，怎么会在自己家门口翻船……我一时没了头绪，说："那你的判断是什么？"

程建邦说："具体发生了什么我不知道，有一点可以肯定，有人要搞他。"

我忙问："什么人？"

程建邦有些不耐烦地白了我一眼说："我只知道一点，但我担心自己了解得不全面，所以我才急着进去，免得他因为内部斗争而被人搞掉，那我们就前功尽弃了。"

我觉得他说得有道理，心里反而不再像之前那么七上八下。反正现在和以后很长一段时间，我都要听从他的指挥，他越强，我越踏实。我说："他死了，不能换一个同量级的接触吗？听上去，你好像对这里很熟。"

程建邦看了我一眼，缓缓地说："我们接到的任务是接触周亚迪，上级选择他为目标人物，自然有上级的考量。我们不知道上级为了这个选择耗费了多少人力和物力，我们要做的，就是把这个接到的任务执行好。"

听他这么说，我突然觉得有些羞愧。服从命令本来是一个军人的基本素质，我却因为一些还没有看到的困难就琢磨着投机取巧。我有些不好意思地干咳了几下，说："你说得对，我错了。对了，你见过这个周亚迪吗？"

程建邦说："见过，通过另外一个毒枭见过一次。"

我说："也是金三角的？比起周亚迪如何？"

程建邦找了块稍微干燥的地方坐了下来说："差不多，或者比他势力还大点儿，我差点儿就跟了他，呵呵。"他不知想起了什么，笑了起来。

"那我们为什么一定要盯着周亚迪？你有这么好的机会去接近一个比周亚迪还厉害的毒枭，为什么不就势……"我说着做了个切入的动作。

程建邦扭头像是看陌生人一样看着我，叹了口气摇摇头，不再吭声。

我说："你别误会，我的意思是从他们集团内部接近他是不是更有把握？"

他站起身面对着我，神色很严肃，"因为我们要服从命令，上级让我们必须从周亚迪入手。"他又叹了口气说，"我是真没想到你能接二连三地问出这样的混账问题，我再重复一次，上级怎么做，自然有上级的考量，他们负责在两难时做出抉择，而你我只负责执行命令。"

他说的这话是来之前徐卫东曾对我说过的。此刻听他这么说，我意识到刚才有些被自己的小聪明冲昏了头。面对着程建邦，我很惭愧，他的确高了我不只一步半步。我想，我所在的机构里，一定流传着很多他的传奇，只不过我初来乍到，不曾了解而已。

我抓抓头，有点儿尴尬地随手摸出烟递给他一支，说："这下我真的认识到自己的错误了，有些自作聪明了，幸亏你提醒我。"

程建邦点着烟抽了口，眼神有些飘忽，幽幽地说："这一点对做我们这行的至关重要，能在你最艰难的时候不至于绝望，有时候就是那么一小点儿希望，能让你坚持下去，否则就全完了。"他呆呆地望着远山，轻声说："必须相信上级的决策，你记住我的话。"他忽然一笑，"其实我早看出来了，你就是一菜鸟，老徐跟我说的你的那些丰功伟绩，我看八成都是水分。不过我相信上级，他既然派你来，说明你自然有你的长处。"

我正想解释几句，他却一摆手说："时间差不多了，一会儿跟我去找个人。"

"谁？"

"周亚迪的冤家。"他将烟头丢在脚下踩灭，拍拍手，走到刚才他放水的地方四下看了看，又对我说，"注意警戒。"

我不知他葫芦里卖的是什么药，只能按他说的做，找到个凸起的石块站了上去，一边四下张望，一边看他搞什么鬼。他蹲下身子，双手在地上摸索着，居然生生从草地上抠起一块木板来，从那下面拎出一个箱子。他拍了拍手提箱上面的土，平放在我脚下的石头上，打开皮箱，里面竟然是几把六四式手枪，还有一堆压满子弹的弹夹。

他取出一把凌空抛给我，我就手一接糊了我一手枪油，我推开枪膛一看，果然是全新的。他又丢给我几个弹夹，说："擦干净，一会儿干活儿。"

我有点儿好奇，"干什么活儿？"

他把箱子放了回去，隐蔽好后说："杀人。"

我大惊失色："杀人？不是抢劫吗？"

他踹了我一脚，"你他妈小声点儿，怎么基础素质这么差？你老实说，你是不是老徐刚从学校里挑出来的雏儿？"他神色紧张地四下看了看，喃喃道，"我怎么觉得老徐这次把我坑了……"

他叼着烟，坐在一旁的大树杈上观察着周围，时不时疑惑地看我一眼。我生怕他继续追问，尽管我们有不得相互打听经历的纪律，但现在这种境地，他问了，我还能不说吗？而且，先前徐卫东给我贴的光环，也是我自己一点点熄灭的，现在暴露出来，我丢的不仅是自己的面子，更丢了徐卫东的脸面。万一他再知道我是哪个学校的，我岂不是丢了整个学校的脸？

幸好擦枪这种事就算闭上眼我也能做得来，为打断他的思路，我说："周亚迪那冤家是怎么回事？你打算什么时候告诉我？"

"我就等着看你什么时候问。"他跳下树来，说，"周亚迪有个死对头叫胡经，势力与他不相上下，招了几个杀手准备趁着周亚迪坐牢的机会杀了他，我们必须赶在杀手进入监狱之前把事办了。要不事情就失控得太严重了。不论怎么说，我在这里也是外国人。犯罪、被抓、审判再坐牢所花的时间会比他们本地人长一些，现在只能走这条路，为我赢取更多的时间，争取在他招募到下一个杀手前先进去。"

我将擦好的一把枪丢给他，继续擦第二把。

"一会儿你会看到负责为胡经找杀手的那个经纪人，认准这个人。"他摆弄着手中的枪说，"我进监狱后，你要盯住他，发现他招到新的杀手以后，第一时间先告诉我这杀手的特点，我好在里面提前准备应付。你自己不能贸然动手，以免出什么纰漏，你可不能有什么好歹，不然我没法跟老徐交代。"

我一听就来气了，什么时候开始我的安全需要他来对徐卫东负责了？我心里十分不悦，正想说话却被他打断，他说："你不用废话了，我知道你在想什么，现在不是赌气逞强的时候，以后有你威风的机会，但不是这次。"

我有些好奇，他得到的这些信息来源是哪里？难道因为他级别比我高，就能得到更多的情报支持？为什么我来之前，别说什么胡经，就连目标人物周亚迪的资料都少得可怜。徐卫东说过程建邦掌握的情况更多，那他不是应该向上级汇报的吗？

我说："你说的那杀手经纪人，还有胡经，还有有人买凶杀周亚迪的情报都是哪里来的？"

"你一定是还没毕业就被选出来了，老徐选人的本事是出了名的，也许你的确有两下子，不过……"程建邦摸着自己下巴上的胡楂儿，看着我说，"你吸引老徐的到底是什么呢？"他挨着我坐下，拍拍我，"不过，我一看你就不是个小气的人，所以我有什么就敢跟你说什么。"

听到他怀疑我的能力和徐卫东眼光的话时，我非常愤怒，都打算要发飙了。最后他冒出来这么一句，把我已经快要涌出胸口的火又生生地压了回去。他说："我来过这里很多次，这次待的时间最长，有两个多月。这里是距离金三角最近的一个镇子，也是他们和外面沟通的最佳地点，两个多月的时间可以认识很多人，做很多事，刚跟你说的那些人和事，都是在这两个月里知道的，不是我卖关子，实在没时间跟你解释这么多了。"他看了看天色，"时间差不多了，下山干活儿去。"

5

下山后，程建邦带着我在街上像两个游客似的闲逛，时而蹲下拿起路边小摊上的工艺品把玩，时而还会一脸淫笑地朝路边的妓女询价。

我只当他是在消磨时间，也没多想，心不在焉地跟在他旁边。哪知一直转到半夜都不见他有要行动的样子，我正要发问，他用胳膊捣了我一下说："不能用枪了，一会儿找机会在没人的地方下手吧，不过这家伙看上去练过，一会儿一定要下死手，速战速决。"

我茫然地看着他说："哪个家伙？"

他看外星人似的盯着我说："你跟着我这半天在干吗？逛街吗？"

我顿时明白他一直在跟踪什么人，可悲的是，我不仅不知道他跟的是谁，连他已经在跟踪这件事都不知道。我不禁有些沮丧，开始怀疑自己是否能够胜任他的助手，也明白了他最初见到我时失望的原因。看来，我很有可能会是他的一个累赘。

可眼下不是我反省的时候，我必须振作起来，不再去关注所谓的面子问题，打起精神竭尽全力去协助他。我说："我大意了。"

他无奈地叹了口气，用手指在太阳穴上揉了揉说："你九点钟方向，那个穿浅绿色短袖衬衫的。"

我尽量自然地转过身，一眼看到了目标人物。那是一个看似十八九岁的少年，神色举止中还透露着几分稚气，无论如何我也无法将他与杀手联系起来。我心里这么一感慨的工夫，那少年扭过了脸正好与我照面，我一紧张急忙把脸转开，随即就意识到这个动作太过刻意，赶紧又转过头看他。这一连串的举动使我跟那少年都紧张起来，我明显看到他瞬间绷紧了身体，不等我有所反应，他噌地一下朝人流中钻去。

"我靠！"程建邦低声骂了一句，快步跟了上去。

我懊恼不已，只能紧随其后。那少年的动作十分灵巧，闪避着街上的行人，几乎就要脱离我的视线。我一边加快步伐，一边仔细辨认着他的方向，但还是跟丢了。我立刻盯准程建邦，相信他一定不会犯我这样的低级错误，好在他个头在这种地方显得很大，目标还算明显。

拐出那条街，就见程建邦追进了一条小巷，眼前的路上几乎没什么人了。我迈开步伐快步追进那条巷子，就见程建邦已经用枪把那少年逼到了一堵墙前。

那少年一边后退，一边还回头寻找退路，可惜，那是条死胡同。

程建邦见我赶到，低声说："动手。"趁那少年的注意力都在他的枪上，我上前一脚踹到那少年肚子上，直接把人踹到了墙角。我心想自己不能一事无成，便冲了上去，只想三下五除二将其制服再说。眼看就要到那少年跟前了，他居然从怀中摸出一把手枪。我根本没有时间去害怕或者犹豫，伸出手一把攥住枪管，连枪带他的手一起扭了到他后背，将无名指就势塞到扳机后面，防止他扣动扳机。

那少年的胳膊被扭到了身后，整个人正面贴在墙上动弹不得，为防万一，我使足劲儿一膝盖朝他胳膊肘顶去，只听到"嘎巴"一声，我扭着他胳膊的手顿时觉得轻松了。他那只拿着枪的手带着整条胳膊被我从他肩膀上的关节上生生"摘"了下来。

我担心他因疼而叫出声，另一手捂住他的嘴，顺势掰着他的头把他放倒趴在地上。我骑在他后背上，一手揪着他后脑的头发，一手将他下巴尽量往上托，使他既不能动弹，也无法出声，只听到他喉咙里因痛苦发出的呼噜声，但无论如何我也无法按住他身体的颤抖。

此时，我只消用开瓶啤酒的力气就能扭断他的颈椎。

我长长地呼了口气，托着他下巴的手不知道是跟着他在抖，还是我自己在抖，一直不停地哆嗦着。程建邦将枪收了起来，扭头朝巷口看了眼，对我点点头，转过去背对着我盯着巷口。

我知道，他点头的意思不是为了称赞我之前那一整套动作的连贯且完整，而是要我即刻扭断这少年的脖子。我喘着气，低下头见他脖子上的汗正大滴大滴地淌，从这个角度看去，他长长的睫毛随着眼睛快速地扇动着。

我还是不愿意相信他是个杀手，甚至怀疑程建邦认错了人。我的神经越绷越紧，像极了第一次在刑场枪毙死刑犯时的感觉，只不过这次不是用枪，而是用手，我能清晰地感觉到这少年颈部动脉剧烈地跳动。

我手下犹豫着，眼睛不由得朝程建邦瞟去，我担心因为此时自己的不果断，再次惹来他的嘲笑。极度的紧张，使得我浑身的力气都积攒到扳着少年下巴和后脑的双手上。

程建邦转过身来，大概想看看进展。就在他转身的一瞬间，不知是我太过紧张，还是被突然转身的程建邦吓到，手下竟然一松。那少年趁着这个空当立刻挣脱双手，腰一拱一翻，将我从身上翻下，他就地滚了半圈，就手摸向刚被我踢开的手枪。我喊了一声"靠"，飞身扑过去，正好压在那少年身上，他已经捡到了枪，伸直胳膊瞄向程建邦，情急之下，我见夺枪已经来不及，又怕程建邦躲闪不及，索性扳着那少年的下巴和后脑，双手骤然发力。清脆的一声骨节断裂声后，那少年整个身体猛地一顿，停止了颤抖，瘫软了下来。

我的手还紧紧地掰着那颗颈椎已经断裂、只连着皮肉的头颅，指甲几乎要嵌到那颗头颅的皮肉里去了。我用力挺直脊背抬起头，活动了一下自己的脖子，仰起头深深吸了一口潮闷的空气，终于放松了肌肉，松开了双手。

我想装作若无其事地起身，腿上居然一点力气也没有，只好抹了把脸上的汗水，扶着身边的墙站了起来，靠在墙上大口地喘气。

程建邦看了一眼地上的少年，问我："你没事吧？"

我摇摇头说："没事，有点儿热。"

他叹了口气，拍拍我的肩膀："先离开这里，回去再说。"

我应了一声，整了整衣服，随他往回走，一路上他一句话都没说。

我本想赶紧回去把自己扔到床上躺一会儿，但很快就打消了这个念头，进卫生间洗了把脸，看着镜子中略显疲惫和苍白的自己，不禁发起呆来——我不能每次做完这样的事都像是被抽了筋一样。也不是每次做完这样的事都有时间让我去整理自己。

"躲里面补妆哪？"程建邦在外面喊了一声。这句话好熟悉，一定在哪里听到过。

"太热，洗把脸。"我赶紧用水泼了把脸，走出卫生间。

桌上摆满了啤酒，程建邦跷着二郎腿叼着烟，手里拿着一瓶打开的啤酒。

想起来了，刚才他那句话是上次我从甘肃执行完任务回去后，在徐卫东办公室门口徘徊时徐卫东说过的。也许他们都喜欢用"补妆"这种幽默来给一个内心挣扎的战友台阶下。或者，他们都曾经历过"补妆"的过程，才一步步成长为一个真正的战士。

他笑着对我说："来，喝，就当给我送行了，下次见面就得在探监的时候了。"

我不知道换作我，是否还笑得出来。我坐下说："你别怪我多嘴，难道真的没有别的办法吗？监狱里面情形太复杂，而且，值得吗？"

程建邦收起笑容，把酒瓶放到桌上，低着头半天没有言语。我想起他之前提到的那个杀手经纪人，于是问道："那个杀手经纪人在哪儿？你不是说要我盯住他吗？"

程建邦想了想说："我改主意了。"

"为什么？"

"说实话，你的表现让我有点儿失望，我担心你盯人不成反被人发现，我可不想你在这种事上没了命。"他用手按住想站起来与他争执的我，说，"你别激动，我没空和你争论，你自己回忆一下你今天的表现。"

我彻底没了底气，今天的确是我掉了链子。我说："既然如此，为什么不索性把那个经纪人干掉，一了百了？"

程建邦叹了口气说："你能成熟点儿吗？首先那是我的资源，我有我的利用模式，不需要别人掺和。其次，天下就他一个杀手经纪人吗？至少现在我知道他手里都有什么档次的杀手，一旦把他干掉，对方换一个经纪人，你觉得我们还有时间重新去了解一个杀手经纪人的背景和手里的杀手资源吗？"

他的这番话让我很不痛快，可又找不出一句有力的话能反驳他。他说得对，总结下来就是我还没有资格共享他手里的资源，或者说，那些资源他交给我也是浪费。

我也无心再说话，两个人就那么闷着。

他打破了沉默，说："你刚才问我是不是值得，对吗？"

我抬起头看着他认真地点点头。

他说："如果我跟你说我几年前也想过这样的问题，你会不会觉得我在摆老资格？"

我毫不犹豫地说："会。"

他笑了笑说："做事的时候，只要时间允许，就要把情况想复杂些。可你现在还是想简单点儿好，你只是在完成你当初的承诺而已，这难道不是最好的理由？难道你当初对着国旗说的那些都是违心的？难道你来之前接老徐给你的任务时很不情愿？"他见我低着头没有吭声，接着说："当初那么豪气干云，怎么现在尿了？"

我脖子一梗，说："谁尿了？"

他看着我，像是鼓励我说下去，我却不知说什么了。也许他说中了，方才死在我手中那少年稚气未脱的脸，像是一帧出错的画面，时不时在我脑中闪动一下，每一下都让我心中一寒，好几次都没忍住打了个寒战，我不知道程建邦是不是注意到了我这些细微的变化。

程建邦说："没尿就好，我得提醒你几件事：我进去之后，每次探监日务必去看我，除了给我送些日用品之外，主要是及时把我得到的情报传回去。"

我觉得气氛越来越凝重，就快要喘不上气了。我振作了一下精神，说："你放心好了，保证一次不落，你在里面好好改造，争取早日重返社会。"

说完我先笑了起来。程建邦愣在那里有点儿诧异地看着我，我见他的表情还是那么严肃，不觉有些尴尬，生生将笑容收了回去。

我抽了口烟想掩饰自己的尴尬，他这才哈哈笑起来，拍着我的肩膀频频点头。或许是因为这个不太恰当的玩笑，又或许是酒精的作用，屋里的气氛渐渐变得轻松起来。而之前彼此间的一些距离，此时似乎也不见了，我们肆意地开着对方的玩笑，就像是很多年的老友。

我本来应该为搭档之间的这种亲密感感到高兴才对，可当这种亲密感出现以后，我又开始为他担心。谁也不知道监狱里会是怎样一番境地，尤其是这种专门关押重刑犯的监狱。我不由自主地想起牺牲在我身边的郑勇和孙强，感觉心里有一些酸涩。

我们坐在桌前，仔细分析了好几次整个计划，分析到最后，知道其实根本没有什么是可以完全按照计划走的，一切都需要他随机应变。而我要做的实在太过简单，只是接收和整理他获取的情报按时上报。

那晚我翻来覆去没有睡好，不是因为行动前的紧张，也不是因为天气太热，而是因为程建邦打了一夜的呼噜，我实在是佩服他的淡定。

天蒙蒙亮时，我好不容易昏昏睡去，就被程建邦推醒。他蹲在我的床边，呆呆地看着我说："我想起个事，你帮我分析分析。"

我坐了起来，清醒了一下头脑说："说吧。"

他神色沉重地问："你觉得我长得怎么样？"

今天是关系整个任务进展最关键的一天，而主角是他，他既然这么问必然有他的道理。我认真地端详着他说："不错啊，标准帅哥。"程建邦的五官有棱有角，身材高瘦挺拔，如果再换上件像样的衣服，就更称得上英俊潇洒了。

他反而泄了气，皱着眉头说："我担心监狱里的那些性饥渴也是这么认为的，三五个我倒能轻松对付，可万一我是万人迷，他们轮番来袭，我恐怕真的支撑不了多久。"他一屁股坐在地上，"我们再想想，这个计划有没有问题？"

我安慰他说："监狱里都喜欢白的，像我这样的肤色才有诱惑力，你看你现在黑成什么样了？人家的口味没那么重吧。"

虽然这么说，我也不由得担心他进监狱后的安危。这几次下来，我最怕的事不是流血和死亡，而是失去战友。我更怕的是，一个人往往越怕什么就越来什么。我不得不承认，跟程建邦从碰头到现在才几天时间，已经无形中建立起了情谊，尤其是在这异国他乡，显得弥足珍贵。

中午，我们在一个广西人开的米粉店里，捏着鼻子吃了一碗不知道杂交了多少种风味的米粉。临别前，我说："我的意思还是请示一下上面。"我觉得我和他像两个玩耍的孩子，越玩越疯，越跑越远，脱离了父母的掌控范围。四周的环境对我而言，是如此未知和险象环生，我已经不知道是对是错了。

我只能把希望寄托在程建邦身上，希望他至少能记得回家的路。

程建邦笑笑说："你怎么就不信我？好，那边能打电话，我给你十分钟，你去请示吧。"他指了指不远处的一个公用电话。

我说："我不是不相信你，我是不相信自己。"

拨通徐卫东的专线后，我大概向徐卫东介绍了一下这边的情况。徐卫东说："我给你们的任务是什么？我有没有在任务附录中说目标人物不会在监狱？以后类似的这种事，你们去抓阄也别来问我的意见。"

我这才意识到原来程建邦在我之前已经请示过徐卫东，不然不会和徐卫东说出一样的话来。

徐卫东放缓语速说："注意安全，需要什么支援随时联系我。这个案子，不到万不得已不要搞出太大动静，不然一旦打草惊蛇，他们的网络我们就永远都摸不清了。"

我挂了电话返回找程建邦时，他已经不在了。我知道，在这泰国北部偏僻的小镇上，即将发生一起抢劫案。

6

本来我应该回旅馆，等着程建邦因抢劫而锒铛入狱的消息，但我实在无法按捺住心中的不安。

站在那家米粉店门口，看着刚才程建邦坐过的椅子，我犹豫了一会儿，还是决定去他的犯罪现场看看事态的发展，也许有我能够帮上忙的地方。

毕竟现在是大白天，程建邦要抢劫的那家珠宝店的位置算得上这小镇的黄金地段，人来人往的，难免会有什么差池，尤其担心他会被急着立功的警察开枪打到。我伸手拦了一辆 TUTU 车（三轮摩托车），朝那家珠宝店赶去，不停地催促司机快点儿，忍不住伸头朝前张望着。我不知道如何形容此刻的心情，难道要祝他行动顺利、成功入狱吗？

这镇子不大，如果有人开了枪，我一定可以听得到。一直到我赶到目的地，都没有发觉有什么异常，街上的游客还是那么悠然自得地闲逛，操着各种语言和小贩们讨价还价，看起来一派繁荣景象。

问题是，程建邦呢？

付了车主钱后，我站在路边朝人群中和各个可能藏匿的角落张望，都没看到他的影子。我慢慢地朝那家店走去，刚到门口就见到了店内程建邦的身影，他看起来很从容，像个真的游客一样，双手抱在胸前站在一节柜台前。整个店里有四五个售货员和三四个顾客。我扫了一眼他腰部别枪的地方，空荡荡的，看来他已经把枪藏在两臂之间了。

一时间我不知道该何去何从，正在想是不是该离这里远一点儿时，就见他侧开身子，举起枪对准了店里的一个售货员大声喊："抢劫！全都给我趴下。"

店里所有人愣了一下之后全部举起双手，惊叫着争先恐后地朝地上趴下去。

"嗒"的一声枪响，程建邦枪口指着的那个售货员胸口中了一枪，倒在血泊中。店内的女人此起彼伏地尖叫了几声，又很快安静了下来。

我几乎不敢相信自己的眼睛，不是说好不杀人的吗？！

程建邦居然也愣在了那里，茫然地看了看那个倒地的售货员，又茫然地看了看自己的枪，猛然转过头看到了我，一脸惊恐地冲我摊开手。

正在这时，他身后的那个顾客不知什么时候用黑布蒙上了脸，不等他反应过来已经把枪抵在他的后脑上。那一刻我的心跳几乎停止，我就差跪下来求那人千万不要开枪了。

幸好那人并没有开枪，只是在他的后脑上砸了一枪托，程建邦像一根柱子似的重重地倒在地上。

蒙面人用脚把程建邦手里的枪踢开，我提到嗓子眼的心这才落了回去。蒙面人一手用枪指着店内的人，一手丢给一个女售货员一个袋子，嘴里叽里呱啦地不知嚷些什么。那女售货员哆哆嗦嗦地从地上爬起来，打开货柜往袋子里装金银首饰。

我这才反应过来，程建邦被人截了胡！

蒙面人见袋子装得差不多了，一把夺过袋子，举起枪退了两步，转身跑出店外，钻进路边一辆在这里随处可见的破旧小轿车，绝尘而去。

这一幕发生得太快、太戏剧，根本没有给我任何反应的机会。我傻戳在那里，不知道是该过去还是不该过去。不一会儿警察就赶到了，我只能眼睁睁地看着他们拖起地上还昏迷着的程建邦，戴上手铐丢进警车，然后封锁了现场，赶走了所有围观的人，也包括我。

一直到被警察粗鲁地推搡出警戒圈，我也没能清理出头绪。这到底算是成功还是失败？

之前我们计划的只是抢劫，绝不伤及无辜。现在可好，不仅没抢劫成，还出了人命。我担心，这里的警察会不会把杀人的帽子扣到程建邦头上？那样整件事就彻底失控了。

我赶紧回了旅馆，收拾起自己的所有行李匆匆离开。我必须换个地方，免得警察连我一起抓去问话，到时候就算不是同谋，也得被他们驱逐或监控起来。那样的话，这次任务就真的成笑话了，不远万里跑到这鬼地方，什么事都没做成，反倒被警察当作疑犯控制起来。到时候就算徐卫东不处分我，我自己都会抽自己几个大嘴巴。

我在街上转了一圈，深思熟虑之后，还是决定在原先那家旅馆对面开了个房间。首先那里出口多便于撤退，其次可以随时观察到之前旅馆的情况，也好做出判断。

开好一个临街的房间后，我坐在正对着街面的窗户边观察着对面的动静，盘算着该如何得到程建邦现在的状况。无奈我越想越乱，当一切都在计划外的时候，我彻底晕了。

我像一只惊弓之鸟般倚在窗户边，过了一夜，直到天亮都不曾看到有警察来，不禁更加担心起程建邦的安危来。而且，问题的关键是——我该怎么办？好容易挨到路上的行人多了起来，我站了起来，伸了一个懒腰，舒展了一下身体，随便抹了几把脸，背起背包回到那家珠宝店。

站在那家珠宝店门口，我有点儿恍惚，眼前的一切让我开始怀疑。这里，昨天，是不是真的发生了我亲眼看见的命案大事？因为一切都正常如昔，珠宝店干净整洁地正常营业，丝毫没有刚刚发生过抢劫而且还死了一个人的迹象。

我走进店内，一个女售货员脸上堆着满脸的笑迎上来说："欢迎光临，请问先生需要点儿什么？我们这里的玉器是缅甸最好的。"

看来这种事在这里，还真算不得什么大事了。我埋头看着柜台里的玉器，说："我不太懂这些，听说你们这里的玉器很有名，随便看看。"

售货员满脸笑容地说："好的，玉器柜台在这边，我可以帮你介绍一下。"

听她流利的、带着点儿南方口音的普通话，我问："你是中国人？"

售货员说："不是，我是缅甸人。"

我说："你的中国话说得真好。"

售货员把我引到一组摆满各种玉器的柜台前。我无心听她的产品介绍，心不在焉地弯着腰朝柜台里看了一会儿，装作随意地问："我听说你们这儿昨天被抢劫了？"

售货员笑靥如花地说："先生请放心，我们已经加强了保安，而且对面就是警察局，我们老板和局长的关系很好的。"

我四下看了看，果然见两个体格健壮的男人抄着手观察着进店的游客。"那人被抓住没有？"我指了指柜台里一个玉制的观音挂件说，"给我拿这个看看。"

"这块玉的成色在这个档次里算中上了。"售货员将挂件拿出来给我，说，"没有，不过抓了一个抢劫未遂的，两拨人碰到一起了。"

"未遂？"这一下我的惊讶倒不是假装的，压低声音说，"我见报纸上说还死了人，凶手跑了？"

售货员叹了口气："是啊，凶手还没抓到，不过跑不远的。抓住的这个刚把枪拿出来就被别人给抢了先，是个中国人，应该不会判太重的罪。"她抬眼看了我一眼，忙说，"不好意思，我不该专门提什么中国人的。中国人很好，买东西很痛快，我们这里全靠中国人来旅游，大家才有钱赚的嘛，昨天那个可能是遇到什么困难了吧。"

我摆弄着手中的挂件说："你多想了，不管是哪国人，犯罪就得服法。这个玉坠多少钱？"

程建邦可能是为了保护我，没有在第一时间交代自己的住处，我在那家旅馆的窗口连续盯了好几天都不见有警察上门。如果那售货员说的是真实情况，那说明警察并没有把杀人的帽子扣到程建邦头上。想到这些，我心里稍稍放松了一些。我所能做的只有等待，等待他被判入狱。我不知道要等多久，也没有人可以问，只能每天去警局门口转一圈，买份当地的中文报纸，希望从中获取有用的信息。时间在我焦急的等待中开始变得格外地漫长。

好几次我都想联系下徐卫东，希望能够得到他明确的指示，或者有帮助的建议。可每当拿起电话，就想起他上次在电话里对我说的话，每次都没有把号码拨出去。

就这样，我足足等了半个月，几乎耗尽了我全部的耐心。

就在我打算以程建邦亲友的名义去警局去探听一下情况的那天上午，当地报纸上登了程建邦的消息。他犯的是持枪和持枪抢劫未遂罪，本该被判入狱一年零六个月。警察在他的枪里没有发现子弹，法庭减轻了刑期，入狱六个月，在警察局的拘留所里服刑。

　　看到这则消息，我喜忧参半。喜的是终于有了他的消息，忧的是他服刑的那座监狱并不是关押周亚迪的那座监狱，如此一来，这个计划算是彻底失败，还得搭上他半年的时间。

　　我赶紧买了些日用品和几条香烟去探监，在登记表格的关系一栏，写上了"朋友"。警察并没有多问我，只是查了查我带来的东西，就把我带到探监室的一张桌子前坐下，指着手表用中文告诉我，时间只有十分钟，不允许有肢体接触。

　　十多分钟后，探监室的门打开了。程建邦穿着囚服和拖鞋，被一个警察带了进来。他看上去气色还好，对着我苦笑了一下。警察帮他打开手铐后，站在一边说："开始计时了，十分钟，不许肢体接触。"

　　等程建邦坐下后，为了避免警察听懂我们的谈话内容，我用山西口音说："这下咋办呀？前功尽弃了，真是人算不如天算，他们没有打你吧？这里面待得住吗？"

　　程建邦操着四川口音说："他们对中国人还算客气噻，不敢胡来，这里面都是些小角色，老子没得事。"

　　我把带给他的东西推给他："我不知道你在里面缺些甚，随便买了些，你看看还差甚，下次我给你带来。"

　　程建邦扫了一眼那堆东西，沉默了一下说："就这样吧，下次不用了，老子在这里面混好了，啥子都不缺，安逸得很。"

　　警察将包拿过去打开检查了一通又丢了回来，然后眼巴巴地看着我。我不知是什么意思，求助地看了程建邦一眼。程建邦干咳了一下，悄悄做了个数钱的动作。我顿时明白，原来那警察是在索贿。我赶忙把随身的现金都摸出来塞进包里，冲警察使了个眼色。警察不动声色地将包里的钱摸走，站到了一边。

　　我们互相对望了一下，想起这一系列的阴差阳错忍不住对着开始笑，越笑越大声，直到警察伸手指我们，示意安静，我们才止住笑停了下来。

　　我说："这下恐怕你真的得好好改造了，早点儿出来我们再重新合计。"

程建邦抬起头一言不发地打量我，看得我心里直发毛。我说："你没事吧？"

程建邦说："我能有啥子事嘛，倒是你，到底行不行？"

我说："甚行不行？"

"我想，这个事情恐怕得你来了，你有没得把握？"

"甚事？你说。"

程建邦抬起眼皮扫了一眼看守的警察，用湖北口音低声一口气说道："时间来不及了，现在只能你想办法进去接触周亚迪，争取在我出来前有实质进展，然后我来负责情报传递工作。"

他说得太快，而且突然变换了口音，我一时没有反应过来，只好等他说完后，将他说的话放在脑子里重新过了一遍。这不过不要紧，一过把我惊得腾地一下从椅子上弹了起来，大声说："你跟我开什么玩笑？"

看守警察再次示意我安静。我坐回座位，他压低声音说："我是在给你布置任务，而且要尽快，不然很可能周亚迪会被新派来的杀手干掉，那时候我们的任务就彻底搞砸了，这辈子都不用翻身了。你回去想几个计划出来，我也想一想，三天后你来看我，我们再最后定夺。"他一口气说完这些，坐直身子，打开我带来的那堆东西说，恢复了正常的语速，"怎么没带几条内裤来？"

我心乱如麻，傻子似的坐在他的对面，看着他像煞有其事地挑剔抱怨着。他看了我一眼问道："你怎么了？脸都白了。"

"今天真是……"我咽了口唾沫说，"我喜欢今天。"

我忘了是怎么从警局出来的，以前看的资料片里从来没介绍过泰国监狱里的情况啊！只要朝那个方向一想，脑子里冒出来的要么是外国电影里的监狱场景，要么就是红岩里烈士们坐牢的场景，独独就没泰国监狱的。就在半个多月前，我还在取笑程建邦，说监狱里犯人口味没那么重，不会喜欢皮肤太黑的他。现在，比他的皮肤白几个色号的自己要想方设法地进去，而且我还没有想好怎么进去。总之，抢劫这种事是不能做了，万一出现跟程建邦一样的事，那真是贻笑大方。

这些都不重要，重要的是，真的进去后，我该如何面对里面复杂的形势。我学习过很多技能，懂得如何去驾驶天上、水里和地上的所有交通工具；懂得如何去空手夺取对手手中的武器；懂得如何同时制服四五个成年男子；懂得如何通过一个人的眼神就判断出他的心思；懂得如何去杀人，甚至真的杀过不止一个人……但对于坐牢，并且要获取牢里一个金三角毒枭的信任这种事，不要说学，以前就是想都没有想过，如今这一切就摆在了我的面前，而且势在必行。

最滑稽的是，我的搭档此时还在牢里，这一切还必须由我自己去执行。

我觉得这是上天跟我开的一个玩笑。

那晚，不论怎么都睡不着，我开始想念程建邦。我想，如果经验丰富的他在，至少还可以与我一起商议出一个计划。现在，我不仅要独自完成这些，而且，即便真的在监狱里和周亚迪交上了朋友，然后呢？接下去该怎么办？

天快亮的时候，我还是没能理出一个头绪。我再一次想起了徐卫东，但这次不是想请示他或者请教他什么，而是想起了他在学校里选出我的场景。想起曾经在学校里意气风发、一腔热血的自己。我开始怀念学校里的日子。虽然乏味，至少不用想这么多。最多就是想想理想。说到理想，曾经的自己不就是希望有一天能战斗在第一线，做个名副其实的英雄吗？而今这一切似乎已经实现，我确实战斗在了第一线，为什么怯懦了？

看着初升的太阳，我为自己昨晚那些胆怯的想法觉得不齿。我站起身对着朝阳伸着懒腰，做了一个深呼吸，默默对自己说："这次我是真正的主角，徐卫东、程建邦，你们都给我看好了。"

我看了下日历，这天是 1997 年 1 月 20 日，节气，大寒。

第五章
终于坐牢了

1

通常要做一件事，当拍完了脑袋拍过胸脯之后，要么拍屁股走人，要么硬着头皮撑下去。我对着冉冉升起的朝阳拍了胸脯，接下来我没有选择，只能硬着头皮撑下去。

太阳升起后就像往常一样躲到了天边的薄云后，像是蒸笼外的炭火持续不断地向笼内施加着温度。我汗如雨下地步行了近十公里才来到那座关押重刑犯的监狱附近，来之前我是想到这里看看地形的，可到了这里之后，看到那座坐落在山坳中、布满电网的高墙监狱时，我顿时觉得两腿无力，一屁股坐到了地上。

我实在无法想象自己该如何在那青色的高墙内生存，尽管我看不到里面，可我似乎闻到了里面的暴虐和血腥。在这种三不管的地方，那里面根本就是一个困兽的牢笼。

第一次，我觉得寂寞与无助。但我不能像个摔倒的孩子似的，趴在地上用哭声吸引大人的同情和帮助。我放弃了向徐卫东求援的想法，可我又能怎么样呢？时间本来就不多，我却花了整整一天的时间往返于美塞镇和这座监狱之间的路上。回来的路上我想，我可能只是想让自己看起来是在为这件事忙碌而已，但实际的所作所为，对整件事毫无帮助。

回到镇子的时候，太阳已经落山了，漫无目的地走在这看似熟悉又陌生的街道上。赶了二十公里路，整整一天都没有吃东西的我，居然丝毫不觉得疲惫。我在街边要了一听冰凉的啤酒，在路边打开扬起脖子一口气灌到肚子里，打了几个嗝，夸张得引来路人纷纷侧目。正惬意之际，就听到旁边有玻璃破碎的声音，我扭过头去，看见一个男人趴在路边痛苦地扭动着身体，身下一地的碎玻璃。

这时，从一家店面里冲出来两三个人，围着地上的那个男人拳打脚踢。四周行人见状急忙避让开来，留出一片空地。大概是小混混儿在打架，我仰头一气喝光手中的啤酒，又买了一听打开，索性坐在路边观战。

倒地的那个男人脸上满是鲜血，看不清面容，身子蜷缩得像一只大虾，在雨点般的拳脚下全无招架。而那几个人像是越打越起劲儿，嘴里不停地咒骂着什么，下手非常狠，不太像是一般混混儿打架，一副要将地上那人置于死地的架势。地上那个男人看来是彻底放弃了抵抗，看上去不省人事，而打他的人丝毫没有停手的意思。我想再这么下去那人非得被活活打死不可，下意识地站起身想要去劝阻一下，转念一想，我还有更重要的事，不能因此耽搁。

犹豫了一下，正想转身离去，就听到地上那男人一声绝望的哀嚎声，似是耗尽了自己身体全部的力量和气息。那绝望的声音，听得我心头一寒头皮发麻。我将手中的啤酒罐捏扁往地上一摔，说："差不多得了，再打就出人命了，多大的仇啊？"

那三个人停了手，都转过身子看我。我意识到自己可能要为刚才的冲动付出代价了，看情形不太妙。我身体绷紧起来准备应战，转念一想，这是在国外，我没义务见义勇为，我来这里有更重要的事，如果因此惹上什么麻烦，可能会对自己的任务造成影响。那几个人明显要朝我围过来似的，我赶忙换了一副笑脸，指了指地上那个剩下半条命的男人说："人都快被打死了，真出了人命也麻烦不是？"这样的斗殴在这种地方一定是家常便饭了，我有点儿后悔下意识的一时冲动。我一边说一边往后退，只想应付几句，最好能平息了他们的杀气。我得赶紧离开这是非之地，还有更重要的事等着我去做。

但他们明显不想放过我，已经围了过来。其中一人说："中国人？"

我赔笑点头说："是，来旅游的。"

那人"哧"地笑了一下，不知和身边的人说了句什么，几个人发出一阵刺耳的大笑。那人一边笑一边朝我逼近，说："见你们中国人挨打，你看不过去了？"

我迟疑地看了一眼地上倒着的男人说："他是中国人？"问完我又后悔了，真不知道自己多这句嘴有什么意义。这里遍地都是华人，每天都有各种各样的华人做着各种各样的事，其中还免不了有杀人越货的，那个狱中的大毒枭周亚迪也是个地道的华人。想到这儿，我继续一边后退，一边摊开双手以示自己毫无恶意，说："不打扰你们了。"

那人说："你喜欢管闲事吗？"

看着这人充满挑衅又轻蔑的眼神，我心中一动。如果借这个机会打一架，将对面这人打个重伤之类的，或者干脆打死，是不是就可以被判进那座重刑监狱了？周亚迪不就是因为杀了人才进去的吗？

想到这里，我活动了一下手指和手腕，慢慢地攥起了拳头，甚至想好了怎样在五秒内将对面这人撂倒在地上丧失行动能力。可再一想，我这么做会不会有些鲁莽？我无从判断将此人打死是否能真的如愿进那座监狱服刑，万一程建邦会有更好更稳妥的计划怎么办？不行，我不能贸然行动，我需要和程建邦会面后听取他的意见，这样的机会在这里并不难得，又何必逼一时之快误了大事？我做了个深呼吸，强迫自己把眼神从他脸上移开，看了看围观的路人，咬着牙，一扭头说："你们忙。"我想在对方再次挑衅之前赶紧离开这里，不然我真的不知道自己能否继续控制住自己的怒火。

转过身刚走了几步，只听"嘣"的一声，愣了一下才意识到是自己被什么东西狠狠地击中了脑袋，碎玻璃碴儿混着冰凉的液体正从后脑往脖子里流。我一定是被啤酒瓶或者可乐瓶之类的打中了，眼前一黑，膝盖一软便跪了下来。身后又传来一阵刺耳的笑声，我晃了晃僵硬到不听使唤的脖子，双手努力支撑着地面不让自己的身体彻底倒下去。

恍惚中仿佛看到郑勇一动不动地躺在那里，风声像鬼的笑声一般凄厉，在我耳畔回荡。有个人在不远处用枪瞄准了他的脖子，我想喊郑勇，让他赶紧隐蔽，但无论如何都喊不出声来，又想冲过去用身体护住他，可浑身都不听我的使唤。眼看着那个枪手慢慢地扣动了扳机，自己就站在一边却无能为力。

情急之下我使出全身力气大吼了一声，居然站了起来。刚才的枪手和郑勇都消失不见了，现实世界的阳光刺入我的瞳孔，不知何时我早已泪流满面。

那一刻，我觉得郑勇和宁志就站在我的身后，正歪着脑袋看着我，像是在等我出丑，好当作笑料在夜谈的时候笑话我。我不敢回头，我知道我转过头就只能看到异国的街道和陌生的路人了。我抹了把头上、脸上的泪水和血水，黏黏的手感让我确定刚才砸在我头上的是一个可乐瓶。我歪着脑袋、抖着领口的碎玻璃问道："谁扔的？"

之前来问我话的人"嗤"地笑了下，指着自己的鼻子说："我丢的，怎么样？是不是没爽够？我干你娘。"

我说："抓紧时间尽量骂，你那张嘴马上就要废了。"

他不可思议地看了我一眼，嘴里不知用哪里的语言骂骂咧咧着从路边的小摊上又抽出两瓶可乐走了过来，离着我还有几步远就举起了瓶子。我上前一步，一膝盖顶到他的软肋上，他痛苦地张大了嘴，接着手一松，我顺手将他松脱的那瓶可乐接住，照着他张开的嘴里塞了进去。或许是塞得有点儿深，他开始淌着眼泪干呕。我不等他身后的两个人赶来，抓住他头发，提起他的脑袋，使尽全力一膝盖顶到他的下巴上。只听到他嘴里咯吱吱几声，那瓶可乐在他嘴里生生被他牙齿咬爆了。黑色的可乐带着泡沫欢快地从他嘴里、鼻子里、眼睛里喷了出来，接着就是暗红色的鲜血，泉水一般地往外涌。

我松开手，把已经完全丧失战斗力的人扔到一边。他像一只在烈日下炙烤的蛔虫一般，在地上挣扎，不停地变换着蜷曲的姿势。他那两个正赶过来的同伙见到他的惨状，明显迟疑了一下，不由自主地摸了摸自己的嘴和脖子，相互对视了一眼，手朝身后摸去。我无法确定他们将会摸出的是枪还是刀，只能一个箭步冲上去，瞅准其中一人的膝盖最脆弱的侧面，借着惯性侧踹过去。脚后跟感觉到对方的膝盖处咯嘣一声，我知道得手了。刺耳的惨叫声瞬间灌满了我的耳朵。

我无暇去查验他的损伤程度，将另一人伸向后腰的手牢牢扣住，反扭手腕，稍微朝外虚晃一下，他的手腕下意识地朝内使劲儿，我见他上当，立刻就着他手腕朝内使出的力道，猛地将他的手腕朝内生生掰了一百八十度。又是一声悦耳的"咯嘣"声，他的手腕断在我的掌中。我接受的训练中有明确提示，敌人在损失一只手的情况下至少还有六成的战斗力，也就是说，他在我眼里还是一个威胁。我攥紧右拳收到腋下，对准他的喉咙正中发全力打去，本来还在惨叫的他顿时失了声，捂着脖子翻起白眼，直挺挺地躺在地上抽搐起来。

我再回头去看那个膝盖受伤的，此时还蜷着身子抱着腿在地上来回翻滚，杀猪一样地嘶号着。我反感这声音胜过有人指着我骂娘，于是用脚背在他后脑上狠狠来了一下，他像是死人一样安静了下来。杀猪一样的号叫并没消逝，我循声望去，正是之前那个对着我骂娘，被我在他嘴里塞了可乐瓶打碎的人。我想起我之前说过要废了他的嘴，现在他居然还能喊出声，虽然那声音已经完全不像人类发出的，但还是声音。我走过去，一脚将弓着腰跪在地上的他踹翻，见他脸上满是血污，几乎看不出到底有多少道伤口，隐约能看到几块碎玻璃扎透了脸皮挂着血珠露在外面，在夕阳的余晖下泛着暗红的光泽。

朝四周望去，刚才还在看热闹的路人，此时早已躲在三十多米外，有人捂着惊恐的脸朝这边张望，又做出一副随时逃跑的姿势。空气中那熟悉的血腥味夹杂着清甜的可乐味儿闻起来格外地醒脑，我站在马路中央，舒展了一下身体，做了个深呼吸，看着被夕阳拉长的身影，觉得心里数日来积攒的阴霾一扫而光。

最早被这些人打倒在地上的那个男人，此时大概是缓了过来，从地上挣扎着坐了起来，张着满是鲜血的嘴惊讶地看着眼前的一切。这男人是我打这场架的起因，也意识到我可能把一件闲事管成了大事。

那男人晃晃悠悠地站起身子，踉跄地走过来拉着我的胳膊说："快，快跟我走。"

我说："去哪儿？"

那男人说："先离开这里，他们都是有背景的人。警察一定快到了，在这种地方，说不清楚的。"

"警察？"我看了一眼地上三个半死不活的人说，"会判我什么罪？"我心想，我刚才做的事会不会被判入狱？会不会进那座重刑犯监狱？

那男人刚要说什么，朝我身后看了一眼，举起双手蹲在了地上。我转身一看，一辆警车已经飞驰而来，几个黑洞洞的枪口在疾驰的车窗中伸出瞄着我。我连忙学着那男人的样子蹲了下来，趁警察还没到跟前的空当，抓紧时间问那男人："你是游客还是本地人？"

那男人头也没抬，说："我就是这儿的人，我叫阿来，人可都是你打的，我刚才真的什么都不知道，我晕过去了。"他居然一头栽倒在地上，紧闭起双眼。

我靠！

警车"吱"的一声停在我的身后，几个警察冲了过来。其中一人二话不说对着我的后脑就是一枪托。这一次并没有打得很准，但还是很疼，疼痛激起了我的怒火。我猛然站起身反手握住枪管掰到一边，夺过枪对着那警察的面门就是一枪托，骂道："我操你妈的，你们能不能换个地方，没见还在流血吗？"

其他警察见我手中有枪，立刻紧张起来，纷纷举起枪对着我。我想，他们要不是担心会误伤到我面前的这个警察的话，一定会开枪将我打成筛子的。我看了眼趴在地上装死的阿来，把枪慢慢地丢在脚边，抱住后脑蹲下身子，叹了口气，心说，看来挨他们打是难免了，不过打哪儿都好，希望别再打我的头了。

警察慢慢地围了上来，将我丢掉的枪踢远了一些。另外两个警察分别检查那几人的伤势，用本地语言不知在对讲机里说了些什么。一个看似是头儿的警察走到我跟前，用熟练的汉语说："那两个都是你打死的吧？"

"死？"我腾地一下站了起来看着那两个躺在地上一动不动的人，一个是被我踢断膝盖后又踹过后脑的，另一个是被我掰折手腕又狠击喉咙的。"怎么可能死？休克吧？"我说着想要过去看，那个警察头儿上前挥起枪托照我打来。

这次目标不是我的后脑，而是我的面门，我的鼻梁牵扯着整个脑袋一阵剧痛，心想：鼻梁一定骨折了。眼前一黑，失去了知觉。

2

暖暖的阳光照在我的身上，闭着眼，眼前一片明晃晃耀眼的红色。

我想，我睁开眼一定会被阳光刺到。

我听到了徐卫东的声音，就站在我的床前说："你真是出息大了，你可真给我长脸，我这庙小，容不下你这么大的佛，我看你还是滚回学校继续出操去吧。"

我躺在病房里，雪白的的被褥厚厚地盖在我的身上，有点儿热，徐卫东背着手逆着光站在窗户边，看不清他的脸，也能感觉到他的愤怒和失望，或者，是绝望。

我依然觉得幸福，想起那个又闷热又潮湿的美塞镇，想起那个看不到尽头的任务如今都已离我那么遥远，我怎能不觉得幸福？

我想窗外就是宽阔的马路，有赶路的行人和汽车，还有亲密的情侣和天真的孩子……对了，还有即将来临的春节。就算接下来我要迎来的就是徐卫东的斥责和处分，只要让我在这里，我就会觉得幸福。哪怕我被开除，去找一份工作，洗车，或者去工厂做搬运工，我都愿意。

一身白衣的护士，迈着轻盈的步伐，哼着小曲走进病房给我打针。在我的胳膊上、脖子上，脚上一针又一针地扎，一点儿都不疼，好痒，又痒又热。到底要打多少针？我实在不能忍受了，猛地坐了起来。

原来一切只是个梦。

　　阳光不见了，只有头顶一盏高瓦数的大灯照着我；雪白的棉被不见了，四周只有青灰色渗着水的墙壁；窗户边的徐卫东不见了，狭小的窗户上焊着钢筋；护士不见了，只有嗡嗡的蚊子趴在我的身上贪婪地吸食着血液。

　　我想坐起来，才发觉双手被手铐铐在床上，动弹不得，我甚至无法赶走那些正在吸我的血的蚊子。现在是什么时间？我睡了多久？我只觉得鼻子一热，鼻血淌了出来，滴在我的胸膛上。我用肩膀蹭了一下鼻子，剧烈的酸疼带着眼泪使得我没忍住哼了出来。我朝着生锈的铁门喊了声："有人吗？"喊完这三个字，鼻子撕扯着脑子疼，眼泪带着鼻血和鼻涕一起淌了出来。

　　声音显得空旷，就好像我被囚禁在一个巨大的犹如迷宫一般的地牢中，而外面已经是世界末日了。即便我听到了脚步声在朝我的房间逼近，我也不认为来的是一个人。

　　我瞪大了眼睛盯着铁门，开始拼命地想挣脱手铐。我记得我挣脱手铐的最好成绩是五秒多，可这一次不论我用什么方法，都无济于事。此刻，我就像一只被捆绑在案板上的羔羊，任人宰割。

　　一阵铁链的撞击声，那扇铁门打开了。进来三个警察，我认得领头的那个，就是他给我鼻子上来了一枪托，把我打晕的。他站在我面前看了我一会儿，对两个手下使了个眼色就转身离开了。那两个警察一人用枪在三米开外对着我，另外一个解开我的手铐，把我的双手从背后反铐起来。

　　我跟着他们出了这间屋子，每走一步都震得我鼻子生疼，眼泪、鼻血跟着往外涌。穿过了一条长长的走廊，走廊的尽头是一扇弹簧门。他们推开那扇门的时候，刺眼的阳光让我不由自主地退了一步，别过头躲避着强光。背后的警察用枪管戳着推了我一下，我跟着出了门。

　　应该是要提审我了，我迅速在大脑里开始整理所有的信息，以应对可能将要面对的问题。

　　大概想了一圈之后，两个问题出现在我心中的案头上：一、我该如何解释我一个人打了三个人，而且可能还死了两个；二、我该认多少罪？

在这个陌生的国度，我无法评估我所犯的罪够得上什么罪名，能够判多少年，在哪里服刑？万一罪名不够，我再跑去跟程建邦成为狱友，那这次任务就真成笑话了。想象着跟程建邦关在同一座监狱里，每天大眼瞪小眼的情形，我忍不住苦笑了一下，面部肌肉随着笑带动了鼻子，又是一阵剧烈的酸痛，逼出了我更多的眼泪。

满脸泪痕的我被带到了审讯室，我不知道自己变成了什么样子，我很想洗把脸。扫视了一圈那间审讯室，没有任何能判断是什么时间的日历、挂历或者其他东西，我很自觉地坐到那张一看就是为我准备的椅子上。

对面的桌子上堆着我放在旅馆里的所有行李，早已被他们翻得乱七八糟。好在那些东西没有一件能够说明我的来路，或者说，仅凭那些东西，怀疑我是一个非法越境者都很难。

在问过我的国籍、姓名和年龄之类的基本信息后，审讯进入了主题。从他们口中，我得知被我打的人两死两重伤。

"两死两重伤？"我说，"你们记错了，我只打了三个人。"

他们不允许我说话，接着向我陈述事态的严重性：一共死了两个人，另外两个被鉴定为重伤，其中之一舌头和喉管严重受损，不仅不能再说话，就连咀嚼、吞咽和呼吸都有严重的障碍，还有部分玻璃碴儿从上颌戳进了鼻腔，具体造成了多大损伤还需要继续观察。另外一个身体多处受伤，中度脑震荡。

我明白了，他们是把阿来的伤也算到了我的头上。那个身体多处受伤、中度脑震荡的就是阿来，那个我救了他的命的人。

不等我辩解，他们又问我来这里做什么。我说是来旅游。我不知道他们对这个回答是否满意，看起来他们对这个根本不在乎。我想，一定是这种地方有太多来路不明的人了。最后，他们让我详细叙述那天的经过。

我想，周亚迪杀了人只是被判刑，而我杀了两个人，还有一个重伤，要比他严重，为了尽量接近他的罪行，我必须得拿见义勇为来说事。不然，我担心万一罪行太过严重，会被关到一座看守更加严密的监狱去，那么我就真的麻烦大了。

我说，我只是路过，看到有三个人在下死手打那个阿来，看不过劝了两句。谁知道那个后来口腔严重受损的人，先出手用可乐瓶砸了我的头。我说到这里，低头给他们展示了伤口。另外两个人要上来置我于死地，我出于自卫才还手，没想到出了人命。说到这儿，我尽可能地表现出了极大的后悔和悲哀。

他们听完我的陈词后有些不耐烦，丢给我一份中文的笔录，让我看完赶紧签字。看那意思，根本不想在我身上浪费时间。

我拿过那份笔录一看，傻了眼。根据那份笔录，我是一个喝了酒后寻衅滋事的混混，包括阿来的那一身伤都是我打的。

我说我想见一见阿来，跟他当面对质。因为如果按照这份笔录，我的罪行就不仅是用恶劣来形容了，而是恐怖。根据我对那座监狱的观察，规模不像能关押一个这般危险的罪犯的地方：一个喝醉以后赤手空拳跟四个青壮年动手，用极端残忍的方法打死两人、重伤一人、致残一人的凶徒。

我的恳求获得准许，阿来很快被人用轮椅推了进来，但是从进门后，他就一直不敢看我的眼睛。

看到他的样子，我心里也有了数。我想，对质也许没有必要了，他的架势已经告诉我，我注定要被扣上这顶残忍至极的凶徒的帽子了。如果他都能这样，那么那些当时围观的所谓目击者，更不会有人站出来为我说一句话了。

我想起当时阿来拽着我，让我赶紧离开，说那些人是有背景的话不是一句空话。什么样的背景我不关心，我现在最关心的是，这样的罪名到底能将我置于何地。

如果能明确告诉我，我签了字，就可以被判到那座目标监狱里服刑，那我会毫不犹豫地在那份笔录上写上我的名字。问题是现在我不能判断这里面的轻重，犹豫再三，我还是没有在那份笔录上签字。

我目不转睛地看着故意躲避我的视线的阿来，我希望他能看我一眼，希望他能说句公道话。这句公道话影响的并不是我的刑期这么简单，而是国内每年数百公斤毒品的运售网络。但我什么都不能说，我只能希望他的良心能战胜他的胆怯。

接下来的两天，我又被提审了几次，我坚持我是见义勇为并正当防卫的说法。其实我已经做好了刑讯逼供的准备，不过除了那个被我打过的警察过来把我狠狠地揍了一顿之外，没有其他人再来找我。

我的脸被那警察打肿了，嘴巴合不拢，不停地流着口水，好在我自己在牢房里时，他们不再铐住我的手。我可以驱赶成群的饥饿的蚊子，还能摸摸自己的脸，想象自己现在狼狈的模样。我发愁的是和程建邦约好了要见面的，现在他见不到我说不定会怎么想，会不会情急之下暴露身份？那样的话，全盘计划会全部落空，这边的毒枭接到消息后自然会加强防范，今后再走这条路恐怕会难上加难。

不知道还要被关多久才会把我送上法庭，也不知道被法庭审判后的结果是什么，甚至不知道自己这样到底在坚持什么，因为我根本无法确定那份笔录能给我或者整个任务带来什么。

我在努力地与伤痛和蚊虫的叮咬抗争着，试图让自己睡去。我能给予自己的只有尽量休息，不然伤势会加速消耗我的体力和精力，吞噬健康。我不想让我的反应变得迟钝，更不想一旦如愿进入那座监狱后，因不能自保而被活活打死。

我是个战士，我得去战斗。我不能倒下，至少，不能倒在这里。

我不断地在心中默念这句话为自己打气，挨过那些漫长的黑夜。

警察再次将我带出牢房，我发现换了一条路，没有去之前的那间审讯室，而是上了一辆封闭了车窗的囚车。同时我也发现，我的行动开始变得迟缓，每走一步都特别费力，脑袋昏昏沉沉的。我忍住没有去触碰自己的额头，我不想承认自己已经发烧这个现实，因为那说明我的身体出现了严重的炎症。

坐在颠簸的囚车里，我闭着眼，幻想自己指挥着体内亿万的白细胞在与病毒殊死搏斗。效果似乎并不太好，我开始呕吐，但吐不出什么东西。不知道过了多久，车子停了下来，车门打开时我没有力气站起身来。我挣扎着抓着车内的把手，刚爬到门口，手一软一头栽了下去，啃了一嘴的腥咸的泥土，我居然连吐掉嘴里泥土的力气都没有了。

我突然想起那晚，在那个废弃的矿场里，郑勇和宁志张开嘴低着头，用流出的口水带走嘴里的泥沙。我翻转过身体躺在地上，对着天空"哈哈"地笑了两下，就被混浊的口水和泥沙呛住了。

我被抬上担架的时候拼命地侧过身子咳嗽，蒙眬间看到了医院的红十字，我想，我有救了，随即舒了一口气，放松了精神。恍恍惚惚中，不知道被人搬来搬去多少次，也不知道挨了多少针，仿佛还有人在喂我食物和水。

我看到了雪白的床单和毯子，咬着牙睁开眼，努力让自己意识清醒，只为了验证这一切是真的。当得知我的确是在医院的病房里，的确有护士在给我打针喂药后，我再一次踏实地睡了过去，什么都没有梦到。

那是一个近乎完美的早晨，如果不是手上戴着手铐，我几乎就要笑出来了。我试着活动了一下全身，虽然还有些酸痛，但那种痛楚很清晰，我清晰地知道那些疼痛的位置和严重与否。

这是一个好兆头，我正在快速地恢复。

在那家医院里治疗休养了两天后，我被送上了法庭。

检察官宣读了我的罪状，我坚持我是见义勇为引来了致命的袭击，才出手防卫。阿来出庭时依旧没有看我一眼，低着头回答完检察官的问题后，低着头指认我，最后低着头退庭。

我知道，在这个法庭上，我唯一能做的只有最后听取宣判结果了，其他都已经跟我无关了。所以，当法官起身宣判时，我闭上了眼睛，我唯一希望的是能够被判进那座监狱服刑。可当听到法官最后的宣判后，我几乎不敢相信自己的耳朵。

我被判处死刑，立即执行！

我蒙了。

被带到一间牢房后，我确定了我听到的是真的。因为那间牢房设施很好，好得让我害怕。我想，我只能告诉他们我的真实来历了，我再一次将任务搞砸了，可能这次搞砸的是一个很大的计划。

可又能怎么样呢？现在，我需要组织带我离开这里，我愿意为此次任务付出我的生命，但不是因为这样的事屈死在异国他乡。

我想起自己曾经枪毙死刑犯的情景，我无法接受自己有一天会被五花大绑，跪在某个偏僻的地方，被人一枪打碎我的头颅。

我想，程建邦或者徐卫东知道我现在的处境一定会理解我，并且搭救我的吧，他们也会觉得相对而言，我的生命会更重要吧。一定是这样的，就像我希望不惜一切代价换回战友的生命一样，他们一定也是这么想的。

我在这里杀了三个人，判我死刑也不冤。

我不知道，这算不算是我为了保全自己的生命，决定暴露自己放弃任务而找的借口。或许，只是我一厢情愿而已。这样一个计划、这样一个任务就算全盘顺利，也一定会有人流血，有人牺牲。并不是每个人都会死得那么壮烈，凭什么那个人不能是我？凭什么我会比别人特殊？

我再次想起郑勇，我没什么地方比他特殊，他却牺牲在第一次任务中。还有孙强，他比我更出色，却为了掩护自己的战友而牺牲。

我能活下来，难道只是为了活得比他们长？我今天能在这里呼吸，不正是郑勇、孙强这样的战友付出生命换来的吗？如果现在的我不能像他们那样，为了别人而将生死置之度外，我又如何去面对我自己？

程建邦说得对，要相信上级，尤其在恶劣的条件下。我坚信上级为了这个计划所做的工作远远不只我看到的这么简单，一定花费了大把的人力、物力以及时间。或者已经有前辈打入了金三角，如果我此时暴露自己，暴露这个计划，那一定会给整个参与这个计划的人一次惨重的打击。

所以我不能那么做，就当我在这次任务中，为其他战友做了一块垫脚石吧。

我想，当徐卫东知道我在这里被执行死刑的消息，一定会理解我，也会认可并赞许我的做法，更会在我的追悼会上，对着我的遗像敬个军礼吧。

3

他们没有通知我行刑的时间，这令我十分抓狂。我说不清对那一刻的到来，是期盼还是害怕。

每当他们把餐食从门外放进来的时候，我都不敢直接去看，而是屏住呼吸，闭着眼，一点点地睁开眼睛去看那食物是不是忽然变得丰盛起来。如果变得丰盛，我知道那顿饭就叫作断头饭，是我的死亡通知书。

如果和上一顿一样，那么可以断定我还能在这个世上苟延残喘一阵。就像今天的午餐，和昨天的午餐内容没什么变化。我舒了一口气，狼吞虎咽地塞下饭菜，打着饱嗝四仰八叉地躺在床上，等下一顿。

我刚躺下不到五分钟，狱警来打开了牢门，给我戴上手铐和脚镣，示意我跟他走。我说："去哪儿？"

那狱警看了我一眼，没有回答我的问题，用下巴指了指外面，示意我快点儿。气氛有些不对，难道这鬼地方连顿断头饭也不给吃，就要拉出去枪毙吗？

我说："刚才那顿不算，我还没点菜呢。"我想，如果狱警上来给我一下子就好了，至少能证明这不是去奔赴刑场。人们对将要死的人总会表现出更高的容忍度，会格外同情。那狱警只是站在门外，拿着枪继续催我。

我说："是你来执行吗？你能离得近一些开枪吗？对准我的后脑，我张开嘴，让子弹穿过我的后脑从张开的嘴里飞出去，那样我的死相会好一点儿。"我可不想自己的脸上有个枪眼，或者被子弹掀掉头盖骨。

见他还是没有反应，我又说："如果不是你，能不能麻烦你，把我的请求转告行刑的人？连顿好饭都没有，这点儿要求总不过分吧？"

他只是一个劲儿地用动作催我，对我的请求表现得无动于衷。我心想完蛋了，这人可能听不懂中国话。

我觉得再这么耗下去也没意思，除了让人觉得我贪生怕死之外，毫无一点儿帮助。将来为我恢复名誉的时候，不知道他们会怎么说。我不想徐卫东听到我临死前有懦弱的表现，我希望档案里能对得起"英勇无畏"四个字。

想到这里，我抬头挺胸迈着稳健的步伐，夹在前后两个狱警当中走着，就像是小说和电影里那些视死如归的革命烈士一样。我想或许应该去最后看一眼这个世界，可我对眼前看到的一切没有丝毫留恋，也许因为这里是异国他乡吧。

这里的一切都不属于我，我也不属于这里。我曾做梦都想离开这里，想不到是用这种方式离去。

他们将我带到一个单间里，只有一张桌子和两把椅子，桌上放着几张白纸和一支笔。我看了看带我进来的狱警，他示意我坐下。

我坐下后，他给我倒了一杯水。看着那杯水我想，在这里这么久从来没有过这种待遇，即便是连续 24 小时疲劳轰炸的审问时，我渴到连嘴巴都闭不住的时候，也没有给我过一滴水喝，突然这么客气，大概也因为我是个将死之人吧。

我端起水喝了一口，又看到桌面上的纸，也许是要我写遗言？

这样的环境下，我能写什么呢？又能写给谁？

这时进来一个看起来级别较高的警察，看了我一眼，坐在我对面用流利的中文说："你的事有新的状况发生，我们需要重新给你做笔录，重审你的案子。"

我小心翼翼地问："那是什么意思？之前判重了还是判轻了？"说完，我就为自己问出如此白痴的问题而懊恼，还有比死刑更重的刑罚吗？难不成现在还有凌迟？

那警官说："阿来承认了你是在他的生命受到威胁时帮助他的事实，所以……你不要得意，这不代表你没事，一次杀了两个人，致残一人，也够你在里面蹲半辈子的。"

听到这里，我恨不得越过那张桌子，抱住那警官在他脸上亲一下。

那一刻，我觉得他是这世上最美的人，拥有着世界上最动听的声音。这样一个人，这样一种声音又给我带来了有生以来最好的消息，除了拥吻他，我想不出别的方式。

我举起那杯水说："谢谢，我先干了。"我把那杯水一饮而尽。

那警官嘴角抽搐了一下，摸出烟丢给我一支说："我希望你不要拿这个事添油加醋，不过我料你也没这个本事，你是不是在你们国内犯过事？"

我心想，他大概对我拥有中国国籍这个事实多少有些畏惧。这个时候我怎么会有心情去拿他们的司法体系说事？赶紧说："也没什么大事，还不是打架什么的。"

"那样最好。"他哼了一声，将打火机丢给我，"那好，我们出了一份，你看一看，没问题就签字吧。"说着递过我一沓纸。

我匆匆看了一遍，除了说阿来在这次事件中也有动手之外，再没什么与事实不符的说辞。我欣然签字，对于阿来这样的人，就算把整件事都栽在他头上，我也不会有半点儿不爽。

很快我被重新送上法庭，被判处二十年监禁，不得假释。最重要的是，我所服刑的监狱正与周亚迪是同一座。

在这个地方，我想要拥吻的人越来越多了，除了那个警官，还有就是宣判我的这个法官了。

我在心里哼着小曲，努力压抑着内心的愉悦，跨上了那辆送我前往监狱的囚车，心情就像是登上了回国的班机。

这真是滑稽。

很快这种滑稽的好心情就消逝了，我将要面对的未来，可能会比死更令人胆寒。我说不清我担心的到底是什么，我只知道一切都不在我的掌控中了，没有人帮我，一切只能靠自己。

囚车在颠簸的公路上走得并不快，我越来越紧张，从小镇到那座监狱区区十公里的路程，没有什么时间让我去做什么心理准备。在这之前的一段时间里，我都是在等死，陡然回到正常轨道上，竟然有些不适应。

明明我很快就要成为一个烈士，一个功成名就的英雄，可现在……我刚想到这里，车子减了速。我朝车窗外望去，见监狱的大门缓缓打开。正前方是一片半个足球场大的空地，除了几个警察外，看不到一个犯人。

空地前面正对着监狱大门的，是一幢看起来陈旧却很坚固的三层楼，没有一扇窗户。坐北朝南矗立在那里，周围围着几栋同样颜色的小楼房。

我环视着监狱里的环境，明白了，这是我全新的战场。

我暗自活动了一下全身，通过这些天的休养，除了脸上有些地方有轻微的疼痛外，其他已经全部康复了。我攥了攥拳头，活动了一下手指。一个警察发现了我的小动作，说："手痒了？那你算来对地方了。"说着和另外几个警察诡异地笑了起来。

我先被带到医务室，填了一张病史表格，然后按要求脱光了衣服，像个马戏团的动物一样按照医生的要求张嘴、抬手、跳跃，最后赤身裸体地趴在床上，任由他戴着橡胶手套在我的下身检查。十多分钟后，他给我建了一个病历。

这期间，我趁他不备从只开了一道缝的抽屉里偷了一把医用剪刀，藏到那沓衣服里。出门穿衣服的时候，我将剪刀别在了腰里。

我跟着狱警，沿着那栋楼的西侧朝前走，前面墙角处有一道小小的裂缝，几块碎落的砖头落在一边。大概估算了一下，应该可以藏住这把剪刀。在经过那个裂缝的时候，我左右脚一绊，一个狗啃泥摔倒在地上，故意将下巴蹭在地上。趁两个警察笑得前仰后合之际，我就势把腰间别的剪刀塞进墙体裂缝里。

我捂着下巴在地上打了个滚，就手抓了把土和碎砖块堵了堵那道缝隙。我检查了一下，已经看不出什么端倪后，扶着墙站了起来，抹了抹脸上的土，冲狱警狼狈地笑笑，一瘸一拐地跟着他们继续走。

领到囚服和鞋子换好后，我抱着配发的日用品跟着狱警进了那栋楼。楼外艳阳高照，楼内又阴又冷，穿过铁门才看到里面的构造，像极了国内某些五六十年代的筒子楼，只不过要大得多。

犯人们纷纷走到自己的铁门前，好奇地围观我这个新人。为了避免不必要的麻烦，我用余光草草地扫了几眼，不想跟任何人发生眼神上的正面接触。昏暗的光线下，连他们的脸都看不清，更不要想从中辨别出谁是周亚迪了。我低着头跟在狱警身后，上了二楼。

看得出这儿的管理非常严格——关押在这儿的都是重刑犯，自然没有一个省油的灯，此刻居然如此安静。我没有与他们当中的任何一个人对视，还是能真切地感受到莫名其妙的敌意。

狱警在二层西北角的一个牢房门口停了下来，我抱着自己的东西站住，抬起头一看，这里是整栋监牢中最背的一个角落了。我往牢房里一看，不仅空无一人，里面本来简陋的设施看来已经很久没人使用了，到处是顽固的污垢和铁锈。这里的人俨然把这里当成是自己的家了，宁可和其他人去挤，也不愿意住在这样的单间。

狱警在对讲机里喊了一声，牢门"嘎吱"一声打开。狱警的中文有点儿生硬，一字一顿地说："你就住这里，上下铺随你选。墙上有守则，看清楚，按照那个去做，对你没坏处，明白了吗？"

我点了点头，钻进牢房。

这间牢房大概有十五平方米，支着一张上下铺，床架都是大拇指粗的钢筋焊成的，上面锈迹斑斑，床上铺着早已分不出本来颜色的草垫子。屋子一角有一个蹲位，高处是一个锈得没样子的水龙头。

我按了按床，非常结实，将行李丢在床上，走到角落去检查那个水龙头，没怎么使劲儿，水龙头的一字开关就被我生生掰了下来，一些生锈的铁屑跟着落在地上。我把掰下来的开关攥在手里，转身对还在门口的狱警说："这个开关坏了。"

狱警背着手走进牢房，伸脖子看了一眼，说："一会儿给你换，看看还有什么问题。"

我按了一下蹲坑的冲水开关，水管里一阵呜咽后冲出一股发红的水，散发着浓重的铁锈味。多按了几次后，水渐渐清了。

"报告警官，没问题了，可以把钥匙给我了。"我说完这句话，附近几个牢房的犯人嗡嗡地笑起来。

那狱警眯地笑了下，走过来说："你还挺幽默的。"突然抬手一警棍捅在我肚子上。我的胃部肌肉跟着收缩，痛得蜷下了身子。

狱警啐了口口水，锁上门离开了。

我没去过监狱，更没坐过牢，但我想在这种地方装尿，只会给自己惹来更多的麻烦。况且，周亚迪是不会注意到一个菜鸟的。来之前，关于我在监狱里要做什么样的人，我想过很多种方案，可我不是个好演员，这个问题一直困扰着我。当我走进这里时，我豁然开朗，既然这里关的都是恶棍，那我不妨做一个合格的恶棍。

做出这个决定后，我有一些兴奋。可能每个人心里都藏着一个恶棍的自己，只是有些人用后天的修养和文化，将自己的恶棍形象囚禁了起来，另一些没有管住自己恶棍灵魂的，大多都聚集在这种地方。

现在，我可以光明正大、正义凛然地做一个恶棍，彻底释放自己所有压抑着的阴暗和残暴，必要的时候，甚至需要放大这些才行。

我站起身舒展了一下身体，吹着自编的口哨收拾起了床铺。从头到尾，我没有朝外张望一眼，倒不是说我已经胸有成竹，我只是还没有准备好，该用怎样的姿态和眼神去面对其他人。

没多久，狱警带着个维修工模样的人过来，帮我修好了水龙头。等他们离去后，我松开手，那个刚才被我掰下来的水龙头一字开关已经被汗水浸湿了。我仔细打量着手中这个一寸左右长的小金属棒，正琢磨着怎么利用它，就听到一声尖厉的哨声，接着听到狱警在喊："监狱长训话。"

我走到门口，隔着铁栅看到一个大约五十多岁、高大挺拔、身着笔挺警服的男人，被几个狱警簇拥着，站在牢房入口的平台上。我在二楼最偏的角落，看不到他帽檐下的脸。我看了一眼其他牢房的犯人，发现他们统统都在朝我这边张望。我似笑非笑地扫了他们一眼，继续看向楼下那个监狱长。

他清了清嗓子，用带点儿粤语味道的流利中文说："各位大佬，大家好。"他居然很礼貌地欠了欠身子，这让我很诧异，一时分辨不出这到底唱的是哪一出，难道这里的犯人已经嚣张到这个地步了？

"因为最近来了几位新客人，所以我要把老话再说一次了。听过的也别嫌烦，就当是复习了，没听过的就要用心记好了，因为这关系到你在这里的安危。呵呵，大家可千万不要误会，我真的没有吓唬各位的意思。"他顿了顿，语气陡然一变，恶狠狠地说，"我不管你们来这儿之前有多大能耐，在这个地方，你们在我眼里连狗都不算，我说什么，你们就做什么，不然别说你们在这里没好日子过，你们的妻女恐怕……"说到这儿，他与周围几个狱警一起淫笑起来。

听到这儿我明白了，这里比我想象的更夸张，如果你在这里坐牢，你的家人都会被你牵连进来。

还好我不是本地人。我正瞎琢磨着，就见监狱长跟着几个警察上了楼，径直朝我这间走来。我一松手，将手里握着的那个小铁棒准确无误地丢到卷起边的裤脚里。

监狱长一行人走到我的牢房门口后，我才看清这人的脸：很白，鼻梁很高，眼睛深陷，即使是微笑着也藏不住眼睛里的寒光。如此近的距离，他比我整整高出半个头，应该有一米九。

隔着铁栅栏，他笑眯眯看着我说："今天刚到这里吧？我们这里环境不太好啦，你委屈委屈吧。"

我微微点头，没有吭声。

他问道："中国人？"

这个人阴阳怪气的，我拿捏不准他的脾性，不确定自己怎样会犯到他的忌。于是点了点头，还是没吭声。

他说："那你算来对地方了，这里基本上都是华人，而且我们官方的语言就是汉语，你觉得我的汉语说得怎么样？"

我低下头不去看他，又点了点头。

他示意狱警将门打开，我退开一步给他让出位置。

谁知门刚打开，他一脚就踹了过来，我下意识地想躲闪，又立刻想到躲开必将让他尴尬，那接下来不知道会发生什么事，就生生接了他的这一脚下马威。他的力道很大，那一脚正中我的胸口，名副其实的窝心脚。我的身体像是一个被击出的棒球向后飞了出去，重重地砸在厕所的角落里。

强烈的窒息感使得我眼前阵阵发黑，几乎要昏了过去。胸腔内的肌肉受到强烈冲击而剧烈地收缩，任由我努力着张开嘴呼吸也喘不上一口气。我努力让右腿蜷起来，生怕藏在裤脚的小铁棒掉出来，给我惹来更大的麻烦。

他踱着方步走上前来说："不好意思，刚才那一下是一个父亲为自己儿子讨个公道。哦，对了，你在外面打的那个警察就是我儿子。"

这时，我才喘上来第一口气，每一次呼吸都伴着胸腔剧烈的胀痛，没忍住竟然咳出血来，血点喷到了我胸口的囚服上。

"这下是送给你的见面礼。"说完他一脚朝我的额头踏来，速度太快，离得太近，我又在墙角，只能硬生生地再挨一下。他的鞋跟使劲儿踏着我的脑门，我的头向后一仰后脑重重地磕到了墙上，眼前一黑便失去了知觉。

蒙眬间，耳边像有无数电钻在墙上钻孔的刺耳噪声，整个脑袋炸裂般地疼痛，可浑身好像被绑住一般，一动也不能动。渐渐地，那些电钻声从我的耳孔拼命往里钻，越钻越深，就要被这痛苦结束生命的时候，我猛地睁开了双眼。

四周黑漆漆的一片，隐约能看到铁栅的影子。耳边刺耳的噪声消失了，剧烈的头疼还在继续着。

我试着活动了一下身体，看来他没在我晕过去之后动手。我勉强站了起来，凭借着白天对牢房的记忆和微弱的光线，摸索着打开水龙头，却一滴水也没流出来，只能忍着口中的焦渴，摸索着回到床上躺了下来，舔了舔干裂的嘴唇，嘴里满是腥涩。

我摸到牙膏，朝嘴里挤了一点，清凉的薄荷味迅速从口腔充斥到昏沉沉的大脑和憋闷的胸腔。我把那点儿牙膏吞了下去，身体稍微舒服了一点儿，很快迷迷糊糊地睡了过去。

第六章
监狱风云

1

　　我醒来的时候，其他牢房里的鼾声此起彼伏，天井里透进来的光渐渐地亮了，已经足以让我看清整个牢房。

　　我贴近墙上的那张守则，看了一遍后，坐在铁栅前一边等候着早饭时间，一边在地上打磨起那根小铁棒。脑袋里不知哪里有一根筋，突突地跳着，扯着大脑深处爆裂般地疼痛。伤痛在黑暗中慢慢滋生出了仇恨，我恨这里的一切。如果可能，我恨不得变身为一个巨无霸，将这里的一切砸得粉碎。

　　我想，我的身体已经不允许任何人再伤害我一点儿了，忍耐已经走到了极限。我不知道还会面临什么，在熟悉这里之后，我将取回藏在这栋楼西边那道裂缝里的医用剪刀。谁再敢让我的后脑受一点儿伤，我就要谁的命。

　　我咬着牙忍着头痛，心想：不论我要做什么，我得先保证自己能活着，而且还具备完全的战斗力才行，不然一切都是白费。照这样无休止地忍耐下去，恐怕我还没跟周亚迪认识，就已经废了。所以在不熟悉这里之前，我必须有自己防身的武器，我不想再被动地挨打了，必须在别人朝我动手之前，制服对方，要在别人想干掉我之前，干掉对方。哪怕，对方是个警察。我暗暗发誓要找到一个机会，给那个监狱长留下一个深刻的印象。

为了避免磨小铁棒时发出的声响引起任何人的注意，我只能放慢动作，所以成效非常缓慢。我左右换着手，还得不停地换地方，免得被人看出地面石板上的痕迹。忙活了大约两个小时，手指又僵又疼，才勉强磨出一个雏形，距离我想要的效果还差很多，但在大家都赤手空拳的情形下，防身或者取人性命已经不是难事。

我把小铁棒攥在掌中，将攻击的一头从食指和中指的指缝间露出一看，竟然有将近两厘米在指缝外。这个长度足以刺破对手的喉管或是眼球，也可以划破对手的颈部动脉。唯一的缺陷是不能将它稳稳握住。

我想了想，从裤管处撕下条布头，从小铁棒中间的小孔中穿过系牢。我将系在小铁棒上的布条在手指上绕了几圈，试了试松紧，虽然不尽如人意，但只要不恋战，就没什么大问题。

早饭的哨声响起时，小铁棒已经被我打磨成一件杀人利器。

至少在我手中是。

牢房的闸门被打开，我拿起塑料的饭盆和勺子，看着其他犯人陆陆续续地走出牢房朝楼下走去。我将小铁棒塞到衣服的袖口里，最后一个从牢房中走出来，跟着其他人下楼。

在狱警的看守下，我随着人流出了监牢。天空盖着厚厚的云，仿佛沉沉的铅块坠在心头，让每一次心跳都变得吃力。面前的广场不远处放着几个大桶，冒着热气，两个犯人围着油腻腻的白色围裙，手里举着大勺，应付着排队打饭的其他犯人。

院墙的四个角上都有荷枪实弹的警察，墙头围着一圈铁丝网，不管有没有通电，翻墙逃跑的可能性都不大。这里的狱警个个看起来都人高马大，一脸杀气，已经见过的就有十多个，我估计应该在二十人以上。

如此戒备森严，我就放心了。只要我跑不掉，那么周亚迪就跑不掉。

突然背后被人狠狠搡了一把，我一个趔趄，朝前迈了两步稳住身子。回头一看，一个狱警瞪着我说："你不去排队在这儿干什么？"

我低着头跟到了队伍后面，一边随着队伍往前走，一边观察着每个打饭的犯人。一直轮到我，也没发现哪个犯人具备所谓毒枭的气质，可毒枭应该是怎样的呢？

我接过装满稀粥的饭盆，找了个没人的墙角蹲下，三口两口将粥扒拉完，抹了抹嘴。按照守则的规定，现在有两个小时的放风时间。通过那个守则，我知道了这座监狱是真正的监狱，只是限制你的自由，不用做工也没有任何事情可以做，就是吃饭、放风和睡觉。

起初我在想，尽量不要惹事，等找到周亚迪后，瞅准机会再接近他。很快就发现这里根本什么事都没有，早饭后放两个小时的风，然后中饭是送到牢房里吃，下午晚饭前又放两个小时的风，然后回牢房吃晚饭，再然后睡觉，每一天都一成不变。

而犯人们在放风的时候，也只是三五成群地坐在一起，偶尔交头接耳不知聊些什么，更不要说像想象中那样，拉帮结派地打架斗殴了。没有麻烦就没有机会，没有机会，在这么安详平静的监狱环境中，我该怎么找机会去接近一个毒枭呢？作为一个新来的，在这里不认识一个人，就连去打听谁是周亚迪，都会显得不自然。

就这样过了四天，我还是不知道谁是周亚迪。谁会料到最终会是我来到监狱要和周亚迪接触的？我有点儿后悔当初应该多向程建邦了解一下周亚迪的情况，至少也该问问他什么身材，大概是什么模样吧。

在这 199 个犯人中间，我怎么观察也没看出谁更像一个毒枭。我突然有种不祥的预感，开始怀疑情报是否准确，会不会周亚迪并没有关在这座监狱里？又或者转了监，再或者干脆已经出狱了？

我摸了摸袖口的那根小铁棒，不禁苦笑，看来我把这里想得太凶险了。只是那么一个靠暴力给我个下马威的监狱长和一众狱警，就把这些所谓的重刑犯收拾得服服帖帖，我只能对自己之前对他们过高的评估表示遗憾了。

来到这里的第七天下午，天气格外地好，万里无云的蓝天上出现了久违的太阳，灿烂地照在我的身上。我坐在墙角闭着眼感受这难得的惬意，同时为不知怎么继续这个任务而发愁。就在这时，一团阴影挡住了我的阳光。

半睡半醒的我以为是一片云彩挡住了阳光，蒙眬间听到有人的咳嗽声，忙手搭凉棚睁开眼睛眯着，才发现哪里是什么云彩，而是有几个人围站在我的面前。因为逆着光，我看不清他们的脸，连日来过于平静的日子已经使我放松了警惕，就连那根小铁棒，我都觉得有些多余而想丢掉了。

我说："闪开，挡住我的阳光了。"

对方一人说："你的头七也过完了，明天起每个月交两条香烟给我。"

我想了想，自己来了正好七天，难不成这里的规矩是头七天就是头七？过了头七就要上供？这规矩有点儿意思，颇有几分人情味。

我坐在那儿没动，什么也没说。不是被吓的，这对我来说简直就是个惊喜，这个惊喜快让我笑出来了。首先证明这里并不是我想象中那么平静，也是有帮派和利益纷争的。其次，有利益冲突就一定会有肢体冲突，有了肢体冲突我就一定会显山露水。

我忙用手捂着嘴，佯装咳嗽盖住自己的笑，然后说："我不是本地人，在这里没熟人，又是刚进来，暂时也不会有人来探我的监，恐怕搞不到你们要的东西。"

我本想用这样的态度惹点儿是非出来，谁料对方根本没搭理我，转身边走边说："我已经通知你了。"走出几步又停了下来，转过身抓抓头又说："对了，我姓赵，叫赵振鹏。"

赵振鹏。我在心里默念了一下这个名字，忙起身说："等等，您是这里的老大吗？"

赵振鹏再次转过身子。这是个个头不高、四十岁左右的男人，眼睛细长，脸上挂着不怀好意的笑，流利的汉语里带点儿绵软的南方口音。

他旁边一个跟班模样的年轻人说："废话，在这里只有一个老大，就是鹏哥。"

"不能这么说。"赵振鹏用下巴指了指不远处坐在一起正向这边张望的一伙人说，"还有迪哥。"

我听到"迪哥"二字，浑身触电般地绷紧了，我意识到自己可能会失态，急忙放松下来。看对面这几人的反应，他们应该没看出我的异样，我这才松了口气，心中暗自叮嘱自己：切记要喜怒不形于色。

赵振鹏抓着头对我说："我听说你还打过警察，不过没什么好嚣张的，这里谁没打死过一两个警察呢？你也不要耍滑头了，知道你们大陆来的心眼儿都多，小心聪明反被聪明误。不过我告诉你，这里只能有一个老大。"

我扫了一眼他刚指的"迪哥"那里，距离太远看不清楚，心里还是不禁一阵怦怦乱跳。等赵振鹏走后，我坐回了墙角，一边朝迪哥那边看，一边暗自祈祷，希望这就是目标人物周亚迪。

一直等到回牢房的哨声响起，那个迪哥都没有过来问我要贡品。难道他在这里这么不堪？或者他的规矩不是头七而是要到十五？又或者这个迪哥根本不是周亚迪？我有点儿不敢再想下去，我已经付出的精力和时间，注定我不愿意接受我的目标人物是个窝囊废。我不信一个窝囊废能在一个贩毒集团里成什么气候。

我不远不近地跟在迪哥那群人后面进了牢房。这个人看起来也是四十岁上下，中等身材，周围也有四五个人簇拥着他，比起问我要烟的赵振鹏，似乎势单力薄了一些。我看着他走进了我斜对面的一间牢房转过身，才看清他的脸，那是一张普通得扔人堆里就找不出来的面孔，无论如何也不像一个毒枭，倒像是个国内随处可见的工薪族。

我有些失望，居然就那么呆呆地看着"迪哥"，愣在了那里。他大概觉察到有人在看他，侧过脸朝我看来。当我和他眼神对视到一起时，我故意没有躲开，硬生生地和他对视了几秒钟。我想，必须开始为接近他展开行动了，我冲他冷冷地笑了一下，朝地上啐了一口。我不能再等下去了，不管他是不是周亚迪，我都要从他这里打开缺口。

我不知道他的仇家什么时候派来第二个杀手杀他，相信这只是个时间问题。我要赶在杀手之前接触到周亚迪，眼下没有别的办法了。

我觉得只要惹起事来就会有血腥，有了血腥就会招来豺狼。我坚信周亚迪不会是一个等闲之辈，只要在这座监狱里，是狼就一定会被血腥吸引出来。

他上下打量了我一眼，冲我微微一笑，并没有做出任何敌视的动作。而我像是讨了个没趣，只能悻悻地回到自己的牢房。当牢门锁好后，我站在铁门前朝他那边张望，只看到他的背影，坐在床上跟自己的室友说着话。

我摸出那根小铁棒，暗自在地面的石板上磨砺着。不论这个迪哥是否会来找我的麻烦，我都难免遭遇争斗，我站起来瞟了一眼赵振鹏的牢房，他果然正虎视眈眈地看着我。

除了尽快找出周亚迪之外，我最惦记的就是程建邦。我现在太需要有个人在外面接应我了，并在我茫然时给我建议，或者肯定我的做法。我已经耗费了太多的时间，当孤独伴着黑夜再次袭来时，我知道又一天要结束了，而我的任务却处于半停滞状态，心急如焚的我几乎就要放弃压抑内心的狂躁了。我企盼着天快些亮，企盼着冲出这牢笼来一场血腥又痛快的厮杀。

我感觉到两腮酸痛时才反应过来，不知不觉中已经将牙齿咬得咯吱直响。我想自己实在是压抑得太久了。

监牢里的鼾声渐渐响起时，大门突然发出一声巨响，紧接着灯全部亮了起来。我睁开眼用手挡着刺眼的灯光，适应了一会儿走到门口朝下看，只见监狱长和几个狱警带着一个犯人站在楼下门口的平台上。我位置太高太偏，看不清那犯人的样子，但这人八成会和我住在一间牢房，据我观察这里好像已经没有空位了。

　　果然，两个狱警押着那个犯人上了楼梯，朝我这边走来。那犯人低着头，步履有些蹒跚，大概来之前也挨过打吧。狱警老远就示意我往后退，我识相地坐回到床上。牢房的铁门"咣当"一声开了，背着光，看不清那犯人长什么样。他怀里抱着东西，被狱警揉了一把，一个趔趄进了牢房，站在那里拘谨地一动不动。

　　我的新室友抱着自己的东西缩在墙角，始终低着头，浑身微微地颤抖着，我还是看不到他的样子。狱警锁了门后下了楼，监狱长用手中的警棍在身边的铁质楼梯上"咣咣"地敲了几下，在夜里，那声音分外空旷且令人烦躁。

　　监狱长清了清嗓子说："各位老大。"我一听，觉得这话有些耳熟。果然他接着又说："大家看到了，又来了位新客人，所以，不好意思了，我要把老话再重复一次了。还是那句话，听过的也别嫌烦，没听过的得用心记好了，这关系到你在这里的安危。大家不用误会，我可没有吓唬各位的意思。"

　　我心想，这套说辞怎么也不换换，我来的那天他就是这么一套。说到这里，他像上次一样顿了顿，接着语气一变说："我不管你们来这之前有多大能耐、有什么后台，在这里，你们在我眼里连狗都不算，我说什么，你们就做什么，不然别怪我做事不地道。"

　　他说完朝我这儿看了一眼，带着两个狱警走了上来。我心想，这新来的小子怕是要挨打了。我这么想着扭头瞥了眼还站在那儿发抖的新室友，不看还好，一看正和他的目光对上，这人不是别人，正是那个差点儿害得我被枪毙的阿来。他显然比我更震惊，愣在那里张着嘴巴"啊"了半天没说出一个字来。

　　不等我说什么，他"扑通"一下跪在我脚下，捣蒜似的磕起头来，带着哭腔说："大哥，我错了，你饶了我吧，我也是一时害怕，求你了，放过我吧。"

　　看到这一切，想想最近发生的事，我忍不住"扑哧"一声笑了出来，越笑越大声，索性敞开笑出声来。本来监狱长在往这边走，所有犯人都在往我这边看，再加上阿来这突如其来的一跪和我的开怀大笑，我的这间牢房瞬间成为焦点的焦点。连本来不紧不慢的监狱长和几个狱警也忍不住加快了脚步，想过来看个究竟。

看着地上这个差点儿置我于死地、此刻却如此狼狈的阿来，我想我怎么幸灾乐祸都不过分。尤其是按照规矩，很快他还将被监狱长揍一顿，我更是难以抑制地高兴，仿佛连日来的阴云都顿时不见了踪影。我是有多久没有如此畅快了？我扭头看了眼匆匆赶来的监狱长和狱警，监狱长正恶狠狠地瞪着我，我心中一凛，忙收起笑脸。整个监狱里瞬间恢复了平静，只有后头几个狱警赶来的脚步声。

我想，我可能有点儿得意忘形了，毕竟这里是异国的监狱，而我还是个刚满"头七"的新人。我赶忙轻轻踢了一脚脚下的阿来，咬着后槽牙压低声音说："赶紧起来，不然我非弄死你。"

阿来迟疑地抬起头看了我一眼，哆嗦着抓着栅栏站了起来，他的左腿不太利索，可能是来之前被打伤了。牢房的门再次打开，监狱长铁青着脸站在门口，冷冷地看着我和阿来。他用橡胶警棍指着我的胸口说："这么晚不睡觉，你失眠吗？"

我二话没说，扭头上床躺下。

监狱长对站在一旁瑟瑟发抖的阿来说："你很怕他吗？"

阿来还没反应，就被监狱长抬腿一脚踹到胸口。只听阿来闷哼了一声，整个身体向后飞去，撞到墙上发出"嗵"的一声，窝在墙角蜷起身子一动不动。

监狱长上前一步说："你知不知道这里谁说了算？"

阿来抬起扭曲的脸说："知……知道。"

监狱长抽出警棍径直朝阿来的软肋捅去。阿来挨了这一下后，我听到他只有出气没有进气了，身子越蜷越紧。曾经训练的经验使我对阿来此刻身体所遭受的痛苦感同身受，软肋是人体最脆弱的地方，就算用手掌趁对方不备来一下都足以让对方窒息，力道大些甚至会造成内脏损伤，更不要提用橡胶警棍以这样的力度攻击了。我有点儿同情起阿来来，至少在关键的时刻，他是站出来为我说了公道话的，不然我早就命丧黄泉了。我看了一眼监狱长，发现他并没有停手的意思。

监狱长盯着地上缩成一团的阿来说："现在告诉我，这里谁说了算？"

我想，这个问题不论阿来怎么回答都会再次受到攻击，此时最好的办法就是装昏。可他接下来的表现，很显然就是个没有经过这种事的老百姓。他说："是你，监狱长。"

果然不出我所料，阿来肚子上又结结实实地挨了一脚。监狱长说："知道是我，怎么跪的不是我？"

这次阿来没有回答，看来不用装了，他是真的昏了过去。监狱长用脚踢了阿来几下，见他没有反应，转过身看了我一眼，在我脸上啐了口口水后，带着两个狱警转身锁了牢门离去了。

监狱里很快恢复了黑暗和平静，这种光线下我只能看到他的影子。我翻身下床，摸到阿来，探了探他的鼻息，非常微弱而且很不规律。

这不是一个好兆头，我不知道他之前受过什么伤，但仅是刚才那几下，一般人根本受不了。

我的确没想到，这里最狠的不是监狱里的犯人，也不是警察，而是监狱长。

2

不知道阿来的肋骨是否被打断，我不敢贸然动他，不然万一肋骨骨折，断裂的骨头很容易扎伤内脏造成更严重的伤害。我拍了拍他的脸试图将他唤醒，试了几次他都没反应。我一手端着他的下巴，另一手狠掐他的人中，好一会儿他缓了过来，长长地吸了口气。

我忙按着他的肩膀轻声说："别着急，自己慢慢动，告诉我哪里疼。"

阿来按着我的指示，慢慢地伸了伸胳膊和腿，最后活动了一下身子，刚一动就疼得失声叫了出来。这声惨叫在漆黑寂静的牢房中格外凄惨，不知谁叫嚷了一声："要死就快死，瞎叫什么，让不让睡了？"

我一股无明业火从脑门喷出，转头对外骂道："你再他妈给老子废话一句，明天就先弄死你，不信咱就天亮见。"

外面居然真的安静了下来，我不禁觉得奇怪，为什么我每次发怒，都是和这个阿来有关呢？我隐约有种不太好的预感。我不是怕与人发生争斗，只是这次连自己得罪的是谁都不知道，明枪易躲暗箭难防，要是我得罪的是一个喜欢玩偷袭的人，那我岂不是为自己平添了危险？

我下意识地摸了摸衣角里藏着的小铁棒，经过我几天的打磨，它的一头已经成三棱形。这些天来，我知道了这里并没有搜身的习惯，那么是不是别的犯人也都或多或少地藏些凶器在身上呢？

阿来挣扎着从地上爬起来，我扶着他平躺在我的铺上，说："我帮你检查一下，疼得忍不住，你就吭声。"

他点了点头说："谢谢，你是医生吗？"

我挨个儿检查着他的胸腹部，幸运的是他的肋骨都没有断。在他重要脏器的位置按了几下，从他的反应上看应该也没有内伤。我松了口气，说："忍着点儿吧，尽量睡，有什么话明天再说。"

他大概想说什么，听到我的叮嘱后倒也听话，闭上了眼。我将他的行李丢到上铺，简单铺开，爬上去没多久便睡着了。监狱里有一个好处，就是晚上大家都被锁在牢房里，没人会出来偷袭你，所有的恩怨都集中在白天放风的时候。而我的室友阿来，怎么看也不像是个敢趁我睡着对我下什么狠手的人。

连日来定时的起床铃声为我建立了一个生物钟，每当起床铃响起前的十分钟左右，我都会自己睁开眼。整个监狱还沉睡着，各种节奏和音频的鼾声此起彼伏。我稍作缓释，猛然想起下铺的阿来，赶忙起身朝下看，见他还在睡梦中均匀地呼吸着，脸色还算正常。我轻轻从床上跳下，舒展了一下全身，背对着铁门，反手紧攥住身后铁门的钢筋，做了两组收腹动作。稍事休息后，转过身做了两组引体向上。

做完最后一个动作时，发现斜对面牢房里的迪哥一直盘腿坐在地上，抽着烟看我。见到我看他，他将烟头掐灭，站起身双臂抱在胸前站在门后。

紧接着起床的铃声响起，所有牢房的铁门"嘎吱"一声打开了。

看来这个迪哥也有自己的一套生物钟，而且比我的更加精确。加上他看我时沉稳的眼神，可以判断此人绝非等闲之辈。

很有可能，他就是周亚迪。

我没有急着走出牢房，因为我不确定昨晚呵斥我又被我反骂回去的人是谁。保险起见，我还是最后出去比较好，在这里，真正势单力薄的人是我。

我扭头看到阿来已经起来，坐在床上活动了一下，挣扎着站起身，冲我谦卑地笑了笑说："早。"

我指了指墙上那张印满字的守则，趁他看那张纸的时候，将小铁棒从衣角取了出来，系好布绳在食指和中指上绕了几圈攥在手里。我不知道一会儿出去将面临什么，也不知道昨晚到底得罪的是什么人，换句话说，一切都是未知。我担心的不是会有人来找我的麻烦，而是我不知道到底要做到哪个程度才能既解决眼前的麻烦，又不会让自己卷进更多的麻烦中去。我尤其担心自己在狱警的眼里显得太特别，万一做过火了，被调到别的监狱里就糟了。

这些担心就像无形的绳索束缚着我的手脚，可我已经没了退路。自从程建邦的抢劫被人截胡之后，一切都已失了控。本该推动事情进展的我，却被一个又一个的突发状况推着走，异常被动。

"现在是不是该去吃早饭了？"阿来看完那张纸问我。

我拿起饭盆朝外走去，阿来一瘸一拐地紧跟在我后面。我说："你的腿怎么了？"

"膝盖受伤了，这条腿使不上劲儿，我叫阿来。"他往前赶了两步伸出手想跟我握手。我点了点头。他有些尴尬地收回手说："秦哥，想跟你说句抱歉，我就是个尿人，见到你本来以为死定了，谁知道你还帮我……"说到这儿他叹了口气。

他不说还好，一提起来，我又想起自己等待执行死刑的那些天几乎崩溃，心中不由得燃起了怒火。我反手一把掐住他的脖子按到墙上，他两腿乱蹬，直翻白眼。他越挣扎我越冒火，手劲儿越发狠，掐着他脖子的手不停地加力，眼看他开始抽搐起来，我才缓过神来，忙松开手。他像是一摊泥一样瘫在地上，捂着脖子剧烈地咳嗽着。

看着他的样子，我诧异自己几时变得这般冲动和暴力，刚才如果我晚松手一会儿，他可能就会被我活活掐死了。不久之前，我还会因为枪毙了死刑犯而两腿发软、寸步难行，什么时候起生命在我手中变得如此卑微？我松开手愣在一边，呆呆地盯着刚才掐阿来的那只手，暗暗惊叹于自己的变化。我似乎越发难以控制自己的身体和情绪了，这感觉就像我身体里本来就有一头野兽，之前我一直不知道，现在它被唤醒了，我说不清是我在驾驭它，还是它在驾驭我。

我使劲儿搓了搓脸，试图使自己清醒一些。

阿来的脸憋得通红，一边咳嗽，一边强装着笑脸冲我摆手说："没……没事，你的手劲儿可真……真大。"

吃了早饭后，我挑了个没人的墙角坐下来晒太阳，阿来一直就跟在我身边。看得出他总想和我说点儿什么，每次话到嘴边又生生咽了回去。这么几次后，他像是死了心，放弃了和我聊天的想法，只是一言不发默默地跟在我的左右。

我远远地盯着迪哥，有点儿奇怪他为什么不来要我上供呢？虽然我还没想好他要是来找我的麻烦，我是该顺从还是反抗，至少我可以借此机会问他的名号，确定他是不是我要找的那个——周亚迪。

眼下的我，连个靠近他的理由都没有，如果我这么走过去拜码头是否会显得很奇怪？很显然在这里，赵振鹏要比他势力大些，按常理初来乍到拜码头，当然要选势力最大的。不过有一点是可以肯定的，拥簇在迪哥身边的这些人，八成在监狱外就和他有着千丝万缕的关系。

正想到这里，赵振鹏一行人朝我走了过来。我已经懒得去想该如何应对他了，只用手指摸了摸手心里的小铁棒。阿来看了一眼来势汹汹的赵振鹏，紧张地小声说："秦哥，有人过来了。"

赵振鹏走到我面前停了下来，看了眼一旁连头也不敢抬的阿来，说："哟，人缘不错，昨天还说这边没亲戚朋友呢，想不到这么快就结交新朋友了？那快点儿上供吧，四条烟，多了我也不要。"

我说："他不是我朋友，昨天不是说两条吗？怎么隔天就涨价了？"

赵振鹏还没说话，他身边的一个手下站出来说："小子，你问题还挺多的！两条是你孝敬鹏哥的，另外两条是换你命的，你昨天晚上吓到我了知不知道？"他佯装害怕地抚了抚胸口，"不过算了，鹏哥一直教我，得饶人处且饶人，让你拿两条烟给我压压惊，我就当你昨晚上放了一个响屁。"

我侧过头看了一眼不远处的迪哥，他也正朝这边张望着。我忽然冒出个想法，如果我把这个赵振鹏办了，会不会吸引他的注意？算不算帮他拔了一颗眼中钉肉中刺？根据目前的事态看，他俩多少是有些过节儿的。

主意一定，我说："我这边没亲友，真拿不出来。"

一旁的阿来突然说："我给，我给，秦哥的烟我给，不过能不能宽限我几天？我家里人很快就来看我了。"

我冷冷地看了阿来一眼。他冲我笑了笑，又对赵振鹏等人说："我老婆最迟明天就会来看我，虽然我没坐过牢，但是规矩我懂，只求几位大哥能宽限我几天。"

赵振鹏说："早几天晚几天的我倒无所谓，可是我这个兄弟恐怕等不及，昨天晚上有人说今天要他的命，晚了怕是没那福分消受了。"

阿来看了我一眼，慢慢扶着墙站起来，脸上堆着谦卑的笑容，对赵振鹏直哈腰，说："我秦哥爱开玩笑，昨天确实是我不争气，没忍住疼，喊了出来，打搅几位大哥睡觉了，这事怪我，我每个月多孝敬几位几条烟吧。"

赵振鹏的一个手下指着阿来说："你他妈是他的经纪人啊？"说着话抬腿

就朝阿来的头踢过去。

这一踢力道十足，就阿来那身体挨上这一下，不定会怎样。我伸出腿一脚端在那人的膝关节上，帮阿来挡住了那一脚。我不等其他人反应过来，站起身对着那人头上太阳穴处，使出三分力气踢了一脚，那人哼都没哼一声便昏死了过去。我抬眼朝迪哥那边看了一眼，那群人的注意力果然被我吸引了过来。我又朝围墙上的岗楼望去，几个狱警像是发现了什么热闹似的，嘻嘻哈哈地朝这边张望。

我心中有了数，挡在阿来前面对赵振鹏说："要是没人惹我，我也不想惹事，还是那个每天吃饱后在这儿晒太阳的尿包一个。但要是有人惹我，我也不会怕事，逼急了，我杀人不眨眼。"

我说出这番话，心中居然莫名地兴奋。刚才被我踢晕的人此时醒了过来，从地上爬起来，站在那里晃晃悠悠的，用力揉了揉自己的脸后，猛地从怀中摸出一根一指多长、筷子粗细、一头打磨得锋利的铁棍，挥舞着朝我脖子刺来。

我向后退了一步，伸手一把抓住他握着凶器的手腕，反手一扭将他制住，那凶器的尖头正好对着他的鼻尖。我看着那根铁棍，生生惊出一头冷汗，我以为我那个小铁棍就算是凶器了，跟他手中的这个比起来，简直是小巫见大巫。我之前的猜测没错，这里很有可能每个人身上都藏着武器。

阿来惊慌的声音在我身后喊了声："秦哥小心！"

我余光一扫，一人居然拿着一把匕首朝我后背捅来。距离太近，速度太快，我无法完全躲闪开。只好一咬牙侧过身子，匕首擦着肩膀刺斜了，但还是划破了皮，血一下冒了出来。这一下激起了我的怒火，我一个后蹬，将拿刀的那人踹出五米多远。这一脚踹得我分了神，忘记了手里还扭着一个人的手腕。那人见我注意力不在他那里，一把抓住我的手就张嘴朝我手臂上咬来。

肩膀上的伤并不重，倒是手臂被撕咬的疼痛让我红了眼。我一手揪着他的头发，把他的头往下按，收回刚才踹人的腿，一膝盖朝咬我那人的嘴狠狠顶去。这一下将那根铁棍生生从他的鼻腔里捅了进去，那人惨叫着朝后倒去捂着鼻子满地打滚，鲜血喷泉一样四处喷射。

面前的所有人包括赵振鹏都完全被这一幕惊呆了。擒贼先擒王，我习惯性地转过身猫起腰一拳打到赵振鹏的软肋上，接着一脚结结实实地踢到他的下阴。赵振鹏捂着小肚子"扑通"一声跪倒在地上，痛苦地翻滚着、呻吟着。

其余人看到自己老大都倒下了，呼啦一下作鸟兽散。我一把揪起赵振鹏的头发，使他露出脖子，看着他颤抖的喉结，我攥起拳头就想一拳下去结果了他，手腕却被一人牢牢地抓住。我手腕一翻，将那只手反制住，那人疼得"哎呀"一声跪了下来。我定睛一看，那人正是他们口中的迪哥。

他的手下见他被我制住，正要往上涌，他向那些人喝道："都别动。"他指着被我扭住的手腕，"兄弟，轻……轻点，我这老骨头不经折腾。"他见我没有松手的意思，又说，"看在我长你几岁的分儿上，听老哥一句话，别闹出人命，留得青山在，不怕没柴烧，在这种地方……不值得。"

我翻涌的血气经过这一折腾，也平息了许多。我听他很诚恳，最重要的是，我来这里不是来打架的，而是要接近周亚迪。现在的情况很显然是最好的机会，唯一需要求证的是这个迪哥是不是我的目标人物周亚迪。我假装还在气头上，瞪着眼睛问："你是谁？你是不是他们一伙的？"

迪哥忍着手腕被我扭着的疼痛，说："敝姓周，周亚迪，兄弟你听我的，错不了。"

当然错不了，我找的就是你。

这句话几乎被我从心底喊了出来，我转念一想做戏就要做全套，于是说："我必须弄死他，不然他迟早弄死我。"

"你放心，他已经栽了，以后你说你是这里的老大，没人敢说个'不'字，你相信我。"周亚迪朝围墙的岗楼上看了看，说，"没时间了，已经见了血，再拖延的话一会儿警察赶来就麻烦了。"

我假装犹豫地盯着周亚迪，又看了一眼正往这边跑的几个狱警，说："反正已经这样了，警察来了也得打死我，不如我拉个垫背的。"

这时候不等周亚迪说话，赵振鹏说："兄弟，你别冲动，我们这里有这里的规矩，你没事的。"

周亚迪点了点头说："他说的没错。"

我这才松开手，放开了周亚迪和赵振鹏。

后来，我亲眼证实了他们所谓的"这里的规矩"。

面对着狱警的严厉问话，周亚迪的一个手下指着那个被我一膝盖将铁棍插进鼻孔的人，对狱警说："这人自己捡了一根铁棍，正打算交公，自己不小心摔了一跤，就把铁棍摔进鼻子里了。"

那人还在地上打滚，听到这话先是愣了一下，不知是疼的还是气的，停止了翻滚晕了过去，被狱警指挥两个犯人抬去了医务室。另外一个被我踹飞的人，早不知道把那把匕首藏到了哪里。我见他们这么说都能过关，那我也没必要客气了。我指着自己身上的伤对狱警说："我正在走路，前面那人突然摔了一跤，我一时没防住，被他绊倒在地。不知怎么回事，就摔出一个这样的伤口，我一疼就自己咬了自己一口，然后就有了这个牙印。"

周亚迪几个手下听完我的解释后，茫然地对望了一下，周亚迪假装咳嗽了一下，那几个人才忙忙点头说："没错，我们亲眼看到的。"

狱警似乎很乐意听到这样的解释，说："既然不是打架，我就不报告监狱长了，以后走路都小心点儿。"

我们连连称是才将狱警打发走，我看了看肩膀上的口子，没大碍。赵振鹏在他的几个手下的搀扶下，踉踉跄跄地离开了。

周亚迪看着赵振鹏的背影，鼻子里"哼"了一声，拍拍我的肩膀说："兄弟好身手，练过吧？"

我要说没练过也不会有人信，而且刚才用的都是擒拿手，明眼人一眼就能看得出来。我点点头说："嗯，以前当过兵。"

周亚迪呵呵一笑说："走，那边阳光好，去抽根烟聊聊天。"他的一个手下给我递过来一支烟，并帮我点上。

我一边跟着周亚迪走一边回头，看到阿来还愣在原地，说："愣着干吗？走啊。"阿来咽了口口水，绕过地上的血迹跟了上来。

周亚迪说："在哪儿当的兵？这身手不像是一般的大头兵啊。"

我低头抽了口烟，偷偷用余光瞥了他一眼，看得出他假装闲聊，实则在套我的话。这种毒枭对西南一定很熟，西北近两年毒品也很猖獗，他们应该也不陌生，东南我自己又不太熟，搞不好会聊出破绽，索性挑个最熟的。我说："北京，侦察兵。"

"哦，御林军啊，怪不得这么好的身手，佩服佩服。"周亚迪打着哈哈，又问，"怎么进来的？"

这个问题我早已准备好了，不论谁问起我，我就说在国内犯了事，怕坐牢跑到这里来的。无意中遇到阿来被人欺负，路见不平拔刀相助，一时失手才落到这般田地。

我正准备拽过阿来说事，转念一想，这么痛快地说出这些准备好的台词，会不会被他怀疑这些都是我事先准备好的呢？要知道，这毒枭过的可都是刀头舔血的日子，什么人没见过？在这种人面前露出破绽再容易不过了。

想到这儿，我抬起眼皮狠狠地瞪着周亚迪，没有作声。

周亚迪呵呵一笑，假意在自己嘴上打了一下说："你看我这大嘴巴，交到新朋友一高兴就忍不住话多，你别介意。"说话间，他已经把我带到他们平时晒太阳的地方，这里的地面上有一截没拆干净、裸露在地面上的石板地基。

他指着一块较为光滑的石板做了个请的动作说："坐下聊。"在这种地方，这样的"设施"不亚于外面的 VIP 专座。我没客气，一屁股坐到那块石板上。刚才那支烟也抽得差不多了，我将剩下的半截烟递给阿来。阿来接过去蹲在我的旁边，狠狠地嘬着那半支烟。

周亚迪手下又递给我一支烟，我夹到耳朵上说："留着晚上抽。"

周亚迪笑笑冲手下人打了个手势，那人从身上摸出多半包烟塞到我手里，又递过来一包火柴。我冲他点了点头表示谢意，对周亚迪说："你有什么话直说吧。"

周亚迪呵呵一笑说："兄弟多虑了，只是想和兄弟交个朋友。"他说着抬起头看了看被高墙围绕的有限的天空叹了口气，感慨道："这种地方还能有什么事？"他感慨完，像是突然想起什么，忙问："对了，还不知道兄弟怎么称呼呢。"

"秦川，秦始皇的秦，山川的川。"我不等他废话，又说，"这种地方，大家不都喜欢当个老大，欺负个新人吗？"

周亚迪笑着摆摆手，"你也看到了，你把赵振鹏那伙人打得有多惨，正所谓山外有山、人外有人。"他揉着刚才被我扭过的手腕，伸过来说，"你看看，我就是劝劝架，差点儿都被你扭断胳膊，你觉得我会在乎什么老大吗？"他不屑地笑笑。

我环视了一圈他的手下说："那老哥的这些兄弟，不会都是老哥劝架劝来的吧？哈哈哈。"

周亚迪脸色微妙地一变，随即恢复了正常，速度很快几乎不易察觉。他笑着说："秦老弟真是快人快语，不瞒兄弟，在外面我有些人缘，所以不管到哪儿，都有朋友愿意帮忙。"

我想了想，觉得我还是继续装二愣子比较好，于是说："我不懂那么多，我就知道能关到这儿来的，都不是省油的灯。我不想惹事，但谁也别惹我，不然我不管你是什么黑社会还是大毒枭，杀一个够本，杀两个赚一个，反正我现在贱命一条，无亲无故，无牵无挂。"

周亚迪刚才给我烟的手下听到这儿，上前一步，伸手指着我说："你说话小心一点儿。"

我看着他的指头说："冲着这几根烟的面子，我不和你计较，不然你这根指头已经不是你的了。"那人"嗖"的一下把手收了回去。我说，"下次你就没这么好的运气了。"

周亚迪板起脸，瞪着眼睛对那人喝道："混账东西。"然后换了一副笑脸对我说，"秦老弟，别往心里去，都是年轻人，成天又待在这种地方，唉……大好年华都浪费了。"

　　我听着他的话，假装沉思了一会儿，抬起头看着高墙和墙上的岗楼，摸了摸下巴嘟囔道："对啊，总不能半辈子都耗到这里面，难道就没什么办法逃出去吗？"

　　周亚迪忙大声咳嗽起来，四下张望了一会儿，说："秦老弟，这话要传到监狱长那儿，可有的受了。"

　　我想起监狱长在我刚来那夜对我的特殊关照，不由得揉揉自己的胸口，故意低沉着口气说："他给我那两下，我迟早会要他还的。"

　　周亚迪赶忙拽着我的胳膊，四处张望了一下说："秦老弟，强龙不压地头蛇，如今龙困浅滩虎落平原，当忍则忍才是。"

　　这时两个狱警朝我们走来，周亚迪用胳膊肘偷偷捣了我两下，摆出一副懒洋洋的样子。他的手下则各自抓耳挠腮，假装无所事事，晃着四处散开。

　　阿来紧张得一个劲儿地低声问我："怎么办？是不是来找我们麻烦的？"我懒得搭理他，把耳朵上夹的烟拿下来放到鼻子前嗅着。

　　两个狱警走到离我们还有三四米的地方停了下来，目光在我们身上挨个儿巡视着。一个狱警喊了声："阿来。"这一声吓得本来蹲着的阿来一屁股坐到地上。那狱警用警棍指着阿来说："站起来。"

　　阿来浑身哆嗦着从地上爬了起来，点头哈腰地说："警官，什么事？我就是在这儿晒太阳。"他一边说一边一个劲儿地看我，好像巴不得要我站出来替他挡一会儿似的。

　　狱警说："你太太来看你了，走吧。"

　　阿来愣了一下，忙连连点头，有点儿兴奋地冲我说："我老婆来看我了，秦哥，我先去去，你们先聊。"又冲着周亚迪和他的几个手下挨个儿点点头，才跟在狱警身后往外走。

　　周亚迪用下巴指了指阿来点头哈腰的背影说："秦老弟真是义薄云天，对坐牢的室友都这么仗义，甚至愿意为他闹出人命来，说实话，这么多年，我都没见过像秦老弟这样豪气干云的好汉了。"他见我有些疑惑地看着他，又补了一句："不瞒秦老弟，刚才一幕幕我都看在眼里的。"

"这么关注我？"我故意顿了顿说，"有什么事吗？"

周亚迪笑笑说："我钦佩英雄，你来的第一天，我就看出你不是个普通人，就想跟你交个朋友。"

我将手里那支烟叼到嘴上，点燃抽了一口说："我不觉得你是想和我做朋友，你总是这么和我说话，我觉得特别别扭。"

周亚迪顿时哑到那里，愣了一下，哈哈笑了起来。

一直到收监，周亚迪都在和我虚头巴脑地打哈哈，看得出他的确是想与我结交，但阅历也让他对我满心戒备。这很正常，没有超出我的常识，也就超不过我的应对能力，这样会让我更加踏实且自然地接近他、了解他，直到获取他的信任。

今天的收获太大了，大得像是一个惊喜，我需要不停地压抑自己内心的兴奋才能让自己不笑出来。自然，也就不会再奢求什么。

3

晚上在牢房里，阿来趁着熄灯前的光亮，一遍又一遍地整理着他老婆给他送来的东西，好几次想和我聊天分享他的喜悦。我一直坐在一边闷头想着白天的事，他话到嘴边又咽了回去。

周亚迪给我的印象并不像一个恶贯满盈的毒枭，更像是一个唯利是图的商人，或许是我对毒枭的偏见太大吧。

不管是什么原因，他似乎对我很有兴趣，这让我对自己白天的表现十分满意。

我不信他真心欣赏我这个人，顶多觉得我身手好才想拉拢我，让我充当他的打手而已。

我想，他应该也清楚外面有人正在雇用杀手杀他，所以太需要有一个人能最大限度地保护他的安全。可在这种地方，他选择的范围太小了，我的出现对他而言，无疑也是一个惊喜。

无论如何，我算是和周亚迪正式接触到了，想想这些日子的经历，恍如梦中一般那么不真实。

看着冰冷的铁门和这狭小的空间，呼吸着这潮湿发霉的空气，不禁想起程建邦，此刻我很想对他说，我已经找到了目标人物，任务的成功只是时间问题了。我想，我可以趾高气扬地命令他，让他做一切我想让他做的事。我甚至想象到他接到命令时无奈的样子。想到这儿，我忍不住笑了。

阿来大概看我神情愉快，赶紧呵呵笑着说："厉害吧，我老婆给狱警塞了钱才带进来的，大过年的，得喝点儿酒。"

我这才回过神来，见阿来手里正摆弄着一个塑料壶。我在走神的时候，眼神正好落到那个壶上，而自己却浑然不知。阿来将壶递了过来，我接过来仔细一看，是一个足有1500毫升容量的塑料壶，盛满了明黄的液体，听他的意思，里面应该是酒。

阿来拿过我和他的饭盆，往里倒了些酒，将其中一只饭盆递给我，然后毕恭毕敬地站在我面前说："承蒙秦大哥连救我三次，这杯酒我敬你。"说完，他举起饭盆一仰脖将酒倒进嘴里，皱着眉头咧着嘴咽了下去，张开嘴发出"啊"的一声。

我看了看手中饭盆里的酒，想起阿来刚说"大过年的"，仔细回忆了一下，好像现在的确是中国的春节了。我说："现在是过年吗？"

"明天就是年三十了。"阿来晃了晃自己手里的空饭盆说，"那个，我已经干了。"

我看了他一眼，端起饭盆尝了尝，居然是很醇正的白兰地。我一仰脖子，将酒干下。

明天就是年三十了，往年的此时，我们都会去基层部队与战士们一同欢度春节。这个时间应该还在布置联欢的会场，或者溜到伙房以帮厨为名偷吃几口。好久不曾喝酒，有些不适应，当火辣辣的酒滑过我的喉咙时，我忍不住咳了起来。我强忍着没有把酒吐出来，倒是把眼泪给呛了出来。

阿来又递给我一支烟说："来根，大陆来的红塔山。"他话音刚落，监狱的灯熄了，我眼前的整个世界包括阿来的笑脸全部被黑暗瞬间吞没。

刺啦一声，阿来划着一根火柴，微弱的火光照着他的笑脸，今天他也格外地高兴。我点燃香烟抽了一口，他借着火光又在两只饭盆里倒了些酒，将快烧到手的火柴棍丢在地上。

黑暗中，我听他说："你是我的贵人，我不知道怎么谢你。不怕你笑话，我本来想以后替你给那些老大上供来报答你，不过现在看来也用不着了。连迪哥都那么欣赏你，别说在这里，就算是到了外面都吃得开。"

我看不到阿来的神情，听这意思他来之前就知道周亚迪这个人。我问道："你认识他？"

"这一带谁不知道他？他可是在金三角混的大老板。"阿来压低了声音，凑到我的耳边说，"但是没什么人见过他。"

我说："什么意思？"

阿来说："他一般不露面的，而且从来不照相。"

我想起电影《赌神》中周润发演的那个就从来不照相，唯一的照片还是个后脑勺，于是笑了笑说："赌神？"

阿来说："他们做的都是见不得光的买卖，赚了钱总不能窝在这深山老林吧？总得出去逍遥快活，要是人家都认得他的脸，还怎么出得去？"

我说："他这么嚣张，怎么还能被关到这里来？"

"这就不是我这种小人物能知道的事了，不过我劝你也别问，多一事不如少一事，知道的太多没什么好处，你看看我……"说着他停了下来。我的眼睛此时也渐渐适应了黑暗，隐约能看到他举起饭盆喝了口酒。

这个阿来对这一带很熟悉的样子，那他就可能有一些我需要的信息。就算是一个国家的情报机关，有时候也需要从这种小混混儿嘴里找些可用的线索，现在送到我面前了，我得把他知道的东西榨干才行。

我想了想说："对了，那天那些人为什么要打你？"

阿来笑了笑，不作声。

我骂了句"靠"，喝了口酒说："你不说就永远别说，当我多爱听似的，以后你嘎巴一下死在我眼前，我眼都不眨一下。"我把盛着酒的饭盆往他怀里一塞，一副打算睡觉的样子。

阿来见状顿时慌了，忙说："秦哥，你别误会，我是不知从何说起，我嘴笨。"

他把饭盆重新递到我手里，自己坐到地上，长叹了口气说："我想，我应该是无意间听到了不该听的东西，他们才下狠手的，那天要不是你出手救了我，他们真的会要了我的命。"他喝了口酒接着说："其实我根本不知道他们在说什么，你说我是不是背时？是不是冤得慌？"

我琢磨了一下，心想：这阿来是不是喝多了，说话一点儿逻辑都没有。我说："你要是不想说就别说，都什么乱七八糟的。"

阿来说："我说的是真的，我是做酒生意的，捎带的也开个小酒吧。那天你帮我的那个地方，就是我开的酒吧门口。我的酒吧里有个地下酒窖，入口就在吧台里边的地上。那天下午，那个时间段一般不会上客，我就在酒窖里干活，听到外面有人不停地喊'老板'，我放下手中的活儿，爬了上去，我刚从出口钻出去，就听到有几个人在说话。他们听到我的动静，一拍桌子跑到吧台里来，其中一人上来揪着我的头发，一把就把我从地窖口里拖了出来，一边拖一边开始打，下的都是死手。"

我下意识地问了一句："他们在说什么，你听见了？"

阿来说："在说'洪古'什么什么的，我也没存心要听。"

我一边喝酒，一边听他说，似乎没有什么有用的信息，可是潜意识又告诉我，这里面有点儿什么是与我息息相关的。我伸手拍着阿来的肩膀，仔细在记忆里搜索着每一个能与他这段话的内容有关联的线索，就像是蹲在溪边徒手捕捉水中的小鱼一样，每次都觉得就要得手，每次又都被鱼儿从手边溜走。

我说："你刚说，你是做酒生意的？"

不知不觉中可能我的手劲儿又有点儿大，阿来大概有点儿被我吓住了，点了点头说："对，我就是个做酒生意的，跟这边黑白两道都不熟，只是自己开个酒吧。"

我自言自语地说："你有个地下的酒窖，入口在吧台后面，你在酒窖干活，有客人来了，你出去，他们就打你？"

阿来点点头说："嗯……不对，应该是他们觉得我听到了他们谈话，所以才打我，可我真的什么都没听到。"

我说："不对，你听到他们说话了。"

阿来想了想说："对，就听到什么'洪古'，我都不知道这是个人名还是地名。"

记忆的大门像是瞬间被洪水冲开了一般，我想起那个废旧的矿场，想起那个打死郑勇的狙击手，也就是那次任务的目标人物，就是叫这个名字！

"秦哥，疼。"阿来痛苦地呻吟着。

我才意识到捏着他肩膀的手使太大劲儿了。我忙松开手，为了表示歉意拍了拍他肩膀上被我捏痛的地方。阿来揉着肩膀说："然后，他们一边打一边说我偷听他们说话，要要了我的命。你也知道，我这身体哪受得了那种打，我当时以为我这次死定了，然后你就出现了。真的，要不是你，我真的死定了。"

我说："这一带叫洪古的人多吗？"

阿来还沉浸在对我的感恩当中，陡然听到我这么问，愣了一下，说："这个名字柬埔寨那边多一点儿，挺常见的。这里离金三角那么近，什么人都有。"他顿了顿又问："秦哥，你知道这个人的来头？"

我说："不认识，我在帮你分析那些人为什么想要你的小命。"

阿来感激地与我碰了下酒，一边喝一边说，我才知道他是怎么进来的。警察抓了我之后，他怕连累自己，面对警察的询问，也怕那几人的同伙来继续找他麻烦，就咬定说是我跟那几个人在酒吧喝多了，发生了争执，他是劝架被打了的。这么一来，他的伤都是我打的，他成受害者了。后来看报纸说我被判了死刑，终于良心发现，去警察局自首翻供。这样一来，他就成了我打人行凶的共犯，再加上在法庭上陷害我做伪证，就被扔进来了。

说着说着他就涕泪齐下，不知是酒精的作用，还是真心觉得对不起我，总之说得一把鼻涕一把眼泪。

我却没心思听他絮叨，满脑子都是那个洪古。

再次提起洪古这个名字，我竟然觉得那么遥远，仿佛是我上辈子的事一样。或许是我想多了，这种东南亚小国，名字相同的太多了。也许在柬埔寨叫洪古就像在美国叫汤姆、在英国叫亨利一样，只是一个稀松平常的名字。

我不确定阿来听到的这个洪古是不是我关心的那个洪古，但是这个名字勾起了我的回忆。我也不知道是不是自己入戏太深，时不时总会模糊自己此行的目的。这是一个危险的信号，不论是空间还是时间，我脱离战友和上级都太远了。

我将饭盆里最后一口酒干了，说："周亚迪这个人你知道多少？"

阿来低声说："他啊，传闻可多了，这一带的人都知道他是做毒品生意的，在金三角是有头有脸的人物，听说因为争地盘的事，和那边其他人闹得很厉害。"

说着话，阿来要给我继续倒酒。"不喝了。"我拦住他，将信将疑地问，"这些你都是从哪儿听来的？"

阿来说："我那个酒吧，在这一带也算是老店了，本地的混混儿或者从山上下来的人，没事都喜欢来喝两杯，有时候多喝几杯，难免嘴一松就会说点儿什么出来。谁知道是真的还是在吹牛，我也不敢多问。"

我说："山上下来？什么山？"

阿来说："就是大家说的金三角，我们习惯说山上。怎么，秦哥对周亚迪感兴趣？"

我说："入乡随俗，我看他在牢里有点儿势力，我已经得罪了那个赵振鹏，没必要连他也得罪了，总得站个队。不是说多一事不如少一事吗？再说我又无所谓，我怕你白天挨了打，晚上回来疼得哼哼，会吵得我睡不好。"

阿来有些不好意思地抓抓头，说："秦哥，你真是我的贵人，我真不知道该怎么感谢你才是。"

我说："那还不简单，等出去了把你的钱分我一半。"

阿来一拍胸脯说："别说分你一半，就是全部奉上我也没二话，只是……"他说到这儿叹了口气，低下了头。

我知道他在发愁他的刑期，于是问道："对了，你被判了多少年？"

他耷拉着脑袋说："十五年。"

我一拍床边说："靠，为什么你比我少五年？"

阿来忙说："你放心，我先出去的话，一定找人花钱让你早些出来。"

我不屑地说："你有那能耐怎么不现在就想办法把你自己弄出去？"

"太突然了。我老婆正在外面想办法，就是可怜她一个女人……"说着，他哽咽了起来。

我有点儿不耐烦："对了，那个赵振鹏，你听说过吗？"

他抹了把眼泪摇摇头说："以前真没听说过这个人，也面生，应该没见过。"

我见他情绪有些低落，再加上没少喝酒，不适合再问他什么。"早点儿睡吧。"我躺倒在床上转过身背对着他。他应了一声，窸窸窣窣地收拾了几下，爬到上铺。

听到他还在断断续续地抽泣，我有些心烦，抬腿踹了下床板，阿来的哭声立刻停了，我翻了个身闭眼睡去。

4

第二天一早，走出大楼我就发现，所有的犯人见到我都开始有意无意地避让，远远见我走来，就让开空当。每个人的眼神与我交会后，都迅速地闪躲开，他们的表现，使得我都能闻到自己身上恐怖的气息。我想，大概是昨天下手有点儿狠的缘故吧。

我没有主动搭理周亚迪，这个时候需要吊吊他的胃口，就算是将来混作他身边的一个打手，我也得是他最信任、最亲近的金牌打手。

我问阿来要了包烟，坐在墙根下晒太阳。阿来时不时地朝周亚迪那帮人那里张望，最后实在忍不住了，小心地看着我说："秦哥，是不是过去和迪哥打个招呼？"

我叼着烟，眼皮都没抬，说："你想去你去，我跟他不熟。"

阿来赔着笑脸说："这样吧，我去替你和他们打个招呼吧，你昨晚上也说，没必要和所有人都搞得那么僵。"

我点点头。"那，我去去就来。"见阿来说着就要往那边去，我叫住他："你不是要去给他上供吧？"

阿来支支吾吾的，半天没说出一句整话。我说："你要上就上你的那份，别和我扯上什么关系，不然让我知道了，我先把你拾掇了。"

阿来说："秦哥，我是为你好……"

我打断他说："不需要，用我再说第二次吗？"

阿来叹了口气说："那好吧。"

我淡淡地说："好，你给他上了供，以后有什么事就去找你的迪哥。"我说这话，只是想看看这个阿来的忠诚度到底有多少。我太需要帮手了，哪怕是一个不能给我任何实际帮助、只是一个在精神上支持我的人，一个我可以相对比较信任的人。眼下只有阿来最接近这个人选，可他的软弱怕事实在让我难以信任。

阿来说："好。"

他说完这个"好"，我以为他会头也不回地投奔周亚迪去。谁知道他一屁股坐到我旁边，将藏在衣服里的香烟塞到我怀里，说："只要秦哥看得起我，我愿意跟你。"

我转头看他，发现他的目光破天荒地坚毅，这让我一时不敢相信自己身边坐着的，是那个胆小怕事、半夜躲在床上哭鼻子的阿来。"我身上没地方放。"我把烟丢还给他说，"对了，看见赵振鹏了吗？"

阿来眯着眼睛在院子里扫了一圈说："好像没有。"刚说完就指了指我的身后，然后迅速站了起来，目光中满是惊恐。我转头一看，赵振鹏带着六七个人气势汹汹地朝我走来。

我本来太阳晒得正舒服，实在懒得动，但这种情况要再不动实在是不太明智。我摸出随身的小铁棒，将上面的布条缠紧手指，站起身迎了上去。我不想再被动到非要等对方先出手再还击了。

赵振鹏等人见我站起来，之前气势汹汹的脚步明显顿了一下，等我跨着大步往上迎时，有三四个人开始放慢脚步，走在最前面的感觉到了身后的人迟疑，也放慢了速度。当冲锋的脚步稍微慢一拍，士气必然所剩无几了。我猜，昨天的场景一定在他们心里留下了深刻印象，毕竟那是血的教训，所以谁也不愿意冲在前面。我见势攥紧双拳，一边走一边活动脖子。

对面算上赵振鹏一共七个人，我并没有百分之百的胜算，能在自己毫发无损的情况下将他们全部击倒。赵振鹏是他们的灵魂，只需将他第一个用最迅速、最残忍的方式击倒在地，其他人自然就会从心理崩溃掉。而且还有昨天的阴影留在他们心中，这些也是为我加分的砝码。我唯一担心的是，这几个人中藏匿着高手或者更加凶险的武器，到时候给我来个措手不及，后果很难预料。

转眼，我与他们的距离只剩下不到五米，我甚至算准了攻击的方向和方法，只等靠近到一个合适的距离后果断出击了。气氛随着我和赵振鹏之间的距离，越来越沉重，我几乎都能闻得到，将要弥漫在空气中那熟悉的血腥味。

当我与赵振鹏的距离只剩下三米的时候，我正准备蹬足飞起一脚，就见周亚迪的身影一晃，挡在了我们之间。我的精神全都集中在赵振鹏身上，居然没注意到他是什么时候赶来的。

他就像一盆冰水泼到了即将引爆的火药里，瞬间让一触即发的火爆气氛缓和了下来。周亚迪脸上堆着笑，摊开双手说："两位兄弟，难得这么好的天气，一起坐下来抽根烟聊聊天吧。"

赵振鹏慢慢推开周亚迪拦住他的手，对我说："昨天被你打的那个兄弟，昨晚上死了，我来找你只是想让你给个交代。"

我愣了一下，直觉告诉我，此刻我不能露出丝毫的迟疑。我必须做出一副就算是杀了人也满不在乎的样子，只有这样才能让我更加强势，让他们更加惧怕我。眼下的情形逼迫我不能在乎这里的人恨我，只要他们怕我就够了。况且周亚迪就在跟前，我必须得表现点儿什么出来才可以。

主意一定，我也拨开周亚迪的手，对赵振鹏说："人都死了，说什么都没用，我也不能等着你要我的命，不如你直说，你想要我怎么样。"

赵振鹏冷冷地看着我，额角的青筋跳了几下。他的身手我知道，并不能给我带来致命的伤害。我将目光放到他身边那几个人的脸上，所有与我对视的人全部避开了我的视线。我心里顿时踏实了许多，看来这群人习惯了仗着自己人多而已，没有一个敢跟我硬磕的。

气氛再一次紧张起来，我绷紧了神经，只等对方稍有风吹草动，立刻先下手为强。

周亚迪呵呵一笑说："人死不能复生，昨天的场面我也见了，拳脚无眼，我相信这位秦兄弟也不是有心要谁的命。鹏哥，咱们坐下来好好谈。"

赵振鹏冷冷地看了周亚迪一眼，说："怎么？迪哥人缘真不错，这才多久就兄弟长兄弟短的，看这意思，是要替他出头吗？"

周亚迪连连摆手说："真没这个意思，我也没那么大的面子，我只是觉得大家都落难在此，真的没必要仇上加仇。"

赵振鹏说："你挺喜欢讲道理的，好，那我就跟你讲道理。你的这个兄弟，杀了我的兄弟，我没有麻烦官家。现在我来向他要个交代，你觉得这哪里不合适了？"

赵振鹏的话说得有理有节，若换我自己面对这样的质问，还真的不知道怎么说。周亚迪呵呵一笑，说："昨天的事情都知道，是你的兄弟先找这位秦兄弟的麻烦，而且先亮出了家伙，要不是我这秦兄弟反应快，恐怕现在死的就是他了，如果是那样……呵呵，鹏哥，你打算怎么交代？"

赵振鹏被周亚迪这一番话噎到那里，半天没吭声。周亚迪缓和了下口气，一手搭着我一手搭着赵振鹏说："就当买我个面子，坐一起好好聊聊，今天香烟我请客。"

赵振鹏一把甩开周亚迪的手，"迪哥的面子的确大，一条人命，抽根烟聊聊天就解决了。就算我兄弟的命抵不上你迪哥的一根小拇指，但那是我兄弟，我不仅要给九泉之下的他一个交代，也得给其他兄弟一个交代，不然以后怎么混？"他转过眼看着我说，"不过迪哥说的也有些道理，人死不能复生，没必要再多添一条命。我觉得你说的更有道理，不会等着我要你的命，谁会坐等着别人要了自己的命呢？你不是问我怎么办吗？我现在告诉你，既不会伤害你，也不会要了谁的命，你觉得怎么样？"

我有点儿听不明白赵振鹏的话，兴许是这里的黑话？我瞥了一眼周亚迪，看起来周亚迪也是一脸茫然，我又看了一眼阿来，他比周亚迪更茫然。我说："你想怎么样？"

赵振鹏冷笑一下说："很简单，你把他的小拇指割给我，这件事就一笔勾销。"他伸出手指的是周亚迪，周亚迪笑盈盈的脸一下就变了，嘴角抽动了两下，下意识地将两只抱在胸前的手藏了起来。

我听周亚迪一口一个"我秦兄弟"，那是已经把自己当成我的老大了，那我就正好借着这事把这个关系搞深一点儿。想到这里，我说："这不可能。第一，迪哥和这件事没关系；第二，也是最重要一条，昨天要不是迪哥，恐怕你现在尸体都硬了。人是我打死的，有什么能耐你冲我来。"我的态度很明确，既然道理说不通，索性狭路相逢勇者胜。玩文的我不行，耍狠斗勇，我相信这里没几个人是我的对手。

看来今天这一战在所难免了，索性趁这个机会一次把赵振鹏打服，一来能给自己换个清净，二来也算帮周亚迪扫清一个对手。

气氛再次凝重了起来。

我拳头刚攥紧，就见赵振鹏一个站在阿来身后的手下一把勒住阿来的脖子，另一只手里多了一把乌黑的匕首，正对着阿来跳动的颈动脉。我认得那把匕首，那是军用的，刀刃上含有特殊的合成有毒材料，一旦割破皮肉，伤口很难愈合。

阿来被勒得呼哧呼哧喘着粗气，脸不知是憋的还是吓的，变得通红。我装作无所谓的样子，白了赵振鹏一眼不屑地说："鹏哥，你可真给我开眼。先不说这么干多失你鹏哥的身份，就算你真想要挟我，是不是先得搞搞清楚这个人跟我到底什么关系？"我看着赵振鹏不太自然的神色，朝地上啐了一口唾沫，接着说："要不是这个人，我怎么会沦落到这种地方？谢谢你替我弄死他。"

我又转头对那个挟持着阿来的人说："兄弟，你刀尖指的地方不对，那地方刺下去，血能喷到……那里。"我用手在三米开外的地方比画了一下，"刀尖立在锁骨上，往下刺，省的血喷得到处都是，鹏哥的衣服有人给洗，难道你们每个人的衣服都有人给洗吗？"我指了指赵振鹏的手下们，又说："记住，洗血衣要用凉水才洗得干净。"

阿来充血的眼睛充满惊恐地看着我，我面无表情地与他对视着，抵抗着内心的慌乱和紧张，生怕这些情绪会通过我的眼神把我出卖了。

赵振鹏冷冷地笑了笑，上前从那手下手里接过匕首，照着我说的位置摆好后，问我："是这样吗？"仿佛等我确定之后，他就会真的刺下去。

我没想到他会出这么一手，我不能用阿来的性命去赌，事情逼到这个份儿上，也没有多少时间容我去考虑。我在脑海中计算了好几次，都没有把握在阿来不受致命伤之前夺过那柄军用匕首，可是我又能怎么样呢？难道真的去割了周亚迪的小拇指？

阿来发出几声"呜呜"的声音，赵振鹏手里的匕首已经慢慢地刺进阿来的皮肤，鲜血开始顺着刀尖刺入的地方往外渗。我只好赶紧说："一人做事一人当，你不是想要小拇指吗？这事跟迪哥没关系，不如切我的。"

我伸出小拇指向他动了动。我想先答应用一根小拇指换阿来一条命，争取时间和机会，就算没有任何机会让我翻盘，那么用我的一根手指换一条人命来暂时摆平这件事，还是很划算的。

赵振鹏说："你？你得两根。"

我有点儿后悔昨天听了周亚迪的劝没把他弄死，忍不住斜眼瞪了周亚迪一眼。周亚迪喉头动了动，没有吭声。我点点头说："可以，但有个条件，我自己动手。"

赵振鹏说："好啊，割吧。"

我伸出手说："刀给我。"

赵振鹏笑了笑说："那可不行，我有点儿怕你。你空着手都弄死我一个兄弟，还差点儿要了我的命，我再给你把刀，你还不得把我们都弄死在这儿？"

我摊开手说："那你让我怎么割？"

赵振鹏说："用牙啃，用砖块砸，办法有的是。我只说要你的两根手指，我才不管那两根手指是整根的，还是肉酱一样的。"

我看了一眼周亚迪，希望他能给我个像样的工具，一个稍微锋利点儿的东西，能让我尽量不那么痛苦地满足赵振鹏的要求。我还没有变态到能够自己咬下自己的手指，当然，用石块砸的话太过痛苦，一旦决心不够，可能要砸第二次、第三次。想到这儿，我倒吸了一口凉气。

突然间，我又想到了宁志，如果换作他是我，岂不是更倒霉？本来就少了一根手指，这次再损失掉两根……想到这儿我忍不住笑了，我想宁志应该走不到这一步，前一天那种情况，他才不会像我一样幼稚地听从周亚迪的劝告，他肯定会果断地把赵振鹏干掉。他常背的那句话是对的：对敌人的仁慈，就是对自己的残忍。我想，我错在把敌人的范畴划得太小了，在这里，所有阻碍我的任务进行的，都应该是我的敌人。

周亚迪看似有些遗憾地冲我耸了耸肩。我搔搔头发，开始在附近的地面上寻觅，希望能找到一个像样的东西来。我必须找到个像样的东西来，如果赵振鹏放松警惕给了我反击的机会，那么我必将使尽浑身解数也要结果了他。如果确实没有机会，那么只能按照他的要求做了。

可在这监狱的空地上，别说找到切割的工具了，就算是块称手的石块都难寻踪迹。疯狂的是，我居然在找一个切断我的手指的东西，我忍不住苦笑。

抬起头，透过厚厚的阴云能看到太阳正渐渐地西沉，我的目光随即落到监狱大楼顶上。我猛地想起自己在楼西侧的墙缝里藏了一把医用剪刀，怎么把它给忘了？我顿时兴奋了起来。我得找到那把剪刀，只是那里很少有人去，不知我这样过去会不会引起狱警的怀疑。更重要的是，我无法确定那把剪刀是否还在那里。

从我站的位置到我藏剪刀的地方，应该有六十米左右。墙头岗楼里的狱警都在朝我们这边张望着，我们太吸引狱警的注意力了。

我走到周亚迪身边说："这里什么都捡不到，我想去那边看看。"

周亚迪看了看岗楼上的狱警，又看了看我，对赵振鹏说："鹏哥，你是不是非要这样？"

赵振鹏说："没错，而且最好快点儿，放风时间也快到了，哨子吹响的时候，如果我还没有见到你这位兄弟的两根手指，或者是你的一根手指，那么别怪我手下无情。"

我看了下天色，估计最多还有半个小时就该结束放风了。这时阿来挣扎着说："割我的指头吧。"

赵振鹏笑说："你可没那么大面子，要割也不会割你的指头，要么上面的大头，要么下面的小头，你选一个吧。"

"阿来，你他妈闭嘴。"我吼了阿来一句，转头对周亚迪说，"我去那边看看，你要想帮我，就让你的兄弟们散开，不要让狱警盯着我就好。"

周亚迪盯着我的眼睛看了几秒钟说："好吧。"对他身边的一个手下耳语了几句。他那个手下点了点头，与周围几个人一阵交头接耳，就见有人挥拳在另一人脸上打了一拳，被打的人撒腿就跑，打人者紧追而去，其余人起着哄追上去看热闹。

周亚迪说："去吧。"

我看了一眼岗楼上的狱警，果然都被这顿乱把注意力吸引了过去。

我对赵振鹏说"你等我"，就顺着墙边往西走，拐过弯，我一眼就看到我藏东西的地方，依然残破。我看了一眼狱警，并没有人在注意我。我快步走到目的地，背着坐了下来，反手伸进那个破洞，拨开当初为掩盖剪刀堆上去的灰土和砖块。

当指尖碰到金属那特有的冰凉触感时，我悬着的心放了下来。

5

我坐在墙角，背着手，用指甲生生将固定剪刀的螺丝拧开，分解成两把"匕首"。也顾不上劈裂渗血的指甲，迅速将两把匕首分别藏在裤袋和袜子里，又随手捡了一个砖块塞进口袋。

做完这些，我刚站起来，就见岗楼上的狱警正朝我的方向转身，我忙转过身体面对着墙，解开腰带撒尿。岗楼上的狱警大声冲我叫骂，我忙提起裤子，一边系腰带一边往回跑。

赵振鹏等人闲散地站在那里聊天，见我跑来，赶忙重新把匕首比在阿来脖子上。我走到他跟前，摸出口袋里的砖块在手里掂了掂，看着他说："你说话算话吗？"

他看了看我手里的砖块，嘴角露出一丝邪笑说："不如，你赌一赌？"

如果说在摸到那把剪刀时，我还想一会儿只要救下阿来就给这个赵振鹏留条命的话，那么现在赵振鹏的这句话，就等于他自己给自己判了死刑。我笑了笑，计算着我与赵振鹏之间的距离，回忆着口袋里那半把剪刀的形状，估算出它被我当作飞刀丢向赵振鹏后，在空中将以怎样的姿势扎进赵振鹏的脖子。

而且我必须在"飞刀"丢出去后，迅速摸出另外半把剪刀，以最快的速度冲过去。上一次在训练场上丢飞刀已经是半年前的事了，训练时用的是形状对称的匕首或者枫叶镖。现在对口袋里那半把剪刀，我连八成的准头都没有。

为了防止误伤阿来，我还必须尽量往外丢。那么只有两种可能，直接刺中赵振鹏的脖子解除他的战斗力，或者打空。那样势必会激怒他，他会直接将匕首刺进阿来的脖子。

周亚迪等人见我回来，陆续赶了过来，将我团团围住。我说："都闪远点儿，别溅着血。"众人立刻向外散了散。

我一手插在裤兜里摸索着那半把剪刀，另一只手掂了掂手中的砖块。阿来看了我一眼，闭上眼睛将头撇到一边。他脑袋这一侧留出了更大的空当，将赵振鹏整张脸都暴露了出来。

我要把所有人的注意力都吸引到左手的砖块上，别去注意我裤兜里的右手。"有没有愿意赌赵振鹏说话是不是算话的？"我一下一下地掂着手里的砖块，说，"一注一包烟，麻烦迪哥帮我开个局。"

大伙儿先是一愣，很快开始交头接耳地下起注来。我心想，别说我的两根手指，就算是我的人头，也远不如几包香烟对他们重要。自己的生命尚且如此，我根本没必要去怜惜这里任何一个人的性命。我看了一眼阿来，心里很矛盾，为了救他而冒这个险，值得吗？

我眼前浮现出一个普通女人的样子，苦苦在异国他乡支撑着一个酒吧，期盼着每一个探监日来见自己丈夫一面，默默地等候着丈夫刑满归来。

我心里不禁一软，看了一眼手里的砖块，决定还是先救下阿来再说。

赵振鹏被我主动提出的赌局搞得有点儿蒙，眼神开始在人群中游离，大概想听听自己的信用赔率是多少吧。我摸出裤兜里的半把剪刀，稍微掂了下分量，呼了一口气，甩出小臂的同时虎口对准目标松开手指。

一闪银光从我手中飞出，直奔赵振鹏的喉咙而去，与此同时我抬起腿，从袜子里抽出另外半把剪刀一个箭步冲了上去。

那道银光飞旋着从赵振鹏脖子边掠过，顿了一下掉在离他不远处的地上。赵振鹏被这突如其来的一击惊呆了，在我奔到他面前之前，脖子已经涌出了鲜血，那血随着他的心跳有节奏地往外喷涌着。

周亚迪也惊呆了，和所有人一样呆愣在了那里，大概是没回过神刚才发生了什么。

我见第一击已经成功，忙收起本想刺向他的第二击。趁所有人注意力都在赵振鹏身上，我随手把不明白状况的阿来一把推开，又将手中的半把剪刀藏起，顺势侧过身子，用肩膀将赵振鹏撞出三四米远，从地上捡起那半把剪刀，连同手中这半把，一股脑儿塞进赵振鹏的衣服里。

我想，我在这种地方也用不着这些东西了，如果我在这种境地下，用这种方式杀了赵振鹏以后，还有人敢和我玩命的话，我只能认命了。

随着尖厉的哨声响起，狱警们从四面八方围了过来。我撒开赵振鹏几步蹲了下来，却见周亚迪一个箭步冲到赵振鹏身边，瞪着通红的眼睛看着赵振鹏，张张嘴像是要说点什么，又强忍了回去没说话。他转头用十分不可思议的眼神看着我，我冲他撇撇嘴，示意他赶紧蹲下，他居然还愣在那里，直到狱警来一脚将他踹翻在赵振鹏的身边，他还是盯着我在看。

我看着赵振鹏的血一滴滴地从担架上淌下，滴在前往医务室的路上时，开始担心起后果来。连着两天出了两条人命，不论在哪座监狱也不算是小事，问题是这会给我带来多大的麻烦。

赵振鹏被抬走时还没有丧命，但是我想，那只是一个时间问题了。

所有人都蹲在地上，双手抱头拼命将头压到最低，尽力避开狱警的盘问。周亚迪双手抱头趴在地上，死盯着我，全然没了昨天那种无所谓的神情。我意识到情况可能不妙。

这时候，我看到监狱长不知什么时候出现在狱警中，心中陡然一凉，开始后悔自己刚才意气用事。事情看起来远比我想象的严重。

"谁干的？"监狱长问道。

我屏住呼吸，心想被他打一顿或者给我加刑都无所谓，万一把我调到别的监狱，或者因为赵振鹏的死给我判了死刑，那才是最要命的。

就听一个熟悉的声音说："我干的，是他问我要香烟，我不给，他就拿出刀想要我的命，我反抗的时候不小心把他弄伤了。"

我抬头一看，说话的竟然真的是阿来。

监狱长的目光在我们身上扫了一圈，冲身边两个狱警使了个眼色后转身离去。那两个狱警上前用警棍在阿来后脑狠狠来了一下，阿来一头朝前栽倒，被狱警架起来向狱警的办公区拖去。

这一幕来得快，去得更快，快得我完全反应不过来。看来所有人都没有反应过来，狱警离去很久，大家依然抱头蹲在地上。我第一个站了起来，朝阿来被拖走的方向眺望着，看着他被狱警拖进了办公楼。转身见周亚迪还趴在地上瞪着我，我上前想拽他起来，他似乎还在震惊中没回过神来，我连着拉了两下他才从地上爬起来，呆呆地看着我说："你把他杀了？"

我点点头说："应该是。"

周亚迪不可思议地说："就为了那个阿来？"

我说："是，也不是。"

周亚迪似乎紧张起来，问："那还为了什么？"

我说："我看他是不会放过我的，我在这里也不是只待一天两天，与其成天防着，不如一次解决掉好了，踏实。"

"踏实？"周亚迪喃喃地反问着，神情颇为恍惚。

我心里一惊，觉得周亚迪的反应不太对。回想这两天的细节，隐约觉得他与赵振鹏似乎有某种特殊的关系。昨天我对赵振鹏下狠手的瞬间，他突然冒了出来。今天见赵振鹏被我下了死手，反应居然大到失了常态。

难道赵振鹏和他是一伙的？周亚迪还盯着地上赵振鹏留下的血迹在发呆，我有点儿确定了这个判断。

其实无论在什么环境下，一伙人凑在一起未必是最安全的，分成看似势不两立的两拨，骗过所有的人，彼此却遥相呼应，基本上就没有什么能瞒得过他们了。想到这儿，我不禁倒吸一口凉气，如果我的判断是正确的，那么这些毒贩子绝非我想象中那么简单。也就是说，我面对的敌人不仅凶残，而且狡诈。

按照这个推断，无形中我又为自己平添了许多麻烦。

周亚迪对我失去了之前的热情，尽管那种热情原本就是虚假的。直到回牢房的铃声响起，他都没有再和我说一句话，也没有任何眼神的交流。

坐在漆黑又安静的牢房里，心绪却无法安宁。我开始担忧起阿来的命运，不知道那些狱警会用怎样的手段对付他，也不知道他能否挺得过去。我担心他为我而背负的罪名会要了他的命，搞不好受不了皮肉之苦又供出我来。那样的话，意味着我的任务再一次失败。

不管怎么样，他在整件事里像是一件牺牲品，生死只在我的一念之间。这些想法在我脑中越想越凌乱，很难理出个头绪来。这让我很烦躁，我好像失去了基本的是非观，完全不知道自己的所作所为是对还是错。回想今天的事，好像无论怎样做，我都是错的。

香烟在我手中一支接一支地燃尽，而这黑暗中的牢笼就像一头巨兽，正一口口地吞噬着我，我却连挣扎的力气和方向都没有。

我想，我迷失了。

想起程建邦曾对我说，必须相信上级，在绝望的时候这是唯一的信念。可是现在的我，已经将上级交给我的任务执行得偏离了轨道，而且回不去了。

我本想解决掉赵振鹏后，从此高枕无忧，一心一意地跟周亚迪混就好了。从现在的情况来看，一切恰恰相反，我反倒把自己逼到了绝路。就算阿来不供出我来，很可能在天亮以后，整座监狱的人都会坚决地站在我的对面，成为我的敌人。

那晚，我一夜没睡的结果就是做好了任务失败的心理准备。我想再坚持几天，如果周亚迪那边真的因为赵振鹏的死开始对付我，并且无法挽回的话，我必须扔出我人生中的第一面白旗，为自己的职业生涯画一个句号。因为我知道自己终究不能胜任这个任务，继续无谓地坚持下去，只会给全盘计划拖后腿。想起当初在学校那个意气风发的自己，不由得苦笑起来，或许我根本不是这块材料。程建邦对我能力的怀疑是正确的，徐卫东这次真的看走了眼。

早上，若不是狱警用警棍敲我的牢房的铁门，我都不想出去了。外面成了一个我无法面对现实的世界，那个世界有一轮红日，只要一出去，我所有的自尊都将像见不得阳光的僵尸一般，瞬间就会化为乌有。

我活动了一下麻木的脖子，抬起头看着狱警。他说："你朋友来看你，跟我走。"

我盯着他翕动的嘴唇，有点儿不太相信自己的耳朵，呆呆地看着他说："啊？"

狱警没好气地说："跟我去接见室。"

我跟在他后面问："确定是我？不是阿来？"

狱警停下脚步回头上下打量了我一眼，又继续朝前走。

我在这里哪儿来的朋友？会是谁呢？程建邦还在狱中服刑，唯一的可能就是使馆的老刘？想到这儿，我兴奋得差点儿叫了出来，一定是上级知道了我的境况，来接我回去的。我一兴奋，脚步也轻快了起来，不觉中竟然走到了狱警的前面，觉得不对赶忙停下脚步，回头看到狱警站在那里瞪我。我对他笑了笑，给他让开路说："对不起，有点儿兴奋。"

走出大楼，我再也没心思去观察其他犯人的神情。昨晚我最关心的还是天亮以后其他人对我的反应，现在我已经不在乎了。不到一百米的路，怎么那么漫长啊？最要命的是，这狱警似乎是故意要跟我作对似的，走得那么慢。

这个时间段接待室里空荡荡的，一道铁栅隔开了监狱与外面的世界。一个人低着头坐在铁栅外面，听到我进来也没有抬头。得到狱警的首肯后，我三步并作两步走过去看着那儿，他却只给了我一个头顶。

狱警用警棍敲了敲铁门，示意我坐下。

那人缓缓地抬起了头，我的呼吸连同浑身的血液瞬间凝固了。

6

"怎么样？见到我有没有见到亲爹的感觉？"程建邦一脸贱笑地看着我说。我吃惊地张着嘴巴说不出一句话来，呆呆地看着他。

他说："靠，怎么成这副德行了？看来你们这儿条件不如我那里好嘛。"

我的舌头像是浇筑了水泥，愣是一个字都说不出来。

他标志性地轻蔑地瞥了我一眼："看你这德行，还是先让你哭一鼻子吧，放心，我肯定不说出去。"

我的眼泪真的就大颗大颗地落了下来，哭得像个受了高年级同学欺负的小屁孩儿。

"我靠，你来真的？"程建邦见我这副样子，显得有些不知所措。

"你他妈死哪儿去了？"我终于在抽泣的间隙冒出了这么一句。我抹了把眼泪，调整着呼吸让自己尽量平静下来。

程建邦说："好了好了，差不多得了，我这不是来了嘛。"

我说："你不是半年吗？怎么这么快出来了？"

程建邦看了一眼我身后的狱警，低声说："他说半年就半年？那你被判了二十年，难道你还真打算在里面待二十年？"他做了个数钱的动作，"我花了点儿钱，就提前出来了。行了，时间有限，别扯没用的了。"他突然用陕西口音说，"你现在啥情况嘛？"

我用四川口音说："见到人了，不过老子惹到麻烦了，恐怕那些龟儿子要跟老子翻脸。"

程建邦用河南口音说："啥情况，你说清楚。"

我来回交替着用了好几处的方言把这里的情况大概和他说了下，然后问他周亚迪的详细情况。他摸出香烟拆开包装在上面画了一个人像，的确和我所见到的周亚迪差不多模样。

他想了想，示意我看他的手指，然后一边和我闲聊，一边用手指敲着莫尔斯密码：杀手就在监狱里，具体情况不明，可能随时会动手，其他情况一概不知。

我用手指敲道：请给我指示。

他敲：找出杀手干掉，保护周亚迪，等待进一步指示。

我敲：杀手经纪人难道不知道杀手的情况吗？

他敲：对方找了不止一个经纪人。

我敲：你怎么知道？

他敲：少废话，按我指示行事。

我敲：我去你妈的。

他回敲：我也去你妈的。

我们相视一笑。

狱警走过来指了指墙上的挂钟，示意时间要到了。程建邦拿出一个袋子递给狱警，悄悄往狱警手里塞了一沓钞票，然后对我说："好好改造，争取宽大处理，早日重返社会做一个有用的人。"

此情此景，我已开不出任何玩笑了。等狱警检查完那个袋子递给我后，我站起身走了两步，又回头看他。程建邦举起右手在自己右边眉毛上一掠而过，戏谑的目光里透着坚毅。我知道，他在用这种方式给我敬礼。我不由自主地挺直了身板，迈着大步走出了接见室。

一个人在什么都看不到的黑暗中摸索，最可怕的就是什么都没有摸到。那种被本来属于自己的世界抛弃的感觉，可以不费吹灰之力地击垮任何一个顽强的灵魂。在见到程建邦之前，我深深地感悟到这一点，并也走到了崩溃的边缘。不夸张地说，他的出现宛如一丝晨曦，给予了我力量和方向。

我在狱警的监视下，把程建邦带给我的那包东西放回牢房，随后被带到外面放风。我没有理会任何人的眼神，独自找了个僻静的墙根坐了下来。

我想我得重新审视这里的一切，之前在混乱和盲目的心情下，必然对有些事判断失误或忽略。我扫了一眼，就在周亚迪总待的地方看到了他和他的几个手下。尽管距离足有五十米，我还是能感觉到他在注意着我。其实，以我现在的情况，怎能会不被人注意呢？连着两天，一天一条人命，其中一人还是这里的一个老大。想到这儿，我都有点儿佩服自己了。

程建邦说杀手已经在这里面了，那是什么时间进来的呢？如果是在我之后进来的，那就只有阿来一个……无论如何我都无法把阿来这样一个懦弱的人与杀手联系到一起。

如果是在我之前进来的，我必须打探出最近入狱者的先后顺序。我估算了一下这事的难度，太大了，无论是时间考量上，还是身为一个杀手的耐心，都不允许我去做这种排查。兴许没等我找到嫌疑的对象，周亚迪已经成为别人的刀下鬼了。既然不能主动出击，那么只能被动防御了。如果我始终伴随在周亚迪左右，以我所接受的安保训练，在监狱这样环境相对简单的地方，保护一个被杀手威胁的人，不是什么困难的事。

我朝那边看了一眼，昨天到现在，他对我的态度转变得有些大，我应该像个正常人一样去搞明白原因。只有继续接近他，我才有机会重新得到他的青睐。我站起身向周亚迪走去。他的手下紧张起来，纷纷站起身看着我，又不停地回头等候周亚迪的吩咐。周亚迪倒是没有任何夸张的反应，也没有给自己手下任何暗示，只是静静地看着我。

为了能够表现出我的善意，在距离他三米左右的地方，我停了下来。这是一个安全的距离。

我们对视了足足一分钟，周亚迪伸手拍了拍他旁边的空地，示意我坐在那儿。我正要过去，他的几个手下拦在了我的面前。周亚迪说："你们不是他的对手，让开，让他过来。"

那几个人看上去很不服气，极不情愿地让开一条路。我走过去坐在他旁边，开门见山地说："请迪哥指教。"

周亚迪大概还没想好该用怎样的态度迎接我，眼神里各种复杂。我想，作为一个刀头舔血的人，不论怎么谨慎都无可厚非，我不想他的多虑加深我接近他的障碍，索性坦诚一点。我递给他一支烟，他看了看我手里的烟，又看了看我，接了过去。他在这里并不是缺香烟抽的人，能接纳我的烟，表明对我还保留了余地。我心中微微一轻，看来他对我还存有一丝希望。

我划了根火柴，用手掌挡着风，帮他点燃那支烟，借此向他表达了我虚心求教的诚意。他抽了口烟，若有所思地望着远方。我轻声说："迪哥，我是不是哪里做得不对？请明示。"

周亚迪还是沉默着，抽了几口烟后，突然扭头看着我说："你到底是什么人？"他的眼神里显露出我平日不曾见过的锋芒。

我迎着他的眼睛说："我不明白你的意思，不如，你问得直接一点儿。"

"我是克伦族联盟的。"周亚迪直直跟我对视着，神情坚定地问，"你呢？"

来这里之前，徐卫东给我讲解的资料里提到过。克伦族是缅甸的一个少数民族，所谓克伦联盟实际上就是金三角一带丛林中的一支反政府武装，这个联盟有几个分支，最著名的就是克伦族解放军。我愣了一下，周亚迪为什么要跟我提起这个组织，并主动承认他属于这个组织？我又很快反应过来，作为一个在中国犯了法跑路到这里来又坐了牢的角色，是不需要知道这么多的。我顺着那股愣劲儿，问："什么联盟？什么意思？"

周亚迪问："你犯了什么罪？在那边。"

我说："打架，出手太重，出人命了。"关于我的来历，我早已准备好了说辞。以我在这里的所作所为，失手打死人是顺理成章的事，简直都不用编就很像了。

周亚迪接着问："什么时候的事？打死的什么人？为什么动手？"

他一连问完这三个问题后，大概自己也觉得不太合适，表情有些尴尬，他很快意识到这点，忙强装出一副无所谓的样子。这些虽然都被我看在眼里，但我没有表现出来。我也不能一股脑儿地回答他问的这些问题，这些问题的答案早就有了，而且每一个都被我斟酌过无数次。我知道，我回答得越痛快，可信度就越低。

"迪哥这话怎么跟那边的警察一样一样的？"我轻轻哼了一声，"我不知道你刚说的那个什么联盟，我也不知道你把我当成是什么人，既然你不信我，不管我说什么你都会怀疑。说什么交朋友，呵呵，都他妈虚的。"我说这些只想能激到他，让他能够重新接纳我，或者想接纳我。事情到了这一步，我想不出除此之外的方法了。

我给自己点了一支烟，心里热切地盼望着他能说点儿什么抱歉的话，或是哈哈一笑，表示英雄不问出处。但他没有，依然坐在那里抽着烟，望着远方。这一局大概真的没有办法挽回了，一切只能从长计议。只能在一旁保护他不要被那个杀手干掉。那样虽然难度更大一些，却是目前可知的，唯一可以获取他信任的办法了。

我狠狠抽了几口烟，站起身将烟头丢在地上踩灭，拍了拍身上的灰尘说："看来迪哥是不信任我，我也不想问为什么，就这样吧。"我伸了个懒腰，大摇大摆地朝自己来时的地方走去。

"秦老弟，等等。"周亚迪叫住了我。

我心中一喜，停下来，心中略一思量，装作满不在乎地回过头说："迪哥不用再问了，既然不是朋友不是兄弟的，我的事和你也说不着。就算是朋友或者兄弟，我的事也得我想说的时候才说，而不是为了获取谁的信任而回答问题。"

周亚迪的脸上终于恢复了往日的笑容，笑呵呵地站了起来，走上前拍拍我的肩膀说："秦老弟多虑了，我就是随便问问。我比不了你，你是见过大世面的，我这么多年都窝在深山老林里，突然见了一位你这样的英雄，你得允许我好奇一下吧。"

我没有吭声，只是看着他，我希望他能快点儿说完客气话，然后说点儿有用的。与此同时，我不能对他的挽留表现出太大的喜悦。我觉得自己像一个化学实验室里做实验的学生，所有的情绪和表情就像试管中各种颜色、各种属性的液体，我必须按照需要精确地将它们配比、融合或者分离，稍有差池便会前功尽弃，甚至发生爆炸。关键是，我还不能表现出任何紧张和不安，要装作轻车熟路的样子。

"秦老弟，"周亚迪拍拍我的肩膀，伸过右手来，神情严肃地说，"看得起我，以后就是兄弟。"

看着他的手，我明白，我可能赢了。

我用余光扫了一眼他的手下们，那些人的目光中多少有些嫉妒或是羡慕。我说："我还是不明白我到底怎么得罪了你。"

周亚迪将手往前伸了一下，眼神鼓励我与他握手。我想，与他的握手，加上他刚才说"以后就是兄弟"这样的话，应该是一种契约，一种与他成为"自己人"的契约，我与他握了手，就算与他签了这份契约，他自然会告诉我只有自己人才配知道的事。

我伸出手握住了他的手。我知道，这次握手对这个世界而言根本不值一提，就算在这座监狱里，也很快会被人淡忘，但是对我而言意义深刻。为了这一刻，我和我的战友们付出了太多。

周亚迪对他的手下说："我和我的兄弟聊会儿天，你们不用跟来了。"

我们并肩避开了其余人，沿着监狱大楼的墙根溜达，就像两个老友在散步。他说："你以前没听过我的名字？"

"你知道的，我跑路到这儿没几天。以前在内地真没听过你的名字，进来了才听阿来说过你的一些事，知道你是这里的大哥级的人物。"我看着他略有疑惑的神情，忙补了一句，"就是昨天替我扛事的那个。"

"哦。"他点了点头，说，"那你知道我是个毒贩子了？"

"我跑来这里，就是图这里够乱，乱才有我生存的空间。再说，谁不知道这里什么情况，能有点儿名头的有几个不是干这个的？"说着，我递给他一支烟。

周亚迪笑了笑，接过烟点上，说："秦老弟是个爽快人，那我也不兜圈子了。我看重秦老弟的人品和身手，想和你一起做些事，你知道我指的事是什么。"

我说："身手嘛，我也不瞎谦虚了，一般人真不是我的对手，说到人品……"

周亚迪笑了笑说："我看人很准的，不说别的，只看你对那个叫阿来的兄弟，就看得出你是个仗义的人，仗义的人在什么时代都稀有。况且，昨天你还为了保我的手指，不惜去要赵振鹏的命。"

我正要问他为什么对赵振鹏的死那么紧张，他伸手将我拦住，说："我知道你想问什么，你先回答我，愿不愿意和我一起闯闯。"

我想了想说："我判了二十年，就算有什么想法，怕也只是想想了。"我抬头看了看拉满电网的高墙，苦笑着摇了摇头。

周亚迪狡黠地一笑："我的刑期和你差不多，不过我打算提前出狱。"

我当然知道他不会真的服满刑期才出狱，只不过不确定他是打算越狱，还是靠外面的力量来劫狱，不论是哪一种，都不会是小动作。这些天我也观察了这座监狱，防守谈不上多么严密，但真想赤手空拳地越狱，简直就是找死。若是有人来劫狱，必定会有枪战，毕竟他们贩毒组织是草头军，万一敌不过警方，周亚迪在这过程中出点儿意外，那我才是真正的前功尽弃。

周亚迪大概看出我的疑惑，拍拍我的肩膀说："放心吧，我都安排好了。"

我想，这个时候我也不必问太多的问题，他也不想告诉我细节。于是说："能出去当然好，如果能出去，我愿意跟迪哥去见见世面。"

"好。"他再次重重地拍了拍我的肩膀，四下看了看说："估计不用我说，你也知道干我这行的危险，所谓富贵险中求，以老弟这样的人才，不富贵，老天都不答应。"他指了指天，显得很兴奋。

我说："你之前和我说的那个什么联盟，是什么意思？"

7

周亚迪收起笑容，说："克伦民族联盟是缅甸那边的一个反动武装，分好几个派系，不管他们什么目的，不是都得吃饭穿衣吗？就算要去和政府军干，不也得有枪支弹药吗？洋鬼子能支持他们的毕竟有限，所以就和我们谈起了买卖，他们保护我们的生意，我们给他们上供。"

我想了想说："这和我有什么关系？"

周亚迪干笑了两声说："不瞒秦老弟，我之前本来有怀疑你是仇家的人。"

"仇家？"我嘟囔了一句。

"我做的这行生意利润仅次于军火，多少人盯着，有竞争就有生死。"周亚迪递给我一支烟，说，"后来我怎么看都不像，如果你是仇家派来杀我的，以你的身手，我早死好几次了，而且你根本没必要为了那个阿来惹那么多麻烦。"

我说："哦，所以你怀疑我是你说的那个什么联盟的？"

周亚迪说："你别见怪，这些年，牛鬼蛇神遇到太多了，不提防着点儿，恐怕早就见了阎王。那个联盟是反政府的武装，我怀疑你是缅甸政府的人。他们恨我们这些资助克伦联盟的人，恨得要死，现在我在坐牢，是杀我最好的机会。"

我心说，你恐怕不知道你仇家派来的杀手已经来了吧。

"但我从你的眼睛里看得出，你不是他们的人。"周亚迪话锋一转，"至于赵振鹏……"他说到这儿停了下来，看了我一眼，抽着烟似是在做什么决定。

我说："要是不方便就别说了，反正我知道打今天起跟着迪哥混就是了，我知道有些事不是我该知道的。"

周亚迪笑笑说："秦老弟别误会，我在想该怎么跟你说。"

我摸出一支烟，自顾自地点上，无所事事地左右看了看，等待他做出一个是不是对我说的决定。

他一咬牙说："其实也不是大事，赵振鹏和我是兄弟，我们是故意分成两派相互掩护的，这里那么多人，你根本没法分出敌友，只有我们分散开，站在彼此的对立面，才能没有死角。"

果然和我猜测的一样。

我装作似懂非懂地琢磨了一会儿，默默地点了点头。好一会儿才一拍大腿说："我靠，那我不是犯了大错？"我装作一副后悔莫及的样子，就差直接哭出来了。

周亚迪一手搭在我的后背说："事情已经发生了，也不能全怪你，是我疑神疑鬼才搞成这样。而且，你也是为了保我的手指和你的兄弟才出的狠手。"

我装作失魂落魄，一言不发地站在那里。他看了我一会儿，才说："秦老弟不必过于自责，鹏哥应该没死。"

我几乎不敢相信自己的耳朵，瞪着眼睛看着他好一会儿，说："真的？"

周亚迪慢慢地点了点头说："狱警里有我买通的人。"

我心中一寒。如果狱警里有他的人，那么今天程建邦来看我的事迟早会被他知道。那样的话，我该如何解释？我一个逃犯初来乍到，怎么会在这种地方有朋友？只怪自己和程建邦会面的时候大意了，竟然忘记和他统一一下口径。还有一个问题，那我是该主动对周亚迪谈起这事？还是等他知道后来主动问我？或者他根本不会问我，只把这件事当作一个我身上的疑点，有必要的时候会不动声色地去调查我？那是最糟糕的局面。

周亚迪见我半天不作声，又说："放心吧，鹏哥不会责怪你，反而会很欣赏你。"

原来，他以为我担心赵振鹏没死还会来报复我。我索性顺着他的话说："罪还是要赔的，他怎么处置我我都认。毕竟从头到尾都是我处处对他下死手，反倒是他真的没有对我做什么，可能只是试探我。"

周亚迪听我这么说似乎很欣慰，连连含笑点头："秦老弟真是个明朗的人，我真的没看错你，可惜是在这种地方，没酒没肉没女人，不然一定要热闹热闹，尽尽兄长之谊才是，也不枉你叫我一声迪哥。"

我说："那出去以后，迪哥帮我补上。"

周亚迪高兴地连连说好："今天真是高兴，晚上回去，我们喝两杯。"

我说："说起酒，我牢里也有，是阿来的老婆给他送来的，只可惜不能对饮。"

周亚迪笑笑说："是吗？"

看着他一副志在必得的样子，我猜他可能要与阿来换牢房，来跟我同居一室了。说起阿来，我说："对了，我那个阿来兄弟会怎么样？"

周亚迪说："既然鹏哥没事，他又是你的朋友，而你是我的兄弟，你说他能有什么事？"

我放下心来，说："虽然我是被他害进来的，但他也是个可怜人。再说了，要不是这么一来，也不会认识到迪哥，我还不是单枪匹马的在外头瞎混。昨天他还替我扛了事……这的确让我挺意外的。"

"这么一说，这阿来也算是个有情有义的人。"周亚迪笑着点了点头，"对了，你说你是因为他坐的牢，是怎么回事？"

我重新点了一支烟，与周亚迪在墙根坐了下来，将我和阿来怎么前后进来的大概说了一遍。这事不用编，都是现成的，特别自然。周亚迪听完微微一笑，感慨道："都是缘分。"又皱起眉头低声说："你说他是听到有人说'洪古'这个名字才被人打的？"

见他对洪古这个名字提起了兴趣，我心头一紧。虽然当初听阿来说起时，我真的希望这个洪古就是压在我心头的那一个，那样如果运气好，我就有可能顺藤摸瓜找到他解决掉，以此告慰郑勇和孙强的英灵。又始终觉得这不可能，毕竟这是两个截然不同的任务，怎么会有那么巧合的事。

我说："嗯，怎么？迪哥认识这个人？"

周亚迪一笑，说："这边叫这个名字的人多了，谁知道他说的是哪个，我就认识两三个。"

我见他前后表情差距很大，料定他必定认识一个不那么平凡的洪古，但这个时候不便细问，只好把疑惑先压在心底。

今天似乎是个收获的日子，面对着累累的硕果，我几乎有些应接不暇。这些日子蒙蔽在心里的阴霾，一下就云开雾散了，我靠着墙根闭上眼睛，竟觉得有些困了。我想，今晚我能睡个好觉了。

当我意识到我在这满是重刑犯的监狱里，在我目标人物的身边，居然就这么放松了精神的时候，我一激灵睁开了双眼，直起腰来警惕地望了望四周。周亚迪诧异地看着我，显然是被我吓了一跳。

"你的脸色不太好，怎么了？"周亚迪打量着我问道。

我平息着呼吸，编了一个谎："打了个盹，梦见我被枪毙了。"

周亚迪看着我笑了笑说："秦老弟果然是豪气，这种环境下都能睡着。"

"有什么不能睡的？你在这儿我还担心什么？"说着，我伸着懒腰打了个哈欠。

周亚迪用胳膊肘捣了捣我说："看，那是谁？"

我顺着他的眼神望去，见医务室的门口，赵振鹏脖子上缠满了纱布，坐在轮椅上正朝这边看着。在他身后，两个狱警抽着烟闲聊着。

我仔细回忆了昨天的情景，心想，自己的手是越来越没准头了，按我的判断，我那半把剪刀飞出去，不论从力度到角度，对目标而言都是致命的。如今目标只休息了一天就活生生地坐在那儿，我再在这里待下去，可真就废了。

其他人似乎也注意到赵振鹏的出现，纷纷望向他，然后看看我。周亚迪说："那位阿来兄弟应该也快出来了，你放心吧。"

他这副胸有成竹的样子并没有给我带来多少慰藉，反倒让我觉得不安，这让我感觉自己像个不入流的小人物。如果这是一盘棋的话，我应该是那个棋手，眼下的我却像极了周亚迪和赵振鹏手中的一颗棋子。

周亚迪告诉我的一切都很有限，连冰山一角都算不上。我更明白，我在他眼里只配知道这么多。或许我刚才高兴得有点儿早，目前的形势远不是我能够放松的时候。

接近周亚迪，对整个任务而言，只是万里长征的第一步。为了这第一步，我付出得太多太多了。

如果说耍狠、博取眼球获得他的赏识就能接近他也算一种经验的话，那么这种经验每个在校园里争取过老师青睐的学生都有。接下来关于博得他的信任这一点，我的经验值是负数。

仔细想想，我获取过谁的信任呢？徐卫东给予的信任我自己都不知道是怎么得来的。至于宁志，先不提大家知根知底在一所学校那么多年，还一起出生入死过，就算抛开这些都不说，我们有共同的信仰，有着共同的誓言和抱负，足以让任何人摒弃杂念，信任自己的组织、战友和搭档。

可是周亚迪呢？我该如何得到他的信任？现在又多了一个赵振鹏。从昨天赵振鹏被我攻击后周亚迪的表情就看得出，他对赵振鹏这个人有多么看重。我想，如果有一天我死在周亚迪面前，他的迟疑是不会超过三秒钟的。

我不知道周亚迪和赵振鹏之前经历过什么，恐怕我永远也不能替代，那我必须让他比信任赵振鹏更加信任我才行。只不过我现在还不知道该怎么做。

就算徐卫东现在出现在我的面前问我：秦川，你的任务执行得怎么样了？我会说：我已经和目标人物周亚迪结识了。他会继续问：接着你打算怎么办？我也会说：我不知道。

我用余光瞥了一眼身边的周亚迪，他正跟远处的赵振鹏对望着，俩人仿佛在用这种方式交流着什么。我心中有些茫然，如果说之前我打算放弃是因为没有人接应我，而我又寻求不到组织帮助的话，那现在，我没有任何理由或者借口不继续。如果抛开时间的因素，周亚迪不愿跟我说更多，是不是我哪里做得还不够好？我不知道我一味地逃避那些敏感问题，是不是真的有帮助，是否会让周亚迪觉得我在刻意逃避一些问题呢？那样一定会起到反作用。哪些问题是该追问的，哪些问题是该放一放的，我又该怎么评判？

我得冷静下来，把自己所受过的训练、所学过的全部知识都拿出来梳理一遍，选出此时能用得上的。教官们在教我们那些知识的时候说过，如果我们是枪，那么这些知识就是子弹。我现在需要的只是找出口径合适的子弹而已。仅此而已。

那么，首先我得先定好自己的位置。

我是一个在国内误杀了人的逃犯，历经千辛万苦逃到这里是为什么？我得先搞清楚选择这里的理由是什么。

我在脑海中给自己规划了一条路线图：我是在北京当兵，误伤人命之后自然要逃跑，往人口众多而便于隐藏的南方跑。我搭大货车到了河北，然后到了河南，再坐火车跑到了广东，以我的身手和反侦察能力，躲开追查是很容易的事。我本想偷渡到香港，到那里才发现要花很多钱。只能从广东又跑到了广西，广西与越南交界，相对宽松的边境是很容易越过的。我不敢在那儿停留，我需要一个更加纷乱的环境，一个乱到中国的追查令永远也到达不了的地方。那么只有缅甸，而且还得是缅甸与泰国的边境，最终最好的结果无疑就是这里。

我来这里还有一个原因，是听说很多年前的一个发小儿在这里做生意，我打算投奔他，他就是程建邦。这样就说得通了，万一周亚迪问起来监狱探望我的人是谁，我就可以这么告诉他。

这样，起初我来到这里时，没有程建邦的联系方式，只能到处打听，在打听他消息的过程中遇到了阿来那事，然后阴差阳错地坐了牢。程建邦可能是从报纸上看到了我被判重刑的消息，于是前来确认是不是我。那么这一切就说得通了。

接下来，这样的一个我最期盼的是什么呢？一定是自由和财富。我千里迢迢赶到这里，不是来坐牢的。

当我得知了自己可能有机会提早出去的消息后，我最迫切想知道的，应该是重获自由并发财享福的具体时间了。

我把这一切仔细在脑中重新过了一遍，又完善了一些细节，觉得没什么问题，是主动提问的时候了。我递给周亚迪一支烟，然后自己也点了一支，抽了一口后问道："迪哥，有句话不知该不该问。"

周亚迪把注意力从赵振鹏身上转移到我这里，看了我一眼说："什么话？尽管问。"我假装犹豫着。他似乎比我着急，喷了下嘴说："秦老弟，我印象里你不是这么不痛快的人。"

"你说我们会提前出狱，我想知道是什么时候，我在这里一天也待不下去了。"我说到这儿顿了顿，不等他说话，接着说，"我知道你有你的计划，要是不方便告诉我，也没关系。"

周亚迪低着头沉思了一会儿，手搭着我的肩膀说："不瞒你说，具体时间我本来是定了的，但是现在鹏哥受了伤，恐怕计划得延后了。"

我叹了口气说："真是过意不去。"

周亚迪呵呵一笑说："能得到秦老弟这样的人才相助，就算在这儿多关两年也值得。"

我心说，别啊，你耽误得起，我还挺忙的呢。我说："迪哥别这么说，我还有一事相求。"

周亚迪看着我的眼睛说："你是想带着你那个阿来兄弟吧？"

我心想，这周亚迪果然不一般，我这点儿心思居然被他看了出来。我说："就像你刚才说的，出去要补上酒肉和女人，才不枉我叫你一声迪哥。阿来也叫了我几天秦哥，而且还替我扛了事，我不能就这样丢下兄弟自己走，那样我一辈子都睡不好觉的。"

"哈哈哈。"周亚迪笑着拍着我的肩膀说，"真是够义气，你可别忘了，若不是他，你可能也不会被关到这里来。"

我接道："要不是被关到这里来，我也不会认识你。"

周亚迪叹了口气，"都是命数。"他双手合十说，"我信佛的，佛家也讲个缘分，你放心，既然你秦老弟开了这个口，我怎么能说不呢？"

我忙说："谢谢迪哥。"

周亚迪抽了口烟，将烟深深地吸进肺里，缓缓地从鼻孔中喷着烟，幽幽地说："不用谢我，真的。以你的本事在这种地方，即便不是我，也会有别人带你出去的。有件事你可能不知道，这座监狱就像是战国时代的客栈，卧虎藏龙，所以很多大老板都愿意派人来这里招募门人。"

他忽然冒出这么一句，着实出乎我的意料，让我一时不知如何作答。

8

当晚我回到牢房还没坐稳，铁门"哐当"一声又打开了，周亚迪抱着一个纸箱站在门外笑眯眯地看着我。等狱警锁好牢门离开后，我自觉地将自己的行李丢到上铺，将下铺让给了周亚迪。

周亚迪说："换过来是为了说话方便些，你放心，阿来出来后去我那间，我打过招呼了，都是自己兄弟，不会亏待他的。"

话虽说得这么好听，可我宁愿相信他搬过来只是为了更加近距离地考察我而已。无论如何，我心里一块石头落了地，之前我总担心那个还没有暴露的杀手会在我无法留意的情况下动手。现在我不用担心这个问题了，只要我做到与周亚迪形影不离，我有信心一直保护他到越狱。

熄灯后，周亚迪居然从他抱来的纸箱里拿出酒和卤肉来。借着牢房内昏暗的夜色，他往我的饭盆里倒满酒，推到我面前说："今天过年，先凑合吧，等到出去后，我统统都给你补上。"

"过年？"我失声叫道。

"嘘。"周亚迪忙示意我收声。

我木讷地端起饭盆与周亚迪碰了一下，喝了口才发觉居然是中国白酒，而且度数不低。烈酒像一团火炙烤过我的食道，落在胃里燃烧着，我脑中只有刚才听到的两个字"过年"。

曾经因为自己的身份，我无数次想象过在各种条件下过年的样子：或在边防武警哨所里罐头就着脱水的蔬菜；或无酒无肉，一碗热面而已；又或是只身一人，身处异地他乡，遥望漫天烟火。唯独没有想过会像现在这样，在牢房里与一个毒枭"欢度春节"。

要不是周亚迪提起，我几乎要忘记世界上还有"春节"这样一个特殊的日子了。

思绪像苦寒之地的冰雪，沉寂在内心深处，等待着被遗忘。此刻被一口烈酒融化，从涓涓细流渐渐变成汹涌澎湃的浪潮猛烈地冲击着我心房的堤坝。那看似坚固的大坝，在这样的冲击下变得不堪一击，随时都会崩塌。

我努力回忆之前的那些春节的情景，记忆里却是模糊一片，我说不清记忆里那些或温馨或欢乐的场景是真实的存在过的，还是根本都只是我的梦境或幻想而已。那一刻，我在现实与梦幻之间迷失了方向，所有真实的记忆和梦中的场景混在一起快速地翻滚着。

一切都像是真的，又都像是假的。

昏暗的牢房中，周亚迪那张熟悉又陌生的脸正对着我，嘴巴一张一合地在说着些什么。我使劲儿晃了晃昏昏沉沉的脑袋，迫使自己尽快从迷失中醒来。

"秦老弟，你没事吧？"周亚迪凑近我问。

我摇摇头，口舌僵硬，竟说不出一个字来。他疑惑地端起饭盆喝了一口酒，咂咂嘴说："酒没什么问题啊。"

我知道自己一定失了态，但我无法控制这突如其来的情绪，敷衍道："我二十三岁了。"

周亚迪愣了一下，呵呵一笑说："我整整大你二十岁啊，秦老弟真是年轻有为，可谓前途无量。来，我祝你前程似锦。"他举起饭盆在面前晃了一下，扬起脖子灌了两口酒下去，又捏起一片卤肉丢进嘴里嚼着，看着我摇着头说："想想真是后生可畏啊。"

我见他兴致很浓，很想借着这特殊的日子和这些酒与他多聊聊天，从而获取更多可用的信息。可不论我怎么努力都无法让凌乱起来的心情平顺下来，甚至无法组织出一句逻辑合理的话来，只好端起饭盆一口接一口地喝酒。

周亚迪说："别光喝酒，吃点儿东西，不然很快就醉了。"

我看了一眼那堆在夜色中看起来黑乎乎的卤肉，没有半点儿胃口。依旧一个劲儿地喝酒，好似只有饭盆中这刺激的液体才能勉强按住我狂跳的心脏。

不知过了多久，我倒头睡去，蒙眬中周亚迪叫了我两声，我无力应答。他窸窸窣窣地收拾了一下，爬到上铺，没多久便传来均匀的鼾声。我这才想起，我睡的下铺在不久前刚刚让给了他。不过这时我也懒得去纠结这个问题，眼下最让我烦恼的是我这动不动就会失控的情绪。

转眼，我已经二十三岁了，不再是那个十几岁年少轻狂的莽撞少年了。不论我肩负着怎样的任务，我首先得对自己的年龄负责。我以为我已经做到了像个真正的男人那样去思考、去拼搏，像个真正的战士那样去战斗。

直到刚才，当我听说今天是春节，心中那把看似华美坚韧的利剑断裂之后我才明白，我心里的那柄剑只是由我自负的臆想锻造而成，看似坚韧锋利，实则只是虚有其表，经不起真正的撞击。我必须得摒弃所有杂质，重新认识和审度自己，哪怕是以往让我羞于承认和面对的一些东西。从此在心中重铸一柄剑，一柄经得起任何考验的重剑，悬在自己的前方，既能警示自己，又能击溃外敌。

我猛地睁开眼，望着牢房漆黑的四壁，酒气上涌，只觉得整个世界天旋地转起来。我赶忙从床上爬起来，伸着脖子干呕了半天，眼泪汪汪却什么都没吐出来。

周亚迪被我的动静吵醒，坐在床上问："秦老弟，你没事吧？"

我说："没事，空着肚子喝了太多酒。"

周亚迪叹了口气，从上铺跳了下来，倒了一饭盆水递给我说："真是仗着自己年轻就乱来，我跟你讲，身体搞坏了，就什么都不灵了。"

我接过水灌了几口，不等他再说别的，直接说："迪哥，我在这儿实在待不住了。"

周亚迪沉默了一下说："想家了吧？"

我蹲在地上一声不吭。

"我理解的，每逢佳节倍思亲。"周亚迪叹了口气，"对了，秦老弟，你家里还有些什么人？"

终于，我还是没有躲开这个我一直有意无意在逃避的话题。并不是我对自己的家庭有什么难以启齿的隐私，而是我的家人已经无形中成为我最后的防线，温暖且脆弱，神圣而不容任何侵犯。我觉得在这种地方根本不配去想念他们。

当周亚迪突然触碰到这个话题时，我忍不住地出离愤怒。我无法允许一个毒枭在监狱的牢房里问起我的家人，我恨不得冲上前将他按在地上，一拳接一拳地把他的嘴巴打得稀烂，让他再也说不出一个字来。

我的沉默让周亚迪误以为我想起了什么心事，他拍拍我的肩膀说："秦老弟，别误会，随便聊天，随便问问的。"

我努力平息了一下心绪，借着夜色掩饰着脸上的表情，说："父母都在，都是普通工人，还有爷爷奶奶，也不知道他们现在怎么样了。"

周亚迪说："吉人自有天相，过些年赚够钱，把他们都接到泰国好好孝敬，总比在内地受苦好。"

我只觉得周亚迪的那张脸忽然变得狰狞而龌龊。我不信他能真心为我好，无非是想让我的家人全部在他能够触手可及的地方，随时可以像赵振鹏挟持阿来一样，用我家人的生命安全来要挟我，使我真正成为他的一条狗。我明知道这些他根本做不到，还是无法抑制自己去想，不觉中竟然攥紧了拳头，只等他再说出什么击破我最后的底线，扑上去将他撕扯成碎片。

"来，抽根烟。"周亚迪递给我一支点燃的香烟。

我看了看他，长长地舒了几口气，尽量使自己心情平稳下来，说："那我们什么时候出去？"

周亚迪看了我一会儿说："不要急，再忍耐几天。"

我说："几天？"

周亚迪呵呵一笑说："这个要看天时地利人和的，最主要要看鹏哥的恢复情况。"

我本想借着酒劲儿逼问出他越狱的具体时间，然后好通知程建邦，好提前做准备。谁知他先是问及我的家人，绕开了话题，又接着说起差点儿被我要了命的赵振鹏，把皮球踢回给我。如此一来，之所以定不下越狱的具体时间，只是因为我下手太狠，把一个关键人物搞成了重伤。

此时，我除了对自己差点儿杀了赵振鹏这件事表示歉意之外，也没什么别的好说，只能作罢。抽完烟，我的心情也恢复了平静，佯装抱歉地对周亚迪说："迪哥，真不好意思，大半夜吵得你没休息好。"

周亚迪呵呵一笑说："都是自己人，这点儿事还客套什么？"

"你睡下铺吧，我到上面去。"说完，我爬上了上铺。

第二天吃过早饭，周亚迪将我介绍给他的那些手下。我挨个儿与他们握手，顺便试了试他们每个人的手劲儿，这些人的腕力都不足以成为一个杀手。刚才周亚迪在给我介绍这些人时，都不忘告诉我这里每个人分别跟了他多少年。最短的是一个叫丹的缅甸人，跟了他四年，最长的是一个叫阿桥的华人，跟了他七年。

看起来周亚迪很信赖这些人，换言之，杀手混在这些人之中的可能性不大。这让我喜忧参半。喜的是周亚迪的危险至少不在身边，忧的是一日不确定谁是杀手，这个杀手就还将继续隐身下去。

我跟这些人坐在一起闲聊着，一边观察着这监狱里的每一个人，希望能发现一些蛛丝马迹，找出藏匿在此的杀手露出的马脚。连着抽了好几根烟后，还是没有半点儿收获。

这时，不远处一个熟悉的身影朝我走来，那正是阿来。我下意识地扭头朝医务室的方向望去，果然看到赵振鹏扶着轮椅站在医务室的门口朝这边张望。

阿来走过来后，先是冲周亚迪打了个招呼。周亚迪上前拍拍他的肩说："秦老弟可是很挂念你啊。"

从阿来走路的姿势来看，他应该没有遭到严重的殴打，脸上也没有比较严重的伤痕。看来周亚迪这帮人是讲信誉的，更看得出，他们的确缺人缺得厉害，为了争取我的加入，居然可以忍受我差点儿杀了赵振鹏的事。

阿来走到我面前叫了声："秦哥。"

我点了点头。周亚迪走过来说："你们哥俩先聊，我去撒尿。"

厕所距离这里将近一百米，而且一直不停有来来往往的人。我站起身说："我陪你去。"

周亚迪眼里滑过一丝感激，说："不用劳烦秦老弟，让丹跟我去好了。"

我看了一眼那个黑黑瘦瘦的缅甸小伙儿，心里有些不踏实，说："没关系，正好起来溜达溜达。"

我站起来伸了个懒腰，阿来自觉地走在了我身边，我们跟在周亚迪和丹的身后走到厕所门口。丹先进去看了一眼，赶出来几个人，对周亚迪说："迪哥，里面没人了。"

周亚迪点点头，一边解腰带一边往里走。我和阿来守在门口。丹见周亚迪进了厕所，皱了皱眉头说："我也撒泡尿去。"也钻进厕所。

我双手抱在胸前问阿来："他们没打你？"

阿来笑了笑说："没怎么打。"

我伸手在阿来胸口捶了两拳，他龇着牙冲我乐，的确如他所说，狱警们没怎么打他。"秦哥。"阿来四下看看低声说，"这下这里没人敢惹你了吧？"

我笑笑说："不一定。"我用下巴指了指医务室门口的赵振鹏。阿来顺着我指的方向望去，脚底下一软，若不是我伸手扶着他，他真的会瘫坐在地上。

"他，没死？"阿来有些不相信自己的眼睛，吃惊地说。

我说："要是死了，你还能没事人似的站在这儿？"

阿来揉了揉眼睛，又看了远处的赵振鹏几眼："这……这下怎么办？"他说完愣了一下，把声音压得更低说，"迪哥不会看着他乱来吧？"

我见他吓得脸有点儿白，不禁有些奇怪当初他替我顶罪时的勇气是哪儿来的，于是问："你怕什么？又不是你把他打成那样的，你替我顶罪的时候，怎么不怕？"

"我承认自己没种，可当时你是为了救我，而且不是第一次救我，我要是再当缩头乌龟，还是人吗？"阿来顿了顿又说，"我也不完全是怕，我只想安安稳稳地坐完牢，回去过我的日子，不想招惹那么多是非。"

我说："那我得告诉你，那个赵振鹏和迪哥是一伙的。"

"啊？"阿来大惊失色，意识到自己声音有些大，忙捂住自己的嘴。他正要问什么，就见丹从厕所里出来，看了我们一眼说："迪哥要解大的，我去给他找根烟。秦哥，这儿麻烦你守一会儿。"

丹不等我回话就快步走了，我摸摸口袋说："我这儿有烟。"

谁知丹听到后非但没有回头，反而加快了脚步。我心说不好，脑袋嗡的一声，推开面前的阿来冲进厕所里。就见周亚迪裤子褪在膝盖下，头朝下，直挺挺地趴在厕所里的地上一动不动。

第七章
越狱

1

我赶紧上前将他翻过身来，他的脖子大幅度地歪向一边，我伸手摸向他的颈动脉，没跳动了。

周亚迪被人大力扭断了脖子，丹居然就是我一直在找的隐藏的杀手！

看着周亚迪没有半点儿生气的脸和发紫的脖子，我一时有点儿难以相信眼前发生的一切。这次任务的目标人物居然在我眼皮底下死了，是不是意味着任务以失败结束了？那就是说，我之前所做的一切都是无用功。我懊恼地站了起来，狠狠踢了墙根一脚，咬牙骂道："我操他妈的。"一抬头，看到站在厕所门口目瞪口呆的阿来。

此时厕所外响起嘈杂的脚步声，我意识到还有更要命的麻烦来了——丹是瞅准了这个机会下的手，目的是把杀周亚迪的事栽到我身上。我作为一个新入狱又新入伙的新人，周亚迪的那些手下当然会信丹的指控。最要命的是，赵振鹏和周亚迪是一伙的，那么之前这看似水火不相容的两伙人在得知我是凶手后，必然会义无反顾地站在一起，将矛头一致指向我。

更要命的是阿来，他居然在惊愕之余，脱口问道："秦哥，你为什么要杀迪哥？"他边说边往后退，眼神里满是惊恐，一直退到厕所门口，嗖地蹿了出去。

看来无论如何，一场恶战在所难免。我突然有些厌倦这样的事，可越是厌倦，这种事就来得越生猛。厕所外一片嘈杂，估计已经集结了几十号人。他们没有直接冲进来，无非是因为我狠辣的身手让他们心生畏惧。

我摸遍自己衣服的每个角落，没有摸到那根小铁棒，大概是昨晚翻上翻下的时候掉在牢房里了。四周看了一圈，没有任何可以用来攻击的武器。外面那些人跟了周亚迪这么多年，没点儿能耐周亚迪也不会将他们带到这儿来，而且他们手里一定会有凶器。我要是手里有个家伙，可能还有一线生机能活着离开这里，否则必定会在这大过年的时候，在异国他乡监狱的厕所，把命留在这里。

"我靠！"我一边骂着，一边狠狠地踢了周亚迪的尸体一脚，猛地想到周亚迪的命好歹比较重要，身上应该会带有防身的东西。我忙蹲下身子将他浑身上下摸了个遍，也没找到什么防身的东西。

看着这简陋的厕所和地上毒枭的尸体，我不禁苦笑起来。想不到我一身抱负、大好年华，最后竟然落得这般田地。

我正打算横下心杀出去时，回头看了一眼地上周亚迪的尸体，心中一动。

我快速在大脑中构思了一个计策，不管有用没用，总得搏一把。我蹲下来，看着他青紫的脸，很诚恳地说："迪哥，为了能给你报仇雪恨，也为了免得我被人冤死，只能得罪你，最后和兄弟演出戏赌一把吧。要是成功了，看在在这里你还算照顾我的分儿上，以后清明什么的，烟酒纸钱我都包了，要是失败了，呵呵……"说到这里，我不知道该怎么继续说下去了。我已经沦落到要给死人承诺的地步了吗？

我从地上把周亚迪的尸体架起来，将他的一只胳膊搭在我的肩上，半抱半扛，让他看起来像是一个受了重伤的人，而不是一个死人。我歪头看了一眼他耷拉在我肩头的脑袋，轻声说："要是失败了，我的任务就彻底失败了，我连给上级的承诺都无法兑现，自然也就不能给你承诺什么了。所以，一定要成功。"

人死以后全身每个关节都没有丝毫力量，就像一块软塌塌的肉，死沉死沉的。最轻松的方式应该是拦腰抱着他，可是那样效果会差很多。为了让他看起来还没有死，只有搀扶着出去是最佳方案。

想到这里，我一用力将周亚迪的尸体往身上扶了扶，他的脑袋跟着惯性甩动着重重砸在我的腮帮子上。我一边搀扶着尸体往厕所外走，一边默默酝酿情绪。此刻，我应该是愤怒的、心急如焚的。

走出厕所就看到围得里三层外三层的周亚迪和赵振鹏的小弟，我忙喝道："赶紧让开，送迪哥去医务室。"所有人明显愣了一下，但很快就为我让开一条路。我一边往外走，一边假装对周亚迪大声说："迪哥，你撑住，我一定杀了丹替你报仇。"又扭头对众人说："丹呢？抓住没有？他杀了迪哥！"

人群顿时嗡嗡响成一片，有几个反应快的已经开始叫嚷起来：

"丹呢？"

"刚才还在这儿！"

"在那儿，那小子想跑！"

"抓住他。"

我用余光扫了一眼众人追去的方向，只见丹正疯了似的往警卫身边跑。看来我的判断没错，丹不是职业杀手，心理素质非常差，这一来果然上了当，真的以为周亚迪没死，他这一跑正好暴露了自己。

我低声对周亚迪的尸体说："多谢。"

靠在我肩头的周亚迪发出"嗯"的一声，紧接着我明显感觉负重轻了一些。显然是周亚迪的一些关节开始用力，虽然力量不大，但跟之前死沉的感觉明显不一样了。我大惊失色，侧脸一看，周亚迪的嘴巴正在微弱地颤抖着，喉咙里发出"嗯嗯"的声音。

他居然没死？！

一时间我不知所措。本来这应该是个好消息，我应该为此狂欢。问题在于，我刚才多嘴对着他的"尸体"说了些不该说的话。我无从判断之前自言自语唠叨那些话时，他的神志是否清醒。就算他在意识模糊的时候听到一星半点，也是非常要命的事。

我恨不得狠狠给自己一下。为什么对那个丹的手法那么自信？为什么不再次确认周亚迪的生死？为什么不为周亚迪进行急救？为什么遇到一个所谓的困境，对着一具"尸体"还那么多废话？就因为以上四点，我一样都没有做对，本来已经扭转的局势会再次陷入绝境。

此时，阿桥带着周亚迪的几个得力手下围了过来。他从我身上接下周亚迪，看了我一眼，然后对着还没彻底清醒的周亚迪问道："迪哥，是不是丹干的？"

看来，这个周亚迪身边资格最老的手下阿桥，还是宁愿怀疑我，也不相信丹会背叛周亚迪。

周亚迪脖子伤得很重，僵直着无法出声，只好眨了眨眼表示肯定。我提到嗓子眼的心总算轻松了一点儿。周亚迪的眼神在我脸上停留了一下，我的心在那一刻几乎又要从嗓子眼里跳出来了。我死盯着他的喉头，攥紧了拳头，心想，万一他突然能发声说话，想指认我的真实身份，我将使足全力发出致命一击。我宁愿被这几十个人瞬间撕成碎片，也不能暴露他们的金三角毒品基地已经成为中国政府打击目标的事。

万幸，周亚迪很快痛苦地闭上了眼。我不知道他看我的这一眼是不是有意义，不过看得出，此时的他因为伤痛已经说不出什么话了。

阿桥咬着牙说："迪哥你放心，安心养伤。"说完抬头冲我点了点头说，"谢谢你。"

我喘着气说："别废话了，迪哥脖子受了伤，不能乱动，你们几个抬着他的身子，我来保护他的脖子，赶紧送医务室。"我这么安排只有一个目的，我必须得赶紧干掉周亚迪，此时，他必须得死。

我想好了，即使此次任务以失败告终，将来我还能活着回去向徐卫东复命的话，我无论如何也不会对他坦白周亚迪之死，其实是因为我泄了密，所以杀他灭口。我想不仅是我，就算是徐卫东也无法接受自己千挑万选挑选出来的部下，居然会犯这种低级的错误。

对于这个任务，我坚信上级一定安排了一个很大的局，我这只是其中一条线而已，我决不能因为自己的泄密而让整个局势受影响。

所以，周亚迪一定得死。

我和阿桥等人抬着周亚迪往医务室走去。他们非常焦急，一边加速小跑，一边不停地回头观望周亚迪。医务室也越来越近，一旦周亚迪被活着抬进医务室，我必将犯下一个不可原谅的错误。这几十米的路程是我最后的机会。

我并不确定他刚才是否听到了我的那些话，但我不能冒这个险。如果他将我是被中国政府有计划地委派来此的消息放出去，后果不堪设想。

不能再犹豫。一边想着，我的一只手腕已经横到了周亚迪的颈前。我抬起眼皮看了下四下的情况，阿桥等人个个人高马大，走在我前面，把我的手和周亚迪的上半身挡得严严实实。我正要发力，就觉得手腕被人攥住了。我神经顿时绷紧，低头一看，正是周亚迪伸手按在我的手腕上，眼神中满是祈求。他的举动足以证明，他确实听到了我之前的那番话，只是因为颈部被丹伤得太重无法说话，手上也非常无力，这已经是他目前能使出来的全力了。

我抬起头，避开他的眼睛，紧紧勒住他的脖子，将他的头抵在我的腹部，猛然朝前一顶，找准用力的方向，将他的头朝旁边一掰，只觉得周亚迪微微浑身一挺，随即瘫软了。我见阿桥几人并未留意到周亚迪身体刚才微妙的变化，为了确保他死透，我将刚才的动作又重复了一次。

我们将周亚迪抬到医务室门口时，见丹在不远处，躲在了两个全副武装的狱警的身后，周亚迪其余的手下已经将他们团团围住。阿桥回头看了一眼周亚迪，大概觉出不对，脸色顿时白了，大声喊着："迪哥！迪哥！"

我看了一眼周亚迪，假装大惊失色，忙召唤几人将周亚迪慢慢放在地上，伸手向他的颈部大动脉探去。

　　这次，周亚迪真的死了。

　　阿桥眼巴巴地看着我，我冲他摇摇头。赶来的医生推开我们，将周亚迪抬进了医务室。阿桥像一根柱子似的，纹丝不动地戳在原地，斜眼冷冷瞪着躲在狱警身后的丹。

　　丹并没有因为被这些人包围而表现出半点儿畏惧，满脸满不在乎的样子，不与任何人对视，轻轻地晃着脑袋望着监狱外的天空。我见阿桥已经攥紧了双拳，手臂上青筋暴露，一副随时就要冲上去将丹撕碎的样子。我心想，这个丹得我来解决。

　　周亚迪已经死了，我的任务已经失败了。唯一还能补救的就是获得赵振鹏的信任。在我看来，他的威望似乎并不亚于周亚迪，如果顺利，他必将带着我越狱，我一样可以跟着他走进金三角。到时候再向徐卫东请示，如果他还是认定我失败，任务结束，那我无话好说。万一他认可了我的做法，并愿意为此重新调整布局的话，我的任务就已经成功了一半。

　　这，还是一场赌博。

　　我正想着怎么避过那两个狱警，以最快的速度要了丹的命时，医务室里出来了两个狱警，还有赵振鹏。狱警一边挥着手驱散人群，一边示意丹往里走。这时，赵振鹏捂着脖子说："都散开吧，你们迪哥已经死了。"他说话的时候一直看着我。我死死地盯着他的眼睛，也明白了他的意思。

　　该到我表现的时候了。

　　我迅速扭开头看阿桥，只见阿桥大喝了一声就朝正往医务室里走的丹冲去。不过他还没冲到跟前，就被两个狱警拦住扑倒在地。我见机会来了，迈开大步，从扑倒在地的狱警身上一跃而过。

　　我的动作太快，丹的注意力还在被按倒的阿桥身上，等他发觉我赶来想躲开时已经来不及了。从他对周亚迪下手的手法来看，他应该不是什么职业杀手，只是个被临时买通又略懂些拳脚的混混儿而已。

　　我没有直接出手，只是依靠惯性用肩膀重重地撞在他的胸口。"嗵"的一声，他被我撞飞出好几米，直挺挺地摔倒在地上。我必须将这些之前构思好的动作一气呵成，在几秒内要了丹的命，至少，看上去要像是要他命的样子。否则不仅赵振鹏不会相信，关键是狱警会将我拦开。

以我在此表现出的凶猛性格，这种情形下，天王老子来拦也没用。这个赌局已经开始了，我赌的只是能让这个任务起死回生，我可以耗费些时间和精力，但没必要送命。如果狱警因为我的动作过于激烈而开枪，那就说什么都没用了。

丹由于胸口受到我的全力撞击，直挺挺地躺在地上只有出气没有进气了，整个脖颈暴露出可以直接攻击的空当。我冲上前揪着他的头发，本想一下解决了他，想起走到这一步全是他坏的事，不禁怒火中烧。我挥起拳结结实实地在他的面门上使足全力捣了下去，嘴里不由自主地骂着："我操你妈的。"

怎料这拳头永远不如利器那么见效，你使再大的劲儿下去，一时间也看不到血。我正心里抱怨没带那根小铁棒，就见他嘴角和鼻子里的血淌了出来。我接着第二拳、第三拳，一拳接一拳地朝着出血的地方砸了下去。

狱警和其余人这时还没有回过神来，瞠目结舌地看着我。阿桥第一个反应过来，感激地看了我一眼，喊着："给迪哥报仇。"带着人冲了过来将我团团围住。

人一多容易乱，正是我的好机会。我趁乱哄哄的，揪住他的头发低吼了一声，将他的脑袋生生扭了一百八十度。只听到"嘎巴"一声，丹已在我手下气绝身亡。

阿桥趁乱把我拽到一边，与众人一起在丹的尸体上乱踹。

我不得不对此人另眼相看，至少他对周亚迪是忠贞不贰的，而且知恩图报，见我当着狱警的面解决了丹，第一时间冲上来掩护我。如此一来，就没人说得清丹到底是死于谁手，最终会落个群殴致死的结论。

狱警一看场面混乱到失控，纷纷举着警棍，一个劲儿地吹哨子，尖厉的哨音划破监狱上空的嘈杂，灌入我的耳朵。一种久违的感觉从心底被唤醒，我又想起曾经在学校时，听到哨音后的种种焦躁和不安，此时却觉得像是一个在异乡漂泊数十载的游子，听到了乡音一般，心里的五味瓶被打翻，酸甜苦辣一股脑儿地往外涌。

我和其他人一样，双手抱着头就地蹲了下来。

几个狱警将丹的尸体抬进了医务室，安静下来的人群在监视下一个接一个地走出医务室院子的大门。我刚走出来，就觉得身后有人捅我。我猛然转身见居然是赵振鹏，他脸上依旧挂着诡异的笑，见我转身，第一时间举起双手以示友好。

我歉意地笑笑，清了清嗓子说："鹏哥，真的不好意思，我听迪哥说了……"

我话还没说完，他就挥手打断了我，说："我知道，我找你不是说这个。"

"哦？"

他说："边走边说。"

我看了一眼他脖子上纱布渗出的血渍说："你，没事吧？"

他笑了一下，指了指我说："你的手可真够狠的，一出手就是要人命。"说完，他捂着脖子，皱起眉头咳嗽了一下。

我四下看了看，说："要不是我，是不是你们已经出去了？"

他没有回答我的问题，叹了口气说："好想抽根烟。"

我忙摸口袋，发觉口袋里的烟不知什么时候掉了。第一时间想起了阿来，想起这段时间都没见到他，忙举目四处张望阿来的身影。一扭头，发现阿来不知从什么时候起一直就跟在我的身后，此时手里正拿着我丢了的那半包烟，递到我面前，小心翼翼地说："秦哥，对不起。"

我接过烟说："你一说'对不起'我就胆寒。"

我抽出一支烟递给赵振鹏，帮他点上。赵振鹏抽了一口烟，撇着嘴角笑了笑说："其实医生不让我抽烟，说抽烟伤口好得慢。"

我拿着打火机的手悬在空中，不知所措。

"我也从来不让外人给我点烟，我信不过他们。"他吃力地抬起胳膊拍拍我的肩膀，朝前走去。

2

与周亚迪相比，我更愿意和赵振鹏这样的人打交道。因为他的态度相对要明确很多，会用更加令人信服的方式告诉我，我是自己人。这可能也应了一个老理，越是你想得到的，越是觉得难。

虽然还没有和赵振鹏说过太多的话，但我并不为此犯愁。之前周亚迪倒是喜欢和我聊天，其实我能得到的信息很模糊。我想，我可能不太适合与人玩心理战吧。

"秦哥。"阿来在一旁小心翼翼地叫我，我扭头看他，他与我眼睛对了一下，忙把头低下，说，"我没见过什么世面，看到死人就全乱了，当时那种情况……"

我打断他说："你觉得我是口是心非的人吗？"

阿来忙摇头。

我说："那你为什么觉得我会杀迪哥？在这之前，你看到我和他的关系是怎样的？"

说完，我头也不回地朝赵振鹏追去。我想，我只是迁怒于阿来而已，周亚迪是我的目标人物，死在我手里，尽管我一厢情愿地认为只要我跟了赵振鹏，必然能将整个局势挽回，事实上心里始终没有底。而且从今天开始，我已经对上级有了自己不可告人的秘密。

阴霾的天空开始下起牛毛细雨，却依然无法驱散空气中的闷热。心中的失落在胸中凝结成一团闷气，压得我透不过气来。有个声音在我脑中提醒我：任务已经失败，要勇于面对，迅速请示上级接收新的命令。另一个声音告诉我：任务又失败了，你必须扭转局势，反败为胜。

"兄弟，想什么呢？"赵振鹏走过来仰着头，似是在享受着细雨。

我摇了摇头不知道说什么好。赵振鹏鼻子里"哼"了一下说："因为他死了，没人带你越狱出去了，也没人带你去闯一把，挺好的一个转折点不见了？"

赵振鹏说这番话的时候，全然没了之前的那副流氓样子。换言之，我对他的印象就是一个狱霸，嚣张跋扈不可一世。他上次挟持阿来威胁我的做派，还让我觉得他是个草包。现在突然跟变了个人似的，但不知为什么，我觉得这才是真实的他。

我说："也对，也不全是。既然迪哥跟你说了我全部的事，那我不瞒你说，从跑路出来到现在，我已经对自己的今后不抱什么希望了。我不管迪哥出于什么目的，他是最照顾也是最看得起我的人，所以我打算跟着他混，当他是我大哥。我刚找到一个奔头，他却死在那个浑蛋手里。"说着说着，我一度有些哽咽。我是为周亚迪的死而难过，索性就顺着那股懊恼劲儿垂头丧气起来。

赵振鹏仔细地看了我好一会儿，把烟头丢在地上踩灭，说："如果我告诉你，是我让他那么对你的，你怎么想？"他说着话，很自然地从我手中把我抽了一半的烟拿了过去，自顾自地抽起来。

什么意思？我没有立刻接话，警惕地看着他。

"你爽快，我也不瞒你，是我想试探你，然后叫他那么做的。"赵振鹏斜了我一眼，指了指自己的脖子说，"你差点儿要了我的命那次，其实是我和他做的一出戏，可是你的反应完全超出我的意料。"

我说："迪哥和我说过，你们其实是一起的。"

赵振鹏笑笑，说："这个不重要，重要的是，他替我死的。"

听到这儿，我脑子有点儿乱了，我潜意识里觉得他是对我说出了一个天大的秘密。但我分不清这秘密中所含的信息对我而言是喜是忧，混乱之中我伸手打断了他："等等，什么意思？"

赵振鹏看着我微微一笑，眯起眼睛望着灰蒙蒙的天空，幽幽地问："想不想听听我的故事？"他的面容恬静得好像这里不是监狱的某个角落，而是某个公园的长椅上。如果不是我给他脸上留下的那些伤痕，根本没人敢相信他居然是一个十恶不赦的毒枭。我不知道他为什么要给我讲这些，此时的他眼里满是真诚，真诚得让人无法去质疑他什么。关键是，他这个样子彻底颠覆了他在我印象中的一切。

"其实，我才是周亚迪。"说到这儿他停了下来，看着我笑。

一瞬间我彻底茫然了，我不知道该怀疑自己的耳朵还是该怀疑他刚才说的话。除了呆呆地看着他，等着他继续说下去之外，我无所适从。

他微笑着说："迪哥……哦，不，应该是鹏哥有没有跟你说过有人要杀我的事？"

我暗暗咬了下自己的舌头，迫使自己头脑清醒下来。如果他说的是真的，那么他才是真正的周亚迪，而之前我叫作迪哥的应该叫赵振鹏，他们两人互换了名字和身份，只是为了保护真正的周亚迪不被杀手杀害。所以刚才他说出"他是替我死的"这样的话。

正如阿来所说，没有几个人见过真正的周亚迪，换句话说，就算是见过的，也只是见过真正周亚迪的一个替身而已。包括自称见过周亚迪的程建邦，他来探监时，给我的画像根本就是真赵振鹏的样子。而我眼前的这个人，才是真的周亚迪！

这，超出了我的想象太多。如果他说的是真的，那么他是怎么做到一直隐藏在替身背后，操控着数额巨大的毒品生意而从不露出破绽的？想到这儿我只觉得背后嗖嗖冒凉气。原来我所面对的敌人远比我想象中更难对付，我甚至怀疑我是否能够应付得了这样一个人。

我真想现在给徐卫东打个电话，告诉他，这个任务我完成不了，我宁可背负各种处分或者被扣上一顶逃兵的帽子，也不能为了逞能而毁了整盘棋。

赵振鹏，哦，不对，应该是周亚迪依然对我微笑着。在他说出那句话之前，我还觉得那笑容是如此亲切和阳光，此时，我只看到了深不可测的阴险。我忍不住打了个冷战。

"迪哥……不，应该是鹏哥和我说过，有人要杀他，不，是杀你的事。"我说不清自己到底是装作混乱还是真的混乱，我甚至不知道自己是该高兴还是难过。

不久前，我还在为目标人物死在我手里而彷徨，甚至在那么短的时间内做出一个不知是错是对的计划，并打算不顾一切去实施，只为了弥补自己的过错。谁知道现在又听到这样的事，我觉得我的心脏马上就要罢工了。

我的太阳穴突然剧烈地跳动起来，而且越来越强烈，牵动起整个脑袋像是就要炸开似的痛，跟着眼前一阵阵地发黑，连呼吸都不能自如。我痛苦地低下头，两个手掌紧紧地按住太阳穴，我咬着牙不让自己哼出来。

"你怎么了？"他发觉我的异常后问，"脸色怎么这么难看？"

是啊，怎么了？以前我从来没有这样的毛病。我疼得说不出话来，只能摇摇头，一边继续撑着这突如其来的头痛，一边用手在头上摸索着。当摸到后脑的时候，我好像找到了疼痛的根源——这疼痛可能来自头部数次外部的重击。有救阿来时那些人在我的后脑打碎的可乐瓶、警察赶来后的那一枪托，还有监狱长的那一脚下马威也曾让我的后脑狠狠地撞在牢房的墙上。

我想，我的头可能留下了某种后遗症。

"老毛病，一会儿就好了。"我敷衍着他，心里却在担心这个头疼的毛病会不会真的从此伴我左右。我再次深切地意识到健康对我，尤其是此时的我是多么珍贵。我还不知道这种疼痛有没有什么规律，是因为天气，或是其他什么原因才会发作，还是毫无组织纪律性，说来就来。很可能在未来的日子里，我多了一个敌人，就是疼痛。

不觉间，我浑身已经被蒙蒙的细雨和冷汗浸透。赵振鹏，或者是周亚迪不由分说拽过我的胳膊搭在他肩上就往医务室的方向赶。

此时，我已基本丧失了任何反抗的能力，随便来个什么人都能轻易地将我解决掉。

我用余光看着搀扶着我的这个人，看上去他似乎很为我担心，看不出丝毫的虚假，但是，我不相信他。因为用力过猛，他颈部的纱布里渗出了鲜红的血液。不论他是周亚迪还是赵振鹏，他首先是一个彻头彻尾的毒品大亨，这种人可以为了钱丧尽天良，又怎么会为我操心？他看重的只是我的身手对他有用而已。可这个时候，我虚弱得像一只病猫，在他们眼里恐怕连仅存的价值也不复存在，又怎么可能为我担心？

我听到身后传来脚步声，应该不止一个人。我下意识地绷紧了神经，搭在他肩膀上的手不自觉地使劲儿。他扭头看了一眼我的手，愣了一下，停下脚步对身后的人喝道："这里没你们的事，该干什么接着干什么去。"他的话音一落，身后的脚步声顿时停了。

我努力挣开他的搀扶，在原地站稳，慢慢地回过头，看到他的几个手下正站在不远处发愣。我抹了把脸上的雨水和汗水，长长舒了一口气，装作轻松的样子对他说："谢谢你，我没事。"

我转过身冷冷地瞥了眼身后的那些人。这些人跑来可能是想帮忙，也可能是想要我的命，总之我不愿也不能放松警惕。在我眼里，这些人就是一群狼，而我，此时就像一只受伤的狮子。在我健康的时候，他们其中的一些人没少吃我的亏，他们畏惧我、恨我。现在就连三岁的孩子都能看得出，我不堪一击，我不信他们没有人不想趁这个机会干掉我。

我呼哧呼哧地喘着粗气，紧紧攥着拳头，目光扫过他们每一个人的眼睛。孤独，再一次犹如洪水一般袭来，我却像枯树上的一片枯叶，在秋风中摇摇欲坠。

"秦哥，你没事吧？"人群中出现一个熟悉的声音。我循声望去，看到了阿来。我的意识迟钝得像一只发条松散的古董表，随时都会停下来，只能拼命地在脑海中寻找那些被疼痛蹂躏得支离破碎的信息，拼凑出关于阿来的一切，判断着是敌是友。

阿来试探地朝我迈了一步，我在他的眼中看到了熟悉的怯懦和为我担心的神色。我伸着脖子咽了口唾沫，对他说："没事，陪我去医务室一趟。"

我想，阿来是我在这里，在此时，唯一可以赋予更多信任的人了。

赵振鹏，或是周亚迪，就暂且当他是周亚迪吧。他一手捂着脖子，一手冲他的手下摆了摆手，示意他们退散，然后上前说："我和你一起去，我也该换药了。"他看着医务室又说："而且，那儿还有两条人命等着我去处理。"

我的头疼比之前稍微有些好转，意识和思维渐渐恢复了大半，这才想起刚才有两个人死在我的手里，而我居然一直没事人似的，狱警和犯人都没来找我的麻烦。他做了个请的手势说："有句话我现在必须告诉你，之前他答应你的事我都能做到，因为那本来就是我答应你的，不过现在他出了意外，所以……出去以后你愿意跟我合作我欢迎，不愿意我绝不勉强，我甚至可以给你一笔安家费。"

我一时间无法判断他说这些的目的到底是什么，只能先记下再琢磨了。我手抚额头，皱起眉头吸了几口凉气说："等我缓缓再说。"

进了医务室，我找了个墙角靠着。周亚迪跟里面一个狱警嘀咕了几句后，狱警打量了我几眼，进了里屋的医生办公室。周亚迪看着我笑了笑，站在那扇门前像是在等着什么。阿来偷偷地拽拽我的衣角，我扭头见他一个劲儿地冲我挤眼，阿来朝周亚迪那里看了看，朝我手中塞了一个东西，我将那东西捏在手中摸索了一下，竟然是我丢失的那根小铁棒，连同上面的布条都在。

我不由得冲阿来投去感激的一眼，他嘴角动了动，对我扬了扬眉毛。我不动声色地将小铁棒塞进衣襟里，这时之前那个狱警从里屋出来，对周亚迪甩了下头。周亚迪对阿来说："扶你秦哥过来。"另外一个狱警端着枪跟在我们后面。

我们三人跟着那个狱警拐进医务室侧边的一道不到十米的小走廊。走廊里没有一扇窗户，比起外面更加潮湿，而且非常阴冷。地上铺着石板，石板上净是潮气结成的密集小水珠和青苔，就连泛着灰色的墙壁上都若隐若现的净是青苔。我不由自主地打了个冷战。

我不知道周亚迪跟那个狱警说了什么，更不知道将要去往哪里，但我没有力气，也没有理由反抗。如果他是赵振鹏，那么他就是我个人的目标人物；如果他是周亚迪，那么他就是我任务的目标人物；就算他什么也不是，我也确信我和阿来的命，他只要想要就随时都能拿去。所以我只能跟着他。

走到走廊的尽头，我们又拐了一个弯，几米开外的尽头处是一扇铁门。狱警拿着钥匙开了铁门，门开处里面漆黑一片，想必也是没有一扇窗户。狱警在门口的墙壁处摸索了半天，打开了屋里的灯。我走过去站在门外一看，才看清楚这应该是一间病房，只不过这条件也太艰苦了，除了一张足够睡下五六个人的大通铺之外，就只有角落里的一个蹲便器。屋里的东西散发着刺鼻的霉味，站在门外，看着那铺在床上已经分不清本来颜色的卧具，我宁可站着睡，也不想靠近一点点。

周亚迪在屋里转了一圈，对狱警笑着点了点头，轻声耳语了几句，那狱警转身出了那间屋子。周亚迪在屋内对我和阿来说："进来吧。"

阿来看起来吓坏了，这地方也的确阴森了一些，加上如此封闭，让人怀疑如果关上门，我们会不会在这里窒息而亡。阿来迟疑地看着我，就是不愿往里迈一步。

我推开阿来，走进屋，指了指自己的脑袋说："这里还是疼，医生呢？"

周亚迪看着我身后的阿来说："你不愿意在这儿，就回去吧。"他冲外面的狱警使了个眼色，狱警侧开身子给阿来让开了路。阿来看看我，又回头看了看来时的那条走廊，又看看我，最后毅然决然地迈进了这间屋子。我知道，他是为我留下来的，与此同时，我似乎觉察出周亚迪将我们带到这里，有很不一样的意义。

屋子的铁门被"咣"的一声关上了，接着一阵铁锁链的哗啦声，随后是那两个狱警离开的脚步声，当这些声音全部消失后，就剩下死一般的寂静。

我的头好像不像刚才那么痛得难以忍受了，我不知道是因为适应了疼痛，还是疼痛真的减弱了。我不知道周亚迪葫芦里卖的是什么药，可我知道，在这里和我动手，他不是我的对手。

周亚迪朝我走过来，将手掌摊开伸到我面前，那是一只白色的药瓶。他收起手指拿着药瓶晃了晃，是正常的药片晃动的声音，才丢给我。我随手接住，药瓶上没有任何标识，拧开瓶盖，见里面是一些白色的药片。我往手心里倒了一颗出来，药片上也没有任何字样。我抬眼看着周亚迪问："什么意思？"

他笑笑说："这里的医务室只是个样子货，你的病这里治不了，这药是止疼的，疼得受不了可以缓解一下，不过长久之计还是找个好医生吧。"他背着手在屋子里踱着方步转了一圈，在那张大床的床角坐了下来，跷着二郎腿说，"坐吧。"

他要想算计我，根本不需要耍这些花样。我看得出，在这座监狱里，他的势力远远不是手底下有几个帮手那么简单，就连狱警好像都听从他的吩咐。在进医务室之前，他似乎有什么话要对我说，只是因为我突如其来的头疼才打断了他。

我举了下药瓶表示感谢，问："吃多少？"

"一两颗，别多吃，对身体不好。"他顿了顿又补了一句，"放心吧，我是不会让自己的兄弟沾毒品的。"

我倒出一颗药吞了下去，咂咂嘴说："你真的是周……"说到这里，我想起阿来也在，忙将剩下的半句生生吞了回去。

周亚迪看了一眼阿来，笑笑说："是，我才是周亚迪，本来早该告诉你，可惜我有眼无珠，小看了你的本事，结果……"他笑着摸了摸自己脖子上的纱布，叹了口气，"你别往心里去，这算我自找的。"

我坐到他旁边说："那么，我该叫你迪哥？"

他想了想，说："看你了，论年龄你叫我声迪哥不过分，不过得你愿意才行。可能我那个兄弟才是你心目中的迪哥，只可惜……是我们大意了。"

屋子里安静了下来。阿来被刚才我们的几句对话惊呆了，我想他对谁是周亚迪、谁是赵振鹏根本没兴趣，他应该害怕听到这些不该听的事情。他在这上面已经吃了太多的亏，不仅差点儿被人打死，也因此被判了重刑。他惶恐地站在那里，看看我，又看看地板，一副不知所措的样子。

周亚迪低垂着眼皮，我能看出他正在努力压抑着什么。我想，他一定是对替他而死的赵振鹏而难过。按赵振鹏的说法，要不是因为我误伤了周亚迪，他们已经按原定计划越狱了。而正是拖延了这么几天，也正是因为我的出现，赵振鹏才被仇家找到空隙下手杀了。

赵振鹏能冒着随时被暗杀的凶险当周亚迪的替身，那他们之间必然有着过命的交情。我无法想象赵振鹏在听到我的秘密时是怎样的震惊，也无法想象他在临死前一秒是怎样的心境……这些都不重要，我必须时刻提醒自己，周亚迪一旦知道赵振鹏实际上是被我灭的口，我一定会死得很惨，很惨。

就像我听到洪古的名字一样。我曾无数次模拟见到洪古后将他碎尸万段的场景，在想象中，他死得很惨，惨到我不敢继续联想下去，甚至每次都会被自己的想法吓到。

如果周亚迪一直就是初见时的样子，那个向我索要供品的狱霸形象，我根本不会将他放在眼里。而眼前的周亚迪尽管很真诚地对我笑，对我说出这么惊人的秘密，给我止痛的药品，还表示为了完成承诺而没有任何附加条件就带我出去……总之，看上去就像一个可以信赖并依托的大哥，可我觉得害怕，打心底里害怕。

或者，相对而言，我不怕彻头彻尾邪恶的人，哪怕这人再强大我也不会胆怯，但是我害怕一个人性里有闪光点的人，哪怕这人正做着无比邪恶的事。

我想劝自己，别傻了，他是一个大毒枭。想想这次任务出征前，在总部听徐卫东讲解的那些资料片，幻灯片上那些人不像人、鬼不像鬼的吸毒者，那些被毒品祸害得家破人亡的家庭吧，不正是拜眼前这个周亚迪所赐吗？

药很有效，头疼明显好了很多，头脑随之也清醒了许多。我说："为什么跟我说这些？我觉得根本没必要让我知道这么多。你不怕我说出去？"

周亚迪回了回神，说："你对我，或者说，你对我的兄弟赵振鹏很好，我就应该用同样的方式回报你。至于怕不怕你说出去嘛，呵呵。"他捂着脖子笑了，"既然我敢说，就不怕，换句话说，在这里我不怕敌人，我只怕不知道敌人是谁。"

我发现周亚迪有个特点很像徐卫东，他们每句话都特别准确，没有一点儿废话。这省得我去揣测，同时也让我根本没有时间去琢磨并及时做出反应——跟徐卫东我不用动心眼。而对周亚迪，我必须随时保持警惕，不能有丝毫马虎。

"对了，出去后你有什么打算？"他话锋一转问道。

我想了想，叹了口气，轻轻地摇摇头没有说话。

"不急，慢慢想。"周亚迪的语气相当的诚恳，诚恳得称得上语重心长了，"记得之前我说的话吗？我特别想你出去后能跟我一起去做点儿事，但是如果你不愿意我绝不勉强。需要的话，我会给你一笔钱傍身，也不枉我们相识一场。"

我想他只是在强调他之前对我说过的话是认真的。我真不明白自己何德何能，我抓了抓头说："为什么？"

周亚迪说："你可能觉得我只是个毒枭，为了钱丧尽天良，不可能为了一个萍水相逢的人白白做些什么。"我正想反驳他，他伸手打断了我，接着说："你这么想很正常，我能理解，那么按照你的思路好了，就当是你帮了我一个忙，我论功行赏吧。这样，你是不是心安理得了一些？"

帮忙？我想来想去不觉得自己帮过他什么忙。除非赵振鹏才是他的宿敌，他知道了其实是我杀了赵振鹏于是想报答我。这不可能。我下手的时候确定了无数次，根本没有人注意到我。我正想问他我帮了什么忙时，他抢先一步说："你帮我解决了那个杀手，不然很可能死的人就是我。"

到这里，我突然发现了一个细节：每次，当我想问周亚迪一个问题时，他都会抢在我问出之前告诉我答案，就好像他每次都能看穿我的内心在纠结什么似的。对于我和他本该势不两立的关系而言，这本该是一个让我不寒而栗的事，但我并没有为此觉得惶恐，反而觉得安心。后来我想明白了，并不是他懂得什么读心术，而是他懂得万事站在别人的立场去思考。与其说这是一种技能，不如说在更多的时候，这是一种品质。这是我从他身上学到的第一点。

他接着说："我刚才说了，在这里我不怕什么敌人，只怕敌人藏起来，我看不到，而那个隐藏在振鹏身边的人，就是我看不到的敌人。我从来不怀疑自己人，所以本来我打算在出去前跟他们说清楚我和振鹏真实身份的事，他们是我这次打算全部带出去的人。多亏半路杀出个你，拖延了时间，才让丹现了形。"

"可……鹏哥还是死了。"我终于插了一句话。

周亚迪咬了咬牙，"我不会让他白死的。"他摸了摸口袋说，"你们谁有烟？"

阿来忙给周亚迪递了一支烟，并帮他点着，随后乖乖地退在一旁，毕恭毕敬地站在那儿。周亚迪看了一眼阿来，笑着对我说："你这个兄弟一直这么见外吗？"他不等我回答，又说："你是不是以为我无非是给振鹏家里一些钱，把他们安顿好，就算没让他白死了？"

我接过阿来递给我的烟，只是看着周亚迪。我知道根本不用我废话，他就会解答我的困惑。果然，周亚迪拍着我的肩膀说："你一定不认识吸毒的人，不知道他们的样子有多狼狈，有多恶心。绝大多数吸毒的人，为了一点儿毒品就可以逼良为娼、倾家荡产、坏事干绝。我敢打赌，如果你见过，你绝不会那么痛快地答应振鹏跟着他的。这就是为什么我说出去以后不会勉强你的理由。"他说到这儿，扭头对阿来说："兄弟，你还是坐着吧，不然我总觉得这里有外人，一有外人我就不爱说话了。"

阿来嘿嘿一笑，挨着我坐了下来。周亚迪对阿来笑了笑说："我不知道你有什么本事能让这位秦兄弟刮目相看，不过既然他提出要带着你出去，那么你自然有你的过人之处，出去后我也不会勉强你什么，不过这个地方你可能就待不了了，毕竟我们不是刑满出狱的。"

阿来张着嘴巴，茫然地看着我。我拍拍他的肩膀说："酒吧哪里都能开。"不觉中我竟然默认了周亚迪所说的一切，我不知道我对他的信任从何而来，我真正跟他开始接触的时间还不到一天。我转头看着周亚迪，等着他下面的话。

周亚迪捂着脖子轻轻咳了一下，说："我只想告诉你，我想做的事，不是制造多少毒品卖出去。我干的事，其实跟缉毒警想做的事差不多。"

听到这里，我不禁浑身一颤，难道周亚迪是真正的自己人？也在执行某项任务？

3

　　我按捺住内心的惊诧，借着抽烟的动作垂下眼皮，我不能追问，只能静等他继续说。谁知他说到这儿就停了下来，双手抱在胸前盯着地板，不知在想些什么。我环顾着这令人窒息的密闭空间，我想不论出去后会怎样，任务将朝哪个方向执行下去，都有一个重要的前提，就是得先离开这里。

　　那现在没必要考虑太多了，必须跟周亚迪出去是最要紧的。眼下我实在不明白的是，他把我和阿来带到这看起来很私密的地方，难道就是为了找个安全无人的地方说这些话？于是我说："我能问个问题吗？"

　　周亚迪看着我，想了想，然后点点头。

　　我看看四周墙壁，问："我们在这里干什么？"

　　周亚迪说："你不如问为什么只有我们三个人在这里。"

　　我想这两个问题都是我想知道的，哪个先哪个后无所谓。不妨就直接问了："对啊，为什么我们三个在这里？"

　　"阿来可是你带来的，刚才他是有个机会不跟着我们的。是他自己选择进这间屋子的。"周亚迪转头看着阿来又说，"我没说错吧？"

　　阿来看了看我，冲周亚迪愣愣地点点头。

　　周亚迪说："本来应该有很多人在这儿。包括振鹏和丹，还有阿桥他们。谁知道丹居然把赵振鹏当作是我给杀了。我不知道还有没有人跟丹是一伙的，所以所有人都不值得我信任了。而你，不会杀我。"

　　这就是周亚迪，基本不说废话，每句话的信息量都是那么巨大，让我不得不随时随地仔细琢磨他话里的意思。这时我才想起我刚才头疼的事来，我晃了晃头，果然好了很多。看来周亚迪给我的药的确管用，我又不得不担心这药里的成分，以及我今后对这种药的依赖性。

　　我的使命注定了我除了自己，什么都不能依赖，更不要说是药品。就连周亚迪都刻意提醒我这种药吃了对身体不好，那看来副作用肯定不小。我必须得抓紧出去，我不能在这里耗太久，直觉这次头痛并不是偶然，不然一旦头疼无休止地袭来，我将会对这种药物依赖越来越严重。回想起刚才头疼时那手足无措毫无半点儿防卫能力的自己，我不知道能不能死扛到不向药品屈服的程度。

这是一个严峻的问题。我必须了解自己身体的状态，不能让自己的健康状态成为任务执行时另外一个不可预估的绊脚石。这一路，已经有太多这样的障碍了。

我再一次将目光投向周亚迪，不管他愿不愿意、知不知道，他现在已经成为我和我的任务的根本。

"怎么？还不舒服？"周亚迪有些关切地看着我问道。

我立刻回过神，摇摇头说："不，我在想你的话，我有点儿不太明白，你不相信其他人，所以我们三个人在这里。那么，我们在这里干什么？"

周亚迪轻轻地说："等。"然后往里挪了挪，靠在墙上微闭起双眼，似睡非睡地闭着眼，不再理会我和阿来。

我见他这样，估计他是不想再被追问下去了，只得将下面的问题咽了回去。阿来轻轻拽了下我的衣角，凑到我耳边悄声问："等什么？"

虽然我也很想知道这个问题的答案，但阿来这样和我嘀咕的做法很不明智，至少对周亚迪很不礼貌。他刚刚跟我们坦露了真实身份，明确表示信任我们，转眼我和阿来就背着他嘀咕，这对任何人来说都是种不礼貌的行为。我瞪了阿来一眼，用胳膊肘捣了他一下，低声说："等等不就知道等的是什么了吗？既然怕，刚才还进来干什么？"

阿来有些尴尬和委屈，愣在了那里，小心翼翼地看了看周亚迪，低下头叹了口气，不再言语。

周亚迪本来不动声色地倚在床角闭目养神，慢慢睁开眼看着我，"这些天没有休息好，又被你放了血，容易犯困。"他搓了搓脸说，"你想好出去后的打算了吗？"

他是想问我是不是愿意跟着他。他不知道，我不远万里，赶到这里，历尽千辛万苦找到他，正是为了跟着他的。

我不仅是特案组的探员秦川，还是那个跑路到此的逃犯秦川，这两个角色在我脑中时而携手共进，时而背道而驰，我在这两个角色中不停地互换，就像一个挑战极限的演员。只不过没有导演，没有剧本，没有重拍的机会，甚至经常连搭档都没有。当然，也没有观众。演得好，虽然没有鲜花和掌声以及金钱和地位，但是能挽回无数人的健康、幸福乃至生命。演得不好，随时都会丢掉性命。

我很怕自己在这两个角色中混乱，作为特案组的探员，我需要坚守着内心的信念，以最终剿灭他们为终极目的。作为跑路的逃犯，我的信念又是什么？我贸然答应他，跟他一起奔赴金三角，会不会让他觉得突兀？因为他并没有要求我必须去，而且还答应要给我一笔钱，我相信那笔钱的数目不少，可能是我一辈子也赚不到的数字。我可以拿着那笔钱选个谁也不认识的地方隐姓埋名，从此告别无休止的杀戮。

这一点，不论对哪一个角色的秦川都是个不错的选择，那么我为什么要冒着生命的危险跟他一起去金三角？以周亚迪这样的人，都因为这样或那样的原因跑到监狱里来躲事，还会被身边的隐形杀手追杀，像我这样阅历浅薄的人，去了那个龙潭虎穴一般的地方，又能撑得住多久？

我越发觉得这个任务是一个无底洞，是一个永远走不出的迷宫，我在里面越陷越深、越走越远，一个又一个看似是目的地又不停地出现在不远处的地方，永远都像是海市蜃楼，无论我怎么努力都触碰不到。

原来对于一个赶路的人，最折磨人的不是看不到终点，而是看到了却怎么也走不到。

一个声音在我的脑海中大声对我说：秦川，去问周亚迪要一笔钱，从此过你想要的日子，你还年轻，你应该像个普通人那样去生活，去穿自己喜欢的衣服，吃自己喜欢的东西，交一个自己喜欢的女朋友去谈谈恋爱。不必每天为自己的生死担忧，不必总想着要随身带着可以防身的武器，也不必再为失去最亲密的战友而撕心裂肺地痛苦……

当"战友"这两个字一闪掠过时，我禁不住打了一个寒战。那一刻我羞愧得无地自容，惊觉自己是那么渺小和龌龊，像一个卑微的背叛者，背弃了自己的誓言，背弃了自己的信念，背弃了自己的师长，更背弃了那些九泉之下的战友。

如果真的有另外一个世界的话，孙强和郑勇一定就在某个角落看着我，他们一定会为我刚才哪怕是一闪而过的念头而唾弃我。如果真有另外一个世界的话，当我们百年之后，我该如何面对他们？面对那些牺牲的战友，面对平凉那些与我一起醉过的战士，面对徐卫东、宁志以及程建邦。他们一定会相互搭着肩膀，唱着歌说着醉话，与我擦肩而过，像是从来就不认识我。一定会有人指着我对徐卫东说："看，那是你当年选出来的货。"嘲笑他、讽刺他，让他再也说不出一句硬话。也会有人指着宁志的鼻子说："听说你们是一期的。"他们会从此抬不起头来……

而这一切，都是因为我开了小差。

想到这里，我压抑不住自己手指的颤抖，只能紧紧地攥成拳头，对阿来说："给我根烟。"

阿来应了一声，忙站起身摸出烟来递给我一支。我连废了三四根火柴才把烟点着，吸了一口烟，扬起头，深深地吸进肺里，转过头对周亚迪说："你刚说过，不会让迪哥，哦不对，是鹏哥，你不会让他白死，对吗？"

周亚迪"嗯"了一声。

我说："只要你看得起我，我跟你走。"

周亚迪愣了一下，马上笑了，用力点了点头："秦川，既然如此，我必须得向你坦白，一开始我让赵振鹏去试探你，是为了看你是不是我的仇家派来的杀手，后来我欣赏你的本事。"他说着做了个拳击的动作，"不过现在，我看重的是你这个人。"

　　我想了想，说："我这个人？人品？我可是逃犯。"

　　周亚迪呵呵一笑说："人品好，不一定不犯法。人品不好，不一定会犯法。人在江湖身不由己，我知道你是失手杀了人。我不想知道为什么，但我确定你的初衷并不是为了杀人，很有可能是救人。"他用下巴指了指阿来，对阿来说："你说呢？"

　　阿来有些蒙，愣了一下忙点头说："是是是，秦哥是个好人，是个仗义的人。"

　　周亚迪轻轻地摇摇头，想了想，对我说："他说的这些都不是重点，知道我最欣赏你什么吗？"

　　我看着他，示意他说下去。

　　他伸出两根手指说："两个字，简单。"

　　那两个字像两记重锤重重地砸在我的心坎上，震得我心跳加速——在我来之前，徐卫东也是用这两个字诠释了为什么将我选拔进特案组。

　　我再次去想他是不是另一条线上，也是一个来执行特殊任务的同行？如果刚才他说自己做的事和缉毒警差不多的那些话，只是为自己的行为开脱，那么为什么在对我的判断上，又说出与徐卫东同样的话来？如果周亚迪只是个毒枭，那么他和徐卫东从根本上就不是一路人。

　　这些混乱的想法一次又一次地冲击着我的思路和判断。我低下头把脸埋在两只手掌中，闭上眼，把所有关于这个人的印象快速地过了一遍，还是难以做出什么无可挑剔的判断。

　　"反正你已经决定出去后跟我一起干了，也不用急在这一时把所有疑惑都搞清楚，我们也没多少时间了。"周亚迪又问我，"你的头还疼吗？"

　　我摇摇头，说："那药真管用。"

　　周亚迪起身站在床上，伸了一个懒腰说："时间差不多了，准备走吧。"

　　走？我看了一眼和我同样茫然的阿来，抬起头问站在床上的周亚迪："去哪儿？"

周亚迪说:"出狱。"

"出狱?"阿来先我一步脱口而出,"怎么出?"

周亚迪说:"坐车,从大门出去。"

我见周亚迪没有半点儿开玩笑的样子,有些不敢相信。他在这里的势力不是我能想象的,那我也不相信他真能把一个国家设立的监狱当成旅馆,想来就来,想走就走。最重要的是,还带着我和阿来。

看着我们傻愣愣地看他,周亚迪微微一笑,眼中闪出一道凌人的锋芒,他张开双臂俯视着我和阿来,一字一顿地说:"我,就是这里的国王。"

他站的高度、他的神情和他的语调所散发出的强大气场,使得我浑身一激灵,起了一身的鸡皮疙瘩。那一刻我终于彻底承认,这个人是我无法掌控的,我甚至怀疑之前与他交手都是他在让着我。我不知道是什么给予了他如此的魄力和勇气,这让我宁愿相信他和我是一路的,不然我真的不知该如何去掌控他。那一瞬间,我觉得自己渺小,我努力对抗着这种莫名其妙的自卑,又不知从何做起。我起身也站到床上,双手抱在胸前看着他。很快我就知道,除了身高,我不知还有什么能胜得过他。我多想我的任务只是简单地结果了他,我喜欢那样简单的事——上级告诉我他是坏人,然后赋予我权力去将他制服。可惜,这个任务从一开始就超出了我的能力,甚至是想象的范围。这些天发生的事,根本容不得我去整理、去总结、去计划,一切的一切就像是一个玩笑,一个随时能丢掉性命也不知道是为什么的玩笑。

就在这时,紧锁的铁门哗啦啦一阵响,"咣当"一声打开了。刚才那两个狱警一左一右站在门外,那分明就是为我们让开一条通道,让我们走出去的姿势。

周亚迪收回一只手臂,冲我做了一个"请"的姿势。我低头看了一眼阿来,他像被点了穴似的,满眼崇拜,张着嘴望着站在床上的我和周亚迪,一动不动。

这一看就是早就安排好的,我只能随遇而安。我固然明白自己只是一颗棋子,一颗过了河的小卒,目标就是将军,哪怕过程中诸多差池,也只能前进,不能后退。这是让我咬牙坚持不懈走下去的理由，可是现在，我无形中成了我目标人物的棋子，任凭他摆布。

我和阿来跟在周亚迪的身后，穿过来时的那道走廊，拐过来时的那道弯，回到了医务室。我扫了一眼墙上的一个挂钟，我们在那间屋子里居然待了两个小时，还没到收监的时间。

狱警和周亚迪耳语了几句，走到门口冲外面招了招手，不多时进来六个警察，两人一组抬着三副担架。周亚迪往其中一副担架上一躺，舒服地伸了个懒腰。见我没有动静，他笑着问："舍不得这里吗？"我愣在那里看着担架上的周亚迪，不知所措。他指了指墙上的钟说："抓点儿紧，我们的时间不多。"

我试探着走到一副担架前，看了一眼那几个面无表情的狱警，又朝门外望去，竟然有一辆警用的救护车停在外面。我才明白刚才周亚迪为什么说要从大门出去，他的能耐已经超出我的想象，有本事让他和他想带出去的人如此明目张胆地越狱。

阿来眼巴巴地看着我，在等我的示意。我朝地上啐了一下，躺到一副担架上。阿来见我上了担架，马上也躺了上去。周亚迪说："你好像信不过我？"他手里像是攥着什么东西，伸过来碰了碰我的手。我扫了一眼那几个狱警，其中一个狱警看到了周亚迪的小动作，见我在看他，很快将目光移开。

事情到了这一步，我没有别的选择，我不怕这么出去会有什么危险，只是怕边上这个周亚迪还是假的，我一定会疯掉的。

周亚迪手一松，一个光滑坚硬、一边锋利的东西落在我的手掌上，竟然是当初我差点儿将他杀掉的那半把剪刀。当初情急之下我塞到了他的怀里，原来他一直留在身边。我握住那半把剪刀，忙翻过手掌贴紧大腿，我的能耐还没有大到在监狱里拿着这样一件凶器招摇的地步。

"你有这个东西，在场这些人的命对你而言，还不是探囊取物？"周亚迪笑着伸手过来拍了拍我的胳膊，说，"安心，出去再说。"

4

我紧紧攥着手中的那半把剪刀，就像攥着我最后的一个筹码。如果赢了，我只是成功了一小步，如果输了，我必定会命丧于此。

我们被抬出医务室的时候，我朝监狱的空地上扫了一眼，奇怪的是，还没到收监的时间，居然没有一个人在外面。高墙上岗楼边，几个狱警背着枪，看上去一副无所事事的样子，不知是有意还是无意，反正没有一个人朝我们这边张望。

狱警抬着担架上的我们，放进停在门外的那辆破旧的救护车上。一上车，周亚迪就一骨碌从担架上爬起来，盘腿坐着，手捂着脖子的伤口处，慢慢地活动了几下，然后冲车外的狱警使了个眼色。那狱警冲他点点头，"砰"的一声救护车的门关上了，巨响带着气压震得我耳膜嗡嗡直响。

"操你妈的，你轻点儿。"周亚迪伸出脚对着车厢"咣"的就是一脚。我和阿来被他激烈的动作表情惊呆了，默默地对视了一眼。在我们看来，能从这里安全地出去，还有车相送，已经是难以想象的奢望了，谁还会在乎乘坐环境和舒适性。

车子启动了，缓缓地拐了一个弯朝前驶去，我的心居然随着引擎的轰鸣声激动地跳了起来。周亚迪嘟囔着回头看了我们一眼，突然冲我们吐了吐舌头，淘气地一笑，说："太兴奋了，难道你们不高兴吗？"

我说："要出去了，当然高兴。"

周亚迪冲我摆摆手指："我高兴的不是这个，而是出去后能和你一起做点儿事。"

我说："那么，真的不带其他人出去了吗？"

周亚迪点点头，"除了你，我现在谁都信不过，包括阿来。"又扭头对阿来说："要不是秦川，我是不会带你的，所以如果有一天你背叛他，就相当于背叛我。"他不等阿来说话，笑笑说："不过我估计你不会，敢替他顶罪，刚才还敢跟着我们进那间屋子，看来你很在乎他。"

阿来说："谢谢迪哥，我知道我这都是托秦哥的福，他是我的贵人，救过我的命。我曾经对不起他，他没有跟我计较，我再做什么对不起他的事，还算是个人吗？"

周亚迪笑着对我说："现在知道你的本事了吧？"

不知为何车子停了下来，我紧张地握紧手中的半把剪刀盯着车门。周亚迪说："别担心，出门得走个程序。"

车子很快又启动了，我放松了神经，有些尴尬地对周亚迪笑笑，感觉车速明显快了起来。我通过自己在车子行进的惯性下晃动的方向，努力辨认着车子行进的方向。

我看了一眼周亚迪，他双手抱在胸前，闭着眼养神。

我不知道这车子最终要把我们带到哪里去，不知道自己位置的情况对我来说，是最没有安全感的条件之一。我也不知道程建邦现在在做什么，是不是知道我已经离开监狱的消息。如果不知道，我该怎么与他取得联系。这一切变化得太快，程建邦肯定也无法预料到……

嗒嗒几声枪响骤然响起，我手臂上随之一麻，来不及查看阿来和周亚迪，就感到车子一歪，整个车急速地翻滚起来。我们三人像骰盅中的骰子，在这车厢内翻滚着、胡乱碰撞着。我顾不上其他人，车厢内根本找不到可以下手抓稳的地方，我只能蜷起身子用一只手紧握着那半把剪刀，另一只手护着自己的头。在翻滚到第二圈的时候，我终于抓住了座椅下的一根横档儿。这期间，我听到了阿来痛苦的闷哼声，却听不到周亚迪的一点儿动静。周亚迪可不能死，至少，现在不能死。

车身终于停止了翻滚，我们三人像是空筐里的烂菜叶，贴在车厢里不同的角落里。我的手臂上有一处枪伤，试着活动了一下手指，慢慢舒展全身。剧烈的连续撞击后，我最担心的是自己的骨骼或神经受损伤，在这种地方，这种情形下，我宁可死也不愿残。

我确认了自己身体没有大伤之后，正想去看看周亚迪和阿来，一阵急促的脚步声从外面传来。本来我的第一反应是狱警冲上来了，很快又否定了自己的想法。一路走来，周亚迪似乎对那座监狱玩弄于股掌，那么来者有可能是周亚迪的仇家。此时我倒宁愿来人是狱警，那样我们都有生还的可能，如果是周亚迪的仇家，今天八成是要把命丢在这里了。

我扫了一眼车厢内一动不动的周亚迪和阿来，用脚踢了踢，毫无反应。我攥紧手中的半把剪刀，叫了两声他们的名字，还是没有一点儿动静。我不禁有些心凉，长长舒了一口气调整着呼吸，静静等着车门被踹开的瞬间。或者，他们连车门都不会踹开，只消对着车厢一顿乱枪就足以要了我们的命。我的心跳越来越快，几乎要从嗓子眼里蹦出来，我不知道我在等待什么。

我耸起肩头擦了擦额角淌下的汗水，摸索着又从衣角取出那根小铁棒，将系在上面的布条在中指上绕了几圈，夹在手指中间，将尖头冲外。我甚至张开嘴活动了几下腮帮子，很有可能，我嘴里的牙齿是我最后的武器了。

我现在的样子像极了一头关在笼中愤怒的野兽，不论是谁打开车门看到这个样子，正常反应肯定是攻击。如果我就这么站着，外面的人直接朝里面开枪的话，死都不知道是被谁杀的。秦川，你不能紧张，你的任务还没有完成，你的抱负还没有实现，你的生命已经不属于你，你没有资格去鲁莽地拿自己的生命冒险。

我慢慢蹲下身子，依靠在车门的地方躺下。这样只要外面的人一开门，我会第一个滚出去。他们一定下意识地让开地方让我着地，幸运的话，他们会以为我已经死了。就算他们往里开枪，也会大大地降低命中率。只要我知道外面冲我们开枪的是什么人、有多少人、谁是头目，我就明白自己该如何去战斗。

车门外的脚步声停了下来，竟然没有一个人说话。只有训练有素的有组织、有纪律的人才会这样，看来来者不善。

有人走过来开门了，车厢经过剧烈翻滚已经严重变形，那人连着扳了好几次，拽得车厢来回晃也没有将车门打开。然后有重物砸门的声音，力道很大，没两下，车门"吱"的一声裂开一道缝，一股凉风从缝隙中灌了进来。我眯着眼平稳着呼吸，准备在车门被拽开后的第一时间着陆。

"咣当"一声，车门被车外的人拉开来。我就势面部向下，整个身体朝外滚了出去。果不其然，车外的人吃了一惊，退了一步给我让出了着陆的地方。我的脸埋在又湿又腥的泥土中，在来人将我翻正的那一瞬间，我决定睁着眼。那样会让我看起来更像是一个死人，也能准确地观察到自己面临的是怎样的状况。

不能眨眼，不然就死。我给自己下了这个命令的同时，就被人翻了过来。我屏住呼吸，清晰地感觉到睫毛上还沾着泥沙。走过来一个人，站在我身边，皮靴就贴着我的脸。他用脚在我脸上踢了几下，将我的头来回拨弄了一下。我彻底放松眼球的神经，任由他摆弄。在我的头侧向外面的一瞬间，我看到了来人居然是狱警，一共有六个人，每个人手里都有枪。

用脚摆弄我脑袋的，就是那个监狱长。

一个狱警跨过我钻进车里，不多时对车外说："这两个还有气儿。"

我心中一喜，看来阿来和周亚迪都还活着。

监狱长说："解决掉。"

周亚迪不能死，他如果死了，我活着还不如死了。这时候已经容不得仔细考虑了，我猛地伸出手一把将监狱长的双腿紧紧抱住，就势起身用肩膀抵住他的膝盖朝前拱去。在他摔倒的瞬间，我蹿上前一手锁住他的脖子，身子借力垫在他的身下。另一只手将那半把剪刀紧紧地贴在监狱长的颈动脉处，这样一来，他的整个身体躺在我的身上，完全挡住了我的身体。

我大喝一声："都别动。"

在场的所有人被我这突如其来的一连串动作惊呆了，他们不是不敢动，是根本还没反应过来。我将剪刀交换到锁他脖子的手中，空出一只手将监狱长手中的手枪夺过，抵在他的腰眼上说："让他们一个一个慢慢地把枪丢进车里，在前面背朝我站成一排。不然，你挨的下一枪就不是这里了。"说完，我就对着他的大腿开了一枪。

我的目的是尽快解除威胁，赶紧带周亚迪和阿来离开这里。我不知道自己有多少时间，所以动作必须快。这一枪就是明确告诉他们，我不想跟任何人谈条件，不允许任何人违背我的指令。

监狱长浑身一颤，喉咙里哼了一声，咬着牙对其他狱警说："按他说的做。"

两个狱警一个接一个地将枪丢进车里，轮到第三个时，我明显看到他握枪的手不像是想要把枪丢出去，而是时刻要抬起枪扣动扳机的样子。从他时不时会朝我这儿瞄一眼的情形来看，这也绝不是个省油的灯。他距离车厢还有不到三步，他的小动作一定会在这三步之间完成。我没时间猜测他为什么打算豁出监狱长的命，我只知道我需要在他迈出第二步的时候拔枪朝他射击。第一步，我暗自舒展了手臂和手腕，悄然瞄准他的头部。在他刚要迈出第二步的时候，我猛地伸手将枪口对准他。果然，在我扣动扳机的瞬间，他抬起了枪转身。只可惜，他的枪口还没来得及对准我，我枪里的子弹已经射进了他的头部。

他应声倒地。

"照我说的做，别动小心思，丢了命，不值得。"我用枪口指了指剩余的三个狱警，凑在监狱长的耳边说，"看到没，你的手下有人想要你的命。"

监狱长呻吟了一声："你现在说什么是什么。"他头上大滴的汗滴在我的脖子上，我知道他腿上的那个枪伤开始来劲儿了。他的身体有节奏地颤抖着，那是肌肉受到重创后的痉挛所致，不是他能控制的。但是他的身体时不时地抽搐，使得我不得不放松手臂，不然很容易将那半把剪刀扎进他的脖子。

就在我稍微松了点劲的同时，他猛地一抬头，后脑重重地砸到了我的面门上，因为我躺着的缘故，鼻血直接从鼻腔往里倒灌，呛得我眼前一黑。第二下很快就来了，正砸中我的脑门，我的后脑再次重重地砸到地面上。瞬间觉出脑袋里像是有一根牵动着我所有神经的筋开始猛烈地抽动，每一下都像是能立刻要了我的命。

我的鼻腔和口腔已经灌进了鼻血，这第二下的攻击使得这些鼻血直接冲向气管，我不得不侧过头将一口血喷了出去。他就势挣脱了控制，朝一旁滚去。我忍着汹涌而来的头疼，努力清醒了下头脑，伸出枪朝那边几个人影射去，那三个人纷纷倒地。我咬牙半蹲起来，忍着头疼用枪去找监狱长，他已经绕到我的一侧，摊开双手，驼着背，侧着身子不敢动。

我扭头朝地上又啐了一口血，心想，我必须不顾一切后果地结果了这个人才行。他带着这些人明显不是来抓捕我们的，从他让一个狱警了结还在昏迷中的阿来和周亚迪时，我就知道了，他们是来要我们的命的。如果我没有猜错的话，周亚迪才是他们的目标，我和阿来不过是陪葬的而已。事情走到这一步，已经到了不是你死就是我亡的地步。

剧烈的、难以忍受的头疼迫使我坚定了处决他的决心，只有解决了他，我才能服用周亚迪给我的止疼片。再拖下去，不等监狱长动手，我就被活活疼死了。

我猛地扣动了扳机。

枪没有响，那一刻我的心脏几乎骤停，居然没子弹了。看来，他之前用这枪对着我们的车开过枪。我咬牙喝了一声，使出浑身力气从地上弹起，将手里的半把剪刀朝他致命的地方刺去。可我的头此时却像灌满了铅似的，将我腾起的身体狠狠地往下拽，拽得我眼前一阵接一阵地发黑。

我只觉手腕上一震，手一松，那半把剪刀飞了出去。监狱长在我放空枪的瞬间已经反应过来，抬脚踢中了我的手腕，接着一脚狠狠地踹到我的头上。我觉得自己像是从树枝上掉落的一片树叶，随着秋风，轻飘飘地飞了出去，慢慢地落在地上。我睁着眼，眼前却白花花一片，我似乎看到一个黑影朝我袭来，我却无能为力。我连蜷起身体、护住自己要害的力气都没有了。

老徐、宁志和建邦，对不起，我失败了；我的亲人和朋友，永别了；郑勇、孙强，我来了。我没给你们丢脸，我用我的生命坚持到了最后……

有人揪着衣领把我从地上拎了起来，我听到他在呵斥着什么，那声音遥远又模糊，好像是从另一个时空传来。我的腹部被人在用膝盖一下又一下地撞击，我觉不出疼痛。我只想这一切快点儿结束，让我好好睡一觉，我好累。

我好像没有了呼吸，却一点儿也不渴望空气，因为我明白，只要开始呼吸，我就会醒来，我就会疼，就会累。

我被他放倒在地上，面朝着地面，他骑在我的背上，揪着我的头发把我的脑袋提了起来。那一刻，一口气被我吸入，眼前满是陌生的山和树，灰蒙蒙的云层遮蔽下，我看不到太阳，也看不到蓝色的天空。监狱长嘴里不停地咒骂着，喘着粗气，一手扳住了我的下巴，一手扳住我的后脑。

我知道，一切就要结束了。

我想起了那个被我扭断脖子的少年杀手的睫毛，想起了死在洪古枪下的郑勇……

5

不，我不能死，九泉之下的郑勇还不曾瞑目，如果他问起我有没有给他报仇，我该怎么说？

想到这儿，我浑身一激灵，瞬间所有的疼痛全部袭来。我稍一使劲儿吸气就发现自己的肋骨断了很多根，如果我用力，那些断裂的肋骨就会像一把把钢刀刺穿我的内脏，那样的话不用监狱长动手，我也会死去。

我不想死去，也不能死去，我甚至想如果再给我一个机会，我就会跪下来求监狱长放过我。但是现在，我别说说话，就算是呼吸都困难。

我知道骑在我身上的敌人正在平稳自己的呼吸，等他喘匀了气，手上就该使劲儿了。我想，这是我在这个世界上最后的几秒了。

郑勇，对不起，原谅我！

这是我对这世界最后的遗言。

　　我的脖子不能活动，只能把目光落在离我最近的一棵树的树梢上。那一刻整个世界是安静的，安静到忘记耳朵的存在，忘记所有有关声音的记忆，就好像这个世界本来就没有任何声音。我，静静地等待着死亡的来临。

　　耳边"嗵"的一声，我脖子上的压力瞬间就消失了，我背上的人跟着飞了出去，牵连着我也翻过了身子。一个矫健的身影，连拳带脚，连肘带膝，招招致命地将刚才骑在我背上的监狱长打得毫无招架之力，就连摔倒的机会都没有。

　　浑身的剧痛让我没办法动一下，只能躺在地上看着那人将监狱长打成了一摊烂泥，最后才给了监狱长致命的一击。那人往监狱长的尸体上啐了口唾沫，转身朝我飞奔而来。我才认出，居然是程建邦。

　　像上次在监狱中见到他一样，我的眼泪夺眶而出，而每一次哽咽都牵动着我浑身剧痛。从来没见过程建邦这副神情，皱着眉头、满脸焦急和内疚的样子。他蹲下身来回打量着我全身，急切地问："哪里受伤了？"

　　我说不出一句话，只是看着他。

　　他眼眶一红，转过脸去抽了几下鼻子，咳嗽了几声，才转过头来："对不起，我来得有点儿晚。"

　　"你怎么来了？"说完我就后悔了，多么没有意义的一个问题啊。我要抓紧时间跟他汇报情况，我赶紧组织好语言说，"车上那个才是周亚迪，以前那个是他的替身，他应该已经信任了我，带了我越狱的，结果……"

　　他说："别说了，我带你去找医生。"

　　我说："不行，我们费了这么大劲儿就是为了今天。我可能断了几根肋骨，我口袋里有止疼药。你帮帮我，我要跟周亚迪上山。"

　　他终于没有忍住眼泪，一滴泪水滚烫又沉重地坠落在我的脸上。他哭着从我的口袋里摸出药瓶，看了一眼说："哪儿来的？这是德国最新的止疼药。"

　　"周亚迪给的，给我两片。"胸腔痛得几乎不能做吞咽的动作，我将药片硬吞下去，说，"你去看看那两个什么情况，不能让他们看到你。"

　　程建邦点点头，跑了两步钻进车里，约莫两分钟后返了回来，"放心，一时半会儿醒不来，也死不了，我帮你检查下伤。"他一边摸着我的肋骨一边观察我的反应，最后说，"你必须得去医院，你动不了，跟我走吧。"回头看了看那辆车，"我再想办法，一定还有别的办法。"

我千辛万苦付出这么多得到的战果，怎么可能就这么放弃？我顿时急了："不行，放弃这个机会我宁可死在这儿，他们那里一定有医生的，你在暗处掩护我，让他带我上山，他一定有办法的。你赶快隐蔽起来，我估计接应他的人就快到了。"

程建邦一瞪眼："你他妈不要命了，我们不差这一个机会，为这事把命搭上，值得吗？"

我说："值得，我已经为这个机会差点儿搭了几条命进去了，不差这一次，帮我！"

程建邦看着我，终于点头了，"理解你，尊重你。"他始终很警觉地在听着四周的动静，既然决定了，他迅速恢复了坚定的表情，利索地捡了一支枪塞到我手里，说，"你用这个叫醒他们吧，我在暗处掩护你。"

他站起身要离开，走了两步又停了下来，对着地上的我敬了一个标准的军礼，扭头三步两步钻进了丛林中。看着他的背影，我的体内突然充满了力量，眼泪大颗大颗地往外滚。

我抬起胳膊抹了抹脸，举起枪瞄向那辆四轮朝天的破车，对准轮毂扣动了扳机。我已经无力握紧那支枪，开枪后的后坐力变得格外地强烈，枪托后撞碰到了我的软肋，剧烈的疼痛让我半天没喘过气来。想到战友就在不远处的丛林中掩护着我，我觉得莫大的幸福，就好像孤军作战了很久，就快要忘记了战斗的意义，马上就放弃继续战斗时，发现一直有人在身后看着我。那一刻，我觉得自己是真正的英雄，他的目光胜似亿万人的欢呼、掌声和鲜花。

车里还是没动静，我握紧了枪打算再开枪。这时车厢开始晃动起来，我虚弱地喊了声："出来吧，是我，没事了。"

先探出头来的是周亚迪，他一手扒着车门一手捂着头，看来还在犯晕。看着满地的尸体，他很快就反应了过来，快步跑到我的身边说："你怎么样？"

我笑着摇摇头说："迪哥，我不能动了，可能不行了，你快走吧。"我想，如果他真的放弃我自己走了，我就只能听从程建邦的安排回去先养好伤。一旦他依然要带我上山，就证明我留下来的决定是正确的，他已经真的把我当作自己人了。

周亚迪猛地站起身来，跑回车内把还昏迷着的阿来拖了出来。阿来被连拖拽地一阵折腾，这才清醒了过来，龇牙咧嘴地揉着脑袋，对着眼前的一切发呆。周亚迪指着我对阿来说："在我回来前，照顾好你秦哥，不然我杀你全家！"他对着阿来的屁股踹了一脚，阿来一个趔趄差点儿摔倒，稳住身形才看见地上躺着的我，急忙跟跟跄跄地跑了过来。周亚迪指着阿来说："等我！"然后抬起头，原地转着圈四下看了看，选了个方向三拐两拐，消失在丛林中。

阿来大概被我浑身的血吓到了，扎着两手想来扶我，带着哭腔说："秦哥，你怎么了？"

"别碰我。"我喝住阿来，"别废话，帮我看看这车是从哪里翻下来的。"

周亚迪很快从树林里钻了出来，一边朝车内跑一边招呼阿来："过来帮忙！"先钻进车里拖出一副担架来，阿来赶紧上前帮忙。他们将担架放到我身边，周亚迪双手从我腋下穿过钩住我的双臂，又对阿来说："你抬脚，我喊一、二、三，一起用力。你手底下敢给我软一下，我现在就要了你的命。"

阿来忽然安静了下来，看了一眼周亚迪说："我也很关心秦哥，我说了我欠他太多，而且越来越多，如果可以，我宁愿现在躺在地上的是我。所以我全力救秦哥并不是因为怕你杀我全家或是我。"说完他没有理会愣住的周亚迪，也不等周亚迪回话，低下头双手搂住我的两个膝盖，说："喊吧。"

周亚迪低下头抓紧我，两人随着号令一起使劲儿，将我放到了担架上。他们抬着我钻进了树林，丛林里各种灌木和植物枝叶繁茂，我能感觉到他们走得很吃力，偶尔一点儿颠簸都会让我疼得撕心裂肺。我忍着没有叫出来，那只会让他们更加畏首畏尾。

周亚迪说:"秦川,我欠你一条命,大恩不言谢。这里的地形我熟,你稍微坚持一下,我就能找到接应我们的人,你千万不要睡觉,和我们说话。"

我打起精神说:"刚才那些人是想要了我们的命,为什么?他们是狱警,我们已经没有反抗能力了,他们把我们抓回去不就行了吗?"

周亚迪说:"一言难尽,等回去我慢慢跟你说,现在你知道那些人是多想要我的命了吧。哼,他们可真舍得下血本,不过这次他们赔大了。秦川,你是他们的克星,哈哈哈。"

我的意识越来越模糊,只要一睁眼,耳内就会响起不知哪里来的轰鸣声,吵得我连呼吸都觉得困难。更加沉重的是我的眼皮,我知道,如果我睡着了,可能就再也醒不来了。

更要命的是,寒冷。

我抑制不住地颤抖,连牙齿都开始打架,颤抖带来的钻心的疼痛几乎让我放弃了撑下去的信念。

周亚迪停了下来,警惕地四处张望了一会儿,说:"我好像听到了什么动静,阿来,你听到了吗?"

阿来喘着粗气,好一会儿才把气喘匀:"没,没有,可能,是猴子吧。"阿来用肩头蹭了蹭脸上的汗,这才注意到我的反常,紧张地问:"秦哥,你怎么了?迪哥,你快看。"

周亚迪指挥着阿来把担架放到地上,上前用手刚碰到我的脸,触电似的把手抽回,"怎么这么烫?"他拍着我的脸说,"秦川,你不能睡着,你坚持下,很快就到了,我那里有最好的医生。"

我的意识已经有点儿模糊,刚才周亚迪说有什么动静的时候,我知道那是程建邦,我从未在同一时刻距离他们这么近——我挣扎在阴阳两界的边缘,一边是郑勇和孙强,另一边是丛林里一直跟着我保护我的程建邦。是的,我的战友,我的兄弟就在不远处看着我。

担架再次被抬起,继续在丛林里颠簸。

"秦川，坚持住，别睡啊，睡了就是死，这世界好玩得很，你见过什么啊？你有过女人吗？有过几个女人？你知道不同国籍、气质和性子的女人之间有什么区别吗？"他不停地唠叨着，试图用这些刺激我的神经，不让我睡去。

秦川，你要坚持住，你走到这一步是拿命换来的。北边就是你的祖国，那片土地上的人民正面临着毒品的侵蚀，将有成千上万的家庭会因为那些粉末毁灭。那些人可能有你的朋友，有你儿时的玩伴，也可能只是在长安街上查你身份证的大妈的儿子，或是那个保安的哥哥……你的职责是保卫他们。我想着这些，咬紧牙，不停地眨着眼，转动着眼珠驱散困意。

秦川，全靠你了，你不能功亏一篑，我们已经牺牲了很多战友和兄弟，更多战友的兄弟已经整装待发，只等着你的消息，然后将他们一举歼灭。你不能睡着，你得去战斗！那些与我并肩作战的战友的影子不停地在我脑中快速地晃过，不论我如何集中精力都无法看清他们脸上的表情，但我听得到他们对我的叮嘱。

担架猛然一斜，阿来"哎哟"一声一个跟头摔倒在一边，我从倾斜的担架上翻滚到旁边的灌木丛里。腹部一阵钻心的痉挛，一口鲜血翻涌着从嘴里喷了出来。

那一刻，我唯一担心的是程建邦会按捺不住从隐秘处蹿出来。

我再也撑不住了，那口血像是我最后的一口气，飞溅到面前的一丛野草上。血珠一颗颗红艳艳、亮晶晶地滑到草尖，悠悠地坠落在泥土中。

似乎有只无形却无比有力的手，正拽着我的灵魂帮我脱离这令我痛苦的躯壳。隐约中，我听到阿来，或许是周亚迪正嘶喊着我的名字。我最后的意识还是担心程建邦会忍不住跳出来，接着就什么都不知道了。

第八章
我喜欢简单的人

1

如果，生命不止一次，我会选择一次用来享受人生，一次用来保家卫国，一次用来功成名就。但是生命只有一次，我走上了不前不后的中间那条路。

我曾问过自己，如果可以重新选择一次，是否会放弃明媚的阳光、青草的清香和爱人与孩子的笑声？是否会放弃名车豪宅、鲜花掌声和闪光灯？是否还会毅然决然地走上这条满是鲜血与尸体、阴暗与丑恶、死神无处不在的荆棘之路？

我想，我会的。因为抛却信仰和忠诚之外，我一无是处。

当我从昏迷中第一次醒来时，身边多了好些人，那些人我都不认识，他们相互换着手抬着我，速度明显比之前快了很多。阿来和周亚迪一左一右扶着担架跟着跑，周亚迪不停地叮嘱着："稳一点儿，稳一点儿。"

阿来第一个发现我睁开了眼，张着嘴巴看着我一句话也说不出来。周亚迪是第二个，他在说着什么，我听不清，继续昏昏沉沉地睡去。

我从来没有赶过那么漫长的路，而且还是被人抬着的情况下，好似那条路永远也走不到头。真的好累。

伤痛掺杂着绝望战胜了我的所有坚持，那一刻我想放弃所有，包括我的生命。

再次恢复意识时，我清晰地听到有金属轻微触碰时发出的声音。头顶有一盏无影灯，强烈的光线亮得眼睛生疼，几个人围着我低声交谈着，紧张地忙碌着。我不知道这是哪里的手术室，也不知道在外头守候的是程建邦还是徐卫东，或者是周亚迪。我只知道，我可能死不了了。

我无力去观察手术室的环境，又睡了过去。不知过了多久，一个人拍着我的脸叫着我的名字，我忍着强烈的睡意睁了睁眼，推着我的车七拐八弯终于进了一间病房，几个人合力将我平移到了病床上。沿途经过的建筑都是竹木结构，被粗大的原木柱支架在地面上。这种建筑让我觉得一点儿安全感都没有，即使是一颗步枪子弹，都能轻松穿过几层墙壁，一旦发生枪战根本没有绝对安全的隐蔽点。

等嘈杂的人群终于散开，周亚迪走了过来。他还穿着那身囚服，灰头土脸地看着我，一脸的疲惫。见我能认出他来，眼里掠过一丝光，笑了。

阿来站在他身后龇着牙也冲我笑，说："秦哥，没事了，医生说没事了。"周亚迪有些不耐烦地白了他一眼，阿来抓抓头缩着脖子往后退了一步。

周亚迪不可思议似的摇摇头，啧啧赞道："你身体可真好，医生说换别人早完了。"扭头对身后说："他是我的救命恩人，我要你帮我照顾好他。"

我这才看到他身后站着一个个子非常娇小的小女孩，约莫十七八岁，她听了周亚迪的嘱咐，使劲儿点了点头。"你好好休息，我得去收拾一下。"周亚迪上前轻轻拍了拍我的肩膀，转身给阿来使了个眼色，离开了病房。那女孩对我笑了笑，两手交叉摆在小腹上站在一旁，盯着输液管里的点滴。

医生说可以睡了，我再次昏睡过去。等醒来的时候是被真切的疼疼醒的，窗外已经黑了，病房角落的桌子上亮着一盏台灯，昏黄的灯光恰到好处，既能看到屋里的一切，又不影响睡眠。那个女孩子蜷着身子坐在张小凳上，头埋在手臂里，长发像匹发光的黑色绸缎盖在她身上，看样子是睡着了。

我口渴得厉害，但微微一动浑身就疼痛难忍。没想到，我这么轻微的动作居然惊醒了那个女孩，她猛地抬起头，睁着惺忪的睡眼，将头发捋到耳后，赶紧站起来查看我。

我说："我想喝水。"

她笑着摇了摇头。

我说："阿来呢？"

她还是只是看着我笑。

这人可能听不懂中国话，我伸出能活动的那只手比画了一个喝水的动作。她学着我的手势也做了个喝水的动作，笑着摆摆手，站在一边微笑地看着我。

我实在无力跟她费劲儿比画，自己伸手慢慢掀开被子一角，我身上裹满了纱布，前后都上着夹板。看来我一时半会儿是行动不得了，越是这样我越觉得口渴，鼓了半天气，我放大了音量喊："有人吗？"

她朝门外看了看，又看着我还是一言不发。我想接着喊，可怎么也攒不足一口气，只好作罢，心想挨到天亮总会有个懂我话的人来。我心中暗自骂道：操他妈的周亚迪，找了个白痴照顾我，居然还好意思说我是他的恩人。我冷冷地看了一眼那个女孩，咂了咂干涸的嘴唇，只能闭眼睡去。

那一夜我梦到徐卫东办公桌上的那只瓷茶缸，满满一杯水，面上漂着几根茶叶。我站在桌前看着徐卫东埋头看文件，他许久不理我。我渴得实在难受，向他打了个立正说："报告，我想喝水。"

他头也没抬，指了指那只茶缸，继续看文件。我端起那杯茶，谁知烫得下不去嘴，好不容易喝一点儿，还全是茶叶。我连连呸着嘴里的茶叶，一着急，醒了。

一睁眼，天已经麻麻亮了，那女孩还坐在床边，见我醒来对我一笑，端起床头的一杯水插上吸管递到我的嘴边。我一口叼住吸管就是一顿猛喝，刚没喝两口，吸管就被她抽走了。我咽下口中的水疑惑地看着她，她伸手在自己的喉咙处轻轻地捋了几下。我明白她是要我慢慢喝，也一下明白过来，万一呛到，我这一身的刀口哪咳嗽得起。也知道了昨晚她为什么不给我水喝，刚做完手术是不能喝水的。我尴尬地对她笑笑算是道歉，错怪她了。慢慢喝完水，女孩又拿过温热的毛巾帮我洗了脸。她的动作特别轻巧，在病房里细碎地忙碌着也不发出一点儿声音。

外面传来了脚步声，女孩侧着脑袋听了一下，快步走到门口拉开了门。门外站着一个男人，身后跟着一个医生模样的人，还有几个大概是随从。

若不是这人走到我床边开口跟我说话，我一时都没认出来他就是周亚迪。他理着很精神的寸头，穿着件干净宽松的白色休闲衬衫，下身是一条淡蓝的牛仔裤，脚上蹬着一双皮质凉鞋。儒雅得像个大学老师。

他一进门走过来就问："感觉怎么样？"不等我说话扭头又问那个女孩："他昨天休息得好吗？"

女孩笑着点点头，眼睛在清亮的晨曦照耀下闪动着灵气。

"啊？她听得懂中国话？"我问道。

周亚迪呵呵一笑，回头看了一眼那个女孩说："她就是华人。"

周亚迪站到了一边，他身后的医生上前来搭着我的脉搏看着手表，翻翻我的眼皮问："放屁了没？"

"啊？"我以为我听错了。

医生又问："放屁了没有？术后排气。"

我想了想说："没有。"我不记得自己放过屁，而且就算放了，我也不会跟他说啊。

谁知那个女孩拽了拽医生的袖子，点了点头。

那医生确认道："放了？"

那女孩子又点点头。

此时，我意识到两件事：第一，这个女孩是个哑巴；第二，我昨晚睡着后放屁被她听见了。

阿来拄着双拐从人群中挤了进来，跟我打招呼："秦哥。"

我冲他点了点头："你的腿怎么了？"

周亚迪看了一眼阿来，对我说："你放心，我不会亏待他的。"

阿来说："我坐牢之前腿就受了伤，他们没有给我好好治。这次得多谢迪哥，找医生帮我重新治伤。"

我说："你好好养伤吧。"我们说着话，那个女孩上前帮我掖了掖被角。我又想起刚才说放屁的事，顿时不知该用什么样的表情面对她了，一句"谢谢"卡在了喉咙里没说出来。

我正尴尬着，医生跟周亚迪低声说着话，这时屋外又传来一阵闹哄哄的嘈杂声。周亚迪微微皱了一下眉头，门外一个随从快步走了进来对周亚迪低声说："胡经来了。"

周亚迪嘴角微微一撇，眼中闪过一丝杀气，随即转回了招牌式的微笑。

一个四十岁左右、染着黄色头发的男人大步迈进病房。这人脖子上一条粗大的黄金项链，手腕上戴着一串不知什么材质的通体黑亮的大佛珠，扑面而来一股莫名的嚣张气势。他进门来快速地扫了我一眼，很快转头表情夸张地看着周亚迪，"我靠，这才是迪哥真身啊？我他妈的居然被那小子骗了那么久，我就说，他那个气质怎么看也是个跟班。"他说着又退后一步，上上下下打量了周亚迪一遍，嘴里啧啧地说，"就是不一样，王者风范啊！"说完弓着腰对周亚迪伸出手，"我是胡经，以后多关照啊。"

周亚迪没有握胡经的手，双手抱在胸前微笑着说："久仰。"

胡经悬在空中的手一握，伸出食指指向我说："听说迪哥回来的路上遇到了麻烦，多亏你，听说你很能打！"

我来之前没有听过胡经这个名字，听他话里的意思，他应该也被赵振鹏假扮的周亚迪糊弄了很久，那么这个胡经很有可能就是周亚迪口中的仇家。我见周亚迪并没有给他好脸，猜想这两人连面和都做不到了，那我也没必要给他好脸，这样做才能显示我对周亚迪的忠诚。

况且这次差点儿要了我的命的，应该就是这个叫胡经的人。我见他还等着我说话，攒了一股劲儿，放了一个响屁，转头问医生："可以吗？"

那医生点点头说："好好休息。"冲周亚迪也点点头，离开了病房。

胡经冲我扮了个鬼脸，笑了笑。

周亚迪说："你花了不少钱吧。"

胡经直起身子说："对啊，为迪哥接风多大的排场我也愿意，我来就是想问迪哥哪天有空，我给你接风！"

周亚迪站在原地没动，还是双手抱在胸前，"你接我出狱，用得着那么大排场吗？花点儿钱就算了，还损失那么多条人命。"周亚迪顿了顿，不等胡经打哈哈，又说，"这么大场面玩砸了，居然一点儿没影响你的心情，你还真是海量。"

胡经明显尴尬起来，还是强挤着笑说："迪哥话里有话啊。我不像你在外国上大学，我可没怎么读过书，听不明白。"

周亚迪说："下回找人，找点儿能干的，不然你的面子虽然不算什么，可白花那么多钱，我都替你心疼。"

胡经仰头打了个哈哈，说："迪哥，你这么说可就不对了，你的意思是我找人去杀你？你看看你，多树大招风啊，在自家地盘上混都用替身，瞒了大家这么久。谁知道你在外面还得罪了什么人？可不能把这事栽到我头上。我上个月在澳门还差点儿被车撞到，我能说那是你迪哥派人干的吗？"

周亚迪一下板起了脸，阴沉地说："你没说错，还真是我找人干的，所以以后你出门都要小心了。"他抬眼看了看胡经身后的几个手下，"包括你身边的人。"

说完话周亚迪脸上又恢复了笑容，眼神里多了几分轻蔑。胡经忍不住回头扫了自己身后几个手下一眼，抓抓头笑着说："迪哥真会开玩笑，是不是你们在外国读过书的人都那么幽默？"他走到我床边，用手指戳了戳我的肚子，"还疼不疼？"

我忍着疼痛，冷冷地看着他，一言不发。

"我靠！果然是条汉子。"他凑近我的脸低沉着声音说，"你，不过是他的一条狗。"

我与他对视着，整个病房安静了下来，静得掉根针都能听到声音。突然，我对着他，猛一张嘴"汪！"的一声，吓得他浑身一哆嗦，往后退了一步。

周亚迪第一个哈哈笑了起来。

胡经狠狠地剜了我一眼，又笑了，"我靠，对了，我差点儿忘了，我爸爸过几天过大寿，我得去准备准备了。"他大笑着朝外走去，走出门口，又将头探进来对周亚迪说，"还没有问周伯父的身体现在怎么样？"

周亚迪虽然还微笑着，但我清楚地看到他额角的青筋跳了几下。

胡经一拍脑门又说："哎呀，我差点儿忘了，伯父好像刚刚过世，啧啧啧，好惨啊，节哀顺变哦，迪哥！"

胡经哈哈大笑着，带着手下扬长而去，离开很久都还能听到他的笑声。我好像明白了些什么，又不能确定。我能肯定的是，周亚迪加深了对我的信任和依赖。这就足够了，他们之间的恩怨暂时对我并不重要，我相信周亚迪会更快告诉我内情。

2

胡经离开好一会儿了，周亚迪都还没有缓过劲儿来，一动不动地站在那里，脸上青一阵红一阵的。我从来没见过他这个样子，看来刚才胡经的挑衅着实戳中了他的软肋。

房间里所有的人都悄悄地不敢出声。我猜测周亚迪父亲的死，是不是和胡经有关系？看这两个人水火不容的架势，牵涉的事必然也小不了。来之前，我以为周亚迪就是这里说一不二的老大，只要搞定他成为他的心腹，很快就可以给上级交一份满意的答卷。现在看来，我之前做的那些，不过是一个序幕而已。

周亚迪闭上眼身形一晃，若不是那女孩手疾眼快将他扶住，怕是他会直接摔倒在地上。其他人这才反应过来，赶紧围上去将他扶出病房。临出门他对那女孩子挥挥手，指了指我说："照顾好他。"那女孩点点头，留了下来。

我不禁对这个女孩和周亚迪的关系产生了一丝好奇。要命的是她是个哑巴，沟通起来要比和常人沟通费事很多。她对周亚迪这么唯命是从，周亚迪对她也是信任有加，保险起见，我不能直接从她嘴里套什么话。周亚迪自始至终都没有正式跟我介绍过这个女孩，我想他有他的考虑。不管这女孩是真的派来照顾我，还是派来监视我的，我都只能先接着。

接下来半个来月的时间里，我只能那么躺着任人摆布，没有出过这间病房。

周亚迪每天会来看我一次，总不忘带来一罐补汤，亲自看着那女孩喂我喝完，然后跟我说几句闲话。他的形容越来越憔悴，坐在那里都显得心事重重，离开的时候也是步履匆匆，但每次都不忘叮嘱那个女孩好好照顾我。他看我的眼神中偶尔会露出一丝殷切的希望，又转瞬即逝。我想，他一定是遇到了很大的麻烦。

一天上午，医生告诉我可以挂拐下床活动了，兴奋的我在那女孩的帮助下，架起双拐正慢慢地在病房里溜达时，周亚迪来了。他见到站在地上的我，显得比我还高兴，拎着汤煲围着我转了好几圈，扭头问医生："什么时候能痊愈？"

医生上下打量着我问道："你感觉怎么样？"

我稍微大幅度地活动了下身体，只觉得体内像是有几股筋揪着似的，动作一大就撕扯着疼。我说："有点儿使不上劲儿，动作不能大，这么走没问题。"

医生对周亚迪说："再有十多天差不多了。"又转头对我说："你这次伤得很重，仗着你年轻，底子好，基本上恢复得差不多了。但是，可能不会再像以前那样好了，加上你头部的伤得慢慢恢复，所以……不过你还年轻，注意调养，应该没什么问题。"

我隐约觉得这医生的话里隐藏了什么，赶忙追问了一句："大夫，有话您直说。"

医生想了想，说："一般的骨折没什么大碍，你最重的伤在内脏。如果是一般人，在家里慢慢调养总会养好。但你应该很清楚你的情况特殊，我们这里的医疗条件也有限，我的意思是，以后要悠着点儿。"

我还是没有听懂，或者不愿意听懂他的话，我宁愿他简单地告诉我实情。医生和周亚迪点了点头就朝外走去，我伸手想要拦他，却被那个女孩扶住。她冲我慢慢地摇摇头，示意我别激动。

周亚迪上前搭着我的肩膀说："秦川，这都是我欠你的，等我处理好手头的事，我带你去日本，去美国，看最好的医生，你放心。"

我随口说："我宁愿去中国。"

周亚迪想了想："没问题，我会安排。"他把手里的汤煲递给那女孩说："我去和医生聊聊。"说到这儿，他一拍脑门对我说，"我是不是没给你介绍过她？"

我转头见那女孩正腼腆地笑着，点了点头。周亚迪说："怪我，她叫苏莉亚。你们两个都是我最信任的人，她对这里的情况比较熟，有她照顾你我放心，你有什么需求直接跟她讲。"周亚迪像一个父亲似的笑着摸摸苏莉亚的头顶，说："我先走了。"

看着周亚迪走出病房，我默默地念了一次："苏莉亚。"

苏莉亚笑着冲我点点头，我问："这是哪里的名字？"

她也不会说话，只是笑着将我扶到床上，盛出一碗汤来，一手拿碗一手拿着汤匙准备喂我。我说："我自己来吧。"不等她反应，我就接过汤碗一口倒进嘴里。

那天，除了身上的伤以外，我的嘴里又多了几个泡，烫的。

　　我很想知道周亚迪跟医生谈话的结果，直到晚上他也没来，这让我很抓狂。如果我的身体出了大问题，在如此复杂的情势下，就算周亚迪再信任我，我也很难有所作为。这些天里，我总会被一些或惊险或悲伤的梦惊醒。来之前所做的那些心理准备，全都被残酷的现实打得支离破碎。

　　干净整洁的床，松软没有异味的棉被，阳光明媚、鸟儿叽叽喳喳在窗外鸣叫的早晨，是那么地不真实，好像是一种过分的奢靡。我像是一个瘾君子，依靠毒品在幻境中挥霍着自己的生命。渐渐地，我似乎适应了这里的一切，适应了清晨被牛奶的醇香味和悦耳的鸟鸣唤醒，适应了阳光温暖地照在我的脸上，适应了一睁眼就看到苏莉亚的笑脸。这一切让我再一次有意无意地逃避着自己真实的身份，好想就这么一天接一天地无所事事地过下去。

　　我开始隐隐地回避起记忆中一些人和片段，我好希望程建邦对着奄奄一息的我敬礼的那一幕，只是出现在某次噩梦中的场景而已。每当我独自在病房中发呆时，每一点细微的响动，我都担心是程建邦悄然来访。就算是知道自己已经能够丢开双拐自由地活动了，我还是不愿离开这间病房，我好怕外面的世界，好怕外面的那些人和事。我知道自己像极了一只缩头乌龟，但我宁愿被所有人，包括被自己唾弃，也不想走出这间屋子的门。

　　又是一个清晨，睁开眼，我盯着窗户边树叶上被阳光照得晶莹剔透的露珠，心里突然隐隐地痛，好像自己和那露珠一样见不得阳光，只要暴露在阳光下，就逃不过消逝的宿命。

　　我正发着呆胡思乱想，几声刻意的、轻巧的脚步声传入我的耳朵。我的心跟着悬了起来，随着那步步临近的脚步声的节奏跳动。我脸冲着门口眯着眼睛等候来人。

　　不一会儿，就看到苏莉亚端着早餐蹑手蹑脚地进了门。

　　我睁开眼说："早。"

　　她吓了一跳，瞪着圆圆的眼睛随即笑了，指了指我，做了个睡觉的姿势，大意是说她以为我在睡觉，怕吵醒我才故意放轻动作的。

我说："我刚醒。"

吃完早餐，我正准备躺下，她拽着我，指了指外面，示意我出去走走。我看了看她，又看了看外面，想了想说："迪哥应该马上就过来了，我们出去了，他来看不到我们，不太好。"

她笑着比画道：是迪哥让我来带你出去走走的。

从前，不论晚上睡在哪里，我都会把外面的情况摸得一清二楚才会安心。可这一次，我对这间屋子外的认知度几乎为零，而我一点儿也不想伸出脖子看看，宁愿欺骗自己这里固若金汤。我绷紧身体的每个部位暗自使了使劲儿，身体的确没什么问题了。我知道我瞒不了她，她和周亚迪对我伤势的了解要胜过我自己。

我找不到什么不出去的借口，只好硬着头皮磨蹭着下床。刚要迈步，我看到身上穿的衣服，心生一计，拽了拽身上的睡衣对她摇头皱眉。她笑着打开床头柜，拿出一个袋子来打开，里面居然是一套便装。她将那沓衣服摆在床上，退出屋外将门关好。

看着床上那沓衣服，我不禁苦笑了一下，什么时候我竟然懦弱成了这般德行？

换好衣服，我走出病房，低着头跟在苏莉亚身后，竹制的地板踩上去咯吱作响，透过缝隙可以看到地面上的落叶和杂草。我真不知道这样一栋看似弱不禁风的竹楼到底给了我怎样的安全感，竟然让我不愿走出去。

一出门，强烈的阳光照得我眼睛生疼，我别过脸，闭着眼，把脸躲在自己用来遮阳的手后面，不知道是怕看到刺眼的强光，还是怕面对外面的世界，又或者，我怕被认得我的脸的人看到。苏莉亚引着我走到一辆越野车旁边，车窗开着，车内坐着一个人，逆着强光我看不清他的样子。那人递给我一副墨镜，我抓过墨镜戴上才看清正是周亚迪。他的一个手下坐在副驾上，开车的司机看上去五大三粗，对我笑着点点头。

我上车坐到周亚迪旁边，苏莉亚也上了车将门关好，车子启动朝前驶去。

不等我说话，周亚迪说："出来走走，对你身体的复原有好处。"

我点点头没有吭声。

他又说："现在是最好的时节。"

我敷衍着说："嗯，一年之计在于春。"

周亚迪呵呵一笑，说："这里可不是，这个时节可是这里收获的季节。"

我没明白他的意思，看了他一眼，说："收获什么？"

他说："一会儿你就知道了。"

我扭头看苏莉亚，她也只是笑。

车子减了速，司机一个劲儿地按喇叭。我朝前一看才发现这里好像是一个寨子，车正行驶在一条杂乱的街道上，街道两旁到处是叫卖的摊贩。突然看到这么多人，我一下子觉得有些紧张，不自觉地紧紧贴在椅背上，握紧双拳紧张地看着车外经过的每个人。现在，我真不知道自己到底有多少敌人，我连我自己到底得罪了多大的势力、闯了多大的祸都不是很清楚。

有人拍了拍我的手背，我猛地转过头，苏莉亚看着我紧握的拳头，微笑着轻轻摇了摇头。我试着放松了呼吸和紧握的双拳，咽了口唾沫说："怎么这么多人？我以为山上没什么人呢。"

周亚迪说："这是个寨子，附近的农民都来这里做点儿买卖，所以人多点儿，不过你放心，没有一个外来的人。"

透过车窗大概看了一眼这个寨子，的确不大。我说："每个人你都认识？"

周亚迪点点头。

我又问："那来了外人又怎么样？"

周亚迪转头看着我反问道："你说呢？"

我和他都戴着墨镜，我看不到他的眼神，但能感觉到丝丝寒意。

转眼车子驶出寨子，在一条颠簸的盘山路上缓缓行驶了大约半个小时。刚一下山，眼前豁然开朗。周亚迪摇下车窗，空气中满是清甜的气息，放眼望去，田野上是一片壮观的花海。

我仔细一看，发现这并不是野花，而是人工种植的，田埂间还能看到劳作的农民。花色虽然单调，只是红白相间，在明媚的阳光下开得铺天盖地，让这山谷间呈现出一种诡异的妖娆。我不由得倒吸一口凉气，这不就是我在资料中看到的罂粟花吗？

周亚迪望着窗外问道："漂亮吗？"

我的确被震撼了，木讷地点点头，"嗯"了一声。

他说："今年有点儿晚了，往年这个时候已经该收了，不过收的时候可就没这么漂亮了，呵呵。"

我呆呆地看着这大片美艳的罂粟花田，无论如何也无法把它和毒品联系起来。不多时，车子在一间简陋的茅草屋旁停了下来。我跟着其他人一起下了车。周亚迪的两个手下先一步走到那间茅草屋门口，弓着身子朝里张望了一会儿，然后冲着我们点点头。

刚走到那茅草屋跟前，迎面而来一股又酸又呛的气味。我揉了揉鼻子，忍不住打了个喷嚏。苏莉亚站在一旁捂着嘴笑。我低头弯腰跟着周亚迪钻进那扇窄小的屋门，眼前黑黑一片，什么都看不到。我心中有些不安，赶忙又退了出来。苏莉亚诧异地站在门口看着我，我说："太黑了，什么都看不到。"

苏莉亚指指我，用双手在自己眼前比画了一个眼镜的形状，又捂嘴笑了。我才想起我没有摘墨镜。

再次踏进那间茅草屋，我还是花了点儿时间适应，才勉强看得清。屋里有张简陋的竹榻，上面躺着一个人，榻前有一张破旧得分不出材质和颜色的小桌，点着一盏油灯。那人手里托着一杆烟枪，一边抽一边用一根小棍摆弄着烟枪。我之前闻到的那酸呛的气味就是从那杆烟枪里散出来的。

竹榻上那人似乎对一次进来这么多人根本不在意，专心地抽着烟。我凑近了几步一看，再一次惊在那里：那是一个看起来只有十五六岁、面容姣好的小姑娘，如果不是目光呆滞，几乎就是一个美女。

我扭头看了看周亚迪。他冲一个手下使了个眼色，那个手下用我听不懂的语言跟那小姑娘说了几句话。那小姑娘像是没听到一样，专心地抽着她的烟。周亚迪的手下无奈地清了清嗓子，把那几句话重复了几次。那小姑娘的眼珠微微转了一下，慢慢地扭头看向我们，突然张大嘴巴，打了一个长长的哈欠。我有点儿担心那个哈欠会将她的嘴巴撕裂。

她发了一会儿呆，胳膊肘撑着身体坐了起来，从身上抓了一个黑乎乎的东西丢到地上。我还没来得及看那是什么，那团黑乎乎的东西居然出溜一下从我的两脚之间钻了过去。我吓得大叫一声"我靠"蹦了老高，头顶差点儿碰到低矮的屋顶。

原来是只老鼠。

苏莉亚和周亚迪都瞪圆了眼睛、张着嘴巴看着惊魂未定的我。我有些尴尬，搔搔头发说："吓我一跳，我他妈的还以为是手雷呢。"

那女孩抬起眼皮瞥了我一眼，正要说什么又停了下来，指了指门外。

3

一对看上去有七十多岁的老头老太太相互搀扶着，颤颤巍巍地进了门。

他们的眼神跟动作一样迟缓，抬头看了一眼周亚迪和我们，目光最后落在周亚迪那个司机的脸上，忙毕恭毕敬地对司机鞠了一躬。身子还没站直，两人就不约而同地打起了哈欠。

这家人和周亚迪是什么关系？我们跑这里干吗来了？我也不好主动问，又觉得实在太压抑了。竹榻上的女孩站了起来，周亚迪往我手上塞了几张钞票，示意我交给那个女孩。我更加糊涂了，看了看手里攥着的那几张美钞，又看了看周亚迪，愣在那里。周亚迪把我拉到屋外，低声说："那是丹的老婆，就是杀鹏哥那个人。"

"什么？"我惊讶地回头看了一眼那个黑漆漆的门洞，说，"那么那两个是……"

周亚迪说："是丹的父母，把这钱给他们，算是一点儿补偿。毕竟人是跟着我们的时候死的，你不用多想，这跟你没关系。胡经用钱收买他，又用他家人威胁他，丹才走的这一步。他是他家的顶梁柱，他死了，他的父母就得重新种烟，都快五十了，不容易。"

"快五十？你是说刚才那两个人四十多岁？"我不知道我是被自己的耳朵骗了，还是被自己的眼睛骗了，那两个老人看上去分明就是七八十岁的样子。

"嗯。"周亚迪说，"去把钱给他们，完事我们还要去别处。"

我看了看手里的美钞，一共三张，每张面额一百，迟迟挪不动脚步。

我对丹印象不深，甚至已经忘记了他的样子，我只把他当作一个图财害命的杀手。准确地说，只是把他当作我执行任务遇到的一个障碍，或是跳板，我不得不结束了他的生命。我却不曾想过他有这样的一个家庭需要负担，心中瞬间被各种复杂和悲凉的情绪占满了。

那三张美元被我攥得皱巴巴的，已经被手心的汗浸湿了。

周亚迪拍拍我的肩膀说："不关你事，他不死在你的手里也会死别人手里。而且照规矩，他会死得更惨。我让你去给钱不是为难你，也是这里的规矩。他们信佛的，说明白，会原谅你的。"

"原谅我？"我有点儿惊讶地问，"他们知道是我杀了丹吗？"

周亚迪说："早晚有人会告诉他们，放心吧，去吧。"

我点了点头，抬头看看那个黑漆漆的门洞，拖着脚步钻了进去。我不敢看那两个老人的眼睛，低着头走到丹的妻子面前，将钱塞到她手中，冲她欠了欠身子，说了句："对不起。"说完退了一步，站在苏莉亚身旁。

丹的妻子木讷地看了看手里的钱，抬起头看了我一眼，突然转身从床边竹篮的碎布间摸出一把锥子，嘶吼着朝我胸口刺来。她的速度本来不快，加上身体虚弱，我轻轻松松就攥住了她的手腕。她的手冰凉柔软，让人觉得只需稍稍用点儿力就能捏碎。锥子的尖距离我的心脏只有不到五厘米的距离，我能感觉到她是使尽了浑身的力气只想刺进来要了我的命，但是她太虚弱了。她哑着嗓子拼命地嘶喊着，我一句都听不懂，她眼里的仇恨转眼就变成了一种绝望，绝望地看看我，眼睁睁看着自己手里的武器不能再挪动分寸，眼泪像断了线的珠子往下掉。

好几次，我竟然想松开手，让她刺进去，这样她是否能好受一些？我也想在我的心脏上打开一个口子，我想看看里面已经变成怎样？我想让阳光能够照射进去，因为我觉得它已经比那把锥子锐利的尖更加寒冷。

周亚迪的司机上前一脚朝丹的妻子踹去，他动作太快，我阻挡不及。她的手还被我紧紧攥着，挨了那一脚之后，她就像一个瞬间炸裂的气球，轻飘飘地落到地上，痛苦地抽搐着。

我转头看着周亚迪的司机，骂了句："我操你妈的。"说着挥拳朝他软肋打去，谁知那司机身子微微一侧，向前一步张开胳膊将我的胳膊夹在腋下，手腕挑住我的胳膊猛然向上一翻。我心里一惊，我已经很久没遭遇过在我出手时能将我制住的人了，他这一下非把我的胳膊扭折不可。我就势钩住他的胳膊，翻身一个倒挂，膝盖朝他的太阳穴顶去。他急忙用胳膊挡我的膝盖，虽然挡住了我的几成力气，但头上还是挨了我一下。

那一下不重，却也不轻。他摇晃着松开了我，我正要继续发起攻击，就听到周亚迪喝道："秦川！"

这一声叫醒了我愤怒的冲动。我攥着拳，鼻子里呼哧呼哧喘着气，狠狠地瞪着那个司机。这时苏莉亚跑到我的面前，抓着我的胳膊冲我摇头。我收起手甩了甩，见丹的父母已经将儿媳妇搀了起来坐在地上。她的额发已经被汗水湿透，紧紧地贴在额头上，脸色苍白，咬着嘴唇，长长的睫毛微微地颤抖着，双手捂着被周亚迪司机踹过的地方，手里还紧紧攥着那几张纸币。

我对周亚迪说："能不能多给他们点儿钱？"我想，这可能是我唯一能为他们做的了。

谁知周亚迪冷冷地说："不行，这是规矩。"

我很吃惊周亚迪是这样的态度。我还以为他是出于怜悯才来看望丹的家人，原来这怜悯也是有限的，而且限度很低——来看丹的家人，并告知实情是他所谓的规矩；要我亲自把钱交给丹的家人，是他所谓的规矩；只给三百美元，也是他所谓的规矩。

周亚迪说了声"走吧"，带着两个手下出了屋子。

我身无分文，甚至都快忘了这世上还有钱这种东西，无力从经济上给予他们任何帮助，只能眼看着这一家三口依偎在破陋的屋子里相拥痛哭。我一咬牙扭头走出丹的家，苏莉亚赶上来拽了拽我的衣袖，我有些烦躁，一把将她的手甩开，她站在那里有些吃惊。我回了一下神转头看她，她动作飞快地往我手里塞了几张美元，指了指丹的家门，又指了指走在前面的周亚迪，食指竖在嘴前，对我做了个嘘声的手势。

她竟然明白了我的心思，拿出自己的钱来给丹的家人。我内心一阵感激，想对她说句抱歉又觉得语言太轻了。她又拽了拽我的胳膊，冲我努努嘴。我点点头说："谢谢你。"我钻回茅草屋，双手将钱递到丹的父母面前。丹的父亲目光混浊又游离地落在我手中的钱上，慢慢地抬起头看我，忽然张大嘴打了个哈欠。那满嘴黑黄的牙齿和他张大嘴时扭曲的脸就像一只在泥沼中盘踞了几个世纪的怪物，我身上汗毛不由得全竖了起来，打了个寒战。

我把钱丢在丹的父亲怀里，逃也似的离开了丹的家，直到上了车都没有平复内心的愧疚和恐惧，呼吸依然凌乱着。周亚迪歪着头看着车外，一直没理我。周亚迪是这一带的毒枭，他有多少钱我不知道，可以肯定的是帮助丹这样的家庭根本就是九牛一毛，我不明白他为什么如此吝啬。他还是监狱里那个呼风唤雨的迪哥吗？还是那个站在高处对我说"我是这里的国王"的那个周亚迪吗？我不由得鄙夷地斜眼打量了一下他，微微地"嗤"了一声。

周亚迪看着车窗外大片的罂粟田，嘴角微微地上仰，满目的陶醉，似乎根本没有留意我。正当我沮丧时，他突然说："我是很有钱，我拔根汗毛就能让他们一家从此锦衣玉食，但我不能那么做。"他说这话的时候脸依然对着外面，就连表情都没有变过，"规矩就是规矩，他的确跟过我。可他也背叛了我，如果不是鹏哥，死的就是我。如果我以德报怨，以后人人都像他那样，我恐怕连喘息的机会也没有。"说到这儿，他转过头看着我说，"我有没有和你讲过，我欣赏你的简单？"

我点点头。

他说："你的简单在我这里可以发挥最大的长处，所以我说我们两个合作，天下无敌，如果你只身一人在外面混……头些年混成什么样你应该比我清楚。要知道，你这个岁数的年轻人，这个时候应该是在迪斯科舞厅里喝酒泡妞的，你呢？命都差点儿丢过几次了？"

他的话真切地触到了我某些脆弱的神经，这种感觉让我一时不知所措。我的身体无力地往后靠去，把头枕在座椅的头枕上，一抬眼正好看到车内后视镜里自己的脸，那是一张熟悉又陌生的脸。熟悉的是我的轮廓，陌生的是我的眼睛。

车子在一片罂粟田边停下。下了车后，我不再觉得罂粟花海有多么惊艳了。在这里的人眼里，这些植物上开的不是花，而是钱。而在我眼里，这些植物上结的是丹的父母和妻子眼里的绝望和麻木，还有他们的血和生命。

我跟着周亚迪走下田埂，田间有几个形容枯槁、面容黧黑的农民正在劳作。他们见到周亚迪并没有什么反应，看到周亚迪的手下反而露出畏惧的神色，忙停下手中的活，冲刚才与我交手的那个司机行礼。我想大概是他们从前没见过周亚迪的缘故吧，就连胡经都是第一次见到真正的周亚迪。

以前在资料片上见过的种植鸦片的场景，就这么真实地出现在我眼前。我问周亚迪："这东西，他们能卖多少钱？"

周亚迪伸出一根手指："一百。"

"人民币？"

"不，美金。"

"一克一百美元？那这里面还有利润吗？"我喃喃自语。我记得成品的海洛因在市面上也不值这个价。

"不，一公斤。"周亚迪说着，又补充道，"一公斤一百美元。"

我粗略算了一下，一克连一块钱人民币都不到，不禁疑惑："那他们每年能有多少收入？"

周亚迪笑笑说："我刚才让你交给丹父母的钱，是他们将近两年的收入。"他拍拍我的肩膀朝前走去。

我呆呆地站在罂粟田边，看着周亚迪像个关心百姓疾苦的圣人一般，仔细查看着田里庄稼的长势，时而与劳作的农民攀谈两句，时而双手叉腰面对着花海指点江山，心中好似打翻了五味瓶，难辨其中滋味。我不知道眼前这片罂粟田每年能制造出多少毒品，又有多少销往国内，我也不知道每年有多少像丹一样的家庭被这片花海毁灭，我只知道我不能让这些魔鬼一般的毒品流向我的祖国，去侵蚀我的亲人和朋友的肉体和灵魂。

就在那一刻，我为自己的使命感到由衷的幸运和骄傲。如果我只是个普通人，看到这一切，该是怎样的无助？我抬起头朝东北方向望去，我的目光被一座高耸入云的山峰阻挡。那是祖国的方向、是家的方向。那座山挡住了我的目光，我势必得化作一座山，挡住这股毒流。

"想家了？"周亚迪不知什么时候走了过来。

我强按住被识破后内心的慌乱，说："自从跑路出来，好久没有这样自在过了，这里的景色真漂亮。"

周亚迪笑笑，轻轻一跃迈上田埂，向我伸出手，示意要拉我上去。我伸过手，他猛地把我拽上去，一手搭着我的肩膀，一手掠过面前这一眼望不到边的花海说："这都是我们的。"他的眼中满是骄傲，再想起他在监狱中说自己是这里的国王，我不由得心中一凛。他接着说："我知道你在想什么，其实抽鸦片的烟农不只丹一家，不夸张地说，这里每一个烟农都抽，鸦片是他们生存下去的唯一理由，可以换来食物和衣服，也给了他们精神上的慰藉，除此之外他们无路可走。"

他这番话中的信息是我刚才就预料到的，看到那些农民一边打着呵欠，一边流着鼻涕在田间劳作，我就猜出八九分了。我能说什么呢？现在的我连给丹的父母多一些钱的资本都没有，更不要提去扭转这个现状。金三角种植鸦片的历史已经上百年，三个国家对此都无能为力，又岂是我能改变的？我暗自叹了口气，一言不发。

周亚迪又说："看得出，你对这个生意不是很感兴趣。"

我苦笑了一下，说："迪哥，你太看得起我了，我只是一个跑路到这里又闯了祸的人，本来以为下半辈子就要在牢里过了，遇到你才能站在这里。你让我做什么，我就做什么，生意的事我不懂，但我这条命是你的。"

周亚迪笑着摇摇头，说："所以说对自由的渴望能让人豪气干云，一旦真的获得自由，反倒开始懦弱了。我认识的秦川不是这样的人。"

我疑惑地扭头看他："我不明白。"

周亚迪说："我跟你说过，我干的事和缉毒警差不多，记得吗？"

我想了想，点点头说："嗯，记得，但是我也不明白，难道你是……"

"哈哈哈。"周亚迪仰头大笑起来，说，"你刚才看的那个方向是中国，我的父亲就是从中国来的，就算后来入了外籍，他也从来都当自己是中国人，他的规矩就是一点儿货都不往中国发。"

联想到那天胡经说的话，我大概猜出他们之间的恩怨来。关键的问题是：我到底该不该完全信任周亚迪的话？

他望向远处的群山，叹了口气："我父亲的这一规矩起初很得人心，因为几个大佬大多跟中国有各种各样的渊源。我们的货是什么东西，没有人比我们更清楚。"

我说："你是说因为他们都是中国人，所以他们都不愿意毒品流入中国？"

周亚迪摇摇头说："表面上是的。我觉得只是利益的问题，那时候中国没有对外开放，内部也都很紧张，你家里做顿什么饭隔壁邻居都知道，不要提吸毒了。这里也根本不可能有机会把货发过去，所以这规则只是摆在那里而已，可有可无。无非大家做了那么多恶事，给自己找的一种自我安慰吧。现在不一样了，中国一开放，所有人都心动了。你要知道，那可是全球最大的市场，当然，也包括我们的产品。"

他找了一片稍微干燥的草甸子坐了下来，示意我也坐过去。我回头见他的两个手下和苏莉亚都很自觉地与我们保持着距离，于是坐到他旁边，继续听他说："而且这个市场离我们那么近，地形又那么复杂，简直就是机会。所以很多人坐不住了，要打破这个规则。我父亲不同意，呵呵，他真是个老顽固。不过，这也是我崇拜他的原因。"

我说："那天我听胡经说……迪哥，节哀。"

"父亲是被他们害死的。"周亚迪低下头，掩饰着自己的难过，过了一会儿才继续说，"他一直很保护我，从小就送我到外国生活，他不想让我再干这行，不想我跟这里有丝毫的关系。四年前，一些人开始挑战那条规则，父亲怕有人动我，就找了最可靠的人来冒充是自己的儿子，也顺便协助他做事。"

我恍然大悟，说："那个人就是鹏哥？"

周亚迪点点头。

他这么一说，顿时解开了我心里的很多谜团。我之前最大的疑问就是上级为什么认定周亚迪是目标人物，换作是我，他也是最好的人选。那么我是否可以相信他说的话？看起来他的确很崇拜他的父亲，并打算坚持他父亲所坚持的规则：不往中国发货。

看来上级是了解这里的内斗和纷争的。我庆幸自己一直坚持着自己的信念，否则后果真的不堪设想。程建邦说得对，在最危急、最孤独、最绝望的时候，只有相信组织、相信上级才是正确的选择。

4

我挺起胸脯说："迪哥你说吧，需要我做什么？"

周亚迪拍拍我的肩膀笑着说："你呀，就是太年轻。我就说我知道你在想什么，你刚才不就是怕这里的货发到你的国家，危害你的亲人和朋友吗？现在放心了？"

我揉了揉鼻子，不知该如何应答。

他说："父亲是被他们害死的，他们现在的目标就是我，之前我没有准备好，只能去监狱里躲一段时间。现在我准备好了，你要是信得过我，就跟我着干，不然心不甘情不愿的也干不了什么事。所以我说我做的事，其实和缉毒警差不多。他们对毒品只是防，并不能从根本上掐断，因为这里牵扯太多利益集团的利益了，有政府的、军方的，还有各路诸侯的，错综复杂，而且这里有十万佤族人靠这个生活，你怎么掐？"

我不知道周亚迪叫我出来，是不是就是为了说服我。我想他的确很了解我，如果我真的如我所说的那样，只是一个跑路到此的逃犯，那么我一定会死心塌地地跟着他，为了这个看似崇高的事业抛头颅洒热血，他也的确是值得尊敬的一个人。可惜我已向国旗宣誓，我的灵魂里早已刻上了一个不可磨灭的印记，一个值得我骄傲和为之付出一切的印记。

只是，我开始担心，如果有一天他成为我的此次任务中必须处决的人，那么，我是否还会下得了手？毕竟他是个毒枭，就算他所谓的货不销往中国，也会销往别处，谁能保证那些货不会辗转又倒运到中国呢？但这些不是我要跟他讨论的话题，不是一个逃犯应该讨论的话题。

罪恶始终是罪恶，不论他披上怎样的外衣，背负怎样的使命，都改变不了它的本质。我挺起胸，崇拜地看着他说："我听你的。"

他脸上并没有流露出特别的喜悦，说："我知道，所以我才会和你说这些。"

我想了想，问道："丹是被他们收买的吧？"

周亚迪说："准确地说，是威胁。这只能怪他，不信任我，或者说他不信任鹏哥。如果他一开始就跟鹏哥说清楚，我们会有办法帮他解决掉那些麻烦的。所以信任真的是不容易做到，所以我喜欢简单的人。"

我仔细想了一下，如果换成我是丹，我会怎么做？如果有人用我的家人威胁我，要我背叛我的组织，那我当然会毫不犹豫地和上面说明情况，我坚信他们会帮我解决掉一切。如果，只是让我背叛一个唯利是图的毒枭，恐怕我也会踏上丹的那条路。这个道理我想周亚迪应该不会不懂，又或者，他真的把自己当作这个行业内高尚的精神领袖了。的确，他和他父亲所坚持的规则是充满了热血的民族主义，可惜，是狭隘的。

周亚迪站起身，拍了拍屁股上的尘土说："回吧，你也可以出院了，我给你找了个新的住处。"

我说："那我什么时候开始做事？"

周亚迪笑笑说："过两天我去开会，就是说要不要把货往中国运的事。如果我失败了，那我们可又得放一个大假了，到时候我带你出去散散心。"

我心说，别啊，你给我放假满世界游山玩水去了，我的任务怎么办？我说："失败了，他们会怎么样？"

"那我就无能为力了，除非我找到更大更好的市场。"周亚迪停了一下，才说，"那基本不可能。"

一时间我又不知所措了，心不在焉地跟着周亚迪上了车。我想，周亚迪根本就没有把握阻止其他人把大宗毒品运往中国，不然我根本不会接到这样的任务。中国市场对他们而言是势在必得的，如果是我，我也找不到一个放弃如此之大的市场的理由。巨大的利益下，连他们所在国家的军方和政界都参与，一旦进入中国，会有更多的利益集团加入其中，如此一来就也意味着金三角势力将滚雪球一般扩大。

想到这里，我问他："那我们该怎么做？"我很想知道周亚迪对那条规则的遵守是仅限于自己，还是要坚决支持，从而让这条规则可以在整个金三角通行。

"如果阻止不了他们，只能说明一个问题，就是我们不够强大，所以人家才不把我们的话当回事。要想不被人踩在脚下，想有人听你的话，那就先强大起来。就像你在监狱里一样，一开始谁都想动你，你亮出你的实力后，还有人敢靠近你吗？"他不等我说什么，话锋一转说，"对了，苏莉亚还算细心吧？"

　　我一时没转过弯来，愣了一下，扭头看了一眼走在我身后的苏莉亚，她垂着睫毛微微地笑。我忙连连点头说："细，细。"

　　周亚迪"扑哧"一声乐了，摇着头拍了拍我的肩膀，不再言语。

　　车子驶到寨子边上一栋小楼边停了下来，周亚迪说："你暂时住在这里，比较安全，苏莉亚也在这儿照顾你。"

　　我打量着眼前的这栋小楼，三层砖瓦结构。我随口说："真不用了，我已经好了，不需要人照顾了。"

　　周亚迪目光越过我看着苏莉亚。我一转头，看到她依然垂着睫毛，脸上始终挂着的微笑不见了。周亚迪说："怎么？不需要我们苏莉亚了？"

　　我忙说："不是不是，我是个男人，也不太方便。"

　　周亚迪略一沉思，凑到我耳边轻声说："别人我信不过，她对这里比较熟，相信我。"

　　我拒绝苏莉亚跟在我身边，最重要的原因是怕万一程建邦来找我时不方便。根据我的估计，没有意外的话，他应该与我接头了。

　　但周亚迪把话说到这个份儿上，我就没有理由再拒绝了，只好点点头。

　　眼前这栋楼看起来很破旧，而且底下两层是空着的，周亚迪说是因为太潮了住不得人，三层上的房间都布置好了，所需的东西一应俱全。周亚迪临走前，叫过那个在丹的家里跟我交过手的司机，对着我说："你们两个是不是表个态？"

　　这司机倒是满脸的憨厚，抓了抓头，伸出手说："秦哥，对不起。"

　　我伸出手握了握，点点头。

　　周亚迪指了指手腕上的手表说："我还有事要处理，你好好休息。"

　　我想起阿来，于是问："阿来呢？"

　　周亚迪带着人往外走，说："你放心吧，一会儿我派人送他过来。"

　　苏莉亚帮我整理好卧具，又倒了杯水，从包里拿出药分好给我做了个吃药的动作，然后指了指楼梯对面的房间，示意我她住在那里，轻轻关上门走了。我听着她的脚步声判断她回了她自己的房间后，伸了个懒腰，将屋子里的每个角落检查了一遍。没有发现什么可疑的地方。打开窗户往下看去，外面是一片空地，紧靠着墙边停着一辆小货车。车斗上盖着帆布，看起来装得满满的，不知道是什么货物，散发出一阵阵奇怪的味道。我正要关窗户，就听到楼梯处传来一阵脚步声，我习惯性地背靠着墙站到门边，听外面响起砰砰的敲门声。

"秦哥，老板让我送东西给你。"门外传来周亚迪司机的声音。

我倚在墙边将门打开，那个司机刚一进屋，我就看到他手里拿着一把手枪。我伸手扼住他的手腕，反手一扭，另一只手攥成拳头照着他的太阳穴就抡去。他撇着脸说："秦哥、秦哥，老板让我给你把枪。"

我收起拳头接过来看了一眼，果然关着保险，才松开他的手腕说："不好意思，我有点儿紧张了。"

他龇着牙，吸着凉气甩着被我扭疼的手腕，摇摇头说："没事，你好好休息吧。"

我听到他下了楼，走到门口正准备关门，余光扫到门口有个人影，我立刻举起枪对准那个人影的同时扳开保险，却看到枪口前是苏莉亚那张惊慌失措的脸。我垂下双手，冲她尴尬地笑笑说："对不起。"

再次关上屋门，我打开枪检查弹夹，子弹是压满的。正要将弹夹装回去时，我突然发觉子弹上有些划痕。我取下最上面那颗子弹仔细端详，见下面的子弹弹体上也有划痕。我将所有子弹全部拆下来，居然每一颗上都有不规则的划痕。这不正常。我拧了一下弹头，并不是很紧，于是走到窗前，用窗户的合页夹住弹头，用力一拧把弹头拆了下来，果然这子弹里根本没有底火——所有的子弹都是哑弹。

我心里一凉，周亚迪对我的信任果然还没到能给我一把枪的地步。

看着手中的那把枪，我顺着墙坐到地上，忍不住无声地笑了。想起周亚迪说的，和我差不多的年轻人，此时都混迹在迪斯科舞厅酒吧里才对。我没去过那种地方，在电视电影里看到过，灯红酒绿和强烈的音乐，年轻的、衣着时尚的男男女女在舞池里尽情地摇摆，宣泄着青春的活力和激情。我拿着枪，想象着迪斯科舞厅的场景，打着拍子，想哼出一首富有节奏感的曲调时，却无论如何也找不到一个音符，最后用只有自己才听得到的声音哼唱出几句《当兵的历史》，这是我此刻能想到的唯一算是节奏稍快的音乐了。

我苦笑着骂了自己一句，继续不成调地哼着歌站起身，想象着跳舞的姿势，像只笨拙的猩猩扭动着身体走到桌前，将桌上的药片丢进嘴里，把那杯清水想象成一杯叫作威士忌或者伏特加的烈酒咂了一口，想连同嘴里的药片一起咽下。结果药片卡在了嗓子眼里，我只能停下扭动，将那杯水一股脑儿灌下，然后抹了抹嘴，无力地瘫坐在椅子上，一边发着呆，一边抚摸着身上的伤痕。

不知过了多久，我像被谁无形中抽了一个耳光，顿时从自己奇怪的臆想中清醒过来。秦川，想想接下来怎么办吧，想想如果是程建邦现在会怎么办吧。我快速地搔搔头发，好使自己赶紧回到状态。

如果是程建邦，他会怎样办？毕竟我现在执行的本来就是他的任务。

整个白天，除了苏莉亚给我送来饭菜之外，再也没有任何人出现。我就像是一只热锅上的蚂蚁，烦躁地在屋子里从这头走到那头，再从那头走到这头。傍晚时分，我想也许程建邦根本没有机会接近我，那我是不是该出去走走？我带着枪，刚走到楼梯口，苏莉亚房间的门打开了，她站在门边疑惑地看着我。

我说："有点儿闷，我想自己出去走走。"

她走出来对我摇摇头，对我比了一大堆手势，我一个也看不懂。她急了，指了指墙上的挂钟，我看了一眼，晚上七点了，问道："怎么了？"

她走到挂钟下，踮起脚在表盘上三点钟的位置上指了指。

我问："什么意思？三点？"

她摇头。

我说："十五分？"

她点了点头，又指指七点的位置。

我说："七点十五？"

她这才满意地笑了。

我问"七点十五"怎么了？

她指指门口，又做了个走路的手势，又指指我的屋门。

我说："七点十五有人来找我？迪哥？"

她点点头。

我想起周亚迪说会将阿来送来的事，只能找借口打发她出去："你帮我买包烟吧。"

她噘着嘴，指指我的伤口摇摇头。我双手合十说："我快闷死了，求你了。"

她想了想，冲我皱了皱鼻子，朝楼下走去。

我见她就要走出大门，又追了一句："再给我买点儿酒吧。"

她做了个打我的姿势，出了门。我正准备回屋，就听到大门轻响，一个人影快速地闪了进来。我"嗖"地从腰间摸出枪对着那个人。那人关好门一抬头，竟然是程建邦。

程建邦回头检查了一下门，再看了看我手里的枪说："不错，都混着枪了。"他噔噔噔几步上了楼，四处打量一圈，头躲开我的枪口，皱着眉，"靠，别拿那破玩意儿对着我。"

我赶忙把枪收起来。程建邦说："你也太菜了，哄个小姑娘出门都得花半天时间。"他见我还愣着，又说，"靠，愣着干吗？哪间是你屋？难道站这儿聊？"

我木讷地看着他黝黑的脸，指了指我的房门。他叹口气白了我一眼，摇着头进了屋，又拉开门伸出脑袋说："靠，你脑子被打坏了？等等，你现在到底是哪边的？"

我终于反应过来，三步并两步蹿进屋子，将门一关说："我靠，你他妈跑哪儿去了？"

程建邦打量着屋子顺便又白了我一眼，说："你他妈怎么每次都这句？今天可没给你哭的空儿，我赶时间，赶紧说说，什么情况？"

　　我赶紧把掌握的全部情况尽量简短准确地告诉他。他听完沉思了一下说："我把你的情况跟上面汇报了，想知道老徐的态度吗？"

　　我抑制不住内心的兴奋，说话都有点结巴了："想……想啊，他……他什么态度？"

　　程建邦说："靠，跟我吹半天牛逼，说他是慧眼，你是英雄，就老子是倒霉催的。"

　　我想象着徐卫东的样子，忍不住嘿嘿一笑说："还有呢？"

　　程建邦说："我们又有一个人也进来了，具体是谁我不知道，但他会在合适的时候找你，你们两个在他们内部互相帮衬。"

　　我心中一喜，说："那，我怎么知道哪个是他？"

　　"我也问老徐了，他说到时候就知道了。"

　　"那人在哪儿？是在这寨子还是跟着谁？"

　　"不知道，我得走了。"

　　"那我们下次怎么联系？我怎么找你？"

　　程建邦不耐烦地瞪了我一眼说："我找你吧，这点儿事就不用你费心了，你现在是我大爷，亲的，老徐说的。"

　　我乐了，说："好吧，好好干，你还是很有前途的。"

　　程建邦眼神一变说："刚才那妞是周亚迪发给你的吗？你这福利不错啊？"

　　我正要顶一句回去，就听见大门响了，我说："靠，来人了，赶紧躲起来。"

　　程建邦四下看看，"靠，往哪儿躲啊？"走到窗户边推开窗户朝外张望了一下说，"那车后头装的是什么？"

　　脚步声已经上楼来了，一定是苏莉亚。脚步声越来越近。我随口说："水果，跳。"

　　他压着嗓子说："靠，什么水果？三层？你怎么不跳？"

　　我说："我不用跳，我是这里的红人，你他妈是外人，被抓住就是个死。"

　　程建邦恨恨地剜了我一眼说"好，你等着"，就纵身跳了出去。我赶紧追到窗口，光线这么弱都能看到他瞪圆了的两个眼珠子，像是浑身爬满了毒虫似的扭曲着身体，咬着自己的一条胳膊，另一条胳膊拼命地往背后够着。

他挣扎着爬起来，压着声音指着我骂道："秦川，我操你妈，榴梿算他妈水果吗？"

我冲他摆摆手，眼见他跳下车，好像屁眼里插了根棍子的皮影木偶，一步一个僵硬的动作，消失在苍茫的暮色中。

"榴梿？什么东西？"我嘟囔着刚关上窗户，敲门声就响起来了。

我打开门放苏莉亚进屋，她递给我一包烟，正要离开，我问："对了，榴梿是什么？"

她笑了，做了个吃的动作，又指了指我。

我想，榴梿应该是吃的东西，她在问我是不是想吃。我点点头说："嗯，没吃过，想尝尝。"

5

周亚迪掐着苏莉亚说的那个时间，带着阿来来了。阿来的精气神比之前明显好多了，可能是我从来没见过他健康状况正常时的样子吧，初次见他是被人打得像个猪头，再次见他是刚下病床到了牢房。没想到在这里养了一段时间，倒是养了个红光满面。

他见到我显得很激动，眼里满是兴奋，也许因为周亚迪在场，他一副想扑过来跟我说话又不敢的样子。我明白周亚迪在当地人心目中的分量，那代表着绝对的权威和不可对抗的力量。

我像当初和宁志与郑勇在密云山里集训时一样，殷切地盼望着周亚迪能够赶紧给我布置任务。这种平淡安逸的日子像是一剂迷幻药，麻痹着我的身体和意志，我隐隐觉得自己开始在下意识地逃避此行的目的。若不是去丹的家里看到他的妻子和父母，若不是刚才程建邦的从天而降，相信过不了多久，我曾鼓起的勇气和坚持又会慢慢松懈。我一次次告诫自己，我的职责不允许自己现在就去享受任何安逸平淡的生活，这里不是国内某个山坳里的小村庄，也不是某个慵懒的旅游小镇，这里是金三角，我不能放松哪怕一刻的警惕，对于所看到、听到的一切不能有丝毫懈怠。走到这一步，我已经为之付出太多，艰难险阻没让我放弃，平淡舒适更不能是我松懈的理由。

眼下的状况与其说安逸，不如说像一个鳄鱼潭，表面上看似平静如一面镜子，没有任何波澜，看不到流血和危险，但在这深不见底的潭水中，杀机四伏，就算只是站在岸边观景，也要提防会有鳄鱼突然从水里蹿出来将我咬杀。

周亚迪平静地坐在椅子上，像一个前来拜访的老友，有一句没一句地聊着天，竟然扯到了这里的天气。这很不寻常，他的时间和精力可不用来闲聊的。整整过去半个小时了，他没有半点儿转入正题的意思。阿来有问有答地跟周亚迪聊着自己的妻子和那家酒吧发生的趣事，我时不时跟着他们的话题假笑。

我正打算主动找周亚迪要事做的时候，苏莉亚推门进来了，手里抱着一个巨大的长满尖刺的东西，一股刺鼻的奇怪味道扑面而来。我捂着鼻子转过脸，这味道好熟悉，不正是窗外楼下那辆货车散发出的味道吗？

我说："什么东西？"

苏莉亚抿嘴笑着将那东西放在桌上，对我做了个吃的手势。周亚迪笑得很开心，说："你是北方人，可能没见过这个东西。这叫榴梿，一种水果，是这边的特产，很棒哦。"

"榴梿？"我端详着这个足有篮球大小，刺猬一样的怪物，用食指摸了摸那骇人的尖刺，嗬，跟锥子尖似的。我缩回手说："这个，能吃？"

怪不得程建邦跳下去之前满脸狐疑的样子。我不由得心生怜悯，窗外那辆货车上居然装的是这玩意儿，就算铺了层帆布，坐在上面也够惨的，更不要提从这么高的地方跳下去。我走到窗前，推开窗户再次辨认了一下那气味，问阿来："这车上的味道是不是就是榴梿？"

阿来走过来伸出脖子闻了闻，满脸陶醉的表情："没错，是榴梿，不过还没熟好。"说着还咽了口口水。

我遥望着窗外的茫茫夜色，对着程建邦消失的地方在心里真诚地说了句：对不起。我想，他应该很久不能来看我了。

我始终不能接受榴梿的味道，任凭他们怎么劝也没有试一口。周亚迪直到起身告辞也没有说一句有用的话，我见他要走，实在忍不住，说："迪哥，我已经好了，每天这么白吃白住的，心里很不好受，是不是该给我事情做了？"

已经走到门口的周亚迪停下了脚步，背对着我低头沉思了一会儿，"好好休息，我把你当兄弟。"他说着回过头来，"你是要跟我做大事的。"他转身的时候看见阿来，像是想起什么似的，说："阿来，其实，秦川在你的酒吧门口救你那次，打你的，是我的人。"

阿来正笑着等周亚迪吩咐什么，没想到周亚迪冒出这么一句，瞬间愣在了那里，张着嘴巴半天都回不过神来。周亚迪说："他们都是我的人，在你的酒吧里说了些不该说的话，担心被你听到泄了密，危及我的安全，所以他们才对你下了死手。"周亚迪将目光转向我说："不过都被秦川收拾了，死的死、残的残。"

阿来还是没回过神，愣在那里，眼睛一眨不眨地看着周亚迪。周亚迪说："我想了想，还是告诉你比较好。另外你要是想回家，我随时都可以安全地送你回去。不过我建议你慎重，有警察在盯着你家，你想接你太太来这里，也可以，你自己选吧。"

阿来哆嗦着嘴唇，向前走了两步："迪哥，我老婆好吗？"

迪哥不屑地瞥了阿来一眼说："你把我当成仇人那是你的事，你对我没有什么价值，我跟你也没什么交情，你要觉得我会把你太太怎么样，那你真是小人之心了。我能跟你说这些，说明我根本没把这些放在眼里。我只是问你选择哪条路，我好安排人去办。"

阿来一时没了主意，眼神慌乱地四处乱看，最后落在我身上。而我满脑子都是周亚迪刚才的话，阿来说他只是听到了一个叫洪古的名字。那么，周亚迪身边一定有一个叫洪古的人，而且非常重要。我不知道此洪古是不是彼洪古，但这个名字只要一在我的脑中徘徊，就足以让我心神不宁。

面对阿来恳切的眼神，我不得不停下自己的思路，对他说："这个事还是得你自己决定。"

阿来搓着双手在原地转了几圈，问周亚迪："迪哥，能不能让我想想？"

周亚迪抬腕看了一眼手表，说："给你十分钟。"

阿来想了一会儿，说："迪哥，我能留在这儿吗？我回去也会被捉回去坐牢，如果没有你们，我一定会死在牢里的。"

"但是你又不想让你太太来这里，因为你觉得鸡蛋不能装在一个篮子里。"周亚迪接着阿来的话说完。

阿来脸色一红，低下了头。周亚迪笑笑说："没问题，不过我劝你还是不要怨恨我了，因为没有用，不如踏踏实实地帮着秦川一起做事，我不需要你多能干，只要你忠心，我不会亏待你的。"周亚迪开门走了出去，关门之前又补了一句："我会托人去给你太太带个口信，说你现在跟着我，很好。"

我拍拍盯着屋门呆若木鸡的阿来的肩膀，说："你明白什么意思了吗？"

阿来一脸茫然地看着我摇摇头。我学着周亚迪的样子笑了笑说："第一，你太太会放心，不用再到处塞钱打听你的消息。第二，当地人知道你已经跟了迪哥，自然没人敢欺负你太太，也不敢贸然在你的酒吧闹事。"说到这儿，我不由得佩服周亚迪做事的风格。

阿来紧张的脸上挤出一丝别扭的笑容，说："是……是吗？那要是胡经知道了怎么办？"

我哈哈一笑，"你也太把自己当回事了，我在他眼里都不过是一条狗而已。"我话锋一转，"不过，他如果用你太太威胁你，让你害我或者迪哥？你会吗？"

阿来低声重复了下我的这句话，大惊失色，连连摆手："怎么会？我的命是你给的，我怎么可能害你，再说我也没那本事。"

"所以，你就放心吧，迪哥不会让你太太被任何人威胁的，不然他根本不用跟你说这么多。把你往回一丢，天下太平。"

阿来若有所思地点点头，一拍脑门说："对啊，秦哥，还是你脑子好使。"

我说："冷静一点儿，慌张会要了你的命的。"

阿来想了想，点点头说："嗯，我记住了。"他感激地看着我，眼眶红红的。

我担心他说出煽情的话来，忙说："我去问问苏莉亚，看看你住哪儿。"

其实，阿来对我到底是感激还是依赖，我说不清。在我眼里，他像是一只小蚂蚁，无意间被卷进了一架高速运转的大机器里，显得那么渺小和不堪一击。即便他一直保持着小心和正确判断，也难免会被不知哪里来的一股气流卷入那些巨大又坚硬的钢铁齿轮内，被吞噬得干干净净，不留一点儿残渣，哪怕粉身碎骨也丝毫不会影响整部机器的运转，更不会有人注意到这一切。或许我对他更多的是同情，尽管我深知在执行任务时，这种同情只会为我频添麻烦，而这随便一个什么麻烦都可能要了我的命。但每当看到他无助懦弱的样子，我总想帮他一下，哪怕只是一句宽心的话。其实我不知道周亚迪会拿他和他的妻子怎么样，我根本不敢随便揣测周亚迪的内心世界——这是我发现自己开始对他产生些许敬佩和信赖之后，逼迫自己必须做到的事。

一路走来我都在选择，每一个选择的基准都是我内心坚持的信念。我生怕有一天会在某个关键的机会面前，同时面临关乎阿来生死性命的选择，我不知道那时候我还会不会为救他而放弃有利于完成任务的机会，还是为了那个机会而看着他送命。不论哪一种选择对我都是残忍的，尤其是在见过丹的家人后，我再也不想随便犯下什么杀戮。我想，在不久的将来，曾经从我手中流逝的生命将陆续登陆到我的睡梦中，游荡。

阿来睡在我的隔壁屋，我知道他很想和我聊聊，我一直装傻敷衍了过去。临睡前，有几次我听到他在我的门口徘徊和叹息，最终还是没有敲门。我不知道该怎么跟这里的每个人相处，他们不是毒贩，不是凶徒，只是普通如阿来和苏莉亚这样的无害的人，我这才发现，我连基本的应酬都不会。

接下来的好几天周亚迪都没有来过，只是派儿个衣着暴露的女人送来很多我不认识的雪茄和酒。我固然知道这意味着什么，就像赵振鹏曾经对我说的"出狱后有酒有肉有女人"。周亚迪在兑现着赵振鹏对我的承诺。

我站在敞开的门口，看那些女人把东西放好，道了个谢，就做个"请"的姿势让她们离开。她们的表情在脸上凝固，相互吃惊地对视着，确定我不是在开玩笑后，只好悻悻地往外走。她们经过我面前时，身上浓烈的香水味熏得我不得不将头向后仰去。突然一个女人伸手就朝我的裆部抓来，我下意识地侧过身子，就手将那女人的手腕扣住往身后一拽，她的整个身体随着她的一声尖叫一头朝前栽去，头嘭的一声重重地撞在木质的楼梯扶手上。其他几个女人尖叫着躲在一边，惊恐地看着我。

我才意识到那个女人并不是想攻击我，她的手腕那么柔弱无力，就是个普通的女人而已。我不由得为自己的鲁莽愧疚。我一抬头，苏莉亚正倚在她房间的门框上，捂着嘴咪咪笑。我本想问问那个女人有没有伤到，谁知我刚往前迈了一步，那几个女人同时发出了更尖厉的叫声。我一时间不知所措，只好一头钻回房间关好了门。不多时，听到那些女人离开了这栋房子，我才舒了一口气。

第九章
活着再见

1

那天黄昏时分，我看似百无聊赖实际心急如焚地在房间里烦躁地走来走去，心中无比烦闷。周亚迪来了，他说要我跟他去所谓的"里面"熟悉熟悉时，我欣喜若狂。我想我又要开始战斗了。

苏莉亚和阿来站在楼梯口目送着我们出门，阿来显得有点儿好奇，又不敢多问。苏莉亚眼神中却满是关切，我不由得想她要是能说话会跟我说点儿什么？

我刚上周亚迪的车，他的那个司机就拿出一个头套准备往我头上套。我有些厌恶地闪开，一转头发现周亚迪正在看我。我与他目光交会，对视了很久，他对司机说："不用，秦川是我的兄弟。"又冲我笑笑说："你别见怪，这也是规矩。"

他的司机拿着头套并没有收回去的意思，再三用眼神和周亚迪确认后，悻悻地坐了回去。

我一字一顿地说："我觉得这是最基本的信任，不然我还不如一条狗。"

周亚迪点点头，对司机挥了下手示意出发。车子很快从寨子的北边钻出，开进了一片密林中。司机很熟练地在密林中穿行，我根本看不出他是以什么为标记行驶的，因为我看不到一道车辙或者人行走过的痕迹，心中不由得有些担心。

车非常颠簸，我紧紧抓着车内的把手控制着身体的摇晃。周亚迪对司机说："今天赶时间，为什么不走大路？"

司机从后视镜里看了我一眼，我顿时明白这司机是为了提防我，故意选了一条完全没有明显标记的路。我冷冷地笑笑，望着车窗外淡淡说："看来是不信任我。"

"洪林，秦川是我的兄弟。"周亚迪看着后视镜，对他的司机说道。

"洪林？"我念了下这个名字，心头一紧。我很想问问周亚迪，这个洪林和洪古是什么关系？马上又想到他曾经因为洪古这个名字差点儿要了阿来的命，硬把到了嘴边的问题又咽了回去，只是通过车内的后视镜斜了他几眼。

周亚迪接着对我说："一直没顾上给你介绍，这也是我的兄弟，从小就跟着我父亲，你别怪他，我来之前他吃了胡经不少苦。"

我没说话，现在不是我做老好人的时候，我需要周亚迪赋予我更多的信任，在很多事的判断上就会偏向我这边多一些。对自己在周亚迪心目中的分量，我有一定的自信，除了在时间上不占优势外，我相信他身边没有人能比我更优秀。

我对周亚迪笑着摇摇头，沉默了一会儿说："我懂，就像在监狱里，刚到的新人都得给人上供，不过我还是一样，不管在牢里，还是在这里，都没什么供好上的。"

周亚迪"嗨"了一声说："你多心了。"

我扭过头很严肃地看着周亚迪说："我是来跟着你做事的，我不懂别的，也不想懂，你要我做什么，一句话的事，其他的我不关心。"

周亚迪的手搭在我的肩膀上，默默地点点头，好一会儿才说："一会儿你会见到胡经和另外几个老板，只是定期的碰头会，表面上大家是一起喝喝茶聊聊天，实际上是要为下一次商议大批量往内陆发货的事预热了。"

我说："你要我做什么？"

周亚迪大概以为我会好奇而多问些什么，没想到我来了这么一句，稍稍一愣，哈哈一笑说："我知道你是个喜欢简单直接的人，但是要想简单地做事就得先搞清楚整件事，包括每一个细节，然后我们才能把它简单化，不然只会让事情越来越复杂。"

我想了想，说："迪哥这么一说，我想起我上学时学的一句古诗。"

周亚迪眼睛一亮，忙说："说说看。"

我说："不识庐山真面目，只缘身在此山中。"

周亚迪似乎显得很兴奋，说："接着说。"

"迪哥的意思是，我要站在高处，把全盘看分明，才知道哪一条路最好走。"说完我故意问道，"我说得对吗？"

周亚迪频频点头，笑得合不拢嘴，"就是这个意思。"他长舒了一口气，懒懒地靠在椅背上，自语道，"我真是没看错人。"他将手搭在我的肩膀上，满意地笑着说："有勇有谋，前途无量！"

我偷偷瞟了一眼后视镜，发觉洪林也正在看着我。如果我避开他的眼神，必然会引起他的怀疑，目前为止我不想让他抓着什么由头在周亚迪那里说我的坏话，索性在后视镜里盯着他，说："兄弟，你对我有什么不满就直说，别老给我脸色看。"

周亚迪脸色微微一沉，嗓音低沉地叫了声："洪林。"

洪林无奈地把视线移到了车前方的路上，说："老板，那我们就上大路了。"

周亚迪"嗯"了一声，说："你们两个应该能成为不错的朋友，不要因为一些莫名其妙的过节儿伤了和气。"

"放心吧，不会的。"我居然和洪林异口同声地说出了这句话。说完我们两个又在后视镜中对视了一下，这次他的眼神中少了之前的挑衅。

没几分钟，车头突然一仰，猛地往前一蹿，驶上了一条相对开阔平坦的路。眼前豁然开朗，车子也不再那么颠簸，速度明显快了起来。车窗外已是暮色笼罩，道路两旁的树木像一道道屏风，遮挡着背后不为人知的秘密。我松开把手，扭头看到坐在一旁的周亚迪不知什么时候紧锁起了眉头，望着车前被车灯照得发白的路面，不知在想些什么。车内只能听到引擎低沉的轰鸣声和底盘偶尔被飞起的碎石打到的声音。

这种压抑的沉默，仿佛在黑夜中慢慢展开一幅预示未来危险的画面。周亚迪毫不掩饰的忧心忡忡，说明他对即将面临的场面毫无把握。我学着周亚迪由己度人的思考方式，去考虑胡经如果要干掉周亚迪，要做的第一件事是什么？答案很肯定，必须清除的第一个障碍就是我。

从监狱到越狱，到第一次见到胡经，我已经看得很清楚，此人的势力绝不在周亚迪之下。比起周亚迪处处讲规矩的做法，胡经行事更不择手段。指使那座监狱的监狱长不惜一切代价地追杀周亚迪，胡经花了多少钱使了多少手段，稍微展开一下想象就足以让人心惊胆战。胡经的运气是差了点儿，正如周亚迪所说，我这个半路杀出来的程咬金救了他，不然他要么命丧监狱，要么死在出狱的路上。

一切犹如冥冥中注定的，如果没有这次任务，哪怕时间再晚一些，恐怕周亚迪就真的死在胡经手里了。偏偏是因为这个任务，周亚迪身边才出现了一个我，他才得以活到现在。也许他的生命就是为了金三角的覆灭而延续的吧。

想到这儿，我将脸对着车窗外微微地笑了一下。

周亚迪突然说："想什么呢？"

我收起那本来不易觉察的笑容，转过头说："没什么。"

周亚迪说："对了，我听说你在牢里时有人来看过你，是你的什么人？"

他的语调貌似随意，我的心却"怦"的一下跳到了嗓子眼。尽管我早已为程建邦的出现编了一个很圆满的谎，但这些天来从肉体到精神的颠沛流离让我几乎忘了这档子事。他却在我神游物外、精神最不集中的时候突然问出这样的问题，我怎能不惊心？

又或者他根本已经看穿了我的真实身份，这个时间带我出来只是为了解决我？想起临出门时苏莉亚的眼神，不觉中一股凉气从脚底直通头顶。

我强装出一副不屑一顾的样子，笑了笑说："是我的一个发小儿，快十年没见了。我当初跑路来这里，就是考虑到他在这儿，有个投奔。谁知道还没找到他就出了事，进了监狱，他看新闻知道有个叫秦川的坐了牢，就来看看是不是我。"说着我叹了口气，低下了头。

我把之前编好的话用最自然的语调说了出来，我不敢看他的眼睛，我担心自己表情或眼神有丝毫的破绽就会被他识破。我低下头只是为了掩饰自己内心的慌乱，因为我不知道我是否能够做到眼神也会骗人。

"发小儿是什么？"周亚迪问道。

我说："哦，就是从小一起长大的意思。"

周亚迪若有所思地点点头："那你见到小时候的伙伴应该高兴才对呀，为什么好像很不高兴的样子？"

我又叹了口气，说："我也不知道，可能人总会变的吧。"我把话说得模棱两可，希望这番话能够触动到周亚迪的一些记忆，能够顺着我的路子把这个话题聊下去，从他刚才与我讨论"不识庐山真面目"那句诗来看，他很喜欢跟人讲人生道理。

我装作很无辜、很委屈地吸了下鼻子，看向车窗外。

周亚迪并没有上我的钩，而是搭着我的肩膀继续问道："哦？怎么个变法？"

我想，我不能一味地逃避他的眼睛，必须面对他的眼神把我的谎继续编下去。我迅速地在脑海中回忆了自己最亲的，分别了近十年的一个发小儿。我想象着自己落了难去找他后被他冷落的场景，并努力使自己入戏。几秒钟后，我调整了表情扭过头看着周亚迪的眼睛，苦笑了一下说："我举目无亲的，就他一个认识的人，我说让他给我送点儿东西进来，他满口答应了，但再也没有来过。而且，我也找不到过去和他聊天的感觉了，其实看眼睛就能看出来，变了。"我故意显得有些语无伦次。

周亚迪点点头，抿着嘴想了一下说："也许他也有他的难处。"

我慢慢地摇摇头，垂下眼皮说："也许吧，不过无所谓，反正我也想通了，到了这里，我也不想跟过去扯上半点儿关系了。"

"嗯，既来之，则安之，随遇而安。"周亚迪又拍拍我的肩膀，接着问，"你这个朋友叫什么名字？"

这个问题经他的口一出，像是点了我的穴位，瞬间我的大脑停止了运转。程建邦该叫什么呢？他进监狱的时候一定会登记，他登记时用的是真名还是假名？程建邦曾经说起过，他差点儿跟了周亚迪，现在想来，应该是差点儿跟了赵振鹏才对，那么他们对程建邦到底知道多少？

秦川，你要冷静。他为什么突然问及程建邦？如果他想解决你，为什么还要这么多废话？他既然问了，说明只是有点儿疑心而已，所以想好你的答案。

想到这儿，我醒过闷儿来，发现从他提第一个问题开始，我就处于一种被动的状态，一切都在跟着他的节奏走。我有必要乖乖地回答每一个问题吗？到这份儿上，傻子也看得出他是在怀疑我，那我为什么要接受他的盘问？刚才洪林对我的怀疑已经让我不满，现在周亚迪对我的怀疑应该让我愤怒，或者是心寒。

我缓缓抬起头，佯装吃惊地看着周亚迪，不可思议地说："迪哥？你是不是信不过我？"我用内心的害怕和入戏后的委屈努力将自己眼眶逼红，我必须扭转被动的局面，不等他说什么，又抢着说："你既然都知道了，为什么还要跟我对质？你要是信不过我，真不如杀了我。"说着，我的眼眶里居然真的渗出了眼泪。

周亚迪果然被这招蒙住了，忙说："这不是无聊，闲聊天吗？"对洪林说了句"开快点儿"，才又转过来对我说："我怎么可能不信你呢？"

我不能就此罢休，我必须趁热打铁。我激动起来，说："真的，迪哥，你要是信不过我就直说。我说过，我本来以为自己下半辈子就交待在监狱了，是遇见了你和鹏哥，我才能从里面出来。我也没有一技之长，也不知还能做点儿什么，我想你能看得起我，我就可以把我这条命交给你。"说到这儿我抽泣了一下，接着说，"算了，我没什么好说的了。"

我从腰间把他之前托洪林给我的那把满是哑弹的手枪抽出来，二话不说对准了自己的太阳穴，看着他的眼睛，我慢慢地开始扣动扳机。

我本想当着他的面扣动扳机，如此一来，我既用生命证实了对他的忠诚，不响的哑弹也保住了我的性命。

周亚迪大惊失色，飞快地从口袋里摸出一把手枪对准了自己的太阳穴说："秦川，你要开枪，我也开。"

洪林吃惊地喝道："迪哥！"

我就要被他所感动了，但是立刻想到他并不是担心我开枪，他知道我枪里的子弹是哑弹。如果我开了枪更加证明他对我的不信任，而他是不会允许自己的伎俩在手下面前败露的。仅此而已。

周亚迪慢慢伸过手来，握住我的枪慢慢地挪开我的脑门。我自始至终看着他脸上的表情，如果我不知道枪里全是哑弹的话，恐怕就算我再活二十多年，也会被他骗过。

骗？想到这个字眼我不禁想笑。我和他不都是在骗吗？我们为着不同的目的，各自做着各自的戏，在骗别人的同时，几乎也要把自己骗了。

周亚迪把我的枪拿走后收了起来，看着我说："你怎么那么冲动？怎么能拿自己的命当儿戏？"

我目光呆滞地盯着前方，慢慢地说："我说了，我的命是迪哥的，迪哥信不过我，这条命留着也多余。"

周亚迪重重地叹了口气，在自己嘴上拍了一下说："我就是多嘴，差点儿害了我兄弟。"

这时，洪林回头说："迪哥，快到了。"

"嗯，知道了。"周亚迪应了一声，把他自己的那把枪塞到我手里，说，"这枪是给你对着别人开的，枪口永远别对着自己。"他的手在枪上放了好一会儿，才拿开。

我用余光看着他的神情和动作，心中居然泛起一阵阵凄凉和苦涩。

我说不清这感觉从何而来、因何而起，只是觉得一直与我如影随形的孤独，再次将我紧紧拥在它灰暗冰冷的怀中。

2

前方隐约出现了一些若隐若现的光亮，车速也降了下来。一座占地很广的高墙大院出现在我们面前，我想应该是到地方了。车子被几个穿着看不清标识的军装的军人拦了下来，一个军人从车窗外探进头来，看到周亚迪后笑着打个招呼，指示身后的几个警卫把门打开。

高墙里是几栋普通的砖瓦房，窗户外装着空调外机，并不是我想象中的竹楼。下了车，我四下看了看说："这地方还有电？"

周亚迪笑笑说："别乱看，别乱讲话。"指了指其中一栋房子，"走吧。"

我看了一眼那间房子和透出昏黄灯光的窗户，心情开始激动起来，忍不住又抬头望了望天，默默地祈祷上天，保佑我快点儿得到我想要的情报，赶紧结束这已经让我脱了好几层皮的任务。

我低着头跟在周亚迪身后，边走边观察着院子里的情况。这里到处都有背着枪的军人在暗处三三两两地巡逻，守卫不是一般地森严。门口的墙根下坐着两个人，叼着烟打量了我们一会儿，用下巴指了指他们面前的一个纸箱。我看了一眼那纸箱，里面放着六把不同型号的手枪。周亚迪从身后摸出枪丢进去，冲我点点头，我和洪林分别把枪搁了进去。另一人懒洋洋地站起身将我们三人从上到下摸了一遍，然后敲敲门，对我们做了个"请"的手势。

周亚迪第一个进门，我和洪林跟在后面。屋里很空，上首位置摆着一个偌大的茶海，上面摆放着全套的工夫茶具。一个五十多岁的中年男人坐在大茶海后面，穿着半袖衬衫和西裤，脚上穿着一双拖鞋，跷着二郎腿正在泡茶，见我们进来忙说："辛苦辛苦，来坐，喝茶。"

周亚迪叫了声"包总",入了座。

不出所料，胡经也在座，他的两个手下站在他身后，其中一个很面熟，正斜着眼看我，应该上次在医院见过的。另外一个双手抱在胸前站在靠墙角的地方，低着头像是在想什么事情。落地灯的光亮几乎都集中在茶海周围，他站的地方是个暗处，整张脸正好藏在阴影里，完全看不清模样。

洪林拽了拽我的衣角，对我使了个眼色，站到了周亚迪身后的墙边。我跟着他也站了过去，正好对着胡经的那两个手下。

周亚迪毕恭毕敬地等着那个被称作包总的人给他倒了一杯茶，说了声"谢谢"，端起茶先放到鼻下闻了闻，呷了一口，点了点头，才将杯中的茶全部喂到口中，细细品了一会儿，说："好茶。"

包总哈哈一笑说："亚迪是见过世面的人，不像小胡，来了先干了我六七杯，还说渴，哈哈哈。"

胡经此时完全没了当日在医院的戾气，干笑着抓抓头说："让包总见笑了，我是个粗人。"

我顿时明白了，这个包总应该才是这里真正的老大。

"对了。"包总笑呵呵地看着我对周亚迪说，"你这个小兄弟面生得很，我应该是第一次见。"

周亚迪忙皱着眉对我说："秦川，还不叫人。"

我一时不知该怎么称呼他们口中的这位包总，是和他们一起叫包总，还是该叫包哥？愣了一下，说："包……包总好。"

包总看着我点点头说："嗯，一表人才。"接着他对胡经说："你们两个还真是默契，连添个新兄弟都不分前后。"

胡经呵呵地笑着，回头看了一眼他身后那个一直低着头的手下，说："我这哪儿能和迪哥的比，迪哥是见过世面的人。"

周亚迪看着茶海上的酒精炉燃起的蓝色火苗，幽幽地说："世面见得多也不一定是什么好事，知道的太多了。"他叹了口气，突然话锋一转说："对了，令尊的大寿办得怎么样？我还备了份大礼，改日一定登门拜访，听说伯父的蒸石斑手艺是一绝，还总亲自去菜场挑鱼，有空我得去跟伯父学学。家父生前最爱吃蒸石斑，他生前我没怎么尽孝道，真是子欲养而亲不待，不过该补的还是得补上。"他说完笑着端起茶杯，呷了一口茶，闭上眼回味了一会儿，十分满意地摇摇头说："真是好茶，这是第二泡吧，下一泡更好。包总，不如让我来？"

包总始终笑呵呵的，点头说："好啊，你来。"

胡经脸上的肌肉明显抽了几下，又不敢发火，只好抬起头恶狠狠地盯着我。我见包总正兴致勃勃地看着周亚迪泡茶，于是对着胡经悄声学着狗对他"汪"了一下。不知为什么，我好希望他们打起来，这种不论真假的平静，总是让我没有机会，再这么下去，日子就像流水一样白白地过去，最重要的是会慢慢洗刷掉我所有的伪装。

此时胡经眼里几乎要喷出火来了，摸了会儿自己下巴上的胡楂儿，说："包总，咱是不是先把正事谈了？"

包总说："好啊，那你试试亚迪泡的这第三泡茶。"

胡经无奈地笑了笑没有吭声，看得出他在努力地压制着自己的情绪。他低着头好一会儿，猛然抬起头，吸了下鼻子说："包总，你给个痛快话吧，大陆我们进不进？"

"混账！"包总突然喝道，"这么烫的水怎么能直接泡茶？好东西都糟践了。"说着，他一手把茶海上的几只茶杯打翻了。

胡经的表情瞬间凝固了，呆呆地看着直往地上淌的茶水。周亚迪神情自若地抓起茶海上的茶巾擦了擦溢出的茶水，说："想给包总露一手，还给演砸了，唉，还是经验不足。"他叹了口气，又说："包总千万别生气，我那还有半斤绝世的好茶，下回我捎来，您可千万要教教我。"

包总面色一转，哈哈笑道："好，经验不足，可以慢慢练，你要不做，这经验从哪里来？"

我似乎明白了什么，他们谈话的实质远远超过了表面的内容。如果我判断得没错的话，周亚迪所谓的经验不足指的正是毒品运进中国内地的事。如此一来，这个包总已经显而易见地表现出想试试水。不做，怎么会有经验？

周亚迪愣了一下，说："那还得是包总大人有大量，要是换个人，把我杀了我都不冤。"

包总抬起头看了眼周亚迪，呵呵一笑，不再言语。

看来周亚迪之前对我说的是真的，他的确是在阻止毒品进入中国内地，不过现在的情形似乎对他很不利。这个包总明显是更倾向于站在胡经那一边，表面上他显得对周亚迪更客气，实际上他应该和胡经走得更近一些才对——只有亲近的人，才不需要多余的客套。

重要的是，这个包总看起来要比周亚迪和胡经势力更大，大到哪一步我不敢随便猜测，我只知道他的手下是穿着军装的。换言之，此人手下可能豢养着军队，只凭这一点，就把周亚迪和胡经甩出去十万八千里。

那么，我的任务怎么办？如果只有周亚迪反对毒品进入大陆，会不会被踢出局？那样，我潜伏在他身边还有什么意义？早知如此，我何必要得罪胡经？不如跟了他？现在胡经一定恨我恨得牙根痒痒。相对而言，胡经似乎更好对付一点，这个人看似凶残，但喜怒哀乐都在脸上，不像周亚迪，像一个万年的老妖，变幻多端，多到你永远摸不透他的真身到底是什么。

我有些沮丧，默默地叹了口气，目光空洞地朝对面看去。这一看不要紧，正好跟对面的一人打了个照面。之前站在胡经身后那个低着头的手下，他的脸正好正对着我，带着浅浅的看似挑衅的微笑。他的样子似是这沉闷的夜里平地响起的一声惊雷，震得我五脏六腑倒了位置。我生生被惊得往后倒了一步，一口气没提上来，我赶紧用咳嗽来掩饰失态。

我的异常果然立刻引起了在场所有人的注意。

我只好硬着头皮一边咳一边说："不好意思，我吸进去了一只蚊子。"

如果我没有看错的话，对面站着的正是宁志。我终于知道程建邦说的那个上面派来的另一个人是谁了。

　　我平稳住呼吸和心情，让自己恢复了常态。胡经上下打量了我一眼，冷冷地"哼"了一声，说："我不喜欢绕弯子，我明确表个态，我的货是一定要进内地的，就算一半被截了，也比被洋鬼子坑划算。事情很明朗，谁先进，规矩谁定，迪哥要是害怕，你的货我全按市价收，怎么样？再不然，你的地都包给我也行，你开价。"

　　周亚迪笑了笑，说："怎么？我刚入行，就开始给我安排退休了？"他伸出左手掌摊开，"算命的说我命长，你看看这条命运线，还说我命里小人多，尤其不能占便宜，不然多长的命也没用了。"

　　胡经猛地站起来指着周亚迪说："你他妈什么意思？别给脸不要脸。"

　　我看了一眼包总，老家伙一副事不关己的样子，悠然地泡着茶。我不等洪林有什么反应，上前一步挡在周亚迪面前，胸口对着胡经。胡经不自觉地退了一步，这时一个身影带着风"唰"的一下挡在我的对面。我一抬眼，的确是宁志。

　　我和他四目相对，内心瞬间翻江倒海般地翻滚起来。

　　战友，我日思夜想的兄弟，多少次是你把我从鬼门关拉回来，当我在十字路口徘徊犹豫时告诉我方向。多少次在梦里我为你哭泣，就算是醒了，脸上还挂着泪水。多少次我以为今生再也见不到你了……如今，你就站在我的面前，离我如此之近，我只需伸伸手就能在你胸口捶一下，我多想抛开一切与你抱头痛哭，告诉你我都经历了什么，告诉你我没有给战友丢脸，我用我的生命捍卫了我们不屈的尊严。但此时，我能做的只是抑制住满腔滚烫的热血，抑制住我的眼泪，甚至不能有丝毫表情。我要做到就像我的生命中从来不曾有过你出现一样，还要像对待敌人一样怒视着你。

　　宁志眼眶也明显微微泛红，幸好在这昏黄的灯光下别人离得远注意不到。我生怕他的眼泪涌出，正想说点儿什么转移他的注意力时，只听胡经说道："你小心别被狗咬了。"

　　包总还笑呵呵的，说："嗬，这是干什么？斗鸡？"

　　周亚迪说："秦川，没你事。"

我回头看了一眼周亚迪，他给我使了个眼色，示意我站回去。我假装悻悻地对宁志"哼"了一下，站回自己的位置。

这突如其来的情况震得我耳内嗡嗡直响，好像被一群蜜蜂围着不散似的。宁志是怎么跟到胡经的？又是从什么时候开始这个任务的？当初离开时，我还专门问过徐卫东，他说宁志另有任务，原来是和我一样的任务。他又经历了什么才走到今天这一步的？这些问题一股脑儿地蹦了出来，好想整个时间能够停止几分钟，就几分钟，让我跟他聊上一会儿。

可惜，我和他现在是敌对的、陌生的，很可能根本不会有任何友好层面的接触。

至少有一点让我足以感到欣慰，就是我之前的判断是对的，我和我的任务只是整个局面的一条线而已，我保住了自己的线，就保住了整个局面不失控。不久前，我还在为自己孤军奋战而沮丧，现在，我再也不会觉得孤独，不管是程建邦还是宁志，都让我明白，战友一直就在我的身边与我一同战斗，我从来未被抛弃或遗忘过。

九指琴魔宁志现在就在我对面几米的地方，我下意识地扫了一眼宁志的右手，才发觉他右手的所有手指都是完整的。我的头皮一阵发麻，忙将目光挪开，闭了闭眼睛，再次朝他的右手偷偷地瞥去，没错，是完整的。

难道这个宁志是假的？我实在不愿相信这个事实，以至于一有机会眼神就会从他的右手掠过，我希望是我眼花，或是屋内灯光太暗而看错。不可能是假的，怎么会有长得这么像的两个人？

我一抬眼正好看到宁志也在看着我，他大概注意到我在看他的手，嘴角微微一扬，不动声色地将右手的无名指"拔"了下来，放在嘴边哈了口气，用衣角擦了擦又装了回去。

他的这个小动作差点儿让我尖叫出来。没错，是宁志。他在告诉我，他是货真价实的宁志。我用余光突然留意到胡经正在看我，于是挑衅地瞥了宁志一眼，轻轻朝地上啐了一下。

　　包总一边喝着茶一边说："好了，时间也不早了，你们是回去还是在我这儿将就一下？"

　　胡经说："来的时候说好晚上要回去的，我得回去，不然他们该着急了。"

　　周亚迪说："怎么，不等其他人了吗？"

　　包总正要说话，胡经就抢着说："我就是代表其他人来的。"

　　周亚迪笑着点了点头，站起身说："看来是我有点儿多余了。"

　　"嗨，别这么说，事情都是聊出来的，我一直很尊重你父亲的，他称得上是德高望重，虽然有时候有点儿……"包总手指在脑袋边画了几个圈，说，"有点儿老脑筋。"说着话也站起身来，"记得你答应我的茶叶哦。"

　　周亚迪点点头说："那我就回去了。"

　　包总说："路上留神，最近这儿附近不知道什么原因，来了不少熊。"

　　"可能这儿肉多吧。"周亚迪笑笑，整了整衣服说，"包总，告辞了。"

　　包总说："不送。"

　　我跟着周亚迪先胡经一步出了那所房子，一直到上车，我都没有回头再看宁志一眼，但我能感觉到他一直在看着我。

　　一上车，周亚迪就对洪林说："走小路，快点儿。"

　　洪林"嗯"了一声，将车缓缓驶出院门，拐了一个弯，猛然加速，在大路上行驶了大概两三公里，从路边一片灌木的空隙中冲下了大路，钻进了茂密的丛林中。我从心底佩服洪林，此人对这里的地形简直了如指掌，也看得出他对周亚迪的忠贞不贰，怪不得周亚迪能如此器重他。

3

　　周亚迪显得很紧张，手紧紧地抓着车内的把手，不时在裤腿上抹去手掌的汗水，而且有意无意地总朝后看。我从没见过他如此惊慌失措过，看来果然刚才那个包总才是这里真正的老大。胡经希望运毒品到内地的事，不仅联合了其他几股势力来跟周亚迪抗衡，还明显已经争得了包总的支持。在这之前，他们几方之间是怎么相互制衡的，我不得而知，但这一次，内地巨大的毒品市场所带来的巨大利益，显然很轻易地打破了这种平衡。

看来，周亚迪跟我说的没错，他的确在阻止这一切的发生，或者是继承了他父亲用生命恪守的那个所谓的规矩。一时间，我又有些恍惚，不论我站在哪个角度，我都该协助周亚迪去阻止这里的毒品涌入内地。但我的任务是要得到他们运送毒品的详细计划，并在他们实施之前将这些情报上报。问题是，眼下周亚迪与包总、胡经他们显然在彻底决裂，我如果继续帮着周亚迪，只能是让我更难获得那个计划。难道费尽心血最终却还是要与成功失之交臂吗？

我想起了在胡经身边的宁志，又是担心，又是慰藉。我担心他的安危，在这里所有生命都变得一文不值，不过想到他会将这项任务执行下去，我又很安慰。这个任务就像一个接力赛，我阴差阳错地接了程建邦的棒，现在看来，下一棒要交给宁志了。

宁志到底是怎么走到胡经身边的？胡经对他的信任度是多少？他到底经历了什么？我接下来该做什么？这一切的一切，宁志和程建邦知道多少？徐卫东又知道多少？这些问题一个又一个地如同一群苍蝇在我的大脑里嗡嗡嗡地盘旋着，我怎么也无法静下心来仔细想。

最要命的是，我之前把周亚迪对我的信任度预估得过于乐观了。那么之前的很多判断可能根本就是错误的。真是一个好演员，我这么想着，用余光扫了一眼额角满是汗珠的周亚迪。

车里在密林中前行了几公里后，洪林将车刹住，扭头对周亚迪说："迪哥，前面好走了，一直往南就行，我留在这里断后。"

"断后？"我朝后看了一眼问，"他们会追来？"

洪林看了我一眼没说话，只是看着周亚迪，等待着他的决断。

周亚迪皱着眉头略一沉思，说："你小心点儿。"

洪林对我说："你来开车。"他打开车门跳了出去，走到车后，打开后备厢，拿出一支步枪。

我疑惑地看着周亚迪，希望他能给我一个明确的指示，或者告诉我该怎么做。但他好像一直在犹豫着什么，沉默了几秒后，他冲我点点头，用下巴指了指方向盘。我刚要起身，他又冲我摆摆手。"算了，我开吧，这儿的路我比你熟。"他下车换到驾驶位，调了下座位和后视镜后摇下车窗，伸出头对车外的洪林说，"明天一起吃中饭。"

洪林用力点点头说："快走。"

周亚迪果断地一踩油门，车子冲进了黑暗的密林中。我说："迪哥，用不用我也留下来帮忙？"

周亚迪只顾紧握着方向盘，目光死死地盯着前方，嗓音略带沙哑地说："我今天已经犯了个错误，不想再犯第二个了。"

我本想问个究竟，又觉得多嘴不好，我想他应该有他的打算。在这里，在此时，我得把他当作自己的上级，只需服从他的命令就好。他快速地看了我一眼，问："你怎么不问我是什么错误？"

我说："该跟我说的，你会说，我初来乍到，不想多嘴，需要我做什么你一句话。"

周亚迪微微一笑："还在为来时的事生气？"

几声枪响从后面传来，我就手从腰间摸出周亚迪下午给我的那把手枪，上了膛，扭过身，车后窗外黑漆漆一片，什么都看不到。又几下枪声响起，我扭头看了一眼周亚迪，他紧抿着嘴唇，专注地开着车，握着方向盘的手臂上的青筋一根根地凸起。车子在崎岖的密林间又穿行了十多分钟，就再也没有听到枪声。我说："是他们在追杀我们吗？"

"嗯，我不该只带你们两个来，这次我太自负了。"周亚迪懊悔地摇摇头，眉头皱得都快拧到一起去了，"你和洪林都是我的兄弟，我同意他断后是因为他对这一带熟悉，他之前也当过兵，这里就是他最好的战场。不让你留那儿，一来你不熟悉环境，最主要的是你的身体还没有恢复。"

我点点头说："我明白。"

周亚迪抽空快速扭头看了我一眼，苦笑了一下说："是不是很残忍？"

我朝后车窗张望了一会儿，说："枪声停了。"

我和周亚迪都明白，枪声停了说明有两个可能：要么洪林死了，要么洪林把追来的人打死了。哪种可能性更大？不用想也能判断出来，包总手下可是养着军队的，如果想要周亚迪的命，不可能只派出几个人，这么轻松就被洪林搞定。所以很可能是洪林死了，而我和周亚迪已经成为他们猎杀的下一个目标。

换我是包总，如果周亚迪成功逃脱，相当于放虎归山，那为什么刚才不在屋子里解决我们呢？

"准备跳车。"周亚迪的话打断了我的思路。他打开车门，慢慢地松开方向盘，对我使了个眼色说，"放心，现在两边都是草，尽量别伤着。"说完纵身跳下车。

我打开车门的同时扫了眼仪表盘，时速已经超过了三十公里。我将手枪别在腰间，舒了口气跳下车，就地连着四五个前滚翻才缓了下来。我在原地打了几个滚，将身体彻底停下来，赶紧拔出枪半蹲在原地四下辨认着方向，我们丢弃的车子还在一直朝前行驶。

我活动了一下身体，确定自己没有受伤后，朝周亚迪刚跳车的方向猫着腰跑去。对面一个黑影朝我跑来，我眯起眼睛一看正是周亚迪。他猫着腰跑到我跟前，冲我做了个跟他走的手势，带着我钻进了密林中。我跟着他在黑漆漆的林中狂奔，树枝不停地抽打在身上和脸上，火辣辣地疼。我只能用一只手挡在眼睛前。相是保不住了，怎么也得把眼睛保住才行。

周亚迪突然停了下来。在这又潮又闷的密林中跑起来还觉得有些凉风，骤然停下来顿时觉得像是钻进了火炉，整个人好似一块刚从水里捞出来的海绵，汗水疯了似的往外淌。

　　我俩不约而同地抹了抹脸上，甩了一把汗。我轻声问："咱这是往哪儿走？"周亚迪喘着粗气说："他们能追来，说明他们知道这条路，开着车再往前的话，会上一条大路，他们一定会派人在那儿堵，所以我们必须弃车，我们现在是往相反的地方跑。"他摇了摇头，朝地上吐了口口水，懊恼地说："这次怪我。"

　　我说："迪哥，现在不是说这些的时候，你说接下来我们应该往哪儿跑？"

　　周亚迪伸手朝前指了指，说："我跑不动了，我得歇会儿。"

　　我头皮一麻，我还以为他停下来是有什么计划呢，原来是因为体力不济跑不动了。现在每停留一秒钟，就会被敌人多追近几米，我一把拽住周亚迪的胳膊说："走，不能停。"不由分说，拖着他就往前跑。

　　刚跑出不到三百米，周亚迪脚下一软居然摔倒在地。躺在地上上气不接下气地对我摆摆手，匀了半天气才说："应该……应该没问题了，他们，不会……不会追到这儿来的。"

　　我试着拽了他好几次，也没法将他拉起来。我说："他们有狗吗？"

　　周亚迪躺在地上说："啊？"

　　我说："追人的狗，军犬什么的。"

　　周亚迪想了想说："狗是有的。是不是军犬就不知道了。"

　　我说："那不行，我们必须跑，这附近有没有河？"

　　周亚迪摇摇头说："不知道。"

　　空中一轮圆月无遮无拦地散发着清光，这种能见度对我们来说是很要命的。看着地上疲惫不堪的周亚迪，望着四周黑压压的丛林，我突然想，要不要将他擒住？主动送到包总或者胡经手里去？这个想法在我脑中一晃，我不由得出了一身冷汗。如果这么做，我是不是就能接近包总或者胡经？那样和宁志配合起来岂不是如虎添翼？反正我的任务是拿到他们往内地运送毒品的情报，周亚迪很显然已经被这个集团抛弃了，跟着他对整个任务没什么益处。而且，他在这里的势力看似并没有我想象中的那么强势，想起他在监狱中自称是这里的国王，我不禁冷笑了一下。

为什么不能出卖他？他只是一个毒枭，不论他把毒品运往哪里，都是在坑害人。可是出卖了他，作为一个卖主求荣的人，是否能真的得到包总或者胡经的认可？胡经看似简单，实际是怎样一个人，我连一知半解都谈不上；至于那个包总，我想以自己的资质在他面前耍小聪明无疑是主动找死。如果我这条线出了纰漏，不仅帮不到战友，还很可能给宁志添麻烦。

周亚迪突然问："你在想什么？"

他这么一问，吓得我浑身一激灵。我忙说："我在想要不然我把他们引开，你先走，回去叫人来接应我。不然咱俩都困在这里，那真是一点儿机会也没有。"

周亚迪看了我一会儿，抹了把脸上的汗，坐起来拍拍我的腿说："我真的没有看错你。秦川，今天我可能已经失去了一个兄弟，我不能再失去第二个，不然就算我活着，下半辈子也不会安宁的。"他伸手打断正要说话的我，说："我来引开他们，你走。"

"啊？"我不敢相信自己的耳朵，他居然说出这样的话来。他手撑着地面站起来说："他们不会直接杀我的，你回去找苏莉亚，告诉她这里的事，听她安排。"

"不行！"我断然拒绝了这个提议。本来刚才我还在为要不要出卖他而迟疑，听他这么一说，我立刻打消了那个念头，说，"看他们的势头，他们不会对你留情的。"

周亚迪摇摇头说："大不了我先同意他们一起运货到内地，然后再想办法。"

"不行，迪哥，你跑不动，我背着你。"我拖起周亚迪说，"来，上来。"

周亚迪手搭在我的肩膀上，低头喘了一会儿说："不用了，你走前面，我跟着你。"说完又推了我一把。

我说："迪哥，跑起来不要停下，越休息越跑不动，想点儿别的事，分散注意力。"

他点了点头。

我说："我觉得我们不能一味地往远跑，很容易迷路的。"

周亚迪抬起头看了看我说："我知道，往前跑就是了。"

我见他目光笃定，已然没了之前的慌张，心想他必然是有了打算。我拉开步伐，继续在丛林中穿梭，只是越跑我越觉得茫然，我不知道未来等待我的到底是什么。如果他有明确的目标，为什么刚才说要帮我把人引开，让我去找苏莉亚呢？苏莉亚和他到底是怎样的关系？这个问题实际上已经困扰了我很久，只不过在那寨子里，我潜意识里总是逃避去思考这些问题。而现在，当我的生命再次受到威胁的时候，我开始深刻地反省自己之前的松懈。

到底我是在按照自己的计划步步为营，还是只凭着感觉在赌博？我反复地拷问着自己。就像现在我到底往哪里跑，后面追杀我的到底是什么人，或者后面到底有没有人在追我，我都不知道。我猛然醒悟过来：这不是周亚迪是否信任我的问题，而是我太信任周亚迪了。

这是个致命的错误。

秦川，清醒一点儿，这里没有你的朋友，以前没有，现在没有，以后也不会有，你不能再出错，否则不仅你会失去生命，还有宁志，或许还有你不知名的战友也潜伏在这里。

4

我按照周亚迪指示的方向跑着，其间零星听到了几声狗叫声。

后面的确有人在追我们，我不知道目的地到底有多远，所以不好决定用怎样的速度前行。

我不想在到达前耗尽体力，也不想太慢被后面的人追上，关键是周亚迪明显越来越吃力了，我最担心的是他坚持不住要停下来。

我边跑边说："迪哥，你给我说实话，还有多远，后面可能有人追来了。"

周亚迪上气不接下气地指着前面说："就……就在前面，我没跑过，不……不知道。"

我指着前面卧着的一座山说："要翻那座山吗？"

周亚迪痛苦地摇摇头，喘着气说："不……不用。"

我接着问："那地方，离那座山有多远？"

周亚迪抬起头看了一眼："不……不知道，在那儿，在那儿看着，也是这么远。"

我知道再问也问不出个所以然了，狗吠声已经由之前的零星几下，变成时不时就能听到几声。他们应该已经发现了我们的踪迹，开始召集所有人往我们这边追了。

我说："迪哥，是不是到那儿就安全了？"

周亚迪点点头。

我知道那儿一定是个很安全的地方，才能让周亚迪在命悬一线的时候坚定地选择往那边跑。但根据身后的那些狗吠声，二十分钟内如果不能到达目的地，后面的人就会追上我们。他们就算不是训练有素的士兵，也是年轻力壮的小伙子，而我为照顾周亚迪不得不放慢速度。从周亚迪凌乱不堪的呼吸和沉重的脚步来看，他体力已经逼近上限，随时都可能崩溃。

出卖他的想法再一次出现在我的脑海中。我想，即便我和他平安抵达目的地，继续跟着他，也对我的任务没有任何帮助。问题是现在甩掉他，我也无处可去，而且会成为整个金三角的敌人。又或者像现在这样，跟他一起双双被身后的人追到，更是九死一生。

身后的狗吠声渐渐地变得清晰起来。我也想起周亚迪之前给我的那把填满哑弹的手枪，几小时前，在车上他怀疑我时的神情，在我的脑海中越发清晰，更清晰的是我拿着那把根本不会射出子弹的枪比在自己头上时，他那佯装要与我一同去死的虚伪样子，我开始觉得恶心。

我救过他一命，也许是两命。我不欠他什么。我想，我现在只需要考虑要给他们一个活的周亚迪还是死的周亚迪。

我猛地朝前迈了两步，停下来转过身，手里的枪口垂向地面。周亚迪喘得合不上嘴，脸上的汗水混着污渍早已将平日的风度淹没，见我停下，他也停了下来，目光呆滞地看了我一眼，踉踉跄跄地扶在一根树干上，低着头大口地喘气。

我只是个逃犯，是个混混儿，我没有任何节操，只有一身杀人的技巧而已，我无须为一个只认识几个月的人送命。现在我杀了他，投奔另外一个人，天经地义，就像胡经说的，我就是一条狗，或者狗都不如。那么，我没有必要再为自己将要做的事而内疚了。我只需开枪将面前这个人打死，枪声能证明是我开的枪，我开枪杀了他们的心腹大患，从此他们可以肆无忌惮地吞并周亚迪的烟田和势力，大摇大摆地把毒品运往内地。而我继续做一条狗，至少我活着，至少可以在暗地里协助宁志。

狗吠声越来越近，我几乎能听到来人喘气大口吐痰的声音。我握了握手里的枪，子弹是上了膛的，目标人物几乎没有丝毫反抗能力地站在一个我闭着眼都能打死的地方。一切只在我抬起手、扣动扳机了。

"秦川，你听我一句，快走，我肯定是跑不了了，不能拖累你。"精疲力竭的他扶着树，垂着头说，"听话。"

我握着枪的手颤抖了。

不是他的话打动了我，而是一闪念意识到自己的思路错了方向。

如果他们根本不想杀他呢？一个势力怎么可能全部由周亚迪一人完全掌握？他一定还有他的团队，如果我杀了他，周亚迪这头的其他人是否会坚持周亚迪维系的那个所谓规矩？如果他们愿意和胡经和包总合作，那我岂不是会被他们生吞活剥了？而且，那个时候很有可能动手杀我的会是苏莉亚，她看周亚迪的眼神就如同一个女儿看着自己的父亲。

我想，我刚才不仅忘记了自己的真实身份，也忘记了还有战友就在我的左右。我怎么能忽略这些最珍贵的东西呢？我之所以能够为了这个任务而不惜一切代价走到今天，正是因为我知道身后有我的祖国在看着我，我最不动摇的就是这一点！

周亚迪得活着回去。有他在，多多少少会对胡经和包总的势力加以制衡。哪怕是拖延他们往内地发货的时间，都可以给宁志争取更多的机会。只要拖住了时间，宁志一定会骗取到他们的运送路线计划，一样是完成了我们的任务。

我没有多少时间再犹豫了，这么耗下去我和周亚迪是九死一生。如果我去引开来人，周亚迪就能活着，而我也未必会死。毕竟我才是受过专业训练的军人，对付几个杂牌军胜算很大。

眼下，我只祈求我的判断是正确的。

"迪哥，你走，我去引开他们，你告诉我，是不是顺着刚才那条路就能到咱们的地盘？"我抹了把额头的汗说，"没时间犹豫了，想抓住我没那么容易。"

周亚迪抬起头看着我说："秦川，我说过了，我不能再丢下自己的兄弟，大不了一起死在这儿，我死了，他们一定会后悔。"

我问："是不是顺着那条路就能到咱们的地盘？"

周亚迪抬头看着我，终于点了点头，说："走到大路一直往南。"他停了一下，还想接着说什么，我打断了他，说："迪哥，你保重。"

我转身按原路往回返，我必须给周亚迪留出足够的时间，所以一定要尽快迎上追兵，把他们引到另外一个方向。

周亚迪在身后压着嗓音叫着我的名字，我没有理他，一头扎进夜色笼罩的密林深处。那一刻我真想抽自己一个耳光，我居然失措到忘记了自己真实的身份：我是一个军人，战斗是我的职责。怎么会被几个杂牌军追得仓皇逃窜？

真是可笑。

这时候，我才是这里的国王。

我一边跑一边舒展着筋骨。我的武器有一把手枪，还有这黑夜中的丛林。我的敌人只是毒贩豢养的几个杂牌军人和几条狗而已。我的任务是带着他们在这丛林里兜风，逮住机会逐一消灭，最后安全返回大本营，也就是周亚迪的地盘。

这么一想，我顿觉轻松了许多。我的任务就是接近周亚迪，是我老把事想复杂了，才把自己搞得这么累。周亚迪凭什么信任我？我又凭什么因为他对我不信任而对他动杀机？我只需走好自己的这一步棋就好，如果之前周亚迪对我还有所怀疑，那么只要这次我成功了，我离他的信任还会远吗？

约莫往回跑了两三公里，迎面的狗吠声已经非常清晰了。又是狗。我想，胡经一定很恨我，就像我现在那么恨对面那些狗一样。此时，对面那些狗就是那些人的眼睛和耳朵，是可以帮他们要了我的命的帮凶。从声音上判断，应该有三条，我枪里的子弹肯定不足以应对此时的情况，相比之下我更想要一把匕首。

我放慢了脚步，仔细观察着左右的地势，希望能从中找到破解危机的方法。突然耳边传来一阵急促的脚步声，飞快地正在向我靠近。情急之下，我举起手枪，屏住呼吸靠在身边的一棵树下。

"秦川！"一个刻意压低的声音从夜色中传来。

我心头一紧，有点儿难以置信地压低声音问："谁？"

"邦，程建邦！"

这个熟悉的名字和声音，让我差点儿失声叫了出来。一阵窸窸窣窣的声音后，一个身影蹿到我的面前，我仔细一看，正是程建邦，他的眼睛在月色下格外明亮。我激动地在他腿上踹了一脚，说："你他妈的怎么才来？"

"操你妈的，轻点儿！"他龇着牙吸了几口凉气，"你怎么每次见我都是这句？"

我说："你怎么这么娇气？"

他瞪着我说："你他妈从三楼跳到一堆榴梿上试试，我他妈跟你没完。"

我说："你怎么在这儿？"

"少废话，见到咱的人了？"他说着摸出一只瓶子，打开瓶盖，将里面的液体在我们四周的地上浇了几圈。一股刺鼻的气味钻进我的鼻孔，我差点儿打出个喷嚏，捂着鼻子揉了半天才将那个喷嚏按住。

"问你话呢？发什么呆？"程建邦问。

我一时没反应过来，愣了一下想起宁志来，忙说："见到了，我认识。"

他点点头"嗯"了一声说："周亚迪离这儿有多远？"

我说："不到三公里。"

"我们不能出现在一起，我只能暗中协助你。他们有十二个人、三条狗，配备自动步枪。"他顿了顿又说，"东南方向三十公里是你住的那个寨子。"

短暂的备战间隙，我想起刚才他的自我介绍，不禁乐了："邦？程建邦？我怎么听着耳熟，007吧？"

他低着头从身上摸出两把匕首，递给我一把："帅吧？今天我让你见识下什么叫作搭档。"

我接过匕首在树上试了下刀刃："滚你大爷的，007的搭档，只要不是女的，全都死了。"

他咧嘴一笑，雪白的牙齿好像会发出"铮"的一声亮光似的，说："往后撤一百米，我绕到他们后面帮你解决几个，尽量别开枪。"

"狗怎么办？"

他冲地上努努嘴："放心，闻到这个，狗鼻子全废。"

我问："什么东西？"

他说："临时配的，在我眼里，这树林里到处都是食物和武器。怎么？你们学校不教这些？"

我"切"了一声说："别废话了，周亚迪可能不会往内地运货，看这样子，他也控制不了胡经和包总，你说我继续留在他身边还有意义吗？"

程建邦慢慢地转过脸看着我说："你的任务是什么？你忘了吗？"

我说："没有，可是……"

他挥手打断我说："执行你的任务，就像我，明知你是个饭桶，还得绞尽脑汁地协助你一样，因为那是我的任务。"他朝前方看了看说："做好战斗准备吧，小心点儿。"又朝我身后指了指，"一百米。"

程建邦拍了拍我的肩膀，对我点点头，侧身钻进了丛林，很快消失得无影无踪。

看着他骤然消失的身影，我忍不住笑了。四周这之前还看似张牙舞爪犹如妖魔鬼怪的丛林，此刻好似埋伏着我千万战友的一个关口，一个随时能将任何来敌碾碎的铁关。

我向后撤了一百米左右，在一棵树后紧了紧自己的衣装，就手揪过几片树叶在嘴里嚼碎，和着地上的泥土在脸上抹了几道。然后将枪别在腰间，反攥着匕首，等待着来人和狗。

不知从哪里被惊起的几只飞鸟从我头顶飞过，我缓缓地仰起头，目光穿过树木茂密的枝叶，望向头顶那轮明月，心如止水。

越来越近的脚步声和喘息声使我无暇顾及趴在耳边叮咬的几只蚊虫，我慢慢地扭过头，倚着树干，探出自己的半只眼睛。几束手电的光柱在不远处横七竖八地乱射，三条狗不约而同地将来人引到了之前程建邦洒了干扰液体的地方，在地上嗅了一下，就变得焦躁起来，一边呜呜乱叫，一边在原地晕头转向地乱转起来。

那一队人马在原地相互交流了几句，分别分散成左前、右前、中间三个方向继续朝前行进。中间那队正朝我走来，一共四个人、一条狗。

狗虽然嗅觉失了灵，但正常的听觉也不可小觑。我屏住呼吸，攥紧匕首一动不动地贴在树干上，怎么才能做到逐个解决？现在狗才是敌人最强大的武器，我再细微的声响也逃不过它的耳朵。因此，很可能需要在同一时间应对四个人和一条狗，而且还要在其他人赶来之前解决掉他们，然后隐藏好。

我唯一的优势是我一直没有借助任何人为光源观察地形，而他们一直在用手电筒，对手电筒没有照到的地方没有那么敏感。但谁能保证这帮杂牌军不会拿着枪对着看不清的地方一顿乱扫射呢？这么近的距离，以周围这些树干的直径看，无法完全为我挡住乱飞的步枪子弹。

看来只有一个办法可行，就是先让那条狗丧失行动力，同时必须近距离在这四人之间以最快的速度尽全力使他们丧失战斗力。问题又来了，我不知道这四人的战斗力怎么样。当这些人距离我不到三米的时候，我还是没有一个万无一失的方案，不觉身上又是一层冷汗。

我再次抬头望向茫茫的夜空，我不知该向谁祈求，因为我的愿望是要了这些人的命。当第一个人与我藏身的大树平行时，我的心脏好像为了隐蔽也停止了跳动。我正在想再走过去一个人我就冲出去时，第二个人眼看着走过了这棵树。

我咬着牙，心一横正准备冲出去时，后面传来几个人叽哩呱啦的叫喊声。一定是程建邦在那边掩护我。我跟前的这四人立即停下脚步，转身就要往回赶。之前第一个越过我的人，此时成为他们这个小队的尾巴。在他走过我藏身的这棵树时，与前面的人拉开了四五米的距离。此时所有人的注意力都在程建邦那边，这是我最好的时机。

十二个人，少一个，就少了一个威胁。我伸出胳膊，使足劲儿一把锁住那人的脖子，不等他有机会出声，一刀刺进他的锁骨中间，用力将匕首一拧，他滚烫的鲜血一股股地喷到了我的手上。我顺势将他拖进我脚下的灌木，等他彻底断了气，将他的枪摘下背上身。再次抬起头时，却见又有四个人在一条狗的带领下，径直朝我隐身的方向奔来。看来我之前动作发出的声响还是惊动了他们的狗。

我左右一看，除了灌木，就是身后三米处的几棵大树可以躲藏。而那条狗已经被主人松开了牵绳，疯了似的朝我这里狂奔。他们宁可牺牲这条狗也要找到我，他们的枪口已经在按照狗奔跑的目标瞄准着。

秦川，你要冷静。你开枪击毙狗，必然彻底暴露自己，就会召来四支自动步枪对你的扫射。到时候，就算对方不是训练有素的军人，也会把你打成筛子的。

我仰面躺在地上，举着匕首，刀尖朝上。只等那狗扑来的瞬间一招将其解决掉。这样他们无法准确地判断我的方向，我才有活命的机会。

从现在的形势看，对方大多数人都已被程建邦吸引过去了，只有三分之一冲我而来。就算是这样，我也已经被压得抬不起头来，我不知道程建邦是怎么应付另外那些人的，但有一点可以肯定，他只会比我更危险。我没有时间继续犹豫，必须与程建邦一起战斗，尽快解决压上来的人和狗。

不远处传来几声枪响，一定是程建邦与对方发生了枪战。与此同时，朝我冲来的那条狗也纵身向我扑来。我想，这是我最好的机会了，那些枪声足以吸引所有人的注意。我猛地朝左一滚，一个黑影"嗖"的一声扑向了我翻滚后腾出来的地方。我丢开匕首，举起枪托对准那狗的鼻子，使尽全身力气狠狠砸去。那狗闷闷地"呜"了一声，像一个被大力抛出的沙袋，笨重地在地上滚了几圈，重重地摔到不远处的那棵树干上，一动不动。

5

这时又是连着三声枪响，就从我的头顶处传来，奇怪的是，我并没有觉察到有子弹从我身边飞过。我抱紧枪翻身朝前瞄去，只看到一个人影，难道他们四人分开了？如果是这样，敌人就全部脱离了我的视线，极有可能已经将我包围。情急时，只听那个人影压着嗓音说："操他妈！"

那正是我熟悉的宁志的声音。我本来攥着枪，那个身影还在我瞄准的准星内，听到这么一声，忙把枪口移开，回了句："他妈死了没人埋！"

恍惚中，一切都好似一个梦，在梦中，我们在时空里穿行，任由梦境将我们带到不同的地方。

宁志左右看了看朝我奔过来，刚迈了一步，一声枪响，他应声中弹倒地。那一刻我犹如五雷轰顶，若不是我下意识地将手臂塞进嘴里，我几乎就要喊出来了。我趴在灌木中，在黑暗中搜索着射手。这时又一个黑影跑了过来，一脚踢掉宁志手中的枪，冲我说："出来吧。"

那是程建邦的声音。我疯了似的从灌木中冲了出来，飞奔过去像头野牛一般将程建邦生生撞翻飞出两三米。清白的月光下我看清楚了，的确是宁志，他胸前满是鲜血，一时找不到他中枪的部位，我赶紧拍着他的脸小声地叫着他的名字。

程建邦赶过来，说："你，认识他？"

我随手飞快地拔出手枪对准他的脸。他吃惊地看着我，随即就明白了，顿时像一个泄了气的皮球，一下跪倒在地上，张大了嘴，双眼失神地看着我。

"你瞧你画的迷彩妆，怎么还是那么喜感？你到底是怎么想的？"宁志突然说了话。我和程建邦像是被切换了工作模式的机器，拼抢着凑到宁志脸边，宁志伸出一条胳膊说："扶我起来。"

我大大松了口气，说："你他妈没死啊，你没事吧？"

我们想帮宁志检查伤口，宁志挣扎了一下，咬着牙坐了起来，说："能他妈没事吗？你挨一枪试试。"

程建邦把宁志架起来，支支吾吾地说："兄弟，我不知道是你。"

宁志龇着牙笑了下说："没事，幸亏我往前迈了一步，不然你就麻烦了。"

我们扶着宁志，让他靠在一棵树上，他四下看了看说："他们人呢？"

程建邦朝西面指了指："我解决了四个，剩下的跑了，朝那个方向。"

宁志点了点头："也好，这我回去就好交代了。"他扭头望向程建邦问道："你是建邦？"

程建邦急忙点头答应："嗯。"

"我叫宁志。"他松开我和程建邦的肩膀，挣扎着依靠自己的力量站住了，说，"你们快走。很快就会有人来。"他叹了口气，又说："很快，他们很快就要开始运货了，可惜其他情况我还没摸到，不过还好。"他对我笑笑，"这次咱算在老大面前立功了……你受了不少苦吧？"

我说："你怎么到这儿来了？"

宁志笑了笑："记得机场那个跑了的刘亚男吗？他们都是一条线上的。"说着，他抬手在空中画了一个圈。

我恍然大悟，点点头，看着他的脸，心里翻江倒海，却再说不出一句话，只是对他笑了笑。他冲我们摆摆手说："走，快走。"他再也无力说话似的，靠回到树上，虚弱地喘着气。

我们三人不约而同地举起了右手，在这异国他乡的丛林中，向彼此敬了一个军礼。

程建邦对宁志说："兄弟，保重。"然后对我说："跟着我。"

我看了一眼宁志正要转身离开，宁志说："等等。"

我回头看他，他指指我的脸说："擦了吧，跟他妈花猫似的。"他自己先笑了，可能牵扯了伤口，很快疼得笑不出来，不耐烦地冲我们摆摆手，"快走快走。"

我抹了抹脸上的汗水和泪水，跟着程建邦钻进了丛林中。我忍不住回头又看了一眼宁志，他顺着树干慢慢地出溜到地上，不住地冲我们摆手，示意我们快点儿离开。

我看到程建邦一边跑，一边用袖口不停地抹着脸，一言不发，只是不停地跑，隐约能听到啜泣的声音。

也不知道跑了多久，只觉得脚步越来越沉，呼吸越来越困难，我说："我跑不动了，走一会儿吧。"

程建邦放慢了速度，担心地打量了一下我的全身说："这还不到三公里，你没事吧？"我上气不接下气地说不出一句完整的话，只是冲他摆摆手。他皱着眉头说："你上次伤得很重，是不是没恢复好？"

我摇摇头，喘着气说："你确定，确定不到三……三公里？"

他看了我一会儿说："不确定，应该是四公里左右。"

我抬头看他的眼睛，他很快避开我，看着前面说："还有挺远的路。"

我想刚才可能真的跑了不到三公里，根据对自己的身体的了解，这点儿强度根本不至于疲劳成这样。我的身体可能真如那个医生所说，要悠着点儿了。"我的身体可能真的不如以前了，看来我得重新评估自己了。"我看了他一眼说，

"正好趁这个机会，你帮我测试一下。"

程建邦仔细看了看我的眼睛说："我记得你以前可是谁也不服的。"

我笑笑说："测试得准确，我才知道在下一次行动中自己的斤两，以免错误的估计会影响计划，这没什么好逞能的。"

程建邦点点头说："好，不过，你以前可真不是这样。"

想起初来这里时那个意气风发的自己，是那么幼稚和轻浮，顿时理解了之前他对我所有的担忧和蔑视。因为任务的凶险比我想象的更加残酷，容不得半点儿儿戏。我说："以后，我将一直这样。"

就在刚才，当我丢下受伤的老战友宁志，看着他坐在树下冲我摆手时，我明白了我们的目的只有一个，就是圆满地执行完这次任务。一切都以任务的完成为原则，任何想借此证实自己什么或者想表现自己什么，都只会给任务带来障碍，那样，必将造成更大的损失。那，才是我无论如何都不能承受的事。

程建邦递给我一个塑料瓶，说："喝点儿水吧。"

我看了一眼那瓶子，跟刚才他往地上洒干扰剂的瓶子一样。我舔舔嘴唇说："哪儿来的？也是你自制的？"

"你成天吃喝不愁，都有人给送上门。"程建邦"呲"了一声，说，"还是女的，我觉得长得挺好看的，晚上给你暖被窝吗？"

这次见他，比起上一次的样子又黑瘦了不少，心想这些日子他受了不少苦，心中不由得一阵酸楚。我装作不屑一顾地白了他一眼说："靠，你想说什么？"

他把那瓶子塞到我手中，"我跟你没法比，一天到晚都得看着你，没人给我送饭送水，就算出去找点儿东西吃都得冒风险，身上可不得备点儿吃的喝的。"他又变魔术似的摸出一个小玻璃瓶问我，"要不要？花露水，这地方的蚊子确实厉害，咬人的有七八种。"

我摇摇头，别过脸看着另外一边，说："上回，那个榴梿……没事吧？"

"你他妈去试试！"我话音未落，屁股上就挨了他一脚，"对了，我后背有个伤口，想抹药水，自己又够不着，你帮帮我。"他撩起衣服用嘴巴叼住，从随身的包里翻出一个小瓶，说，"这地方太潮，时间久了我怕化脓。"

我接过那个药瓶，站到他身后，他伤痕累累的后背映入我眼睛的时候，我像是被洋葱呛到，眼泪怎么也止不住地往外流。我抬起肩膀蹭了蹭挂在脸颊的泪水，将药瓶中的药水倒了点儿在掌心，一股酒精味扑鼻而来。

我看了看那个没有任何标签的瓶子，说："这是什么药？"

"酒精，消消毒就行，没事。"他将衣服又往上拽了拽，说，"肩膀下面你帮我看看，有点儿疼，是不是破了？刚才摔了一个跟头，老子一个前滚翻，直接翻到一堆灌木里了，靠，全是刺！"

我打开他刚给我的那瓶水帮他冲洗了一下伤口，用酒精涂抹在伤口周围，说："回头我给你弄个药包吧，就丢在那个榴梿车上，你来取。"

"靠，别他妈再和我提榴梿，我现在闻见那味儿就想吐。"说到这儿他一下沉默了，叹了口气默默地整好衣服，吸了下鼻子说，"我是不是话有点儿多了？"

想起刚来时，他对我的种种鄙夷使得我非常不满，跟他对着发火时，他说在这里憋了几个月，好不容易遇到了自己人，只想痛痛快快地发发牢骚而已。那时，我以为他只是跟我斗嘴说出来的气话，现在想来，他说的是真的。

我们第一次见面就身处异国他乡，彼此都背负着生死攸关的任务。我不了解他平时是个怎样的人，一起生死与共这么久，居然没有真正地聊过家常，不禁有些感慨。我不想让他尴尬，拿起水瓶灌了好几口水，说："我觉得有点儿少，我这神经绷了这么久，跟谁说句话都得前思后想好几遍才敢说出口，生怕说错什么丢了命。人家跟我说点儿什么，我得前思后想有没有什么话中话，生怕遗漏什么而丢了命。我都怀疑等咱回了国，可能连正常聊天都不会了。"

他闷着头走路一声也不吭。我又说："其实我最怕的是成天谎话说惯了，都不会说实话了。"

程建邦从我手中拿过水瓶，扬起脖子灌了一气，抹抹嘴说："我挺担心宁志的。"

我一时无言以对。他又说："我无所谓，也不跟那帮人打交道。你们不一样，他们的什么争执，你们都避不开。你们就是人家手里的枪，就是为人卖命的角色。这不，宁志就无缘无故地挨了一枪，我有点儿后怕，刚才我瞄的是他的心脏。"他顿了好一会儿才接着说下去，"幸亏开枪时他正好在迈步，不然，我真不知道怎么办了。"

我从没见过他这个样子，此时的他和我印象中的程建邦完全是截然不同的两个人。我不知该如何安慰他，所有言语都有点儿多余，因为除了医生外，可能没有人能比我们更清楚生命有多么脆弱了。

我说："宁志那边谁来接应？"

程建邦摇摇头说："不知道，他来到这里是一个意外，是计划外的事。"

我说："什么意思？"

程建邦说："我也问过老徐，老徐说原本没有计划让他接近胡经，他是因为别的案子卷到这儿来的。"

"什么？"我说，"那他在那边是死是活岂不是都没人知道？"

程建邦沉默了一下说："不会的。我定期会跟老徐联系，如果他不指派我去接应宁志，那么肯定是安排了别的人，你要相信上面。"

我有点儿后悔刚才没有跟宁志多说几句问问清楚，宁志好像也没有多余的话想跟我说。如果如程建邦所说，他是因为别的案子进来的，那么很有可能我们执行的并不是一个任务。

我点点头，说："嗯，我们的目标人物是周亚迪。"

程建邦定定地看了我一会儿，才说："你变化真的很大，换以前，我估计你早急了。"

我笑了笑，说："你教我的，相信上级。"

程建邦皱起眉头说："我说过吗？"

我认真地点点头。

他说："我居然能说出这么肉麻的话？"

我再次点点头说："何止，越狱那次，你还给我特正式地敬礼呢，还哭了呢。"

程建邦咂了下嘴，说："秦川，你有没有觉得你知道的太多了？"

"还好吧，如果算上跳到榴梿车上那次，还真不少。"我故意轻描淡写地说起那事，想起他当时的狼狈样，终于还是没忍住大笑出来，"来，开始测体能吧。"

我猛然加快速度朝前跑去。程建邦在身后一边追一边说："秦川，我操你妈，你要给我说出去，我就把你在监狱看见我哭鼻子的事说出去。"

我说："无所谓，我还知道你抢劫被截胡呢，直接从行动的一把手降成一个菜鸟的助手了，哈哈哈。"

程建邦真急了："我他妈跟你拼了！"

当清晨的第一缕阳光穿透云层，透过薄薄的晨雾照在我们身上时，我和程建邦还没有走出这片树林。这没有半点儿凉风的茂密丛林，崎岖不平的路和大量的出汗使得我们疲惫不堪，谁也不想多说一句话。

程建邦找了一棵歪脖子树，攒了半天劲儿才爬上去。他双手扶着树枝，站在树杈上朝前面张望着。我摸出周亚迪给我的指南针看了眼，说："还有十几公里吧，妈的，赶到得晚上了。"

程建邦从随身的包里摸出一只小巧的单筒望远镜继续观望一会儿，从树上下来，"我到的话真得晚上了，你解放了，周亚迪来找你了，还有两三公里就到了。"他拍着我的肩膀说，"保重。"

说完话，程建邦正要往树林里钻，我忙说："等等。"

他站在一棵树下转过身疑惑地看着我。我却不知道跟他说什么，不由自主地摸摸身上，除了那个指南针，就只有周亚迪给我的那把枪，除此之外，我能给他的，只有我的生命了。我拿着指南针和枪冲他晃了晃说："留着吧，可能有用呢。"

他笑着拍拍自己随身的小包，"我都有，比你那……"他的话说了一半就停了下来，点点头上前从我手中将东西接了过去，说，"正好缺这东西，这下不用担心迷路了。"他冲我龇牙一笑,笑容很快又凝固了,沉默了几秒钟后,他指了指前面说:"他们快到了。"

"保重!"我和他异口同声道。

6

程建邦离开后,我拼着最后一点儿体力爬上了刚才那棵树,朝前一看,果然在不到两公里的地方,有几处玻璃的反光,的确是有几辆汽车正在往我这边开过来。这里距离寨子大约十多公里,毫无疑问已经是周亚迪的地盘了。

我扶着树杈放眼望去,试着在郁郁葱葱的枝叶中寻找程建邦的踪影,却怎么也看不到,就好像他从未出现过。但我知道,他就在我的左右。

很快,两辆越野车一前一后进入了我的视线。我以为车内一定是洪林,在我的印象里只有他对这里的地形了如指掌,可以把车在丛林里开得如鱼得水。

结果从车内跳出的竟然是苏莉亚。她抬头看着树上的我,眼里噙着眼泪,兴奋地一边对着我不停地比画,一边快步跑到树下示意我下来。跟随着这两辆车的其他车也陆续围了过来,而且全部穿着统一制式的军装,配备着统一型号的自动步枪。我想,我必须得重新评估周亚迪的实力了,我救周亚迪的决定是正确的,之前我对周亚迪的了解连皮毛都算不上。

苏莉亚扶着我上了车,车上凉爽的空调顿时让我有一种浑身解放的舒适,我长长地松了口气,靠在椅背上大口地喘着气。除了我乘的这辆车掉头准备朝寨子的方向走以外,另外的车和人并没有返回的样子。我注意到所有人不仅身上挂满了手雷,子弹袋也都鼓鼓囊囊的。

我探着头想看看另外一辆车上是谁,那车被士兵围得严严实实,看不到车内的状况。苏莉亚递给我一瓶水,又拿着一条毛巾蘸着水小心地擦拭着我的脸。我拦住她的手说:"迪哥呢?"

没等她比画，开车的司机说："老板交代我们，不论谁遇见你，就告诉你，幸亏有你，他才没事。"

"他不在那辆车上吗？"我摇下车窗去看那队整齐离去的士兵，顺便将拿着水的胳膊伸出窗外，确定司机和苏莉亚没注意到我的动作，将手里的水瓶丢在了地上。程建邦身上也没有水了，希望这瓶水能帮到他。

"老板在家等你。"司机说。

我把手收回车内，对苏莉亚说："我的水掉了，再给我一瓶。"

车子很快驶离了我和程建邦分别的地方，我再一次感到无比的失落和无力。我有点儿厌烦这种无休止而且完全不属于我的日子了，这突然袭来的情绪让我变得非常烦躁，我一把打开苏莉亚拿着毛巾的手，也无心去理会她的感受，将脑袋靠在座椅靠枕上，呆呆地看着车窗外千篇一律的景象。

今天这里一定会发生大事，我担心的不是周亚迪和胡经谁输谁赢，而是宁志的安危。

我问苏莉亚："有吃的吗？我饿了。"

苏莉亚摇摇头，小心翼翼地看着我的脸。我又说："有烟没？"

司机忙丢给我半包烟和一个打火机。我点着烟摇下车窗，将手中的那瓶水举起来仰着脖子灌了一气。我晃着瓶子对苏莉亚说："再给我拿一瓶。"

趁着苏莉亚找水的空当，我把手里这半瓶水拧紧瓶盖丢出车窗外。苏莉亚又递给我一瓶水，像是突然想起了什么，从包里找出一小袋糖果，兴奋地举到我面前，示意我吃。我假装生气，抓起那包糖果"嗖"的一下丢出车窗外说："我肚子饿，我想吃饭，这东西能顶什么用？"

苏莉亚低下了头，缩在一边不敢再看我。不盯着我最好，我趁着整个车一颠的空当，把打火机塞进烟盒里一起丢了出去。

抽完烟，我摇上车窗斜靠在座椅上，闭着眼想象着程建邦一边喝着水一边吃着糖果抽着烟赶路的情景，心中略微一松，不觉竟然昏昏沉沉地睡着了。

等我再次睁开眼时，车子停在了一个哨卡前，几个全副武装的士兵正端着枪朝车内张望。我心说，不好。浑身一怔，下意识地朝腰间摸去，才想起我的手枪已经给了程建邦。苏莉亚把手放在我的手背上轻轻地拍了拍，冲我微笑着摇摇头，我才放松了神经。

很快，我就见到了周亚迪，他和一个穿着军装的男人从哨卡内向我们走来。我仔细分辨过刚才那队士兵军装上的标识，跟这里守哨卡的军装是一样的，但始终没搞清楚这是属于哪个国家的军服。跟周亚迪走在一起的那个男人大概五十岁左右，他肩上的四颗星成了最吸引我的亮点。我揉了揉眼睛，盯着那人的肩章，心中默数道：一、二、三、四。没错，是四颗。

这人是一位大将级军官，不论他来自哪个国家，都应该位高权重至极。

里里外外的所有士兵见到这位将军，顿时立正站好朝他行礼。他挥了下手，示意士兵抬起拦车杆。

苏莉亚拿着毛巾朝我嘴边擦来，我一把将她挡开。她笑着指指我的嘴角，我一摸才知道，刚才睡着了居然流了不少口水。

从车上下来后，周亚迪向那人介绍道："秦川。"

那人瞥了我一眼，微微一点头，带着身后的一队警卫继续朝前走去。周亚迪示意司机、我和苏莉亚跟着，他仔细打量着我说："你没事吧？"

"看到你没事，我就没事了。"我用下巴指了指前面那个扛着大将军衔的人，轻声问道，"我们要去哪儿？那是谁？"

周亚迪故意慢了几步，拉大了我们与那人的距离，轻声对我说："丹雷将军。"

"丹雷？"我回忆了一下，没听过这么一个人，于是问道，"这，算是哪国的？"

周亚迪笑了笑，说："一会儿我和将军谈事，你只管听，不要多话。"

我说："要是不方便，你们谈你们的，我在外面等你。"

周亚迪低着头笑了下，搭上我的肩膀说："秦川，你又救了我一命，从今天起，你我之间没有秘密。"

我们沿着小路走了不到二百米，拐进一片被荆棘和铁丝网包围着的空地，地上支着几顶巨大的军帐。大概有两三百名士兵，分成几拨躲在树荫下抽烟聊天。见到丹雷来后，全部笔挺地站了起来。丹雷径直走到一顶军帐前停了下来，他身后的一个警卫上前撩开军帐的门帘，丹雷一低头带着四个警卫钻了进去，其余警卫端着枪分散在帐外警戒。

周亚迪示意司机和苏莉亚留在外面，带着我跟着进了军帐。

军帐中央摆着一张大桌子，桌上堆着地形沙盘。一个身材瘦小的人正背着手弯着腰，像个老头一般似懂非懂地在研究那个沙盘。见到我们进来，那人直起身子，他的脸上扣着一副大墨镜，整个脸几乎三分之二都被墨镜挡住了。他跟丹雷握了握手，就那么站在原地看着周亚迪，脸上渐渐泛出笑意，张开了双臂。周亚迪上前与那人紧紧地拥抱在一起，彼此拍打着后背，看上去他们的关系非比寻常，这次是久别重逢。

他们拥抱了足足一分钟才松开，周亚迪拉着他的胳膊转身介绍我："秦川。"

那人的眼睛藏在墨镜背后，我看不到他的眼神。他看了我很久，伸出手说："洪古。"

当"洪古"这个名字从自称是洪古的人嘴里说出的瞬间，我宛如失足掉进一个万丈深渊，身子忍不住地朝后仰去，不得不向后垫了半步才站稳。我看着他伸出的手，握了上去。那只手居然格外地柔软和细滑，怎么都不像一个男人的手。

我有些害怕，怕他就是那个洪古，怕他曾经看清过我的脸，虽然这种可能微乎其微，但我还是怕。而我，即使到现在，也不知道他到底长什么样。

就在我握住那只手的瞬间，他开始用力，我不动声色地与他较上了劲儿。刹那间，郑勇和孙强的样子开始在我脑中疯了似的快速飞闪起来，我暗暗地咬着牙克制着自己内心的情绪表现在脸上。

"疼疼疼疼疼。"洪古连着说了好几个"疼"，脸上扭曲得变了形，整个身体也缩了起来。我急忙松开了手。

周亚迪走过来正想说什么，洪古揉着被我捏得失去了血色的手，"真他妈有劲儿。"他甩了甩手，问道，"怎么，你以前知道我吗？"

我努力控制着内心的激动，盯着他说："早就听过你的名字，如雷贯耳，我的一个小兄弟因为听到了你的名字，差点儿被人打死。"

他疑惑地望向周亚迪。周亚迪低头笑着摆摆手，一副愧疚的样子。洪古似是明白了什么，咧着嘴一笑，拍了拍的我胳膊说："亚迪看重的人，没问题。"然后转身对丹雷说："将军，我们谈正事吧。"

丹雷眼皮也没抬，拿着一只雪茄钳，嘎巴一声，将手里的那支雪茄修好，说："这么快就叙完旧了？"

洪古笑着走到桌边，用脚踢了踢桌下的一个麻袋说："点点数吧。"

那破麻袋鼓鼓囊囊的，不知道装着什么。我将目光从洪古身上移开，努力使自己的注意力重回到周亚迪和这个丹雷身上。我已经为这个任务死过不止一次，洪古的事在此时是私人恩怨，我不能因为私仇懈怠了我来此真正的目的。

丹雷给身后的警卫使了个眼色。一名警卫将枪往身后一背，上前拖出那个麻袋解开口，拽住麻袋底向上一提，花花绿绿成捆的美金从里面滚了出来，在地上堆成一个小山。

丹雷看着那堆钱笑了，抬眼对周亚迪说："真是虎父无犬子。"

周亚迪说："将军客气了，按照您的要求，这是三成定金，剩余部分也按您的要求早就准备好了，您受累。"

丹雷呵呵一笑，说："你的事，我照办，这钱就当成我入你一股。"

周亚迪脸上的笑容僵住了，缓缓地看向丹雷说："怎么，将军对我们这买卖感兴趣吗？"

丹雷摇摇头说："不是对你们的买卖感兴趣，而是对你的事感兴趣。"

周亚迪的笑容更生硬了："我不太明白。"

丹雷走到那堆"钱山"跟前，围着慢慢地转了一圈，说："我在俄罗斯也有不少朋友，都是有头有脸的人物，我觉得，还是帮得上忙的。"

周亚迪仰头哈哈一笑，"我是往俄罗斯那边发了点儿货，将军如果有兴趣，还不是一句话的事。"他指了下地上那堆钱说，"哪至于这么大排场？"

丹雷低着头围着那堆美钞又转了一圈，"我是个粗人，不会兜圈子，我明说吧，这个地方我待够了，前景怎么样你比我清楚。我也不年轻了，也不想没完没了地当山大王。打打杀杀到现在，也没打出什么名堂来，知道了你在俄罗斯和蒙古的事后，我真是佩服你，回想自己做了这么多年的井底蛙，真是可悲啊！"他叹了口气，又说，"所以，我打算把棺材本拿出来，再加上我和令尊这么多年的交情一起入你一股，你给个痛快话吧。要是同意，我一周内帮你搞定胡经。要是不同意，我也不为难你，只怪自己为人不好，你拿着你的钱带着你的人走，从此大家老死不相往来。"

我听得就觉得有点儿糊涂了：很显然，他们谈的不是毒品生意。听丹雷话里透出的意思，周亚迪在干一件很大的事。这是一个很大的局，我直觉这件事跟我的任务范围差出去了十万八千里。

我看了一眼洪古，他一直没有摘掉墨镜，周亚迪和丹雷谈事的时候，他若无其事地研究着那个沙盘，好像他只是负责将那麻袋钱带来，除此之外，这屋里的一切都与他无关。

我现在必须也只能集中精力关心一点：胡经的毒品什么时间、以什么路线过境。其次才是这个洪古，是否就是我关心的那个洪古。

周亚迪背着手低着头沉思了一会儿，走到丹雷面前，缓缓抬头看着丹雷，说："将军，我等你的好消息。"

丹雷拿起他之前修好的那支雪茄，塞进周亚迪上衣的口袋里，说："那我就不留你了，你去给我准备庆功酒吧。"

周亚迪伸出了手，丹雷抓住周亚迪的手用力地握握，对身后几个警卫说："帮周老板把钱装车上。"又对周亚迪说："我就不送你了。"

丹雷从桌上拿起一面小旗，狠狠地插在了沙盘中心三座山之间的一片空地上，与周亚迪相视而笑。

7

丹雷插旗的那个地方估计正是胡经的地盘，我想，周亚迪和丹雷刚才已经达成了某种协议。

临走前，我默默地将那个沙盘所罗列的地形尽可能全地印在了脑子里。我必须将周亚迪和丹雷的合作告知宁志，因为丹雷说过，他愿意用自己的全部身家换取与周亚迪的这次合作，他们合作的内容到底是什么，我早晚会搞清楚。丹雷才是这里真正的实力派，他说能荡平胡经，那么他刚才插旗的地方必将成为一片焦土。

胡经一完，周亚迪必然将接管他的一切，有丹雷做靠山，包总那边又能撑多久？如此一来，他们往内地运毒的事自然会泡汤。

眼下只有两个问题：第一，宁志的安危；第二，我这任务还有意义吗？

我现在最需要的是能和上级直接对话，但显然很难实现。程建邦现在应该还在丛林里赶路，不知何时才能再见到他。此时我才明白，我能左右的事太少了，周亚迪有多信任我已经不重要了，我听到了他这么大的秘密，就算他不杀我，也一定不会再让我离开他的视线范围。如果这个洪古就是我要找的那个，并且认出了我，那我更是在劫难逃。

我扫了一眼一旁的苏莉亚，不由自主地看了一眼她那细白的脖子，或许在关键时刻，我可以将她挟做人质。但这个想法随即被我放弃，我不认为周亚迪会为了她向我妥协什么——在他不信任我的时候，他把苏莉亚安排在我左右，很显然就没有把苏莉亚的生死看得多么重。除非苏莉亚自己也身怀绝技，对我的威胁根本不当回事。

一种虚弱又无助的茫然顷刻化解了我所有的智慧和力量，我像是一具行尸走肉一般，跟在周亚迪和洪古的身后上了车。

"我听说，你是北方人？"洪古坐在副驾上回过头问我。

我应付地点了点头。

他又问："东北？西北？华北？"

我抬眼看他："你对中国很熟吗？"

他笑了笑说："马马虎虎吧。"

我说："都去过哪里？"

他仰着头像是在回忆着，慢慢地说："东北我去过黑龙江和内蒙古，西北嘛，去过甘肃和陕西。"

我用余光扫了一眼周亚迪，他还是像以往一样，侧头盯着车窗外发呆。"甘肃？你跑那里去干吗？"我貌似漫不经心地问道。

可能他真的就是那个洪古，如果他真的认得我，无论如何我也逃不过这一劫了，绕再多弯子也无济于事。他要是露出认识我的痕迹，我宁可主动提及我曾经去过平凉，不论怎么说，我们去那儿是为了私制枪械的案子，与毒品无关。

洪古却转开了话题，对周亚迪说："亚迪，刚才丹雷给你那根雪茄，你要不抽就给我抽吧，别浪费了。"

周亚迪从衣袋里摸出雪茄来丢给他，洪古将雪茄拿在手里端详了一下，"嗯，好货色。"转头问我，"要不你抽？"

我说："我抽不动那东西，迪哥送了我不少，我都没动。"

洪古费了半天劲儿点着雪茄，抽了几口说："他是真疼你，我给他卖了这么多年命，也不见他送雪茄给我，还让苏莉亚照顾你。"

周亚迪依旧盯着车外发呆，听洪古这么说，嘴角微微扬起笑了笑。

我见洪古避开了关于甘肃的话题，心里更是七上八下了。避开这个话题无非有两种可能，要么是那件事确实不能跟我说，如果是这样，说明他可能不认识我。要么就是他故意在卖关子，想看看我的反应，说明他要么不确定自己认识我，要么就已经埋藏了杀机。在这车里，我不知道有几个人有武器，除了周亚迪，也不能确定其他人的战斗力，包括坐在我和周亚迪中间的苏莉亚。至于洪古，我到现在连他的眼睛都没有看到过。

周亚迪说："秦川，你怎么也不问问我和丹雷到底想干什么？"

"我知道肯定是大事，我不懂那些，你就告诉我做什么就好了。"我笑了笑，问，"对了，洪林回来了吗？"

周亚迪轻轻地摇摇头说："还没有，不过你得明白一件事……"他说到这儿停了下来，大概在组织着语言，停顿了几秒后，接着说："我找你，可不是单纯地为了让你干什么打手或者杀手的活，我现在缺人手，只有你们几个我信得过，我希望你能帮我，在这之前我可以告诉你，事成之后，我们可以过上安生和富贵的日子……"

他再一次停住了话头，看着我的目光中已经满是焦虑和期盼。我当然知道他想和我说什么，我也知道他在焦虑和期盼什么。在车厢这狭小的空间内，我已经嗅到了周亚迪因为紧张和害怕所散发出的气味。这种气味让我兴奋，一种似曾相识并且充满着血腥的冲动在我体内蠢蠢欲动。

我斜了副驾上的洪古一眼，对周亚迪说："我明白迪哥的意思，可我觉得我在这儿一直都像是个外人，你们在做什么想做什么，我都不知道。这里每个人都对我了如指掌，可我除了他们的名字之外，什么都不知道。我不知道能帮你什么，所以你需要我做什么，直接告诉我就好，我想多做点儿事，总会慢慢赢得大家的信任，也不用互相猜来猜去的了。"说完当着周亚迪的面，我又看了一眼洪古。

周亚迪看看我，又看看洪古，像是明白了什么，满脸歉意地笑了，说："回去再细聊吧。"

这事要搁在几天前，他的这个表情一定会让我觉得他对我的防备都是我多心，是他的无心之举。可现在，我只觉得恶心。如果我的判断没错的话，周亚迪现在正面临着一场巨大的变故，使本来就危机四伏的局面更加复杂凶险。就在刚才，又多了一个叫作丹雷的军阀，他需要倚靠丹雷的势力去解决胡经，不承想丹雷给他开了一个相当于天价的交换条件。周亚迪很显然乱了阵脚，或者说，他认为尽在掌握的计划开始失控了。他刚才说了那么多，只有一句是真的，就是"缺人手"。

一直以来，他都在选择有能力帮他完成这个大计划的人，小到我这样的助手，大到联合军阀的势力。现在却慢慢变成了别人占据了主动性，人人都想摆布他，只能等着别人来选择他。本来这对我是一个绝好的机会，可惜这个机会对我已经不重要了，不管他要做什么大事，只要不参与往内地运毒，就偏离了我的任务目标。倒不如借这个机会一举成为他的一线心腹，到时候再通过程建邦，随机应变地配合宁志获取情报。说不定还能得到额外的情报呢。

主意一定顿时觉得轻松了许多。我说："迪哥，我们现在去哪儿？"如果是从前，我必然不会问出这样的问题，现在我必须通过这样的问题来验证他对我的亲密度。

周亚迪说："先回去。"

谁知洪古插了一句："去扫墓。"

我向周亚迪投去充满疑问的一眼，周亚迪点了点头说："嗯，一起去吧，你认识的。"

"鹏哥？"我脱口而出。

周亚迪说："嗯，振鹏和洪古也是多年的兄弟，这次回来听说振鹏不在了，想去看看。"

"为什么鹏哥下葬的事我不知道？我好歹也是跟过鹏哥的……"我假装出几分气愤和委屈，抿着嘴很不满地瞥了周亚迪一眼，将目光投向车外。这时苏莉亚轻轻地拍了拍我的胳膊，我猜是周亚迪的意思，让她出面安慰我。

周亚迪说："你别多想，是临时的，忙完手头的事，我会把他迁走的，毕竟他也是这里的过客，落叶还是要归根的。"

我转过头没有吭声，偷偷瞟了洪古一眼，他的脸上竟然流着两行眼泪，很快又被他抬手抹掉了。他的这个小动作让我略微有些痛快的感觉，看来洪古和赵振鹏关系非同一般，不然怎么会让眼泪失控。我想等我证实了他就是那个洪古后，在解决他之前，一定要亲口告诉他，他的兄弟赵振鹏是如何死在我手里的。我幻想着他得知真相后的表情，一股复仇后的快感迫使我忍不住地笑了出来。要不是我急忙用手捂住嘴，假装因哽咽而咳嗽，我几乎就要笑出声了。

"别太难过了。"周亚迪的手越过苏莉亚拍着我的肩膀。我挥手示意没事。洪古转过头来，摘了墨镜，看着我，眼眶红红的，随时都会有眼泪涌出的样子。这时车子一转向，阳光从后车窗投射了进来，洪古忙伸手挡住阳光，匆忙戴上了墨镜，说："不好意思，我的眼睛受不了光。"

我随口问道："怎么了？"

他苦笑着摇摇头说："在甘肃平凉，被闪光弹伤了眼睛。"

凶猛的记忆像是一巴掌扇了过来，把我抽回了平凉那个矿场的晚上，回到了我和宁志上屋顶想为郑勇报仇的那一刻，我被宁志撞下屋顶的瞬间，一颗闪光弹被引爆的场景。

我胸口一沉，无法抑制的颤抖慢慢地蔓延至全身，为掩饰我的失态，我忙说："鹏哥当初就说我像个闪光弹。"我索性放任眼泪伴着苦笑大滴地流出，我一边笑一边哭，一把拽掉洪古的墨镜，看着他说："你看看我，你眼睛难受吗？"

洪古感情的阀门就这么被我猛然掀开了，一把钩住我的脖子，放声痛哭起来。我拍着他的肩膀，手放在他的脖子上，指尖触到了他的动脉，我试着捏了一下，他没有丝毫防备，与我一同沉浸在悲痛中不能自拔。

余光扫见苏莉亚拿着毛巾递过来，周亚迪伸手拦住她说："随他们吧，他们都是死过好几次的人了。"

哈哈哈，我扬起头流着泪大笑着。洪古也哭着大笑，笑够了，他抹了一把眼泪，"好兄弟，振鹏和亚迪没看错，有情有义。"他用力地拍着我的肩膀说，"有空，我们一起喝两杯。"

我用力地点了点头说："一定！"

赵振鹏的坟坐落在寨子东边半山腰的一处天然的平台上，四周野花烂漫，蝴蝶飞舞。若不是回头远眺山下那大片的罂粟田，我几乎要忘记这里就是臭名昭著的金三角。即便是临时的墓地，周亚迪也着实花了不少工夫找到这样一块好地方，崭新的墓修建得很是气派。

我和洪古一左一右抱着腿坐在碑前，抽着烟看着碑上赵振鹏的照片。照片中的他比我见到他时要年轻一些，穿着西装，打着领带，微笑着看着我。

周亚迪蹲到我和洪古之间，左右手各搭着我们的肩膀，对着赵振鹏的照片说："振鹏，看看你的好兄弟们，他们来看你了。"他又拍了着我的肩膀，说："秦川，好样的，没有他，我早不知死在哪儿了，洪古也回来了……"周亚迪抹了一下眼角渗出的眼泪，别过脸看着山下的罂粟花田，轻轻地啜泣着。

我不知道有没有另外一个世界，如果有，我很好奇赵振鹏此刻在九泉之下，看着亲手将他脖子扭断的我，正与他的兄弟称兄道弟是怎样的一番心境。我早晚会将他的这些兄弟，一个个地送到他那里去，至少洪古是无论如何跑不了的。想到这儿，我搭着洪古的肩膀，对着赵振鹏的照片说："鹏哥，你放心，我们会像亲兄弟一样的，迪哥要带着我们去做大事了。我得谢谢你，要不是你，我现在可能还在吃牢饭呢。"

洪古一直呆呆地看着赵振鹏的照片，好一会儿才站起身对我说："是你帮振鹏报的仇，我谢谢你。"说着恭恭敬敬、规规矩矩地给我鞠了一躬。我赶忙起身扶他，他倔强地把我推开，坚持给我连着鞠了三个躬。他摘下墨镜抹了把泪水，对周亚迪说："走吧，正事要紧。"

周亚迪点点头，又看了一眼赵振鹏墓碑上的照片，转身朝山下走去。一路上，洪古指着山下的罂粟花田说："这里以前没人的，是周叔叔带人开的荒。"

我看了一眼周亚迪，明白洪古口中的周叔叔一定是周亚迪的父亲。洪古语气中满是自豪，说："叔叔不爱和人争，地不够，就带人开荒，附近所有人都很尊敬他的。"

我说："对了，咱们不是不向内地发货吗？你跑去平凉干吗？"

洪古下意识地看了一眼周亚迪，见周亚迪没什么反应，才说："想守住家业，就得有人有枪，树一大呢，肯定招风。我们不能明着买那么多军火，正好内地有些地方能仿制军火，我就去谈点儿买卖，结果被官家截了。"

我说："被警察发现了？"

洪古说："要是警察倒简单了，是军队，好几千人啊，也就是我命大，借着当地乱七八糟的地势才跑脱了，不然非死在那儿。"

"好几千人？"我假装惊讶地追问道。

"对啊，我真没见过那种阵势，喊杀声震天啊。"好像语言已经不能形容他所经历的场面了，索性手也比画起来，"那帮村民一见那阵势，全慌了，投降的投降，跑的跑，我趁着乱乎劲儿才溜出来。"

我说："什么时候的事？"

他说："去年年底。"

"哦，那你真是福大命大。"我看了一眼他的眼睛，他似乎还沉浸在自己编造的大场面里不能自拔。我说，"可是就算平安无事，在那么远的地方买那么多军火，怎么运过来？"

洪古一下卡住了，看看我，又看看周亚迪。

此时，周亚迪走过来说："不往这边运。"

我想了想说："哦，难道迪哥还做军火生意？"

"差不多吧。"周亚迪抓了抓头，像是做了个什么决定，说，"秦川，我不想做毒品这买卖了，当然，我对军火什么的也没兴趣。一个人想在这个世界上光明正大地立足，光有钱是不够的。"

我好奇地问："难道迪哥想像丹雷那样，有自己的军队？"

周亚迪呵呵一笑，"在这里，招些人，穿上一样的衣服，用统一的武器就算是军队了。可谁认你？随便哪一国的政府不高兴，说灭你就灭你，换句话说，连个真正属于自己的地盘都没有。"他伸了个懒腰，说，"其实去平凉不是为了买什么枪，我买设备，造枪的设备。"

我扭头看了一眼洪古，他冲我不好意思地笑笑，说："这个，还是亚迪和你说比较好。"

　　周亚迪说："你别怪他，其实他和你很像，是个简单的人，讲义气。本来我有个计划，带着大家从黑走到白，以后不用再偷偷摸摸的。我们现在的生意看起来好像很威风，其实到哪儿都是过街老鼠，照这么下去，早晚都是死路一条。刚才你也听丹雷说了，连他都腻了。"

　　我说："我听到他说想入一股什么俄罗斯什么蒙古的事，其实我真的不想知道到底是什么事，知道的多，我脑子转不过来。"

　　周亚迪摇了摇头说："好吧，也不急，先专心把胡经灭了再说。"

　　我说："那个包总才是咱们的敌人吧？"

　　周亚迪看着我点点头，笑着说："没错，但是现在多了一个。"

　　"丹雷？"我说。

　　周亚迪"嗯"了一声，说："灭了胡经，包总自然会站到我们这一边的。"

　　我说："既然丹雷愿意帮忙，为什么不索性先把威胁最大的包总灭了，反正我看那个胡经也没什么大不了的。"

　　周亚迪说："没错。他现在的确对我们构不成什么威胁，那是因为他缺钱，所以不能让他把货发出去，他这次集中的货可不是小数目，一旦让他收全了货款，咱们就麻烦了。"

　　顿时我明白了周亚迪之所以不想往内地发货，并不是为了什么规矩，而是担心自己的对手壮大了，影响了自己的势力。他自己不向内地发货，仅仅是因为他志不在此，或者他没有现成的网络，必须依赖胡经和包总建成的毒品网络才可以。他宁可耗死胡经，也不吃这口肉，那他所谓的大事才是他真正想做的事。而他想要做成那事的前提，是先要彻底统治金三角。

　　一个大胆的想法出现在我的脑中，我快速仔细地在心中将这个想法斟酌了一番，说："如果我们由着他发货，在发货的路上来个黑吃黑，让他既收不到钱，也损失了货，他岂不是再也没有翻身的机会了？再说，那些货在他手里，他发不了内地，也会发到别的地方，你刚说他现在就是缺钱，如果只是堵死一条我们知道的路，让他再找一条我们不知道的路子，那我们岂不是更被动了吗？"

周亚迪听我说完，愣在了原地。他伸出一只手示意我们不要打扰他，站在那里独自思量起来。我装作不知所谓地看向洪古，只见他冲我竖起大拇指，笑着对我点了点头。

周亚迪突然哈哈一笑，走过来对着我的肩膀捶了一拳，说："妈的，我就说有个什么更好的办法一直在我脑子里晃来晃去的，就是看不清。没错，就是你说的这个，你看看我，最近被搞得神志都不清醒了。哈哈哈，秦川，你果然是有勇有谋，回去我们仔细想想这个，也省得欠丹雷什么。"接着他对洪古说："你现在立刻去丹雷那儿一趟，告诉他计划有变，先不要动，具体行动的时间等我计划好再说，再联系已经出去的咱们的人，全部回来。"

周亚迪猛地加速朝山下走去，走出几步回头，对我说："秦川，咱们抓紧下山，聊聊这个事。"

周亚迪眼里闪着光，看起来异常兴奋。我看了一眼洪古，他满脸笑容地说："那晚上见了，我们各忙各的。"说着也在我胸口捣了一下："你真行。"

8

周亚迪带着我直接回我的住处。苏莉亚迎了出来，到我跟前忽然一皱眉头，指了指我，捏了下鼻子。我这才意识到自己身上已经快被汗水泡馊了，我对她抱歉地笑了笑。她像是想从我们的脸上读出些什么似的，仔细地观察着我和周亚迪的神色。周亚迪说："准备点儿饭，我和秦川聊点儿事。"苏莉亚开心地点了点头，出了门。

阿来站在他的屋门口欣喜地看着我，目光落到周亚迪身上时，脸色显出一丝畏惧，怯怯地和我们打了个招呼："迪哥、秦哥，你们回来了。"

周亚迪对他点点头，急匆匆地进了我的房间。我知道，他对我提出的计划产生了浓厚的兴趣，迫不及待地要跟我聊这事。我也明白了一件事，相对而言，要把毒品运进内地对他们而言并不难，难的是那条看不见的运售网络，而掌握那张网络的恰恰是胡经。想要完全扼制住毒品进入内地是不可能的事，唯一能最大力度地打击毒品最有效的办法，就是摧毁他们已经建成或者正在组建的贩毒网络。只有这样才能真正地震慑这张网络上的所有人，也能最大规模地摧毁他们丧尽天良的金钱梦。

所以，必须把这里所有人的毒品当作诱饵，引诱出那张网络上的所有人，再一举歼灭才是胜利。这么做的风险是一旦得到的情报不准确，让大批毒品流入内地，我们却无法跟踪，后果就真的不堪设想了。也正因为这样，周亚迪必须跟胡经合作，而且必须让周亚迪知道并掌控整个运送计划的每个细节，那时候我会不惜一切代价从他口中获悉全部信息。当然，最好的办法还是百分之百地得到他的信任，让他指派我成为整件事的骨干。目前他一来缺人，二来急于实施他自己的计划，正是我最好的机会。

周亚迪自顾自地坐在藤椅上，点了根烟陷入了沉思，似乎忘记了我的存在。我见他并没有要和我商量什么的意思，就踱到窗边推开了窗户，夕阳余晖淡淡地洒进屋子，一阵微微的凉风迎面吹来，只觉得浑身都松弛了下来。

周亚迪说："你先去洗个澡，苏莉亚应该很快就回来了。"

我应了一声，拿了一套衣服走出门去。阿来正蹲在他的房间门口抽烟，看到我出来急忙站起来，小心地朝我身后张望了一下，上前认真打量着我说："秦哥，你没事吧？"

我捶了一下自己的胸口说："你看呢？"

阿来笑着连连说："没事就好，没事就好，我和苏莉亚担心你们，都一夜没睡。"

我扫了一眼苏莉亚的房门，说："我去洗澡。"

当温热的水冲刷到身体上时，几处刺痛分别从后背和胳膊以及腿上传来，我这才发现浑身已经被树枝划得没几块好肉了。那一瞬我想起了程建邦，心头隐隐作痛。不知他有没有安全地走出丛林，有没有一个地方可以歇脚，可以像我一样洗个澡，换身干净衣服，然后吃顿饱饭。

我想我应该给周亚迪留足时间做出抉择。我们彼此的时间都不多了，不论是他的那个计划，或者是我的任务，都已经把我们逼到了极限。老实说，我真的不知道自己还能为这个任务承担多少挫折。

我闭上眼，将头仰起在喷头下，任由水流喷溅着我的脸，陶醉其中，好想一直这么下去。若不是阿来敲门，我可能真的就站在水流中睡着了。

阿来站在卫生间门口，担心地问："秦哥，你没事吧？"

我懒得说话，摇摇头。

他说："我见你进去好半天……对了，秦哥，我能求你点儿事吗？"

"你说。"我擦着头发，见他紧张兮兮地看着我，看样子想跟我说什么。

阿来清了清嗓子，说："我想你在帮迪哥做事的时候，能带着我，你放心，我不会给你当累赘的，我能帮得上忙的。"

我将毛巾搭在肩上，说："你知不知道都是些会要命的事？"

阿来点了点头："秦哥，我在这里白吃白住的，真的不安心，我也不敢问迪哥，我想做点儿事，我知道我这辈子可能已经由不得我自己了。既然打算留在这儿，我希望能帮得上忙，卖力也好，卖命也好，攒点儿苦劳就行，我还是想和我老婆在一起。"

他眼圈一红，眼泪跟着就淌了出来。我见不得他婆婆妈妈的样子，不耐烦地说："你说话就好好说，动不动掉眼泪干吗？"

阿来用胳膊抹了下眼睛说："不了，我再也不掉眼泪了。"

我叹了口气，"你要想好，在这儿做事可不比在监狱里，那儿至少还有狱警在墙上站着看，人家想把你怎么样，多少还是会顾虑一下，这里……"我摇摇头，"我觉得你待在这儿挺好，至少安全。"

阿来连连摆手，说："不不不，我还是想帮忙，你就当我想在迪哥那里攒点儿苦劳，然后能早点儿和我老婆团聚吧，我就这么点儿盼头。"

"好吧。"我想了想说，"但我有一个条件。"

阿来赶紧道："你说。"

我看了他一会儿，说："你得明白一个道理，无论如何我都不会害你的，所以什么时候都不要怀疑我，我要你做什么，你就按我说的做。"

阿来把胸一挺："那还用说？"

我又补了一句："你不这么做，必要的时候我只能把你当累赘，给你一个痛快。我不是吓唬你，也不是威胁你，真到了那个地步……"

"我明白！"阿来打断了我的话，"你本来就是为了救我才坐的牢，是我连累了你。我想过了，像我这种小人物，没什么本事，又在这种地方，命本来也不是我自己的，反正都一样，不如跟着你做点儿什么。"

我见他语气诚恳，心中反而一软："你一直在这里吗？没有亲人？"

阿来低下头，轻声说："我爷爷是缅甸华侨，后来因为局势一直不好，全家人东跑西走的，就剩下我一个。后来我父亲的一个老朋友到泰国开酒吧，他也没有亲人，就认我当了干儿子，后来帮我娶了老婆，把酒吧也留给了我。"他说着把脸撇向一边，苦笑了一下，"秦哥，我长这么大，除了我干爹和我老婆，就是你真的对我好。"

这阿来也是一个苦命的人。我想安慰他几句，又不知道说点儿什么好，只好拍拍他的肩膀，说："你也别秦哥秦哥的叫我了，我没你大。"

阿来说："不一定比我大，但我从心底尊敬你，你就让我这么叫吧，我也习惯了。"

我点点头："回头再跟你聊，迪哥还在等我。"

阿来"嗯"了一声，回了自己房间。

我推开房门的时候，周亚迪双手抱在胸前靠在窗边，苏莉亚正往桌上摆放菜肴，见我进来冲我招手示意我过去。周亚迪的脸上恢复了从前那种熟悉的带着自信的笑容，我想他已经有了主意。

苏莉亚摆完桌，朝我和周亚迪点点头，轻手轻脚地带上门出去了。我见周亚迪并未让她留在这里伺候，更加确定他要跟我商量的事很重要。

周亚迪拿起酒瓶倒了两个满杯，递给我一杯。这一桌的饭菜让我想起了洪林，昨晚周亚迪在分别时，曾约他今天一起吃中饭，现在已经黄昏，想必洪林凶多吉少了。一时间心里不知道是该悲还是喜，我端着酒杯站在那里，迟疑了一会儿，说："洪林一直没有消息吗？"

周亚迪垂下眼皮看着杯里的酒，轻轻地摇摇头："我一定要他们付出代价。"他指指桌上的饭菜说，"你先吃点儿，一天没吃东西了吧？"

我的肠胃好像刚醒来一样，腹内顿时叽里咕噜乱叫起来。我放下酒杯，刚胡乱塞了几口，就想起了程建邦。我放下手中的半只鸡，叹了口气，拿起酒杯默默地喝了一大口。

周亚迪说："两个，他前后杀了我两个最好的兄弟，如果这次我不把他弄死，我以后也没法在这里待下去了，谁还愿意相信我，跟着我呢？"

他大概以为我在为洪林难过，索性将计就计，说："嗯，鹏哥对我有如再生父母，洪林虽然认识时间不长，其间还交过手，可昨天要不是他，现在我就不能坐在这里吃东西了。"

周亚迪举起杯说："我们两个还没坐在一起正经吃过一顿饭，这杯我敬你，谢谢你，秦川。"一仰脖干了那一大杯酒，他的脸和眼睛跟着就红了。我干了杯中酒，又为他添了满杯。他说："这就是为什么我要实施那个计划，我一定要让我的兄弟们都过上安生富贵的日子，我不想再看到自己兄弟死在自己的身边，我受够了。"他一仰脖将第二杯酒干了。

我不知道他是真难过，借酒浇愁，还是确实有海量，只是他的这一番话，触动了我心底最脆弱和柔软的那一块，我随着他将酒干了，阵阵的悲痛随着酒劲儿一下全部涌了出来。

他放下酒杯说："明天我就派人去和胡经谈合作。"

我说："可是，之前他还那么对你，现在你突然去谈和，会不会……"

周亚迪笑了，说："这就是我和他的不同。当年他的两个亲叔叔就是被包总亲手打死的，现在有了共同的利益，还不是照样和包总站在了一起。在他们眼里，只要有钱，其他的都可以忽略不计。"

我说："我也不见外了，有个问题，你总提起的那个能让我们过上富贵安生日子的计划是什么？"

"不是我不相信你，现在谈这个有点儿早，你知道了反而会成为你的累赘，你太年轻了，还是容易冲动。"说着，他用手做了个枪顶着太阳穴的动作。

我担心他继续那个话题，忙假装不好意思地笑笑说："你说的是，我现在就专心对付胡经。鹏哥是他杀的，这个仇一天不报，我一天睡不踏实，我总梦见鹏哥临死前看我的眼神。"

说到这儿我停了下来，因为我说的是真的，赵振鹏被我扭断脖子前的眼神，不论是清醒时，还是在睡梦中，总是时不时地出现在我眼前。每次我总是马上努力地转移注意力，如果我与记忆中他的眼神对视下去，我的汗毛就会一根根地竖起来。我手撑着额头闭着眼，平息着被酒精点燃的情绪，所有死在我眼前的人，一个又一个交错浮现在我眼前，那些繁乱出现的脸像是几把钢刀在我心里搅动着，那真切又剧烈的痛楚似是就要将我死守的防线击溃。

我想，这些压抑在我心中的噩梦迟早会爆发，对那个时刻，我隐隐有些期盼，又无比害怕。

周亚迪说："少喝点儿，酒入愁肠，会死人的。"我点了点头。他又说："很快就有很多事要做，你要好好休息。"

我想，这个机会不能随便错过，忙说："要是跟胡经谈妥了，运货的时候算我一个吧。"

周亚迪坐回椅子上，说："秦川，不是不信任你，那个活计太危险了，我可不想你有什么闪失，你还有更重要的事做。"

我说："可是你也说了，不把胡经打死，我们什么事也做不了。让我去，我有把握在路上把他们的货和人全毁了。你要是需要，我全带回来也行。"

周亚迪笑了笑，说："就算是发货，也肯定不是一次发完，那么做风险太大，一旦被中国那边的边防武警碰到，会伤元气的。"

我说："他们不是有一条运货的路线吗？要是能碰到边防武警，还叫什么安全线路？"

周亚迪想了想，说："所以我要看到他的那条路线图才能决定，如果确实很安全，我可以考虑让你去。"

我说："我一定不会让你失望的，保证那些货有去无回，让胡经倾家荡产。"很多时候，我真的不知道自己说的话是真还是假，这种如梦如烟的恍惚让我总忍不住想打自己几个耳光，才好确定自己真的是在现实中。

周亚迪站起身说："我还是回去，我总觉得洪林能回来的。"

我说："对了迪哥，能不能让阿来帮我？"

周亚迪皱着眉头说："他能帮你什么？"

我说："总会有用的，而且他不会害我。"

周亚迪笑着点点头说："我是怕他给你添麻烦。"

我说："身边有个信任的人，总会踏实点儿，哪怕是个残废。"

周亚迪想了想，"嗯"了一声，"叫他们过来陪你吃饭吧。这两天好好休息，抽个空让苏莉亚带你去医生那里复查一下……"他说到这儿顿了顿，突然笑了，像是自言自语道，"我好啰唆。"然后满脸笑容地离开了我的房间。

第十章
我是战士，我叫秦川

1

临睡前，我让苏莉亚帮我查看了身上的伤口，果然她拿来了一堆外伤药品和纱布。我想收拾一下丢出窗外给程建邦，但拗不过苏莉亚，她坚持要亲手帮我处理，我只好跟阿来闲聊着天，趴着让苏莉亚给我消毒抹药。

背上怎么有热热的水滴上的感觉？阿来的表情也怪异了起来。我一回头，苏莉亚正低头抹眼泪，原来之前热热的是她落在我背上的眼泪。看见她哭我一下没了主意，冲阿来使了个眼色求助。谁知阿来假装没看到，站起身说："秦哥，你这儿有烟没？"话音未落一包烟就丢到他的怀里，他拿着烟看着苏莉亚，嘿嘿一笑，说："秦哥，要不你早点儿休息吧，我也困了。"假模假样地伸着懒腰打哈欠。

我说："你去睡吧。"他像是接到圣旨一样转身就往外走。我又说："我给你安排的事，就是天天待在这儿睡觉，哪儿也别去。"

阿来刚走到门口，听我这么一说，停了下来，抓抓头说："对了，秦哥，你教我两招吧。"又走了回来坐在椅子上。

我从床上爬起来，整好衣服活动活动了四肢，对苏莉亚说："没事了，你早点儿休息吧，我和阿来说点儿事。"

苏莉亚收拾好药品和纱布放在我的床头，始终低着头没有看我一眼。临出门的时候，她抬起头，眼睛红红地看着我，指指我做了个睡觉的姿势，默默地离开了。

我回过头见阿来还盯着门口发呆，说："好看吗？"

阿来回过神来，笑着指了指门口，说："秦哥，有句话我不知道该不该说。"

我知道他想说什么，斩钉截铁地说："不该说。"

阿来没想到话到嘴边被我堵了回去，噎了一下，说："不是，我觉得……"

"你想说就说吧，不过后果自负。"我冷冷地看着他。

他想了想，犹豫了一会儿，一咬牙说："没事了。对了，迪哥真的同意你带着我了？"

看着坐在我对面的阿来，我不禁有些心酸。如果我是他，我真的不知道该怎么样才好。我很想和他谈谈心，毕竟在这段日子里，他是陪在我身边最多的人，可是，我又不能放下警惕。我说："对了，要是有的选，你想过什么日子？"

阿来显然被我的这个问题惊呆了，张着嘴巴看了我半天，说："这个，我真没想过。"

我说："我觉得就算你跟着我出去做事，攒点儿苦劳，也未必就能如你所愿。"

"秦哥，这是我唯一的机会了，不管行不行，我都得试试，不然……"他看了看我，低下头不再言语。

不然什么？为什么是唯一的机会呢？我学着周亚迪的思维模式，站在阿来的位置想了一遍后，我明白了他的顾虑，虽然可气，倒也是事实。我说："不然如果我死了，你随时都会被当作炮灰，因为这里除了我之外没有人可能会给你任何机会。而且你也回不去，你也不会把你太太接来，你的命运就全都掌握在别人的手里了，是这样吗？"

阿来的脸"唰"地一下红了，支支吾吾地说不出话来。

我笑了笑说："所以你很担心我的安危，因为我身上寄托着你的全部希望。"

阿来低着头一言不发。我说："你应该直接告诉我，我可以帮你一起想办法，你这样给我的感觉是你在利用我，你对我的所有好都是为了你自己。"

阿来终于沉不住气了，抬起头，红着脸说："秦哥，你说得对，我的全部都寄托在你身上，因为我根本没有办法，我是个小人物，在哪里都是，我们这种人的死活谁会在乎？我只想和我老婆在一起，过我们自己的日子，平时受点儿气没关系，至少我们还在一起，还活着。我是打心眼里敬佩你，我长这么大没交过什么朋友，从来都是被人看不起，只有你把我当朋友，还救我的命，一直照顾我，不然我早死好几次了，秦哥，我想跟你做事不光是为了我自己，我想为你做点儿什么，哪怕替你死都行，我知道我没资格求你什么，但我真的求你一件事，不管我发生什么事，你能不能照顾下我老婆，她是个苦命的人……"他再也说不下去了，蹲在地上，捂着脸呜呜地哭着。

我从来不会安慰人，也不懂怎么能让一个痛苦的人快乐些，就像蹲在我面前的这个被命运折磨的痛哭的男人，让我一时间手足无措。与他相比，我是幸运也是幸福的，至少我知道我该做什么，至少我不会将自己的命运依赖在某个人身上。我不知道该怎么帮他，我迟早会离开这里，而他还将继续这么活下去。

我说："你如果觉得跟着我，在迪哥面前攒点儿苦劳管用，那么就按我下午和你说的做。"

阿来一边哭，一边拼命地点头。

我说："回去睡吧。"

阿来抽动着肩膀，低头抹着眼泪说："秦哥，谢谢你。"给我鞠了一躬，转身出了门。

我把床头那堆药品和纱布尽量包紧，从窗户顺着墙丢了出去。站在窗口待了很久，也没有什么动静，心头有些烦闷，抓起桌上的酒大大地灌了几口。

第二天我睁开眼时，天已经大亮，我一激灵从床上弹了起来，第一时间爬到窗口朝下一看，我笑了。我扔下去的纱布包不见了，那车的帆布上多了一个几乎被切成碎渣的榴梿。程建邦来过了，这么恨榴梿的这世上恐怕没有第二个人了。他还有闲空将一个榴梿碎尸万段，说明他没有大碍。看来，晚上我得再扔些烟和食物下去了。

下午，周亚迪来了，身后跟着洪林。我见到洪林的时候愣了好一会儿，直到他凑上前捶了自己的胸口一拳，笑着对我说"活的"，我才反应过来。对于洪林还活着这件事，周亚迪比洪林自己要高兴。这让我更加佩服周亚迪，他的确笼络了不少能人，而且这些人个个愿意为他卖命。

我围着他打量了一圈，问道："没有受伤吧？"

洪林摇摇头说："没事。"

周亚迪上前揽着我和洪林的脖子说："这下好了，哈哈哈。"

洪林说："老板，也和秦川兄弟打过招呼了，我去办事了。"

周亚迪点点头说："去吧，路上小心点儿。"

洪林拍了拍我的肩膀，转身出了门。不等我问，周亚迪说："我让他去找胡经，你路不熟，再一个你和胡经有点儿过节儿，我怕他羞辱你两句，彼此再翻了脸。你要不翻脸吧，我又替你委屈。算了，让洪林去吧。"

我说："你想事真周全。"

"都是兄弟们的命，能不想得详尽点儿吗？"周亚迪往门外走去，说，"洪古应该快回来了，我先走了，你一会儿跟苏莉亚去医生那里复查。"

送走了周亚迪，我开始感到莫名的兴奋，眼下的所有氛围都让我觉得很快就要展开决战了。周亚迪自信满满的微笑，让我肯定他已经胜券在握。

我以为苏莉亚会带我去找医生复查，谁知她直接把上次为我手术的那个医生带到了我的屋里。我以为至少需要些仪器什么的，谁知他只是将手指搭在我的腕上，把了一会儿脉，幽幽地说："你年纪轻轻的，为什么心事那么重？"

我反问道："到底怎么样？"

他说："没有什么大碍，但还是抽点儿时间去休养一下吧，不然将来会落下很多毛病的。"

将来？听到他说这个词，我有些恍惚，又觉得好笑，笑了笑说："忙完这一段，我会的。"

他点点头，起身对苏莉亚说："放心吧，没什么事。"

苏莉亚笑着将医生送出了门后，回头对我竖起了大拇指，看上去比我还高兴。

我说："我想出去走走。"

这短短的两天里发生了太多事，我必须见到程建邦，或者我根本不能让自己的大脑有丝毫空闲。我一直有意无意地刻意避开关于宁志的一切，哪怕是预感到将要想起他的什么，都强迫自己立刻转移开注意力。唯一能让我有些许安慰的，是我知道程建邦安然无恙，而且我们所执行的任务似乎也看到了曙光。

快点儿结束吧，我可能再也无力继续下去了。如果说，有生以来最让我期盼的人和事是什么，那么无疑是周亚迪以及他运毒计划的消息。

我们走到屋外不远处的一片竹林边时，我对苏莉亚说："你回去吧，我想自己走走。"程建邦一定就在这周围，我得尽快支走苏莉亚。

苏莉亚固执地摇摇头。我有些不耐烦地说："我想自己待会儿，可以吗？"

她看了我半天，终于极不情愿地点点头，用手比画着让我早点儿回去。

我就地坐了下来，看着苏莉亚的身影消失在视线中。我站起身佯装散步，朝竹林深处走去，寻找着相对隐秘的地方。确定四下不可能有人后，我找了块裸露在地面的青石坐了下来。可是，连着抽了三根烟后，除了偶尔掠过竹林的风会吹得竹叶唰唰响外，没有一点儿动静。我不禁有些心慌，难道程建邦遇到了什么麻烦？还是他受了很重的伤？那天与他分别后，有一队周亚迪的人马是朝着我们来的方向去的，难道他遭遇了那些人？我不敢再继续想下去了。

"出来吧。"我像是在安慰自己一般，假装已经看到了正躲在某个死角看着我出洋相的程建邦。

果然身后响起了窸窸窣窣的声音，我忍不住笑了，我说："好玩吗？"我故意没回头，程建邦愿意跟捉迷藏似的出现就由着他吧。

那窸窸窣窣的声音变成了清晰的脚步声，而且不止一人。我警惕地转过身去，来人果然不是程建邦。我愣住了，那两个人冲我鞠了一躬说："秦哥，是苏莉亚要我们跟着你保护你的，真的没有别的意思，苏莉亚也是担心你遇到什么意外。"

那两个人的确眼熟，以前在周亚迪的身边见过。我顿时气不打一处来，无奈地叹了口气，轻轻地说："滚。"

那两个人相互对望了一眼，还有些迟疑。我说："我用得着你们保护吗？"

其中一人慢慢地从腰间摸出一把枪，枪柄对着我递过来，说："你带着这个吧。"

我点点头，接过那把枪拉开枪膛看了一眼，随即用枪对着那人，没好气地说："滚。"

那两人不约而同猛地将手举过头顶，扭头跑了。怪不得半天不见程建邦，原来他早就发现了有人偷偷地跟在我后面。我不由得背后一阵冷汗，如果换我是他，我真不敢想象是否能够每次都如此安全、及时地出现在搭档的眼前。

"不错嘛，警惕性很高啊。"程建邦的声音从前方传来。他的身形一晃，三步并两步地跑到我的身边。

我当然不会坦白刚才我根本没发现有人跟着我，那句"出来吧"根本就是无心之举，只能笑笑算是跟他打招呼。

他穿着一身当地老百姓的衣服，而且不太合身。他见我打量他，扯扯衣角说："好看吗？"

我笑着摇摇头，我知道他这么打扮是为了便于隐藏，要不太容易引人注意了。我想起周亚迪说这寨子没有他们不认识的人，那程建邦一定没法混进当地人中去。我问他："你晚上睡哪儿？"

他嬉笑着说："那不能告诉你，回头万一你暴露了，被人严刑拷打，再把我供出来，我多冤得慌？"不等我反驳，他表情一变，严肃地说："你还是别知道了，怕你内疚，说吧，找我什么事？"

我拣要紧的跟他说了一遍，他听着听着就皱起了眉头，最后就像看一个陌生人似的盯了我一会儿说："你他妈胆子也太大了。"他不等我说什么，连连点头说："不过确实牛逼，以前是顺着周亚迪走，现在是指挥着他走，牛逼！"

我说："你真的这么想？"

他低着头，嘴里碎碎念叨着想了一会儿，说："如果这个洪古真的是平凉那个，那么我必须找老徐汇报一下，可是那样的话，我明晚之前就不在这里了。他们要开始行动的话，我就跟不到你了。"

我说："应该没什么问题，他们不可能那么快，派去的人上午才走。"

"这样吧，我一会儿就走。你保护好自己，宁可什么都不做，也不能冒险，明天我回来会在你楼下做记号。如果有什么变故，你要离开这里的话，一定要用密文把情况写在香烟盒上，丢在你窗外，我看到就会去接应你。"程建邦抬头看了看天色，"千万记住，尽量别冒险，一定等我回来。"说完他转身跑了两步，大概发觉不对劲儿，停下脚步转过身说："你他妈连个再见或者一路顺风也不会说吗？"

我看着他站在夕阳中，极不合身的衣服紧紧地"绑"在他身上，裤脚高高地吊在脚踝上，看上去甚至有些滑稽。我忍不住眼圈一热，说："帮我给老徐带个话，就说我操他大爷，这他妈是人干的活吗？还他妈不如当初把我开了呢，一个字也不许落下。"我猛地转身朝着来时的路，头也没回地丢给他一个字："滚！"

"话保证带到，我滚了。"他没有立刻就走，安静了几秒后，我才听到他离去的脚步声，越来越远。

自始至终，我没有回过一次头。夕阳融化在我的眼中，模糊成一片。

2

当晚，我躺在床上辗转反侧，久久不能入睡，那些说不清道不明的思绪似是被煮沸了一样，不停地在我的胸中翻滚，越来越剧烈，越来越沉重。就像有无数条头绪迫切地需要我去理清楚，而我一条也捉不住。

折腾到第一缕阳光透进窗户照在屋内床边的地面上时，我烦躁地将身上的毛毯扯开，一骨碌从床上坐起来，站在窗边，望着远处低低的压在树林上的薄雾，心情由慌乱烦躁变得沉重不堪。我从没有像今天这般静不下心来，哪怕是我的生命悬于一线的时候。时间像是慢得令人无法忍受。

中午的时候，我躺在床上抽烟，苏莉亚跑来用手势告诉我周亚迪在楼下等我。我心中一顿，他不上来，那必然是要带我去其他地方。我这一走不知道去哪里，也不知道什么时候回来，程建邦会和我失去联络的。

看来只能下去试探着问问周亚迪，再找借口上来给他留信息了。我故意脱下一只袜子丢在床上，然后装作急匆匆地跑出屋子。路过阿来门口的时候，本来正蹲在门口抽着烟的阿来赶紧站了起来，眼巴巴地看着我。我走到楼梯口，想了想，对他使了个眼色。他如获至宝地使劲儿点点头，将烟头往脚下一丢踩灭了，快步跟了来。

门外停着一辆越野车，司机正是洪林。我跟周亚迪点头打招呼，对洪林说："回来了？"他笑笑没说话。周亚迪冲我摆摆手示意我上车，看他的样子似乎心情格外好。我想大概又得到什么好消息了，我问："迪哥，是不是有消息了？我们去哪儿？"

周亚迪笑着说："嗯，走吧，到了你就知道了。"

他看到我身后跟来的阿来时，笑容僵硬了一下，很快又恢复了。我在上车时假装突然发现自己少穿了一只袜子，忙对阿来说："你先上车。"我一边往屋里跑一边对周亚迪说："刚才跑得急，少穿了一只袜子。"不等他说话，赶紧钻进门上了楼。

　　我摸出香烟盒，用匕首尖在上面给程建邦刻了一封密信：随周亚迪与胡经会谈。走到窗边仔细看了一圈，确定外面没人后，将烟盒揉成一团丢了下去。

　　我穿好袜子快步跑下楼，上了车。周亚迪看着阿来说："只要你认真帮秦川，我不会亏待你的。"

　　阿来连连点头说："迪哥，你放心。"

　　车子转了个弯，从我窗下的那条路驶去。我不由自主地回头看，看到苏莉亚站在那里，一手搭在额前遮挡着阳光朝这边张望，黑色的长发被微风吹得有些凌乱，慢慢地消失在我的视野里。

　　阿来有些紧张，坐在车里不停地抖腿，想说什么又不敢说，左顾右盼。周亚迪看着我，瞥了阿来一眼，嘴角微微一翘。我伸手在阿来后脑勺拍了一把："你他妈抖骚呢？"阿来愣在那里，摸着自己的脑袋吃惊地看着我。我指了指他的腿说："这车里漏电了？"

　　阿来脸一红："对不起，秦哥，我有点儿紧张。"

　　我说："是不是还有点儿尿急？"

　　阿来刚"嗯"了一声，后脑就又挨了一下，我说："要不你回去吧。"

　　阿来看看倚在座椅上看着车窗外的周亚迪，又扭头看着我说："秦哥，我错了，再也不会了。"

　　周亚迪没搭理阿来，径直对我说："胡经说是给我们送了个礼物，为前两天在林子里追杀我的事赔罪。就是他们的路线，他说第一次合作，线路和时间都由我们选，你怎么看？"

　　我说："这次要运多少？"

　　周亚迪冷冷一笑说："多下点儿本钱，才能多赚点儿。"

　　"嗯，让他出一百公斤。"我试探性地说，因为我不知道他所谓的多是多少，在我所了解的贩毒案件中，上百公斤就是特大案件。谁知周亚迪不屑地笑了一下说："一百？再翻十倍还差不多。"

　　我愣住了，周亚迪不再说话，继续望向车窗外发呆。

　　一千公斤！这在全世界范围内，都是罕见的巨案重案。而这个数量只是金三角的两个毒枭初次面和心不和的合作而已。一旦这种数量的毒品流入中国，将有成千上万的人被其打垮，也就是说，需要有成千上万的家庭来消化这个恶果。所造成的直接或者间接的影响不是我能想象的。

　　我想象不出一千公斤的毒品堆在地上会有多大一堆，更无法想象换成钱堆在地上会有多大一堆，总之不管是毒品还是钱，堆在那儿都是触目惊心的。突然我有点儿害怕，这个计划一旦失控，那么我必将成为一个十恶不赦的罪人。我是来阻止毒品流入国内的，可现在却撺掇两大毒枭组织了如此巨额的一批毒品堆在仓库中，国内的百姓虎视眈眈。如果我不能控制这批毒品的走势，恐怕就是死一万次也无法洗刷自己的过错。

　　坐在我一旁的阿来经过刚才的警示，现在看上去十分安静，我心中的慌乱却开始翻江倒海。一支烟出现在我的面前，我一转头，周亚迪正看着我，说："不是想跟我做些事吗？这些只是开始，慢慢来，别着急，一口吃不成胖子。"

　　我接过烟点燃抽了一口，心想，周亚迪大概是"嗅"出了我的慌张，故意说反话安慰我，或者是激我。我笑了笑说："迪哥，这次送货你派我去吧，我保证把货全部给你带回来。"

　　周亚迪没有答应，也没有反对，只是呆呆地看着车窗外不说一句话。他的平静让我有些按捺不住。这一次我真的怕了，我怕他拒绝我，我怕我对这次运货的事一无所知，我怕那批货通过胡经花费大量金钱和精力费尽心机开辟出的那些通道，悄然避过国内的边防缉毒警的眼睛，涌入祖国的城市乡镇。想起当我把这些告诉程建邦时，他那惊讶的表情……我越发怀疑自己是否太过鲁莽。曾几何时，我已经不是被这件事情主宰的人，而是开始慢慢地主宰起这件事的走向了。

　　车子停在一个山坳里，两边都是罂粟田。罂粟田应该已经被废弃了，除了一些稀稀拉拉东倒西歪的罂粟枯秆外，荒草丛生。靠山脚的地方有一排低矮的砖石混合材料的平房，有几间连门都没有，黑漆漆的门洞看着像一个干尸张开的嘴巴，门两边窗框残缺的窗户，就像是那干尸的眼窝。

从车上一下来就像跨进了一个蒸笼，闷热得让人喘不上气来，整个人就像烈日下的冰棍，开始融化。周亚迪揪起领口扇着风，抬起头朝四周的山坡看了看，对洪林使了个眼色。洪林点点头，开着车朝另一头驶去。不等我问什么，周亚迪说："这里没人知道，我让他去接胡经的人。"

我警惕地四下看看说："有枪吗？"

周亚迪指了指其中一间有门窗的平房说："进去说。"

房门没上锁，两扇门的锁眼被一截锈迹斑斑的铁丝穿过，简单地拧着。阿来不等周亚迪说话，上前将那铁丝拧开，推开了门。几只黑色的东西扑棱从我们头顶飞过，吓得我们急忙蹲下身子避让。我顺着那黑色的东西看去时，已经不见了踪影。阿来吓得嘴唇发白，哆嗦着说："蝙……蝙蝠吧。"

我踢了踢那扇破门，故意弄出点儿声响，见没了其他藏身的动物，才迈进那间屋子。适应了一下里面阴暗的光线，发觉并没有我想象中那么不堪。竟然有一张桌子和几张板凳，墙角有堆东西，用绿色的帆布遮盖着。

周亚迪指了指那个角落说："枪在那儿。"

我上前掀开帆布，有几箱瓶装水，还有用蜡纸包裹的几把手枪和一堆压满子弹的弹夹。我取出一把检查了一下，将弹夹装好别在后腰，又拿出一把装好子弹递给周亚迪。周亚迪笑着摇摇头："你在这儿，我还用的着那东西吗？"

阿来看了一眼他，又看看我手里的枪，有些犹豫。我见周亚迪一副胸有成竹的样子，就知道这里必定很安全。我是见过他害怕的样子，他是个很谨慎的人，有任何不安全的因素都会让他害怕。于是我把两把枪都别在身上，拿了几瓶水放在桌上说："你们先休息，我去外面看看。"

周亚迪叫住我说："秦川，放松点儿，没事的，坐下来喝点儿水，外面那么热。"不等我说话，他坐下来冲我摆摆手说："坐坐坐。"

阿来小心翼翼地拧开一瓶水，毕恭毕敬地递给周亚迪。周亚迪拿起水咕噜咕噜灌了几大口，心旷神怡地"啊"了一声，说："阿来，如果这次我让你陪秦川一起去运货，你有没有意见？"

阿来紧张地看看我，见我并没有给他意见的意思，拿着一瓶水放也不是、喝也不是，半天才说："迪哥和秦哥要是看得起我，我没什么说的，我想帮忙做点儿事，不然总是白吃白喝的……"

我知道周亚迪在考虑把我列入运货的人选了。周亚迪对阿来说："这趟回来，我给你一笔钱，够你和你老婆下半生用的。酒吧你也别开了，走远一点儿过你们的日子去吧。"

阿来激动得膝盖微微打着颤，半天说不出一句话。我说："还不谢谢迪哥？"

阿来忙连连对着周亚迪鞠躬："谢谢迪哥。"

周亚迪笑了笑说："前提是你能活着回来，这事很危险。"又对我说："秦川，我真的不想让你去，太危险了。可是不让你去吧，你不甘心，总觉得我不信任你。我真的很为难，其实，让不让你去，我都可能会失去你这个兄弟。"说着他叹了口气，眼神中有些落寞，这种眼神很陌生，我从来没见过。他又说："那么就去吧，但是你一定得活着回来，豁出去这批货都不要，豁出去这次咱们玩砸了，你也得活着回来。在这上面送命，不值。"他抬起头，眼眶红红地看着我。

我有点儿被他这突如其来的感慨迷惑了。或许，他真的需要我跟他去做更大的事；或许，他知道这次凶多吉少，我的利用价值也到此为止。我不确定哪一种才是他真正的想法，不过不重要，只要让我跟着这批货就好。我说："迪哥，跟了你这么久，我就在等这么个机会，不然跟着你，我也不踏实。"

"我知道，我知道，我知道你一身的傲骨。"周亚迪抬头不让我说下去，顿了顿，又对阿来说："不要给秦川添麻烦，他有什么三长两短，你也不用回来了。你要是能为他挡子弹，就算残了、死了，只要他没事，我用我周亚迪的名誉向你保证，我送你老婆去澳洲，一辈子衣食无忧。"

阿来慢慢地伸直了一直微微弓着的腰，眼里闪着光说："迪哥，你放心，我宁可死，我也不会让秦哥有一点儿事，我相信迪哥。"

周亚迪点点头说："一会儿你们两个，还有洪古，跟着胡经的人一起去中缅边境，我的货都在那儿，六百公斤。阿来，你知不知道六百公斤值多少钱？"

阿来摇摇头。周亚迪又看向我，我说："我不管值多少钱，我就知道那是迪哥的东西。"

周亚迪说："见到胡经的货以后，洪古会验，再然后该怎么做怎么做。"

我追问了一句："要拿回来吗？"

周亚迪："能拿就拿回来，不行就全毁了。秦川，你一定要记住，这次，你的命才是最宝贵的。"

听他的语气和表情，我隐约回忆起每次从徐卫东那里接到任务出发前，徐卫东都会一再提醒我，要活着回来。此时见周亚迪不知是因为炎热还是疲劳，无力地坐在那里的样子，我竟然有些恍惚自己到底身在何处、身负何物。

3

不多会儿，一阵汽车的引擎声由远到近地传来。我从腰间取出一把枪正要出门，周亚迪说："秦川，放松点儿。"

我将双手背在身后，将头探出屋门，见洪林刚把车停在门口，从车内跳下笑着冲我摆摆手。接着车的后门开了，一个提着皮包的人缓缓下了车，这人穿着件跨栏背心，露出肩膀和胸口上缠着的雪白绷带。他抬脚将车门关住，慢慢地抬起头来，居然是宁志。

洪林对宁志做了一个请的动作。宁志没搭理洪林，瞥了我一眼，面无表情地四下看了一圈，才踱着方步，跟着洪林进了屋。他经过我的时候冷冷地扫了我一眼，喉咙里"哼"了一声，用肩膀重重地撞了我一下。我心中一热，赶紧垂下眼皮，生怕流露出一点儿破绽。

周亚迪起身朝宁志热情地打了个招呼，给宁志挨个儿介绍道："秦川，上次你见过的，接你的是洪林，这位是阿来。"

宁志还是那副爱搭不理的样子，打开皮包取出一张折叠起来的塑封大地图丢在桌上，说："我老板让我把这个给你，一共两条线。"

我不敢再看他的脸，生怕控制不住自己的情绪会被别人注意到，只能低下头去，摆弄着手里的枪。

周亚迪没有急着看那张地图，而是对我说："秦川，坐下来，把枪收起来，这里很安全。"

他这话显然是说给宁志听的。当然了，宁志代表着胡经，他要向胡经展示自己最大的善意和诚意。宁志冷冷笑了一下，说："周老板先看看地图吧，我在外面等你们回话。"

他起身走出屋子，路过我的时候，又狠狠地撞了一下我的肩膀。我双手背在身后跟在他后面，周亚迪压着嗓子说："秦川。"

我转身看他，他冲我摇摇头。我把枪别回后腰，说："我出去透透气，放心吧，没事。"

我跟着宁志走了出来。宁志大摇大摆地走到屋前那片废弃的罂粟田边，停了下来。我跟在他身后，尽量自然地看了看四周，并没有人跟来，赶紧用只有宁志听得到的声音说："你没事吧？"

宁志头也没回，声音很轻地说："胡经还有一条线，他已经开始运货了，将近三百公斤。情况都在这里。"他从裤袋里摸出烟盒取出一支烟，点燃后就把烟盒揉成一团丢在地上。他转过身，一摇三晃地走到我身边，喷了我一脸烟，大声说："不服啊？"

我用余光扫了一眼屋门，见洪林站在门口正朝这边看。我往前跨了一步，瞪着宁志。洪林赶忙说："兄弟，我老板请你过来聊两句。"

"来了。"宁志走到门口伸出一条胳膊，一把揽住洪林的脖子说，"那就进屋聊。"

他是在挡住洪林和屋内的视线，给我机会去捡那个烟盒的。我迅速蹲下将那个烟盒捡起来攥在手里，站在田边一边小便，一边打开那个烟盒。那上头记录了胡经运货的详细时间和过境的界碑号，以及过境后的中转地等详细信息。

小便完的时候，我也记住了那烟盒上的所有信息。我快速地将那个烟盒撕得粉碎，转身回屋时，一路走一路将浸满我汗水的纸屑丢撒在两旁的草丛中。我们没时间聊聊彼此都经历了些什么，但看到他如此谨小慎微，我多少能料到他都吃过哪些亏。每当回顾起自己所经受的那些炼狱般的磨难时，再看看依然生龙活虎的自己，只觉得庆幸自己还活着。可是当我把那些磨难的经受者换成自己的战友时，心里竟然刀剜一般地疼痛难忍。

我伸出手，按在胸口，想按住那怦怦直跳的不安的心。只见周亚迪从屋内走出，看着我的脸，关切地问道："你怎么了？不舒服吗？"

我摇摇头，不想说话。

他走过来，搭着我的肩膀，在我耳边小声说："君子报仇十年不晚，再说，他的胸口不是还挨了你一枪吗？"

我猛然怔住，脑子里迅速过了一下，周亚迪怎么知道宁志这枪是那晚挨的？我要确定一下，我装作吃惊地问："那晚是他在追我们？"

周亚迪把我拽远了几步，悄悄说："胡经给我来了一封信，把那晚的事全部推到了他的这个小弟身上，说他完全不知情。这不，把人送到这来，意思是任我处置，想表示一下他的诚意。"

我的脑袋"嗡"的一声，就手把枪摸了出来。事情到了这个份儿上，我只能等周亚迪对我发下解决宁志的号令，然后冲进屋先一枪解决了洪林，再干掉周亚迪。至于后果，我想凭着我和宁志足以收拾完这里，联络上程建邦，然后混回胡经的地盘，杀他个片甲不留。

这一瞬间的想法让我兴奋了起来。如今的我已经不是当初在平凉的那个秦川，宁志固然也不是在医院里弹琴的宁志，何况还有一个程建邦。

"收起来！"周亚迪轻声对我喝道，"君子报仇十年不晚，要顾全大局，记得我跟你说过的吗？要站得高一点儿，胡经可能是拿他的这个小弟来试探我们的。"

我见周亚迪一脸严肃，说得极其认真，立刻松了一口气，假装一万个不情愿，愤愤地收起枪。我说："他知道吗？"

周亚迪摇摇头说："不知道。"

我说："难道你真的打算放过他？"

周亚迪摊开双手说："你看看我，什么事也没有。你也没事，洪林也没事，中枪的是他自己，我们没什么仇可报的。"

我说："那你打算怎么办？"

周亚迪说："一会儿让洪林在这儿看着他，你跟我去仓库那边安排人把货运到胡经那里。等到和胡经碰面的时候，我们把他的这个小弟活生生地带过去，我们的诚意还用怀疑吗？到时候还怕他不上当？"

我点点头说："你和洪林去吧，我在这儿看着他，这小子有两下子，万一知道他的老大把他卖了，我怕洪林有事。"

周亚迪想了想说："可以，我想带你去仓库，也是想要你看看我的实底。"

我说："迪哥，我知道你信任我，所以我得对得起你的信任，我真的怕自己兄弟有事。"

周亚迪拍拍我的肩膀说："嗯，那你注意安全。"

几分钟前我还在打算为宁志拼命，为与战友一起血战金三角的想法兴奋，几分钟后我开始为能够和宁志单独叙旧而欣喜若狂。我再次伸手揉了揉自己狂跳的心说："你放心去吧，我不会动他的一根汗毛的，就算他对我动手，我也肯定不要他的命。"

周亚迪"嗯"了一声："走，进屋。"

他侧开身子给我让开了路，突然，我不记得之前他是否也有走在我身后的习惯。我的神经机械式地绷紧了。难道我和宁志刚才的交流被他识破了？他知道在这荒山野岭的，说什么也不是我们的对手，故意设计先稳住我们？然后找机会将我和宁志除掉？我看了一眼周亚迪，他又对我使了个眼色，示意我进屋。我见那屋子黑洞洞的屋门里，什么也看不到，而且刚才一直没有半点儿动静，我更加相信了自己的判断。难道宁志已经被他们控制了？

我伸手拍了拍周亚迪的胳膊，做了个"请"的姿势说："走，回屋。"实在不行，我就只能先拿周亚迪当人质了。

周亚迪微微一笑，走到我前面朝屋内走去。我跟在他身后，随时准备拔枪射击。在他的脚步跨进门的一瞬间，我几乎就要拔枪了，却见宁志出现在门口，对着周亚迪点点头，然后还是一副看我不顺眼的样子，瞥了我一眼。我提在嗓子眼的心这才稍微放了下来。我进屋见洪林正一条腿踩在凳子上和阿来闲聊。我抹了把额头不知什么时候渗出的汗，对阿来说："给我来瓶水，真他妈热。"

半瓶水灌下肚，我瞟了眼宁志，心彻底放了下来。我和宁志刚才的所谓交流，就算是有人站在身边看，也不会有任何破绽，而我后来捡那个烟盒时，也确定不会有人看到。看来我真的有点儿神经过敏了。周亚迪说："洪林，跟我去提货；秦川，你和阿来留在这里陪这位兄弟。"

我故意瞪着宁志，应了周亚迪一声。

周亚迪临出门又回头对宁志说："这位小兄弟有没有什么特别爱吃的？晚上一起吃饭。"

宁志指了指自己胸口的绷带："周老板不用客气了，医生让我忌很多口，得清淡点儿。"

周亚迪点点头，又对我说："那秦川呢？"

我把自己胸口拍得山响："我没事，好酒好肉、山珍海味统统消受得起。"说完，我不怀好意地对宁志笑笑。

周亚迪对着宁志苦笑了一下，与洪林一起出了门。我溜达到门口，看着他们的车走远后，我背着手走到桌前，看着一直蹲在角落里的阿来，正想怎么把他打发出去，屋外又传来一阵汽车引擎声，一声急刹，有人从车内跳下，"吭"的一声关上车门。

难道他们落下了什么？我朝那个藏枪的角落瞥了一眼，起身一边摸着后腰别的枪，一边朝外走去。一个身影拿着枪背着光站在门口，我迅速摸出枪对着他。那人看到我，收起枪说："迪哥呢？"

是洪古。他进到屋里，目光扫了一圈，当看到宁志身上时，我明显看到他浑身一颤。我意识到不妙，转头一看宁志也瞪着眼睛直直地看着洪古。糟糕，在平凉那个矿场的屋顶，洪古没有看清我，可跟宁志面对面地交过手！

我立刻抬起枪对准洪古，在我开枪的同时，洪古对准宁志的枪也响了。

洪古捂着脖子，几个趔趄靠到身后的墙上，慢慢地出溜到地上。他的墨镜歪拉在脸上，直愣愣地瞪着我，指缝里的血泉水一样往外喷涌着。我上前一脚将他落在地上的枪踢飞，转身见宁志已经躺在了地上，手笨拙地摸索着将我刚踢过来的枪抓住。他的额头上有一个触目惊心的小小的枪眼。我的大脑一片空白，想喊他的名字，却怎么也喊不出来，只是张着嘴任由眼泪从眼睛里、鼻孔里疯了似的往外流。

宁志眨了下眼睛，像是想对我说什么，微微启开的嘴巴却一动也没动。他抓住那把枪，勉强对准洪古的方向扣动了扳机。他头部中的那一枪已经严重影响了他的动作和判断以及思维。子弹从他手中的枪里射出，却打在他自己的腿上。他像是感觉不到疼痛似的，一下又一下继续扣动扳机，接着又有一枪打到了他的脚上。直到枪里的子弹全部射出，他还在不停地扣着扳机。

我那口气，在我开枪后就像是被一块巨石压在身体里，任我怎么努力也无法喘上来。就在我将要窒息的那一刻，我使足了浑身的力气，喊了出来。那声嘶喊刺破了我自己的耳膜和心脏。我站起身，从墙角里拎起还在挣扎的洪古，疯了似的一拳又一拳地砸在他的脸上，破碎的镜片一块又一块被我砸进了他的鼻子、脸和眼睛。我一边喊一边打，一直将他打到宁志旁边。我揪着他的头发，将他的头死死地按在地上，按在宁志能看到的咫尺，一直打到拳头发麻。洪古不知什么时候已经咽了气，临死前，头歪在一边，眼睛睁着，看着宁志。

我见宁志又眨了下眼，大概想看看我，终究眼珠也没能动一下，盯着死在他一边的洪古那血肉模糊的脸，瞳孔突然一闪，整个眼睛失去了光泽。

　　我的眼泪在宁志牺牲的一瞬间就再也流不出来了，我的嗓子无论怎么努力也发不出一点儿声音。瘫坐在牺牲在自己面前的战友的遗体旁，我连拿起枪自尽的力气都没有。

　　如果当时能有力气在自己头上开一枪的话，该有多好。

　　不知过了多久，有人在摇晃我的肩膀，那感觉就像另外一个世界有人想把我叫回一般。我想回应，却不知怎么办。

　　"秦哥！"那个声音终于像是从遥远的外太空清晰地传到了我的耳边。我猛地回过神来，阿来正战战兢兢地看着我。

　　"打死我吧。"我几乎是在乞求他，一直跪在地上的我笑了，"求你了。"

　　阿来看了看地上的洪古和宁志，又看看我，带着哭腔说："这到底是怎么回事？"

　　我说："你求我那么多次，我只求你这一次，把枪拿起来，打死我。"

　　当我的理智一点点地恢复过来后，我知道，如果阿来不打死我，我就必须得打死他，就像最初我曾担心的那样：我怕有一天，当阿来的生命与我的任务发生冲突时，我会怎么样。答案现在很明了，他看到了这一切，就必须得死。可此时的我，只想和自己战友一起死在这里，洪古对宁志开的那一枪几乎粉碎了我所有的信仰和希望。

　　阿来拼命地摇着头说："秦哥，你告诉我，我该怎么做，我该怎么说？你教我。"

　　我说："拿枪打死我，不然我会杀了你，快一点儿。"

　　阿来不停地摇着头说："秦哥，是不是我看到了不该看的？如果是那样，你打死我吧。"

　　我伸手揪住阿来的领口，站起身将他推到墙角，用枪抵住了他的额头。他闭上了眼，浑身颤抖着说不出一句完整的话，眼泪鼻涕流了满脸："我老婆，求你了，照顾她，秦哥。"

　　我扳开了枪的击锤，我只需轻轻动一动食指，眼前这个阿来就会离开这个世界。我可以跟周亚迪随便编一个没有人会怀疑的故事，然后继续完成自己的任务。

阿来紧紧地闭着眼，极度的恐惧让他发出了奇怪的呜呜声，他绷紧了全部的神经等待着我开枪。我的脑海中却满是他在监狱里唯唯诺诺跟着我的样子，我迟迟下不了手。我知道，他不死，极有可能暴露，后果也是我无法承担的。

"阿来，"我说，"要怪就怪你自己不好好待着，非要跟我出来。"我不知是在对他解释，还是安慰在我自己。阿来说："秦哥，我答应过你，出来什么都听你的，我的命是你救的，你要，就拿去吧。"

终究，我还是松开了他。对于阿来，不论杀或不杀，后果都是我无法承担的，但是做出的这个选择至少能让眼下的我稍微好受一些。阿来瘫软在地上，浑身不停地发抖。我说："胡经的人和洪古打了起来，然后我打死了胡经的人，记住了吗？"

阿来一个劲儿地点头："胡经那个兄弟和洪古哥打了起来，秦哥出手打死了那个兄弟。"说着，他哭了起来。

我说："去，拿水帮洪古哥洗洗脸。"

阿来应了一声，几乎是爬到桌子上拿了一瓶水，又爬到洪古尸体前，帮洪古洗脸。我始终不敢朝宁志那里看一眼。我坐回凳子上，背对着阿来说："你不好奇是怎么回事吗？"

阿来说："那人打洪古哥，秦哥把那人打死了。"

我笑了笑说："无所谓，你把我卖了，我最多就是一死，我早够本了。"

阿来沉默了一会儿，起身站到我旁边说："秦哥，你觉得你死了我能有好吗？你为什么不相信我？为什么你们每个人都不相信我？"

对于他的质问，我无心理会，摇头笑了笑没有吭声。

屋外再次响起汽车引擎声的时候，我已经懒得去理会，或者说对于阿来是否会按照我交代他的去说，我也根本不在乎了。甚至当周亚迪和洪林走进屋，看着满屋的血腥大惊失色时，我都懒得扭头去看他们一眼。

周亚迪和洪林大惊失色，跑到洪古的尸体边，发现洪古已经死了后，周亚迪走到我身后，问道："怎么回事？"

他这么一问，我不知从哪里蹿出一股火，"腾"的一下站起来，揪住周亚迪的衣领几乎歇斯底里地喊道："你为什么不让我杀了他，为什么？现在我的兄弟又死了一个，我他妈还没和他喝顿酒呢，我操你妈的周亚迪，我操你妈！"我一边骂着他，一边揪着他的领子把他按到墙上。

周亚迪失魂落魄地任由我推搡着，没有丝毫反抗。站在一边的洪林抹了把眼泪说："秦川，你别冲动，你先放开迪哥。"

我扭头骂道："滚你妈的，老子就不放，我兄弟死了你知道吗？我们连顿饭都没吃，连杯酒都没喝，就他妈死了，都是因为你们这帮王八蛋。"

"秦川，骂吧，骂我一顿，打我也行。"周亚迪失声哭了出来。站在一边的洪林也凑了过来，我们三个人站在宁志和洪古的尸体旁抱头痛哭，宣泄着彼此截然不同的悲伤。

洪林抹了把眼泪，拔出枪对准阿来的头说："到底怎么回事？"

阿来吓得睁圆了眼睛，举着双手一个劲儿地往后退，一边退一边说："是那人突然朝洪古哥开枪，要不是秦哥开枪把他打死，恐怕我们就见不到你们了。"

洪林一直把阿来逼到墙角无路可退，枪抵在阿来的额头上，喘着粗气说："你敢骗我？"

阿来浑身发抖，还是坚持直视着洪林："我没有。"

洪林慢慢把枪的击锤扳起，阿来吓得脸已经扭曲得变了形。我低下头，看着地上宁志的尸体，准备只要阿来一揭穿我，我就立刻拔枪把在场的所有人全部打死，一个不留。我冷冷地说："你要干什么？"

不等洪林说话，周亚迪用手臂弯着洪林的肩膀，看着他说："事情弄成这样，冷静一点儿，还有事要做。"

洪林愣愣地看着地上的洪古，好一会儿才回过头，对还缩在墙根的阿来说了声"对不起"，走过来蹲在我旁边说"谢谢你"，说完狠狠地瞪向宁志的遗体。

周亚迪抹了把脸咬牙切齿："胡经，我迟早要把你锉骨扬灰。"看着洪古的尸体说，"一会儿人来了，把我们的兄弟抬回去，葬在振鹏旁边。"

洪林指着宁志问："那这个呢？"

周亚迪狠狠地说："扔到外面去。"

洪林正要动手，我喝道："你别动，我来！"我对阿来说，"阿来，过来帮忙。"

我和阿来抬着宁志正出门时，洪林上前踢了宁志一脚。我腾出一只手指着洪林喝道："我操你妈的，人死了你来劲儿了？你现在逞什么能？你再动一下试试？"

洪林显得很委屈，正想解释什么，却被周亚迪拦住，他对我说："快点儿，别太远了，一会儿人来了，我们就该出发了。"

"阿来，走。"我对抬着宁志腿的阿来说。

我和阿来将宁志抬到屋后的树林中，我选了一个视野相对较好、乱石堆积的地方放下宁志。我拒绝阿来帮忙，亲自将石块一块块地搬开，不多时，搬开了一个足够容纳宁志遗体的大坑。我折了些树枝铺满坑底，将宁志的遗体放到坑里，又用树枝和野花将他掩盖上。最后才用石块堆出一个坟头。自始至终，我没有说一句话，也没有流一滴泪。阿来很识趣地在一旁默默地看着。

"转过去！"我说。

阿来愣了一下，很快转过身背对着我。

我向后退了一步，对着宁志的坟头，立正、敬礼。

4

我终于知道，为什么生者把亲友的逝去称为"走了"。那始终蕴含着生者对逝者无穷的思念，以及对未来的希望。走了，总会回来的，或者总会再遇到的。

我强迫自己把记忆调回到在机场与宁志分别的那一刻，在我的印象里，他只是去执行自己的任务了，执行一个不能告诉所有人的任务，很机密，很牛逼。

所以，我想再次跟宁志见面的时候，我要问问他：你到底哪里比我强，为什么总会得到组织更大的信任，也因此分配给你最紧要的任务，告诉我为什么？另外，如果见到郑勇，请代问好，总有一天我们会重逢。

我坐在洪古的尸体旁摆弄着手里的枪，用最快的速度拆解，将零件凌乱地摆放在洪古的尸体上，然后用最快的速度装好，举起来对准了洪林的眉心。不等他脸色有变，我将枪收起，再次拆解，再次安装，这一次又对准了周亚迪。周亚迪被我这一惊一炸的动作搞得有些心神不宁，又无法发作。整间屋子里，只有手枪零件接触发出的金属撞击声，处于一种临近死亡的沉寂中。

当我第三次组装起来，对准阿来的时候，周亚迪的人来了。他们走进屋子看到我正举着枪，下意识地举起手往外退。看到他们的样子，我笑了。周亚迪脸上有些挂不住，喝了一声："都给我进来。"那几个人才试探着一步步地往屋里挪。

我收起枪，站起来对周亚迪说："迪哥，我不会让你失望的，走吧。"

周亚迪狠狠地瞪了来人一眼，转头对我说："秦川，胡经那里你不要出面了，你和洪林直接去边界，那里还有我们的仓库。"

我说："然后呢？"

周亚迪说："我和胡经带着这里的货去跟你们碰头。"

我问道："什么时候出发？"

周亚迪说："现在，我故意把时间安排得这么紧，是怕夜长梦多，也让胡经没那么多时间耍花样。"

我说："我和洪林都不在，你怎么办？"

周亚迪笑笑说："放心吧，丹雷将军现在可不想让我有一点儿事。"

事情发生得太突然。周亚迪把时间安排得这么紧，不仅是胡经没有时间开小差，我也没有机会和程建邦取得联系了。我说："我想回去跟苏莉亚打个招呼。"事到如今，我只能用这样的借口来争取一个给程建邦留点儿情报的机会了。

"不用了，出来前我跟她说过了。"周亚迪笑了笑说，"顺利的话十多天就回来了。"

我想起今天出门后，苏莉亚站在车后的样子。想必她是知道我这一去可能再也回不来了，我看了看阿来，转瞬就把让他帮我带信的念头取消了。既然是我把局面弄成这样的，也只能再由我独自继续走下去了，对于一个生无所恋的人而言，还会惧怕什么呢？我说："迪哥保重。"冲阿来使了个眼色，随洪林上了车。

周亚迪跟了出来，站在车外，双手搭在车窗上。我们都以为他要叮嘱点儿什么，谁知他若有所思地沉默了一会儿，松开手说："保重，人没事就好，其他的不要看得那么重，算我求你们，一定要活着回来。"

洪林说："活着回来也行，我有个条件，你得请我们去拉斯韦加斯度个大假。"

周亚迪说："你又不是没去过。"

洪林指指我说："秦川肯定没去过，这次我给他当向导。"

周亚迪看着我说："有兴趣吗？有兴趣的话，我这就去给你们订酒店。"

我扭头问后座的阿来："你呢？"

阿来一时没反应过来，愣了一下，说："秦哥去哪儿，我就去哪儿。"

周亚迪看了一眼阿来，说："你也得好好地回来，我可没有那么多闲工夫照顾你老婆。"他叹了口气，似乎有些自责，又说："以前我有做得不对的，所以你更要活着回来找我报仇。"

阿来有些受宠若惊，张着嘴巴半天一句话也说不出来。周亚迪又对洪林说："这次你们听秦川的，他的意思就是我的意思。"

洪林点了点头说："放心吧。"

周亚迪看着我说："洪林跟了我很多年，差不多知道我所有的事，时间来不及了，你要有什么问题就问他。"

我点了点头。

周亚迪把手搭在反光镜上，依次不停地看着车内的我们三人，迟迟不愿松手。洪林抓抓头说："再晚怕来不及了。"

周亚迪这才松开手，脸上强挤出一丝笑容，往后退了几步，把头扭向一边，对我们摆摆手，示意我们出发。洪林将车子开出很远，还不时地扫着反光镜。我转身一看，周亚迪还站在原地，向我们张望着。

周亚迪已经做出了放手一搏的姿态，能让他这样拼命的事，一定不是小事。对于一个爱才如命的人来说，赵振鹏的离去给他造成的损失难以估量，他跟丹雷将军所说的那个计划还没有开始，洪古又死了。他身边除我之外的三员猛将，只剩下了洪林一个。

关键在于这些人都死在一些莫名其妙的事上，换句话说，赵振鹏和洪古死得太不值得。看着周亚迪慢慢从后视镜中消失，我突然想，如果他知道赵振鹏和洪古都死在我的手上，会作何感想？这个想法让我奇怪地兴奋起来，这种兴奋伴随着切肤的痛楚，我甚至能听到自己心头滴血的声音。

"你笑什么？"洪林问道。

我这才意识到不知什么时候我笑了，而我自己居然全然不知。我就势索性哈哈地笑出声来，洪林的脸色跟着紧张起来，"你没事吧？"

我摇摇头说："你说，这次有没有机会把胡经杀了？"

洪林咬着牙说："杀了他？我要让他生不如死。"

我装作很好奇的样子问："怎么个生不如死法？打算怎么做？"

洪林从后腰抽出塑料袋丢到我怀里说："这是这次运货的地图，一共两条线。迪哥说碰了头再决定走哪趟线，怕胡经提前知道了耍花样，所以我们要每一条都熟悉才行。"

看着怀里那个塑料袋，百感交集。我仿佛经历了几个世纪从肉体到精神无休止的被碾轧才得到这个。此刻，它就那么乖乖地躺在我的怀里，似是在嘲弄我，不时随着车轮的颠簸在我怀里微微地跳动着。

我用力甩了甩手，抑制住手指的颤抖，慢慢打开塑料袋，摊开了那张地图，上面用红笔赫然标注着两条曲折路线。我把我的脑海中宁志给我提供的那条路线假想到图上后发现，这三条线均通过中缅边界进入云南，随后从三个方向分别走向广西、贵州和四川，再由这三个地方分散到全国各地。宁志给我的线路是往四川方向的。也就是说，已经有一批毒品正运往中缅边界，然后直奔四川。这批货连周亚迪都不知道。眼下我要做的是将这份情报尽快送到徐卫东手中，完成我的任务。

这听起来似乎很简单了，可是我总觉得有些不甘。因为周亚迪在酝酿的事远远不只通过这批毒品打垮胡经。我说："迪哥说的那个计划是什么？"

洪林一只手把着方向盘，一只手摸出烟递给我说："帮我点根烟。"

我点了根烟塞到他嘴里，洪林美美地抽了一口，不紧不慢地说："迪哥不想没完没了地这么做买卖了。"

我看着他说："什么意思？不想做毒品了？"

洪林笑笑说："不是不做这买卖，是不想这么做买卖。迪哥说，现在我们都见不得光，他想带着咱们堂堂正正地活。"

我叹了口气说："算了，不说我不问了，拐弯抹角的。"

洪林呵呵一笑说："迪哥想和政府合作。"

"政府？"我有点儿意外，"哪个政府？想开海洛因全国连锁店？"

不光洪林，坐在后面的阿来也扑哧一下笑了。洪林笑够了说："货能变成钱，钱能干很多事，包括竞选，具体我也不懂。反正迪哥说只要控制了金三角，垄断几个地方的买卖，就有的谈。"

我说："我上次和迪哥在丹雷将军那儿听到俄罗斯和蒙古什么的，难道想去那里？"

洪林摇摇头说："那倒不是，你说的这些都是洪古帮着他做的，目的只是在那儿交点儿用得着的朋友罢了。"

我说："我也不懂这些，但我总觉得好玄。"

洪林说："迪哥是外国长大的，路子很野，他说行就一定行。"

我点点头说："这我信，算了不说这个了，咱俩也聊不出个所以然来，先把胡经解决了再说。"

洪林"嗯"了一声，不再言语。

看来，周亚迪的野心远比我想象中更大。我摊开那张地图，将那两条红线途经的所有地方依序记牢，见一些边境上标注着不同的数字，我指着其中的一个数字问洪林："这个数字是什么意思？"

洪林扭头扫了一眼，说："界碑号。"

我又问："我们为什么要相信胡经的这个路线？真有那么安全？"

"胡经为了这几条线花了血本，差不多要倾家荡产了，尤其是上次为了买通监狱里的人杀你们，更是给了天价。"洪林说到这儿看了我一眼，"迪哥说的没错，从监狱出来那次，如果不是你，恐怕……"

"还是说这个地图的事吧，我担心他要我们。"我打断了他。

洪林说："其实之前我们使了手段拿到过几次，但是每次版本都不一样，而且拿到的都是三条线，迪哥不敢确定哪个是真、哪个是假。"

我说："既然以前没有大量地运过货，那胡经的这些路线又是从哪儿来的？"

洪林说："咱们没运过而已，胡经一直都没闲着，为了这个，他损失了不知道多少，所以我说他是花了血本的。如今路线有了，他却没多少本钱了，才急着找人合作运货翻身。"

我说："这次你打算怎么干？迪哥一直没有给我明确地说过。"

洪林扭头看了我一眼："刚才迪哥不是说了吗？听你的。"

我说："听我的，就索性把胡经的货全吞了，拉回去给迪哥。"

"哈哈哈，"洪林笑着说，"我真的太佩服你了，胆子够大。但是迪哥说了，要我们无论如何活着回去，意思就是不要冒太大风险，他的那些货就是干掉胡经的成本。"

我说："据我所知有好几百公斤，这可不是小数。"

　　洪林说："对胡经来说，这的确不是小数，但对我们来说，出得起，为了干掉胡经，值得。不过既然迪哥说了要听你的，那就按你说的办。"

　　我看了看天色，问道："多久能到？"

　　洪林说："得后半夜了，你累了就休息。"

　　我调好座椅打算躺会儿，就听到洪林说："秦川，你还是和我聊会儿吧，什么都行。"

　　我以为他开车开累了，怕打盹儿，于是说："开累了？要不我替你会儿。"

　　他摇摇头说："不是，静下来我老想着洪古，心里不好受。"

　　站在他们的角度看，洪林和洪古以及赵振鹏又何尝不是一起出生入死的战友？尽管将他们凝聚在一起的只是简单的江湖义气，干的是丧尽天良的买卖。但人是感情动物，从这点来讲，我并没有资格鄙视他们之间的感情。相比之下，我只是幸运一点儿，生在一个安定的国度，不必像阿来一样为了生存身不由己地颠沛流离，也不必像他们一样除了贩毒这条邪路再也无路可走。如果不是为了执行任务，我这辈子可能都没有机会接触到周亚迪这样的人。虽然此时我和洪林都在为自己逝去的战友悲伤，但那并不能成为我同情他的理由。

　　"你和洪古认识多久了？"我故意问道。

　　洪林扭头看了我一眼，沉默了一会儿，说："我们一起长大，他是我哥哥。"

　　"嗯。"我顿了一顿，"我应该猜到的，洪林、洪古。"说话间我回头看了一眼阿来，他的目光与我碰到后，迅速躲闪到一边，朝车窗外看了看说："可能要下雨了。"

　　洪林说："我们不是亲生的，但都是周叔叔养大的，名字也是他给我们起的。"他猛地一脚将车刹住，双手扶着方向盘，喉头抖动着，看得出他在极力忍住眼泪。

　　如果在几天前，遇到这样的事，我会自然而然地将自己切换成那个逃犯秦川，与洪林一起沉浸在失去兄弟的悲痛中不能自拔。可是现在，我像是在听一个与我完全无关的故事，甚至总有一种想告诉他，他的哥哥是死在我的手里的冲动。

我很想看到他听到这些之后的表情。

洪林咬了咬牙，又发动了车，紧闭着双唇，死死盯着前方的路，时不时吸一下鼻子。

我本想继续用这些话刺激他，就好似看着他痛苦的样子能够缓解我的悲伤一样。谁知他突然说："秦川，谢谢你，你帮我哥报了仇。"他说得很诚恳，诚恳得让我有一种被自己的谎言欺骗的幻觉。我再次回头看了一眼阿来，这次他学精了，专心致志地趴在车窗上看着天边的乌云。

我说："我早就想杀了他，恨不得把他大卸八块。"

洪林感激地腾出一只手拍了拍我的胳膊，看着他的样子，我突然觉得他好可怜。我将地图折好装进塑料袋，丢到了驾驶台上，看了一眼前方被乌云遮盖的青色的天空，转头对阿来说："那边就是中国，你去过吗？"

阿来愣了一下，忙摇头。

洪林接道："我去过，到处都是人。对了，你想家吗？"

我苦笑了一下说："我恐怕再也回不去了，被抓住就是死。"

洪林说："放心吧，不到边界就把他们全干掉。"

5

日落时分，洪林把车停下，从后备厢拿出一个油桶给车加油。我转身小声对阿来说："你有什么打算？"

阿来看看我，摇了摇头，不说话。

我已经踏上了归程，对于脚下这片土地，除了噩梦般的回忆之外，没有半点儿眷恋。如果说还有什么牵挂的话，可能就是坐在我身后的这个阿来了。明天，整件事会发展成什么样，恐怕没有人知道，连我也不知道该如何既不打草惊蛇，又能成功脱离他们把情报递回去。这情形就像是一场赌博、一场豪赌。

最坏的打算就是把所有的货都毁了。

"下来活动活动吧，一会儿的小路很颠。"洪林一边加油一边说。

我打开车门，跳下车伸了个懒腰说："还有多久？"

洪林指着路边，"快了，从这里下去。"他收起油桶说，"开始我真不明白为什么迪哥认识你没几天，就那么相信你。"

我说："嗯，那会儿你还想和我动手。"

洪林将汽车油箱盖锁死，把油桶丢回后备厢说："没办法，信错人，随时都会死的。"

他们就是因为信错了我，先后死了赵振鹏和洪古。我点点头说："我明白，但是被人怀疑的滋味不好受。"

洪林点了支烟，抽了一口说："每次这条路，都是我和我哥一起走，迪哥也安排过别人，我都没同意，因为我不相信他们。"

我想了想，说："谢谢。"

洪林突然摸出一把枪，"咔嗒"一下上了膛，指着正准备下车透气的阿来说："但是我不相信他。"

阿来刚打开车门准备下车，却看到一把枪正对着他，脚下一软一跟头摔倒在地上。洪林将嘴里叼着的烟吐到地上，往后撤了一步，说："阿来，对不起。"

我一个箭步冲上去，一把抓住他握枪的手往上一抬。"嗒"的一声，那枪打到了空中。

阿来筛糠似的跪在地上，双手抱着头缩在车轮边。洪林没有就此罢休，他的手劲儿极大，很快挣脱了我的控制，再次对准了阿来。我想去扭他的胳膊已经来不及了，只能往后一撤，想用身体拦住洪林。谁知道我慢了一步，在我挡在枪口前的同时，洪林已经开了枪。我的左肩像是被什么狠狠地撞了一下，只觉得一麻，整个身体被子弹的冲击力撞得连着向后退了好几步，绊倒在阿来身上。

洪林惊呆了，瞪着眼睛喝道："秦川！"

我的整条左臂已经失去了知觉，麻木的感觉以中枪的弹孔为中心迅速扩散。我看了一眼伤口涌出的血，说："这枪我替他挨了，行吗？"

洪林举着枪，见没有伤到我的要害，似乎松了一口气，低声喝道："秦川，你让开。"

他的神色很是坚决。我死盯着他的眼睛，咬牙说："赵振鹏是我的兄弟，我愿意为他去死。迪哥是我的兄弟，我愿意为他去死。洪古是我的兄弟，我愿意为他去死。现在，你是我的兄弟，阿来也是我的兄弟，你觉得我会看着你杀他吗？"

这是我的真心话。不管我愿不愿意、承不承认，我已经把阿来当作了朋友。就算是我口袋里的那根我在监狱里磨出的小铁棒，我都有了感情，何况是一直陪伴在我左右的人。

一瞬间我脑子里飞转，才想到另一个可能性——阿来会不会因为求生的本能，供出亲眼见到我杀了洪古？

是的，我只需让开，洪林一定会开枪。阿来知道我差不多全部的秘密，他一死我就彻底安全了。任务进行到这里，是最关键的时刻容不得一点错失。这是最安全的做法。如果因为我的一时义气，将这么大的事毁于一旦，我将百死莫赎。

洪林目光坚定地举着枪，"我宁可杀错，也不想将来后悔。"说着，他走了过来，抓着我的手腕一把把我从阿来的身上拽开，随后反手制住我的胳膊，说，"秦川，忍一忍。"他的枪口再次对准了阿来。

阿来本来脸色苍白地缩在那里发抖，这时却平静了许多，说："等等，我就几句话，说完你再打。"

洪林点了点头。

我后悔莫及，刚才应该让洪林杀了他。现在，他一定要为保命而出卖我了。臂膀的枪伤从麻木蔓延成了剧痛，洪林的身手本来就不输我多少，此刻在他强力的钳制下，我再也动弹不得。我真是他妈的蠢透了，就算周亚迪不完全相信阿来，保险起见也会和胡经联手彻查我跟宁志的关系，上级在这里布的局恐怕要全盘暴露了。我的心顿时提到了嗓子眼，冷汗直冒。

阿来怯怯地看了我一眼，跪在那里开始磕头。

磕吧，我受得起，我救过你的命，还不止一次。尽管我刚才还在纠结为什么把你当了朋友，但我知道，我在你的眼里，不过是一个值得利用的工具而已。

阿来对着我磕了三个头说："秦哥，我不能帮你，反倒给你添了麻烦，谢谢你照顾我这么久，这里的规矩我懂，记得你答应我的事，帮我照顾我老婆。"说完这些就转头对洪林说"开枪吧"，闭上了眼睛。

这完全出乎我的意料，我已经无暇去体会心里现在是内疚还是惊异，挣扎着大声喊道："洪林，我操你妈，你打死他后就把我也打死，不然我一定会杀了你，我说到做到！"

阿来说："秦哥，你让他开枪吧，我死了你也踏实，没有累赘可以安心地做你的事，我这辈子能交到你这样的朋友，死了也值了。"

我只觉胳膊一松，洪林放开了我。我浑身脱力似的坐到了地上，洪林也无力地垂下了胳膊，叹了口气，将枪别到身上，走到后备厢对阿来说："过来帮忙，秦川还在流血。"

我这才感觉到我的衣服已经被血浸透，中枪的地方开始爆裂般地疼痛。

洪林检查了下我的伤口，拿出两支军用的吗啡止痛针："肩膀被打穿了，给你上点儿药，用止疼吗？"

我摇摇头说："我不喜欢那些东西。"

洪林说："那你忍着点儿。"

我忍着疼痛由着洪林帮我处理好伤口，头晕目眩地靠着车轮坐下，喘着气对阿来轻轻地点了点头。阿来说："又害得你为我挨了一枪。"

洪林把枪塞到阿来手里说："对不起，你打我一枪，算我赔罪。"

阿来抱着手里的枪不知所措地看着我。我说："洪林，你们这都是他妈的什么规矩？没事自家兄弟用枪互射？我们出来是干掉胡经的，还是自相残杀的？"

　　洪林被我训得愣了一会儿，"哎呀"一声蹲在地上，双手撕扯着自己的头发说："我真的怕了。"

　　我说："闹够了没有？闹够了就接着赶路吧。"

　　洪林和阿来把我扶到车后座上。大概是因为失血有点儿多，车下了公路没多久，我就昏昏沉沉地睡去了。其间阿来把我叫醒，喂了我一些药片。不知过了多久，我迷迷糊糊地睁开眼，发觉天已经亮了。我挣扎着坐起来说："不是说后半夜就到吗？怎么天都亮了？"

　　阿来说："洪林哥怕太快了颠，影响你休息，所以开得慢。"

　　洪林从后视镜看着我说："受伤后的第一觉很重要，等和迪哥碰了面，和迪哥说一声，不行这次就别去了，回去休养吧。"

　　我一听这话顿时急了，我说："你知道我费了多大劲儿才争取到迪哥给我的这次机会吗？就你们这动不动怀疑人就要杀了的习惯，我再不干点儿事，早晚把我也打死。"

　　洪林被我一句话噎到那儿，半天没说话。我就着沉默的空当仔细回忆了那三条运货线的资料，以便加深记忆，不要在关键时刻忘记了什么。

　　洪林说："那怎么办？迪哥肯定会看到你的伤。"

　　我说："就说……车开得太快，弹进来的树枝扎的。"

　　洪林在后视镜连着看了我好几眼，勉强点点头说："好吧。"

　　快到中午的时候，洪林把车开上了公路，路越来越宽，依稀还能在路上看到过往的车辆和驮着货物的牲口车。不等我问什么，洪林说："到了。"说着车头一转，拐进了路边一个红砖围墙围着的院子。锈迹斑斑的铁门被一条大铁链紧锁着，院子里有三排平房，正中间那排的正门上，一个红色的"十"字格外显眼。

　　"医院？"我问道。

　　洪林连着按了几下喇叭，说："是迪哥的父亲建的，不过已经废了。"

　　"为什么废了？"

　　"因为在镇子里建了个更好的。"他刚说完，就见院内的平房中出来个人，对着门口张望了一下，跑回屋内拿了串钥匙，朝我们一路小跑而来。

洪林等那人打开门，打了个招呼后，将车开到正中那排平房前停下，对从平房里迎出来的两个人说："准备饭，快点儿。"下车打开我这边的车门，与阿来一起把我扶进了屋。

我活动了下左胳膊，还是不能很自如地动弹，不由得心里暗暗叫苦。万一周亚迪看到我这个样子，不让我去，我也没什么话说了。就算他让我去，我的状态也是个问题，而且在这样的气候下，伤口极易感染。我说："帮我找件干净衣服。"

洪林叹了口气说："我让他们去找医生了，秦哥，对不起。"

我说："要是迪哥因为这个不让我去，我跟你没完。"

洪林连连点头说："好，对了，我马上要去仓库，你要不要一起去？"

我想，这应该是周亚迪的安排，不论去哪里都带着我，以证明他对我的信任。不等我说话，屋子里的电话响了，刚才给我们开门的那人过去接起电话，"喂"了一声，随后看了我们一眼又对电话说："到了……好。"他又对洪林说："老板找你。"

洪林走过去接起电话，听了一会儿，扭头看了我一眼，表情开始越来越怪异。我心里不由得警惕起来，但洪林从头到尾除了"嗯"和"是"之外，什么也听不出来。

我直觉周亚迪打来的这个电话和我有关系，而且事情出乎了洪林的预料。想到周亚迪此时应该正和胡经在赶来的路上，我不由得倒吸一口凉气。难道宁志已经暴露了？如果不是，还有什么要紧的事是跟我密切相关的？

如果宁志暴露了，我自然就暴露了。以我现在的身体情况，固然无法和洪林交手，阿来更不可能在此事上帮什么忙。幸好我身后还有把枪，可是这里没有一个值得绑架的人质——把洪林这种人当人质无异于在身边放一头老虎。

洪林挂了电话，低着头站在那里好半天没动，从他慌乱又想掩饰的表情来看，他所犹豫的事很紧迫，需要他在很短的时间内做出决定。或者，只是执行周亚迪给他发布的命令而已。

我假装镇定地往前走了几步，看着他的脸色问："没事吧？"

洪林还是那么低着头不说话。许久，他猛地抬起头说："你们跟我走。"他拨开面前的人，匆匆走到门口，推开门，回头见我和阿来还愣在原地，他有些着急地说："跟我走！"

6

洪林把我们带到院子里，打开车门说："上车。"

我见他神情凝重，意识到事情不妙，看这样子他显然是站在我这边的，况且眼下的情形我已经没有什么选择。我拉开车门和阿来上了车，洪林猛地一踩油门，将车驶出院子上了公路，拐向朝北的一条公路。

一直走出十多公里，他把车驶下公路，走了不到五十米，他一脚急刹把车停住，自语道："妈的，走错了。"把车倒上公路，又往前走了不到一公里，再次驶下公路。

车子在林间急速地穿梭，颠得我们根本没法安稳地坐一下。我问："洪林，出什么事了？"

洪林说："秦川，不论发生什么事，你千万别恨迪哥，他一定有他的苦衷。"

我知道一定是周亚迪对洪林下达了什么对我不利的命令。我点点头："嗯，我答应你，你告诉我，出了什么事？"

洪林又将车向北开出好几公里，又不说话了。我意识到事情可能比我想象的更严重，我转脸看阿来，他却出奇地淡定，紧紧抓着车内的把手，紧闭着嘴看着车外。

洪林说："胡经想杀你！"

我心里一松，原来胡经并没有怀疑宁志，反而因为宁志的死恨上了我，要我给宁志偿命。我假装落寞地苦笑，问："迪哥同意了？"

洪林没有正面回答我，沉默了一下，说："迪哥一定有迪哥的难处，不然他不会打电话来。"

我冷冷地笑了一下："是打电话让你杀我吗？"

洪林的沉默无异于默认，周亚迪同意了胡经的条件，杀了我给宁志偿命。也就是说，周亚迪为了彻底打垮胡经，不仅愿意搭上几百公斤的毒品，也愿意搭上我的命。那么，临别时他一而再，再而三地叮嘱我，这件事我能活着最重要，也是个谎言。

一切的一切对他而言，不过都是可以利用的工具而已，而且必要的时候，可以牺牲。

我闭上眼，再次回顾了一下脑中那三条清晰的运货路线，心中反倒轻松了起来。之前或多或少的一点儿负疚感灰飞烟灭，我想，我不必再为任何所谓的仁义道德而有所顾虑了。我说："你想帮我们跑？"

洪林说："秦川，活着，等过了这一段，来找我。"

我说："你这么做，迪哥那边你怎么解释？"

洪林说："你别管了，我自有办法。前面不远就是中国边境，虽然你在那里是通缉犯，可地方大，人又多，我有朋友在那儿，你去找他，在他那儿躲一段，等我们把胡经收拾了，你再回来。秦川，你千万别恨迪哥。"

我还是想最后确认一下，继续追问洪林："迪哥为什么要杀我？只是因为胡经想要我的命？"

洪林点点头，说："迪哥本来没打算杀胡经的那个兄弟，我们去了以后也当面和他说清楚了。谁知回来发生了那样的事，胡经听说是你动的手以后，就说迪哥言而无信。"

我说："我明白，我和胡经有过节儿，他找借口趁机除掉我。"

洪林刚想说什么，眼睛愣在后视镜上，猛地回头朝车后看了一眼，"他们追来了。秦川，一会儿你们下车，我引开他们，你们就往北走，过了境就去一个叫打洛的镇子。"他四下在车里看看，说，"给我找张纸，我给你写个电话号码，是我的兄弟。"

"你说，我记得住，打洛镇，找谁？"我也朝车后看了一眼，果然在密林间隐约看到有车快速追来。

洪林说了一串电话号码，我自己记了一遍，又对阿来说："记住了吗？"

阿来点点头说："洪林哥，我们这一去不知道什么时候回来，求你照顾我老婆。"

"你放心吧。"洪林把头伸出窗外朝车边一个陡坡看去，说，"你们抓好，我们从这儿下去，一般人追不来。"他把车往后倒了十多米，慢慢地把车头对准了那个陡坡。

我往外一看，只觉得脚有点儿发软，那个坡像口大锅，不仅陡，还非常深，目测足有上百米。我伸出手，紧紧抓住把手，只觉车头一仰，随即一沉，我立刻绷直双腿几乎是站在了车内。

洪林驾着车慢慢地顺着坡壁滑了下去，其间几次打滑，整个车身差点儿横了过来，他不仅不减速，反而加油，硬是把车头调正往坡底冲了下去。

坡底有一条清澈见底的小溪，在阳光下泛着耀眼的粼光。我扭头看了一眼阿来说："你怕吗？"

阿来摇摇头。

我说："你真的长出息了，我都怕，你居然不怕？"

阿来说："其实我也怕。"

我没好气地叹了口气说："你呀……"

阿来不好意思地看了我一眼说："秦哥，跟你在一起，踏实，所以不会怕。"

我伸出头朝上看去，五六个人正站在坡顶朝我们张望着。洪林把车开到溪边，拐进山脚凸出的一块巨石下说："你们下车，爬上这座山，一直往北走，没多远就到边境了，我把他们引开。"又对阿来说："你去后备厢拿点儿药和纱布，照顾好秦川。"等阿来下了车，他从腰间摸出一把枪塞给我说："兄弟，保重。"

我接过枪说："谢谢你，你自己小心。"

"我谢谢你才是，是你帮我哥报的仇。"洪林顿了一顿，语气里莫名有些落寞，"不然迪哥为了大局，一定会留下那人的命的。"

我见阿来抱着一堆药品和纱布站在车后，说："都绑在身上，赶紧走。"

我转回来对车内的洪林点了点头，带着阿来朝巨石边的山坡爬去。那个山坡看着不高，地势却异常陡峭，我的半侧身子已经使不上劲儿，基本上是往上爬三步，朝下滑两步，没爬多远，血就渗了出来，刚刚黏合又崩裂的伤口带来撕裂般的痛楚，几乎耗尽了我的全部体力。正当我着急的时候，就见一个身影蹿到了我前边，他一把拽住我的胳膊说："我拉你。"

我抬头一看是洪林，任由他连拖带拽地把我拖到坡顶。他喘了几口气，拍拍我的肩膀说："保重！"说完斜着身子，几乎是出溜到坡底，没等他上车，我就听到几声枪响。洪林身上的枪给了我，他只能弓着腰低着头躲避着子弹，一边摸索着把车门打开钻了进去，很快将车往小溪的另一边开去。

枪声越发地紧密，好几枪打在了车身上。我刚对阿来说了声"快走"，就听到坡下一声巨响。我转身望去，见洪林的车像是失了控，连着碰到好几块溪边的石块，直直地朝小溪另一边山脚下的一块巨石撞去。

又是一声巨响后，车再也没有了动静。我想，洪林一定是中了弹，就算他没中弹，如此剧烈的撞击也会要了他的命。我心里一阵难过，想起第一次跟他见面的时候，颇有点儿惺惺相惜的感觉。如果我们不是在这么残忍的环境下相遇，会真的坐在一起敞开心胸喝顿酒吧。

我见阿来目瞪口呆地看着洪林的车，抬脚踹了他一脚说："快走。"

阿来应了一声，说："哪边是北？"

我带着阿来跟跟跄跄地在满是石块的树林中狂奔，开始还算安静，没多久身后就传来了枪声。我一阵阵头晕，脚下像踩在棉花上一般，呼吸也一阵比一阵急促。阿来说："秦……秦哥，我……我跑不动了，我……我帮你挡一会儿，你跑吧。"

我说："不行，你还得帮我换药，我拿不动。快到了，过了边境，他们就不敢再追了。"

阿来张望了一下："还……还有多远，到边境？"

我指着前面说："就那里。"

"哪里？"

"你……你他妈，别那么多废话行吗？"

我一边跑一边回头看了一眼，远远见追上来的有三四个人，而且速度明显比我们快，照这样下去，不出十分钟，他们就会追上我们。关键是，我不知道边境距离我们现在的位置还有多远。已经一天没有进食的我又因为受伤流了不少血，无论如何也无法坚持多久了。

我摸出枪，把阿来拽到一棵树下说："把烟给我。"

阿来愣了一下说："啊？"

我说："烟给我。"

阿来摸出烟，抽出一支递给我。我一把将烟盒抢过来，眼前已经开始一阵阵地发黑。我强忍着眩晕，将烟盒展开，就手折了一根树枝，蘸了点儿身上的血，将记忆中那三条运输路线的所有情况用密码详尽地写在烟盒上，然后抬起头看着阿来："阿来，你想不想过安稳日子？"

阿来吃惊地看着我的脸说："秦哥，你的脸好白，你坚持住，我们能跑掉的。"

我有气无力地说："回答我。"

阿来用力地点点头。

我说："信不信我能让你和你的老婆在一起，过安稳日子？"

阿来含着眼泪用力点点头。

我把那个烟盒塞给他说："往北走，去北京……"说到这儿，我眼前一黑晕了过去。也不知过了多久，我被阿来晃着唤醒。我四下看了看，幸好失去意识的时间不长，追兵离我们还有一段距离。我赶紧接着对阿来说："找徐卫东。"

"徐卫东是谁？"

"专门，专门抓那些欺负你们的坏人的。"

阿来并没有被吓到，急切地问："你是警察？我去哪里找他？"

我的意识已经陷入了混沌状态，阿来还不停地在追问。我必须告诉他去哪里找徐卫东，我死撑着说了总部的地址，告诉阿来："最大的，徐卫东是最大的……"说着，我就再次昏迷了过去。

再次醒来时，我是在阿来的背上，他一边哭一边反复念叨着："北京，徐卫东，警察，最大的。"

我正想回头看看情况，就觉得阿来往前一扑，我和他一股脑儿地摔倒在地上。他疯了似的爬到我跟前说："秦哥，对不起，秦哥，我们走。"

阿来拼命地想把我往起拉，可怎么也拉不动。我侧躺在地上，使尽全力地想看看追我们的人离我们有多远，一抬头，却看到一个一米左右高的界碑就在前方一百米左右的地方。我扭头见追来的人已经距离我们不到四百米了。"走，快走！"我用仅存的力气冲阿来喝道。

阿来哭着还想把我扶起来，我摸出枪对着自己的脑袋说："走，不走我就开枪。"说着就把枪的击锤扳开。

阿来大惊失色，忙一个劲儿地摆手，说："秦哥，我走，我走。"他哭着朝界碑的方向走去。

我仰面躺在地上，努力喊道："阿来，拜托了，秦哥求你了。"

阿来满脸不知是汗水还是眼泪，望着我大喊了一声，扭头就拼命地朝界碑跑去。

我支撑着从地上坐了起来，用枪对准了已经跑进我射程内的人，颤抖的手臂和模糊的视线使我无论如何也无法瞄准目标。来人已经开始对着我开枪，还好没有打中我，或者从我身边擦过，或者打在我周围的地上。我狠狠地捣了一下自己的伤口，撕心裂肺的疼痛让我顿时清醒了过来。就着这个空当，我抬起手，迅速对准最前面的几个目标扣动了扳机，立刻就有三个人倒了下去。

　　祖国与我只有不到一百米的距离，如今在我眼里却是那么遥不可及。如果可以，我愿意用我的鲜血铺路，用我的肝胆将路照亮，只为自己最后的一滴血和一滴泪能够流淌在祖国的土地上。我大喊了一声翻过身，忘记了伤口的痛楚，朝着界碑的方向爬去，每一寸似是都耗尽了心力，距离界碑每近一寸，好似又得到了新的力量。

　　当我再次抬起头时，界碑就在我的眼前，我伸出手再次朝着自己的伤口狠狠地捅去，希望能刺激起我最后的力量，让我回到我的祖国。但这一次，任凭我怎么捶打伤口，我都不再觉得疼痛。

　　"程建邦，我操你妈，你死哪儿去了，过来扶老子一把。"我在心里大喊，渴望奇迹再次降临，希望程建邦能"嗖"的一声出现在我的面前。

　　可这一次，他没有出现。

　　身后一声枪响，我的大腿随之一麻，整个身体跟着抽搐了一下，肩膀的伤口让我感觉到了疼痛。我猛地一用力，往前一拱，伸手够到界碑，一把抠住，那冰凉坚硬的质感仿佛有丝丝电流，涌入我的体内。我扶着那块界碑终于站了起来，还没有站稳，腹部又是一枪，我的身体顿时像一根柱子，直挺挺地向后倒去。

　　倒地的瞬间，我看到了界碑这一边上鲜红的国徽。

　　算了，除了腿，上半身已经回来了。我再也没有力气移动一分一毫了，甚至没有力气去呼吸、去眨一下眼了。脚步声已经靠近，蒙眬间我看到几个人影遮住了太阳，气喘吁吁地站在我的面前，其中一人举起枪对准了我。

　　就这样吧，至少我活着回来了。

　　我闭上了眼睛，等待着死亡的降临，不管我愿不愿意，此时必须相信阿来能够完成我的遗愿。我想起他在洪林的枪下坦然的样子，心中第一次感到一种安慰，那种安慰足以让我现在死也可以瞑目。

　　"嗒嗒嗒"连着三声枪响从头顶处传来，我勉强睁开眼看到刚才站在我面前追杀我的人四散逃窜。头顶一队人快步跑到我的身边，一脚踢开我手里的枪，然后将我围了起来，用枪指着我。我的眼皮像是被两坨铅块坠着，任我怎么努力也不能全部睁开。在即将睡去的瞬间，我看到一个人低头问道："你是什么人？"那一刻，他的帽檐上的一抹鲜红让我热泪满眶。那是我再熟悉不过的、有着麦穗和国徽的帽徽。

"到家了。"我在心里默默地念着这三个字。

之后我的世界陷入了一片黑暗，我彻底失去了知觉。

7

一个多月后，1997 年 5 月中旬的一个下午，初夏的北京，阳光明媚。

我乘的车路过天安门广场，透过深色的车膜往外看，广场上竖着一块巨大的倒计时牌，游客们争相在牌下拍照合影。牌上的数字显示，再等四十多天，香港将重回祖国的怀抱。一百多年前的那场鸦片战争带给亿万中国人的耻辱，将要被中国人自己彻底洗刷掉。

车子驶到总部门口，远远就看见徐卫东双手抱在胸前站在大楼的门前。司机将车停稳后，跑步绕到我这边，准备给我开门。我不等他动手自己打开车门，拒绝了他的搀扶，自己扶着车门下了车。

徐卫东走上前，仔细打量了我好一会儿，低沉着嗓音说："行，挺全乎。"又看看我的腿，用下巴指了指阶梯上大楼的大门说："上得去吗？"

我看了他一眼，说："带路。"

他对司机说："待命。"说完走在我的前面。看得出他刻意放慢了步伐，我尽量跟紧他，随着他来到他楼上的办公室。

他等我进了门，将门关紧，指了指沙发说："坐。"

看着这个熟悉的地方，不禁心头一热，我故意淡淡地说："你这儿怎么还这样？"

　　他从办公桌抽屉里拿出一包烟，一边拆一边说："变了，怕你们找不到。"他拆开烟丢给我一支，又指了指茶几上的一杯茶说："喝水。"

　　"医生说不让喝茶。"我一边说一边端起那杯茶。发现温度正好，应该是他下楼接我前泡好的。我一仰脖子咕嘟咕嘟全灌了下去，抹抹嘴，学着周亚迪的样子说："嗯，好茶。"

　　他冷冷地瞥了我一眼，端起他自己的陶瓷茶杯，用茶杯盖拨了拨水面上的茶叶，轻轻吹了吹，然后呷了一口，咂咂嘴，将茶杯放下。

　　我俩跟傻子似的对坐着，一时屋里静悄悄的，好像谁都不知道从哪里找话来说似的。过了好一会儿，他给我讲起了一个月前发生的事：

　　一个月前的一个下午，一个形容枯槁、衣衫褴褛的人，混在熙熙攘攘的游客里，沿着长安街一路往东走，他看起来就是个沿街乞讨的乞丐而已。当他看到路边一栋建筑挂着醒目的国徽，牌子上写着"公安部"和"国安部"字样时，竟然泪流满面，抬脚就往大门里冲。一旁一辆警车里跳下两个执勤的民警，上前将他拦住，问他有什么事。

　　此人哆嗦着嘴唇，只一个劲儿地说要找徐卫东。

　　执勤民警问他找哪个部门的徐卫东，找他什么事。

　　他说要找这里最大的官报案。

　　民警见此人目光迷离，神志似乎不太清楚，便提醒此人报案要去派出所或公安局，这里不接受报案。

　　此人却奋力挣脱开两个民警，快步朝大门内奔去，大喊着"徐卫东"这个名字。

　　警车内又跳下两个特警，三步并两步上前将此人按住。

　　这时一辆黑色轿车从门内驶出，此人疯了似的使出浑身的力气竟然生生将按着他的两个特警挣脱开，不顾危险地扑倒在那辆轿车前，嘴里大喊着："我找徐卫东，秦川临死前让我来的。"

　　若不是那辆车司机刹车快，此人很可能被轧到了。轿车后座一个四十多岁模样的中年男人听到此人喊出"徐卫东"这个名字，向司机交代了几句。驾驶室车窗缓缓降下，司机对两个特警说，带他从侧门进，去六号会客室等我。

轿车离开公安部向东驶去，后排的中年男人拿起车内电话拨了一个号码说："卫东，你认识秦川吗？"

跟徐卫东短暂的通话后，中年男人将电话一挂，对司机说："回去。"

司机左右看了看，说需要在前面路口处掉头。中年男人说："来不及了，就在这里，逆行回去。"

司机打开警报，在长安街上猛地掉转车头，逆行往回就返。几辆正常行驶的车辆纷纷避让，有人探出头叫骂着："我靠，警车就他妈横着走啊？赶着去投胎吗？"

大楼六号会客室内的桌上放着一份饭菜、水果和一杯水，但一点儿没动。之前那个拦车大喊的乞丐模样的男人一个劲儿地催问着对面的中年男人："徐卫东怎么还没来？再晚就来不及了。"

此时会客室的门被推开，来人正是拦车人要找的徐卫东。徐卫东环顾了一圈，对那个中年男人使了个眼色，中年男人点点头离开了会客室。

等中年男人出去后，他问拦车人："你找我什么事？"

拦车人反问："你是不是徐卫东？不是就别耽误时间，我是来替秦川传话的。"

徐卫东说："是你在耽误时间。"

拦车人盯了徐卫东一会儿，说："我叫阿来，秦川死了，他临死前让我来找你，让我告诉你路线和时间。"

徐卫东面无表情地看着面前这个脏兮兮的自称是阿来的人，大脑飞速运转着。如果他信任了这个阿来的话，那么新中国成立以来最大的一次缉毒行动即将展开，会有近千名蓄势待发的缉毒干警被布控出去。一旦这个阿来的消息有假，而导致行动扑空，那么这不仅是公安部门新中国成立以来最大的笑话，尤其是自己亲自领导的行动将彻底流产，整个特案组将处于完全的被动状态下。如果是那样，后果将不堪设想。

阿来这时，才哆哆嗦嗦地从身上摸出一个折叠得整整齐齐的香烟盒，递给了徐卫东。

以此，依据阿来带来的情报，新中国成立以来最大的一次缉毒行动——"中华之剑"打响。

行动先后出动公安、武警数千人，成功截获毒品海洛因一千六百公斤，抓捕境外武装运毒人员、境内毒品走私贩卖人员数百人。此案涉及毒品数量之巨、抓捕犯罪分子数量之多，都属于罕见，再次向世界展示了中国打击毒品案件的决心和力量。

我张着嘴巴听完了徐卫东的讲述，半天没有回过神来，就像是在听一个故事，一个与自己毫不相干的故事。突然手指一阵灼痛，我忙将已经燃到手指的烟头丢掉，说："靠。"

徐卫东皱皱眉说："我说了半天，你就一个'靠'？"不等我说什么，他一摆手说："无所谓了，另外，你托程建邦转告我的话我也收到了，我代我大爷向你问好。"他说着在我受枪伤的肩膀来了一拳。

我咬着牙忍着隐隐传来的酸痛，说："程建邦他人呢？"

他说："没事，你也回去养伤吧。"

我说："这次任务，我算成功吗？"

徐卫东看着我说："周亚迪还在，胡经还在，金三角也在，你现在就想功成名就吗？"

我说："你不是还打算让我去吧？"

徐卫东说："你还想去吗？"

我想了想，点点头说："我想把宁志带回来。"

徐卫东沉默了一下，只是点点头，说："先休息休息吧。"

我说："阿来呢？"

他起身从办公桌上拿过一个没有任何图案的硬纸盒和一张纸，递给我："配给你的。"

纸盒里是一部手机以及配件，再打开那张纸，是一个地址，想必是阿来的，于是问道："对了，他还有个老婆。"

徐卫东说："知道，见过了。"

我有点儿感激地说："谢谢，那我先走了。"

徐卫东说："楼下有车送你，对了，给你的手机不准关机，二十四小时待命。"

我摆弄了一下那部手机，起身看着他，说："那我走了。"

"等等"，他绕过茶几，一把握住我的手，说，"辛苦了。"

走出总部大楼的门口，我见台阶下停着一辆轿车，司机戴着墨镜冲我招了招手。我走下台阶，钻进车里。司机回过头，摘下墨镜说："去哪儿啊？"

我听这声音很熟，一看果然是程建邦。我和他相视一笑。笑够了，我把那张写有阿来地址的字条递给他。

血色的夕阳斜斜地照着大地，拉长了地面上所有的影子，马路上的行人匆匆地赶着路，各自烦恼着自己的烦恼、快乐着自己的快乐。我将手伸出车窗外，感受着初夏的自由清爽的凉风。

我想，需要抓紧时间享受这份难得的惬意和重逢，因为一定还会有新的战斗等待着我们。

我是战士，我叫秦川。

（任务：活着再见 完）